LE PRIX DE LA PAIX

LES SEPT ÎLES

TOME UN

A.R. KNIGHT

I

DERNIER ANNIVERSAIRE

La Gardienne des Îles, Protectrice de Aegis, Héroïne du Peuple, avait demandé la tarte aux fraises. Elle l'attendait. Les cuisines brûlantes, nichées dans le flanc de la montagne, avaient d'abord traité son ajout à leur assaut du dîner du soir avec dédain, puis, après les douces précisions d'Ami quant au destinataire de la tarte, avec révérence.

Au moins, elle attendait au crépuscule. Une froide rambarde en fer noir était sa fidèle compagne sur le belvédère servant d'entrée principale aux rares qui osaient braver les usines alimentaires surplombant l'unique et très animée ville de Noctia. La pente parsemée de broussailles s'étendait en contrebas, s'incurvant vers l'océan. Le long du chemin, la roche et la végétation cédaient la place à la pierre sculptée et à la lumière des lanternes. Chaque maison, chaque bâtiment inclinait ses toits en pierre collecteurs de rosée vers des citernes.

Ami passa ses mains le long de ses bras, traçant le filament orange sur les manches de sa tunique. Presque la même teinte que les forges ardentes de chez elle, celles dans lesquelles elle travaillait en riant, il n'y a pas si longtemps.

Les eaux de Noctia abritaient des voiles, chacune racontant sa propre histoire. À gauche se dressaient les triangles inclinés de Kance, des voiliers construits pour leur beauté et leur vitesse. Ils pouvaient dompter la plus légère brise et fendre les vagues. Ensuite, une rare feuille large de la côte ouest de Vis, ses flancs ambrés huilés et recourbés, séparant les navires de Kance des lames acérées de Rana.

Enfin, comme toujours dans les plus grandes cales, se trouvaient les épais galions de Foti. Le va-et-vient des cargaisons s'accompagnait de jurons marins et de conversations maritimes qui montaient jusqu'ici.

— Gardienne, fit une voix vénérable derrière Ami, et elle se retourna pour voir un panier tressé tendu vers elle. Le visage baissé, vêtu de la fine tunique grise des cuisines, le serveur ressemblait à un suppliant. — Votre commande est prête.

— Alors donnez-la-moi, répondit Ami, réprimant un mot plus dur quand le serveur ne bougea pas. — Je ne suis pas votre seigneur.

— S'il vous plaît, dit le serveur.

Ami regarda au-delà de la forme pathétique en prenant le panier et aperçut le chef qui les observait. À l'affût d'une raison de malmener le serveur. Elle lança au cuisinier, couvert de la graisse et des éclaboussures de la journée, le plus léger des regards noirs.

Il lui rendit un large sourire en retour tandis que le serveur détalait vers la sécurité de sa prochaine livraison.

Peu importe le temps qu'elle vivrait ici, Ami n'adopterait jamais les coutumes de Noctia. Et, elle s'en doutait, le chef ne cesserait jamais de la taquiner à ce sujet.

La marche des cuisines à sa destination devenait de moins en moins civilisée à chaque pas. Les formes et fonctions de Noctia se dissipaient à mesure qu'Ami gravissait le flanc de la montagne, ses bottes crissant sur le gravier frais. Une nécessité étant donné la pluie d'hier, les cailloux étaient répandus pour empêcher les visiteurs distraits et malchanceux de glisser du côté de la pente. À sa droite, une simple corde attachée séparait Ami d'une longue chute. De temps en temps, un poteau façonné par les Foti s'élevait de la roche, une torche brûlant au niveau des yeux d'Ami pour éclairer le chemin.

Ces mesures minimales signifiaient qu'au crépuscule, peu s'aventuraient sur le chemin périlleux. Le retour serait désert. Si Ami décidait de rentrer ce soir-là.

À vingt minutes des cuisines — Ami avait chronométré la marche — le chemin s'arrêtait, tournant brusquement à gauche dans la montagne elle-même. Aucune caverne n'accueillait Ami, mais plutôt une tache violette et noire filigranée. L'aversion de Noctia pour les bords droits donnait presque la nausée à Ami de près : les arches et les tourbillons de la porte défiant tout point focal facile. Quelqu'un, lorsqu'Ami était venue ici pour la première fois il y a si longtemps, avait prononcé un discours épuisant sur les raisons pour lesquelles Noctia faisait cela. L'heure tardive cachait ce raisonnement dans sa mémoire.

Tenant le panier dans sa main gauche, Ami tourna plutôt son attention vers la paire qui se précipitait à son approche.

Des cartes à jouer étaient éparpillées autour d'un feu bas à l'entrée de la porte, la chaleur étant un contact bienvenu alors que l'ascension avait suffisamment refroidi les choses pour qu'Ami resserre un peu sa cape. Les restes d'un repas, deux bols, une marmite à soupe, étaient posés près de deux bancs de pierre. Leurs anciens occupants faisaient maintenant face à Ami, l'image même du détâchement de Noctia.

— Gardienne, dit le premier, plus grand qu'Ami, bien que sa jeunesse rendît sa posture instable. Sa vouge vacillait dans le gravier, l'extrémité courbée de la lance captant la lumière du feu comme un insecte agité. Nous ne vous attendions pas ?

Le second, plus âgé mais pas plus sûr de lui, gardait les deux mains sur sa propre vouge pour la maintenir stable. Derrière eux, rejoignant leur nourriture au sol, gisaient deux chakrams, les disques tranchants ne servant à rien dans la poussière.

— Qui attendiez-vous ? répondit Ami, gardant sa main gauche libre à son côté.

— Personne, honnêtement, dit le jeune. Il est tard.

— J'ai remarqué. Écartez-vous.

Les deux s'écartèrent, leur cotte de mailles violette et noire mal ajustée cliquetant au mouvement. Mal adaptée. Des morceaux assemblés pour l'apparence. C'était comme ça la dernière fois aussi, vers la fin.

Le tunnel à traverser n'était pas loin, mais Ami prit son temps. D'une part, le sol plat marquait une pause dans l'ascension et la grotte lui offrait un abri contre le vent. Surtout, elle réservait ces minutes pour les sculptures.

Des visages et des années gravés dans les murs inclinés couleur cannelle. Réalisés en détail, les têtes émergeaient de la pierre en relief net, montrant les personnes qui avaient tant fait pour tant de gens. À présent, Ami les connaissait tous, et elle répétait chaque nom en passant, bien que les visages couvrissent les deux côtés. Dans quelques-uns de plus, à ce qu'elle avait entendu, ils commenceraient à les doubler, ajoutant une autre rangée sous les anciennes.

Si les choses duraient jusque-là, de toute façon.

Occupant un espace à l'extrémité droite, auréolé par la lueur de la torche d'Ami, se trouvait le seul visage qu'elle connaissait vraiment. D'une manière ou d'une autre, ils avaient réussi à capturer la bonté dans les traits durs de Catya. La détermination se mêlait à l'épuisement qui s'installait déjà, bien que la sculpture datât d'un mois après son... comment pourrait-on appeler ça, son règne ?

Ami renifla et planta la torche dans le support à la sortie. Elle la reprendrait au retour. C'était plus efficace que d'aligner tout le tunnel avec ces choses.

Elle n'aurait pas besoin de lumière pour ce dernier tronçon.

La grotte se terminait en une cuvette abrupte, la roche plongeant sous elle en un cratère confortable. Des marches, complétées par une autre main courante en corde, descendaient vers le centre du cratère. Au-dessus, Sichi, la lune rose, prenait sa place dans un ciel sans nuages. Quelle chance. Même Ami n'était pas assez cynique pour nier la merveille que la lumière de la lune faisait du fond du cratère.

Les lelunes, plantes violettes à six pétales poussant près du sol, s'étiraient et s'épanouissaient sous l'éclat de Sichi. Le cratère portait un tapis violet, scintillant à travers la cuvette jusqu'à ce que les côtés plus escarpés en fassent un bord irrégulier. Les insectes dards se régalaient de ce miracle, des lignes bleues apparaissant par instants alors qu'ils passaient d'une fleur à l'autre.

Si elle n'avait pas eu une tarte à livrer, Ami serait restée là-haut pendant une heure juste à regarder. Peut-être le ferait-elle encore, après le dessert. Après Catya.

Sa main gauche, libérée de ses fonctions de porte-torche, trouva son chemin vers la garde à la taille d'Ami. Le simple fait de toucher le métal enveloppé l'aidait, comme toujours. Stabilité, défense, mort, tout sous le contrôle d'Ami.

Ainsi soutenue, elle descendit les marches presque en sautillant, ses bottes en tissu frottant chaque marche avant de glisser vers la suivante. Pas de gravier ici, et la pierre impassible lui parlait comme elle l'avait toujours fait. Un langage difficile à apprendre, facile à utiliser.

Le centre du cratère abritait un dôme coiffé, une cape lâche en forme de champignon. S'agissant de Noctia, le dôme s'accordait avec les fleurs en floraison, avec du métal noir entrelacé dans la toile façonnée par les Kance. Le métal descendait des bords du dôme jusque dans la roche, à la fois pour maintenir le tissu en place et servir d'entonnoir aux visiteurs.

Une seule entrée, en file indienne, avec un seul garde posté à l'extérieur.

Contrairement aux bouffons sur la crête, celle-ci, une Garde, se tenait en tenue complète. Vouge planté dans la pierre, chakrams en boucle sur son dos, et le petit bouclier circulaire attaché fermement au poignet droit de la femme. Ami ne trouva aucune peur dans le visage qui la regardait, droit dans l'ombre projetée par les fleurs.

Pas de torches ici. Pas ce soir.

— Gardienne, dit la Garde. Vous êtes en retard.

— Les cuisines étaient occupées, répondit Ami, puis elle pencha la tête. Vos amis au poste de garde ont dit que je n'étais pas attendue ?

— Ils n'écoutent pas, dit la Garde. Un problème à corriger. Elle inclina le vouge vers l'arme à la taille d'Ami. Retirez-la.

— Vous êtes nouvelle ?

La Garde cligna des yeux. Définitivement nouvelle, alors. Autant lui accorder une pause.

— Je suis la Gardienne de Catya, dit Ami. Elle n'a rien à craindre de moi.

— Tout de même...

— Je ne l'enlèverai pas. Ami garda un ton mesuré, leva le panier avec la tarte. Il se fait tard. Bougez.

Chaque nouvelle Garde signifiait une autre lutte de pouvoir. Chaque fois, maintenant, allait plus vite que la précédente. Aucune n'avait forcé Ami à retirer son arme choisie de sa hanche, et celle-ci ne serait pas la première.

La Gardienne arriva à la même conclusion, s'écartant et faisant signe à Ami de passer. Ami lui adressa un hochement de tête en passant. Juste assez de politesse pour assurer une rencontre sans heurt la prochaine fois.

L'intérieur avait un air misérable. C'était toujours le cas, sauf la toute première fois où les yeux d'Ami s'étaient posés sur la Blessure. À l'époque, elle avait été impressionnée par la légende devenue réalité. Maintenant, son estomac se nouait et une moue familière s'installait sur son visage.

Au centre exact du cratère se trouvait un puits assez large pour engloutir Ami tout entière. Un cercle parfait, dont personne ne pouvait voir le fond. Les torches qu'on y jetait disparaissaient dans des profondeurs insondables. Les histoires noctiennes racontaient que certaines âmes courageuses et condamnées avaient essayé d'y descendre, mais leurs cordes avaient été remontées sans eux, et on ne les avait jamais revus.

Assise dans un fauteuil rembourré surplombant la Blessure, comme elle l'avait été sans interruption depuis onze ans, se trouvait Catya.

— Le trône te traite bien ? demanda Ami.

Une mauvaise blague, à laquelle Catya répondit par un lent soupir. Ou peut-être était-ce le vent, libre de siffler à l'intérieur à travers la clôture métallique lâche du dôme.

Ami sentit d'autres regards sur elle en entrant, deux autres Gardiennes observant depuis les côtés opposés du dôme. Ces deux-là maintenaient la même vigilance élevée, leurs bras prêts à agir.

Pas, soupçonnait Ami, à cause d'elle.

— J'ai une surprise, dit Ami, en saisissant la petite table d'appoint et en la traînant près de Catya, du puits et de son fauteuil. Tu sais quel jour on est ?

Catya tourna lentement son regard vers Ami, ses cheveux blancs et fins flottant devant son visage. Y avait-il un sourire là, ou Ami imaginait-elle des choses ?

Ami ouvrit le panier, sortit la tarte et les deux chauffe-plats Foti. Elle les craqua chacun, les fines baguettes fusionnant les minéraux et dégageant de la vapeur pendant plusieurs minutes magiques. Ami posa la tarte dessus, puis jeta un coup d'œil dans le panier pour trouver des couverts.

Un seul couvert, mais ce n'était pas le problème — sur la route, Ami, Catya et les autres partageaient tout — ce qui faisait hésiter la main d'Ami était une tasse couverte. Sur le dessus se trouvait une petite note griffonnée sur du fin papier Tamas.

« Elle mangera ceci. Profite de la tarte. »

Ami sentit une main sur la sienne, vit la peau usée, les ongles rugueux, la faible étreinte. Elle suivit le bras de Catya jusqu'à son épaule drapée, jusqu'au large collier. Bronzé et tacheté, le bandeau contenait sept petites pierres, chacune terne.

Si faibles maintenant. Si vite.

Catya esquissa un véritable sourire en buvant la tasse, une version liquide de la garniture de la tarte. Ami, après s'être réconciliée avec l'idée que la tarte ne devait pas être gaspillée, engloutit le dessert avec juste assez d'adresse pour éviter que la fraise ne dégouline partout sur elle.

Entre deux bouchées, Ami parlait. Elle passa en revue les ragots de Noctia, les visiteurs de marque, le conflit en cours entre Whent et Rana. Catya écoutait, ne disait rien.

Elle n'avait pas parlé depuis un moment. Cela arrivait à chaque Aegis, du moins c'est ce qu'on avait dit à Ami. Ce qu'ils ne disaient pas, c'était à quel point de la fin ce silence signifiait. Un an ? Plusieurs ?

Ou moins ?

En finissant la tarte, Ami ralentit ses histoires. Le vague sourire de Catya se transforma en un froncement de sourcils concentré, les yeux de son amie tombant sur le puits.

Les Ténèbres d'En-Bas. C'est ainsi que Noctia appelait ce qui se trouvait là-dessous. Le nom semblait murmurer tandis qu'Ami y pensait, un son dur, une lame raclant contre la roche. Ami se pencha vers le puits, regardant dans son noir béant, sa main gauche s'étirant pour saisir celle de Catya.

Le son se fit entendre à nouveau. Pas un murmure du vent cette fois-ci, non. Il était accompagné de bruits de pas, les Gardes se rapprochant. L'un d'eux posa sa vouge pour prendre un chakram. Ami tenait toujours la main de Catya.

Le grattement devint plus fort, plus proche et plus frénétique. Quelque chose glapit, siffla, gargouilla. Catya inspira brusquement, et la pierre dorée de son collier brilla très légèrement.

Les bruits cessèrent. Pas de gémissements, pas de cri d'agonie.

Les Gardes se détendirent. Ami s'assit sur ses talons.

— Tu l'as toujours, dit Ami. Joyeux anniversaire, Catya.

Son amie, Aegis, protectrice des Sept Îles, tourna son

visage flétri vers Ami. Une question illumina les yeux de Catya.

— Trente, répondit Ami. Toujours une jeunette.

Pas une âme dans la pièce ne pensait que Catya verrait ses trente et un ans.

2

UN COUP BIEN PLACÉ

Trois pas et la branche tenait bon. Au quatrième, le bois brun doré trembla. Wax tendit les bras, mit ses pieds talon contre orteil, et attendit que le vent bruissant se calme. Non pas que Vis se taisait vraiment : si ce n'était pas le vent, alors les oiseaux et les bêtes emplissaient l'air de leur bavardage.

Et, à défaut, Wax et ses amis s'en chargeaient.

Un cri de joie s'éleva sur la droite de Wax, un délice bouillonnant alors que Sawi plongeait devant lui, chevauchant une liane depuis la canopée. La liane se tendit, projetant Sawi vers le haut devant la branche de Wax. Elle lâcha prise, son corps s'étirant dans l'espace entre la liane et sa cible.

— Voleuse, lança Wax après elle, interrompant sa marche prudente pour sauter à pieds joints dans le vide.

Vis s'étendait en dessous de lui, une masse dense éclatante de verts, de jaunes, de bleus et de rouges. Aiguilles et orties. Feuilles et humus.

Wax ne lui accorda pas un regard, gardant plutôt les yeux rivés sur l'énorme fronde devant et en dessous. Sawi avait déjà atterri, disparaissant dans une glissade le long de la longue feuille, ses côtés se courbant comme un tube coupé en deux.

Laissant l'atterrissage lui faire perdre l'équilibre, Wax s'allongea sur la fronde, plaquant ses mains sur ses côtés pour prendre de la vitesse. Il releva la tête, vit Sawi atteindre l'extrémité relevée de la fronde et s'élancer dans les airs.

Une chance.

Wax, sentant chaque nervure de la fronde contre son dos nu, se faufila à travers l'extrémité et suivit Sawi dans les airs, son corps plus massif lui donnant assez de hauteur pour faire un salto arrière, pour tendre les bras vers le haut et attraper une liane lâche que Sawi n'avait pas atteinte.

Fine et fragile, la liane se déchira sous la traction de Wax, mais la résistance donna plus de courbe à son vol, lui permettant d'atteindre un tronc d'arbre plus épais et sinueux. Noueux et tordu, le tronc s'illumina comme une cible tandis que Wax lâchait la liane défaillante. Ses chaussures en cuir souple aidèrent ses pieds à adhérer à l'écorce lorsque Wax atterrit, pivota et trouva une branche sur laquelle courir.

Sawi, à en juger par sa voix, se trouvait quelque part en dessous et à sa gauche. À en juger par ses paroles, elle pensait avoir déjà gagné la course.

Toujours aussi arrogante, celle-là.

Un oiseau, dont les plumes noires cachaient un sous-plumage rouge étincelant, sursauta à l'arrivée de Wax, poussant des cris d'indignation tandis que ce dernier passait en trombe, évitant le nid rempli d'œufs de la créature. La branche se rétrécissait devant lui, se terminant par une légère fourche.

Pas de mouvement évident pour la suite.

Plus loin se trouvait l'arrivée, une fleur de sana en pleine floraison. Ses pétales roses bordés de blanc s'étalaient à plat, laissant le cœur bleu-or s'étirer vers le soleil. Ces mêmes pétales repoussaient les arbres environnants, offrant au sana sa propre place dans la canopée.

Et donnant une idée à Wax.

Alors que son pied touchait le dernier endroit fin de sa branche, Wax porta sa main droite à sa taille, arrachant la corde enroulée et huilée de sa ceinture. Wax se retrouva dans les airs, un moment d'apesanteur avec des feuilles éparses au-dessus, une jungle dense en dessous, et il lança la corde devant lui.

Un arbre étroit attendait, la corde s'accrochant à l'écorce blanche tachetée et tenant bon. La chute libre de Wax se transforma en balancement, bien qu'il dût écarter son corps pour éviter de s'écraser contre le tronc de l'arbre. Au lieu de cela, ne recevant que quelques feuilles au visage et une égratignure à l'épaule, Wax survola l'arbre et pénétra dans l'espace du sana. En volant, Wax poussa sur la corde, ordonnant aux crochets à son extrémité de se détacher. La corde obéit, glissant librement et suivant Wax dans son vol vers le sana.

La magnifique fleur revendiquait son domaine avec plus que des pétales : la tige grimpant jusqu'à la canopée avait un corps ondulé, des plaques dures cédant ça et là à des épines saillantes. Plus d'un natif de Vis s'était retrouvé empalé à la fin d'une course comme celle-ci.

Pas que Wax aurait jamais ce problème.

Flottant librement, Wax frappa le sana vers le centre de la tige, juste au-dessus des épines acérées et dentelées. Ses pieds trouvèrent appui sur la surface rugueuse, sa main gauche agrippant la tige tandis que sa droite enroulait la corde en position.

Wax n'entendait plus Sawi. Juste cet oiseau en colère.

L'ascension fut rapide, les doigts de Wax trouvant des interstices dans les défenses du sana. Ses bottes se nichaient dans de légères crêtes, des marques laissées par des créatures à griffes. La sueur coulait librement, des gouttelettes ruisselant sur l'encre orange et azur aux courbes douces de Wax. Ses cheveux, au moins, n'étaient pas un problème : coupés court la veille pour être prêt pour la cérémonie, sa frange ne menaçait plus de lui poignarder les yeux. Pas une seule fois il ne sentit ses bras brûler, ses jambes réclamer une pause.

Pourquoi le feraient-ils ? C'était ça, la vie, c'était tout sur Vis.

Arriver au sommet du sana était un peu délicat. La tige de la fleur se terminait par un bulbe, les côtés sphériques s'incurvant vers le haut et s'éloignant de Wax. Il étudia, prenant sa main gauche pour arracher un morceau d'écorce de sana et le mettre dans sa bouche. Il mâcha, la douceur acidulée le frappant tandis que sa salive décomposait la matière rigide. Collant, aussi.

Wax retira l'écorce, la frotta sur ses mains. Il testa en posant ses paumes sur le côté du sana, sentit la succion. Pas assez pour le tenir longtemps, mais pour une ascension rapide ?

Il marquerait des points pour l'originalité, de toute façon.

Wax mâcha encore quelques morceaux d'écorce, enduisit bien ses mains, poussa un cri — un défi muet à la nature — et sauta. Accrochant ses jambes du mieux qu'il pouvait autour de la courbure extérieure, Wax escalada, plaçant ses mains collantes l'une après l'autre. Le jus s'écoulait à chaque claque, à chaque arrachement.

Le pétale blanc rosé attendait, brillant comme un nuage

à l'aube au-dessus. Wax fit une ruade, ses mains se détachant, ses jambes ne parvenant pas tout à fait à s'accrocher. Ses doigts gauches s'étirèrent, trouvèrent le bord du pétale. Tinrent bon.

Et lâchèrent.

Le bras de Sawi s'abaissa, sa main s'accrochant au poignet de Wax alors qu'il commençait à basculer. Allongée à plat sur le pétale, Sawi tira, remontant Wax suffisamment pour qu'il puisse s'agripper.

— Joli sauvetage, dit Wax, s'étalant sur le pétale avec Sawi, tous deux regardant vers le soleil éblouissant. Pas de nuages aujourd'hui. J'y serais arrivé quand même.

— Vraiment ? dit Sawi, sans prendre la peine de le regarder. Ta corde est enroulée.

— Je suis assez rapide.

— Alors la prochaine fois, je te laisserai tomber.

Wax sourit. Sous lui, le sana était à la fois ferme et onctueux. Assez confortable pour avoir des idées, mais Sawi se redressait déjà, se dirigeant vers le centre du sana. Ses cheveux décolorés par le soleil s'enroulaient autour de la fleur qui reposait perpétuellement parmi ses mèches, les petits disques dans ses oreilles s'accordant à ceux de Wax dans la couleur vert foncé de la jeunesse. Pour l'instant, du moins. Elle déroula la pochette de son short en tige tissée et bronzée, ouvrant le petit sac et le remplissant de vrilles bleues et dorées.

— Tu ne vas pas te détendre une minute ? demanda Wax, suivant son exemple. La pochette attachée au tissage qui lui arrivait aux genoux, facilitait le transport lors de voyages dans les arbres comme celui-ci. C'est magnifique ici.

— Si je disais oui, on serait là-haut pendant une heure,

dit Sawi en souriant. Si tu avais été plus rapide, on aurait peut-être eu le temps.

— Tu aurais dû me prévenir, j'aurais essayé plus fort.

— Un avertissement ? Où serait le plaisir ?

Ils se taquinèrent et jouèrent, la joute verbale qui terminait toujours ces aventures. De retour chez eux, ils attraperaient tous les roulements d'yeux que leurs amis et leurs familles auraient à leur donner. Ici ? Un jeu privé et spécial.

— Tu vois ça ? dit Sawi alors qu'ils enroulaient à nouveau leurs pochettes, assis sur un pétale différent et regardant vers la mer du nord.

— On dirait un navire Foti, dit Wax, se protégeant du soleil avec sa main et devinant la voile carrée, le pont en bois noir s'élevant haut au-dessus des vagues. Le deuxième cette semaine.

— C'est presque la fin de l'été, songea Sawi. Je parie qu'ils veulent faire un dernier voyage vers le nord.

Wax haussa les épaules. — Tant qu'ils continuent à apporter ces bonbons, ça m'est égal.

Sawi rit. Ils laissèrent pendre leurs jambes au-dessus du lointain vide. Leurs doigts se trouvèrent, et ils regardèrent le navire tracer lentement son chemin sur les vagues vers l'anse qui marquait leur foyer.

Vis s'étendait autour d'eux, collines ondulantes couvertes de couleurs. Des faucons et des vautours plongeaient à leur niveau, tandis que des hululements et des cris lointains signalaient des créatures en conversation. Une brillance persistante, quelque chose que Wax absorba avec une profonde inspiration et un soupir heureux.

— Tu crois que Pan se demande où on est passés ? dit Wax.

— Il a le nez dans la terre, répondit Sawi. On devrait aller le secourir ?

C'était vrai, l'après-midi avançait. Bien que Vis fût amplement magique la nuit, cette magie était mieux vécue dans un endroit plus sûr qu'ici en hauteur. Comme, disons, de retour à la maison. Avec un bon repas chaud et un bain au bord de la mer.

—Je suppose.

La riche terre noire se séparait sans résistance, d'épais grains roulant entre les doigts de Pan. Il porta ce qui restait à son nez, prit une lente inspiration. Lut ce que les odeurs lui racontaient.

La journée avait déjà été bonne, elle allait devenir encore meilleure.

Au loin, Sawi ou Wax l'appelait, leurs cris joyeux rehaussant l'humeur de Pan. Des rayons de soleil dorés dansaient sur le sol de la forêt, des feuilles géantes et petites bruissaient, et les sacoches chargées de Pan reposaient sur ses jambes alors qu'il s'accroupissait, tendant la main vers sa prochaine cible.

Sous un tronc tombé, recouvert de mousse, gisait le véritable trésor : des morilles, grosses et duveteuses, parfaites pour n'importe quel repas. Wax et Sawi pouvaient passer tout le temps qu'ils voulaient à sauter dans les branches, Pan aurait un meilleur accueil pour son travail en bas.

Sans parler de l'ombre, de l'option de marcher pieds nus et de sentir le sol sous ses orteils ?

Il fit glisser une sacoche, la laissa reposer sur quelques feuilles en décomposition à côté de lui pendant que Pan se mettait au travail. Couper les morilles était plus facile avec le couteau Foti, une simple lame grise, attachée à sa taille. Chaque coupe libérait un autre champignon beige, chaque lancer s'ajoutait à la récolte.

La trouvaille était si bonne que Pan n'entendit même

pas le changement autour de lui. Les voix animales s'élevant et mourant rapidement dans le silence. Un craquement sur le sol de la forêt derrière lui. Le souffle doux de quelque chose de nouveau qui approchait.

Pan entendit parfaitement bien le sifflement crachant. Il pivota, tombant de sa position accroupie pour atterrir les fesses les premières dans la terre, le couteau brandi en une faible menace. Les morilles se répandirent de la sacoche renversée.

Un hanoko, à la fourrure jaune sable, avec des lignes sombres entre l'or, et bavant de ses deux langues fourchues, gronda alors que quelqu'un d'autre ruinait son embuscade. La bête à fourrure à six pattes se dressa sur ses pattes arrière, sa haute perspective lui donnant quatre coups de griffes sur le bâton de bambou rigide qui le frappait. Les yeux de Pan suivirent le bâton jusqu'à son manieur, bien qu'il aurait dû deviner.

Couverte d'encre bleue et or, Bliss écarta les griffes avant de piquer le hanoko dans la poitrine. Pas un coup mortel, pas même une blessure, juste un avertissement. Le hanoko, les yeux verts dans les fentes les plus étroites que Pan ait jamais vues, émit un autre sifflement méchant et crachant — une douche que Bliss voudrait probablement laver — et s'enfuit, ses deux queues fouettant à travers les broussailles.

Bliss suivit la fuite de la créature pendant quelques secondes tandis que Pan rechargeait sa sacoche. Les hanokos pouvaient revenir, faire croire à leur proie qu'elle avait gagné pour frapper ensuite d'un nouvel endroit. Celui-ci, cependant ?

—Je pense que tu lui as fait une belle frayeur, dit Pan. Il n'attaquera plus.

Bliss lui adressa un froncement de sourcils, libérant une

main du bâton pour s'exprimer dans un langage que peu connaissaient, à l'exception de Wax, sa famille et quelques amis.

— Tu ne peux pas savoir ça.

— Non, en effet, répondit Pan, mais je peux deviner. Rien ne veut se prendre un coup de ton bâton à moins d'être désespéré, et il y a trop de choses plus faciles à manger dans le coin.

— Comme toi ?

— Apparemment. Pan se leva et ajusta ses sacoches sur son épaule. Je suis reconnaissant, mais que fais-tu ici ?

— Mon frère m'a demandé de garder un œil sur toi parce qu'il allait être occupé.

Pan plissa les yeux en observant la jeune fille, essayant de déceler un signe révélateur dans son expression impassible.

— Tu t'améliores. Je ne sais pas si tu mens ou non.

Le visage de Bliss s'illumina, sa main s'agita plus rapidement, trop vite pour que Pan puisse suivre, et elle dut répéter ses gestes.

— Vraiment ? Je me suis entraînée !

Pan rit. — Alors entraîne-toi à tenir jusqu'au bout la prochaine fois. Ça ne sert à rien si tu abandonnes le mensonge à mi-chemin. Pan fit un signe de tête derrière elle, à travers les bois en direction de la maison. Allez, les sacs sont pleins et j'ai faim.

Bliss regarda maintenant derrière lui, mais dans la direction opposée. Pan suivit son regard, ne voyant aucun signe de Wax et Sawi.

— Ne t'inquiète pas pour eux, dit Pan. À mon avis, ils rentreront à la maison sans jamais toucher le sol.

— Ils partent souvent seuls, signa Bliss, mais elle emboîta le pas à Pan.

— Parce qu'ils savent tous les deux ce qui s'en vient.

— Est-ce vraiment si important ? Sawi ne part pas, n'est-ce pas ?

— Le changement reste le changement, répondit Pan. Pour l'instant, les choses vont bien. Demain ? Qui peut le dire ?

3

UNE CITÉ DANS LES AIRS

Les marchands disaient que le foyer de Wax était l'endroit le plus beau du monde. Nichée dans une baie entourée de collines boisées et escarpées, Kitaye tirait parti de son paysage. Des quais huilés s'avançaient dans des eaux turquoise, de petites vagues léchant une plage de sable blanc et doux. Des passerelles traversaient les dunes, menant à des ateliers couverts de chaume et de palmes, des marchés, des restaurants et tout ce qu'une personne pourrait désirer. Des échelles, de corde et de bois, pendaient des immenses arbres, invitant les regards curieux à scruter le ciel pour découvrir une seconde ville entière nichée dans les branches au-dessus.

La famille de Wax, comme tous les natifs de Kitaye, vivait parmi les feuilles. À l'abri des prédateurs, tant naturels qu'humains. Bien que Wax n'ait jamais vu de raid de Kance ou de Rana de sa vie, les histoires racontaient que les pillards qui débarquaient ne trouvaient que des coquilles vides et une pluie de flèches.

Après une ou deux expériences de ce genre, les envahisseurs avaient trouvé des cibles plus faciles.

— Comme toi, dit Wax en se laissant glisser le long d'un palmier écaillé pour atterrir à côté de Pan et Bliss. Sawi était partie devant, la fin d'après-midi l'appelant vers des obligations auxquelles Wax refusait de penser.

— Comme moi quoi ? demanda Pan, sans s'arrêter de marcher, ses sacoches chargées se balançant tandis qu'il enjambait des bâtons, écrasait des feuilles et traversait des flaques boueuses.

— Bliss a dit que tu allais finir dans l'estomac d'un hanoko, dit Wax en se précipitant devant Pan et levant les mains comme des griffes. Encore perdu dans tes pensées ?

Pan lança un regard à Bliss qui la déclarait traîtresse, elle se contenta de sourire. Alors Pan brandit ses trouvailles.

— C'était un bon endroit, dit Pan, puis il remarqua l'absence de sacoche de Wax. Sawi a encore pris la tienne ?

— Je la lui ai offerte en cadeau, répondit Wax en marchant à reculons. Il dansait en se déplaçant, sentant les contours sous ses pieds nus — les chaussures d'escalade étaient restées au pied de l'arbre — et esquivant bâtons et pierres sans regarder. J'essaie d'être gentil, tu vois ?

Bliss fit tourner ses doigts. Pan rit :

— Tu as définitivement perdu la course.

Les taquineries allèrent bon train tandis que le trio s'approchait de Kitaye, la distance se mesurant plus aux épices qui parfumaient l'air qu'aux mètres parcourus. Lorsqu'ils atteignirent les abords de la ville, tous les trois pouvaient entendre leurs propres estomacs gronder, un bruit que même les flûtes de bambou creuses et les tambours de noix de coco ne pouvaient couvrir.

L'épaisseur des arbres rendait l'apparition de la ville soudaine, passant en un pas ou deux d'une errance isolée à une agitation surpeuplée. Wax hésita au dernier pas, encore enfoui dans les fougères et les insectes bourdonnants, tandis que Pan et Bliss continuaient d'avancer. Il faudrait maintenant des heures avant qu'il puisse quitter la ville pour retourner à la transe de la jungle, des heures qui ne passeraient jamais assez vite.

— Tu viens ? demanda Bliss, jetant un coup d'œil dans sa direction. Son bâton de bambou n'avait plus l'air si ridicule sur son dos. Quand avait-elle tant grandi ? Ou bien as-tu peur ?

— Peur ? renifla Wax en franchissant le pas. Peur de quoi ?

— D'à quel point je suis plus cool que toi, signa Bliss. Elle se redressa, s'étira, exhibant le nouveau tatouage sur son bras droit.

— Quand est-ce que c'est arrivé ? Wax saisit le bras de sa sœur pour y regarder de plus près. Tu es trop jeune.

Un cercle décentré couvrait son omoplate, avec des épines pointant vers l'intérieur le long du bord. Une fleur de sana était au centre, ses pétales violets étant la seule couleur dans l'encre par ailleurs noire.

— Ce n'est pas une question d'âge, signa Bliss en retirant son bras. C'est une question de compétence.

Wax essaya de voir Bliss, frappée par la lumière descendante sur son côté droit, comme la défenseure que ce tatouage proclamait. Wax n'en avait pas sur son épaule, comme la plupart des habitants de la ville. Un tel insigne vous plaçait en première ligne si Kitaye ou ses habitants avaient besoin de vous. Pour une catastrophe, comme un incendie, un prédateur, ou quelqu'un perdu dans les bois.

Malgré tout cela, Wax n'arrivait pas à le voir. Bliss ressemblait toujours à ce qu'elle avait toujours été, une fille farfelue avec un swing puissant. Et pourtant, il perçut une nuance différente dans son regard vers lui, quelque chose qu'il reconnaissait.

Une nuance que tout aîné reconnaîtrait.

— Hé, c'est cool, dit Wax. Félicitations, petite fleur. Je suis fier de toi.

Pour une fois, Bliss ne tiqua pas à son ancien surnom.

—Jaloux ?

— Pas du tout. Pendant que tu regarderas Pan cueillir des champignons, je serai en train de me balancer là-haut. Tu peux garder l'encre. Je garde les arbres.

Pan n'entendit pas la pique, l'homme étant déjà parti vers le marché de la ville. Il échangerait tous ces champignons contre un meilleur dîner, un petit-déjeuner, et peut-être quelque autre babiole. N'ayant rien à échanger eux-mêmes, Wax et Bliss ne se donnèrent pas la peine d'aller vers les boutiques du rivage, se dirigeant plutôt directement vers les feux de cuisine.

Kitaye s'étendait autour de toute la crique, les quartiers séparés par des bosquets. Dans ces bosquets, au sol de la forêt, des zones dégagées servaient de lieux pour les repas, les jeux et les rassemblements. Du lever au coucher du soleil, Wax pouvait y trouver un en-cas, pouvait y trouver des gens qu'il connaissait depuis son premier souffle, attendant de lui demander ce qu'il avait vu ce jour-là, ce qu'il avait trouvé là-bas.

Si on demandait à son père, l'aîné de Wax décrirait l'époque où Kitaye se vidait, tout le monde se précipitant dans la forêt ou s'embarquant sur les énormes bateaux en feuilles en forme de coupe pour aller pêcher en mer. À la fin de la journée, la ville s'animait avec les retours, tout le monde partageant l'abondance, un festin communal nocturne.

Wax pouvait voir des bribes de ce passé maintenant, alors que Bliss et lui passaient devant des ateliers plus profonds, des jardins, des huttes de stockage jusqu'à leur propre clairière. Les cueilleurs de son quartier déposaient leurs trouvailles sur une vaste table au centre, où d'autres viendraient, prendraient ce dont ils avaient besoin et retourneraient à leurs feux couvants pour faire rôtir les trésors pour le dîner. Les repas sentaient bon, la table débordait de fruits, de noix de coco, de poissons suspendus, de piments et plus encore. Une bonne journée.

— Une triste image, grommela le père de Wax tandis que ses enfants le rejoignaient à la table. L'homme au dos voûté fouillait parmi les fruits du dragon effilés rose-violet, en glissant quelques-uns dans sa sacoche. Vous avez de la chance de ne pas connaître le passé.

— Bonjour à toi aussi, papa, dit Wax, son père lui jetant un coup d'œil en réponse, cherchant la bourse de Wax sans la trouver. Je l'ai donnée à Sawi aujourd'hui. Comme cadeau.

— Tu as encore perdu la course, soupira son père en secouant la tête. Tu ne peux pas continuer à faire ce pari si tu ne gagnes jamais, Tywinax.

Wax fronça les sourcils à l'évocation de son nom formel par son père. L'homme avait le double de la corpulence de son fils, une progression en accord avec son passage des courses dans la jungle au rôle de chef cuisinier. De nouveaux tatouages recouvraient les anciens, complétant les boucles sur le dos de son père avec des fioritures jaunes marquant le changement de profession. Les propres marques de Wax restaient ouvertes, attendant que son avenir arrive.

— Ne fais pas comme si tu n'avais pas fait la même chose, répliqua Wax, glissant la main pour attraper un poivron doux.

— Oui, mais moi, j'ai gagné.

Bliss arborait le plus grand des sourires quand Wax se retourna, son trophée de poivron à la main.

"Ris maintenant", signa Wax. "Ce sera ton tour ensuite."

"Pourquoi ?" répondit Bliss du tac au tac. "Je suis parfaite, tu te souviens ?"

"Jusqu'à ce qu'il voie ce tatouage, tu veux dire."

Bliss plissa les yeux, mais elle n'ajusta pas son bâton. Quand ils étaient entrés dans le cercle de cuisine, Bliss avait déplacé la bandoulière qui tenait le bâton de bambou en place pour couvrir l'encre fraîche. Quelqu'un finirait par le dire à leur père, mais pas tout de suite.

Et, peu importe à quel point il pourrait le vouloir, ce quelqu'un ne serait pas Wax.

— Allez chercher votre mère, dit leur père, un grand bol tressé maintenant chargé dans ses mains énormes. Elle ne voudra pas manquer le repas.

Wax et Bliss n'avaient pas besoin de demander où était leur mère. Avec l'arrivée du navire Foti, elle, ainsi que les autres commerçants de Kitaye, serait au bord de l'eau à la recherche d'une affaire.

Si les cercles de cuisine étaient répartis par quartier, le marché en bord de mer était divisé par compétence. Si vous connaissiez suffisamment bien quelque chose pour le vendre, vous gagniez une place le long du rivage. Chaque fois que de nouveaux navires passaient, et il en venait presque tous les jours, les charmeurs de Kitaye affluaient vers leurs emplacements pour vanter les trésors de Vis.

S'étendant à droite et à gauche de l'entrée centrale de Wax, le marché suivait l'anse dans sa courbe. De grands poteaux indicateurs avec des drapeaux peints flottants déli-mitaient diverses marchandises, avec les aliments et les plantes à droite et les produits artisanaux à gauche. Chaque stand, en bois et en palmes tressées, comportait un comptoir d'exposition et des étagères murales. Chacun, aussi, avait un maître et des apprentis.

La mère de Wax tenait un stand de champignons sur la droite, un étroit étal entre des vendeurs de mangues et d'ananas plus populaires. Pan avait devancé ses amis, déchargeant déjà les morilles de sa sacoche lorsque Wax et Bliss s'approchèrent de l'avant.

La mère de Wax, fraîchement repeinte ce matin avec des motifs orange signalant son rang — maître — et son rôle — commerçante — captivait l'attention d'un Foti maigrichon. L'homme filiforme à la barbe en broussaille retournait une vesse-de-loup dans ses mains, sifflant devant sa taille.

— Elle se transportera en caisse, dit la mère de Wax alors que son fils s'approchait. Nous en avons plusieurs autres, si vous voulez faire un lot ?

Le Foti hocha la tête. — Je les prendrai si vous les avez. Il leva les yeux, semblant remarquer Pan pour la première fois. Vous avez des shrives là-dedans ?

Wax jeta un coup d'œil à Pan. Pas moyen qu'il en ait trouvé aujourd'hui. Pan aurait fanfaronné tout le chemin du retour s'il en avait eu.

— Pas de chance, répondit Pan. Je ne suis pas allé assez profond.

— Demain, alors ? demanda le Foti. J'en ai vraiment besoin d'un. Ou autant que vous pourrez en avoir.

— Ce n'est pas un voyage rapide d'aller aussi profond, dit la mère de Wax, affichant un sourire triste. Nous devrions nous préparer, et il n'y a pas d'expédition...

— Je peux bien payer, interrompit l'homme Foti. Assez pour que ça en vaille la peine.

La mère de Wax soupira tandis que l'homme Foti la submergeait de ses paroles.

— Je dis que j'ai de meilleures choses. Du vrai matériel Foti qui changerait vos vies. Personne ne vous donnera ce que j'ai pour vos bananes ou vos paniers. Procurez-moi ces shrives, et tout sera à vous.

— Avoir quoi ? demanda Wax.

L'homme Foti adressa à Wax un sourire mauvais, passa la main par-dessus son épaule et tira sur l'arme gainée dans son dos. Tout le monde sur Vis savait ce qu'était une épée, tout le monde savait que ces choses n'étaient pas nécessaires. Aucun chasseur n'avait besoin d'une épée quand il y avait des lances, des arcs et des flèches.

Les armes de guerre, comme disait le père de Wax, ne servaient qu'à apporter la guerre à ceux qui les maniaient.

Mais il était difficile de nier la perfection de la coupe argentée sur le métal bleu saphir lorsque l'homme Foti dégaina la lame, alors qu'elle captait le coucher de soleil et retenait le feu.

— Apporte-moi trois shrives et la lame est à toi, dit le Foti. Apporte-m'en cinq et je te donnerai le couteau qui va avec.

— Le couteau ? Wax plissa le nez. Pourquoi un couteau ?

Plus vite que Wax n'aurait pu saisir une feuille, le Foti porta la main à sa taille et sortit une lame plus petite aux nuances bleues, de la longueur de son avant-bras. Tenant la plus grande épée devant lui, l'homme Foti frappa en avant avec la lame plus petite, droit vers l'estomac de Wax.

— Bloque avec l'une, éventre avec l'autre. Une façon rapide de mettre fin à un combat, dit l'homme Foti en gardant son sourire. D'après ce que j'ai vu, cette paire ferait de toi le roi de l'île.

— Cinq shrives ? dit Wax, ignorant le froncement de

sourcils de sa mère et les regards perplexes de Pan et Bliss. Deux jours ?

— Deux jours. Le Foti rangea ses armes, cracha dans sa paume et la tendit vers Wax. Marché conclu.

Wax imita le crachat et frappa sa paume contre celle qui lui était offerte. Le Foti ricana, prit les vesses-de-loup empaquetées de la mère de Wax et fouilla dans son sac en bandoulière. Il en sortit une poêle en fonte neuve et la posa sur le comptoir.

— Comme convenu, dit l'homme Foti.

— Comme convenu, répondit la mère de Wax, bien que son charme eût disparu, ne laissant que de la glace dans son sillage.

— Dans deux crépuscules, l'ami, dit l'homme Foti en faisant un signe de tête à Wax avant de repartir vers son navire.

Wax regarda l'homme marcher quelques pas en direction du centre de la crique, où se trouvaient les principaux quais. Les seuls capables d'accueillir un navire de cette taille, ces quais grouillaient maintenant d'activité alors que le commerce battait son plein.

La mère de Wax ne serait pas la seule à être en retard pour le dîner ce soir.

4
FRÈRES

Si les journées à Kitaye bourdonnaient, les nuits, elles, chantaient. Wax laissait pendre ses jambes de la cabane familiale perchée dans les arbres et observait les vagues roses éclairées par la lune, visibles à travers les branches pendantes, les plateformes de corde et autres structures similaires. Sichi brillait intensément ce soir-là. Dans sa main droite, Wax faisait tourner un roseau entre ses doigts, d'avant en arrière. Normalement, à cette heure-ci, il aurait retrouvé Sawi pour une course le long de la plage, peut-être pour grignoter quelque chose dans la canopée. Normalement...

— Tiens, regardez qui est encore là, dit une version plus musclée et plus rude de Wax, bien que Quik dirait probablement que Wax était la copie plus maigrichonne et plus loufoque de lui-même. Des brassards rouges et une plume écarlate prélevée sur une proie indiquaient le rôle de Quik. Une chaîne tressée pendait à son cou, terminée par un disque en bois gravé du signe griffu du chasseur. Quand est-ce la dernière fois que tu as passé une nuit à la maison, frangin ?

— Je ne m'en souviens pas.

Quik glissa ses jambes hors de la plateforme, les laissant pendre. Le frère avait quelques années de plus que Wax, ce qui se voyait aux cercles rouges et noirs achevés sur les bras de Quik. Quelques cicatrices aussi, vestiges de chasses qui avaient mal tourné.

— Je dirais que c'est un signe que tu es trop souvent parti, mais je sais que tu ne le prendras pas comme ça, dit Quik.

— Comment le prendrais-je ?

— Que j'essaie de te lier à cette famille. La responsabilité et tous ces mots que tu traites comme des malédictions.

— Je croyais que c'était ton boulot ? La famille ?

Quik baissa les yeux sur ses mains. Pas de roseau qui tournait là, juste des doigts plats sur les cuisses. Ils portaient tous deux des tissages fins pour dormir, sans décorations, sans outils. Pas d'aventures prévues.

— Tu as vu ce que Bliss a fait ? demanda Quik.

— Elle suit ton exemple. Wax évitait de regarder dans la direction de Quik. Les arbres offraient un paysage plus agréable que le regard scrutateur de son frère. Elle est douée avec ce bâton.

— C'est vrai. Kitaye a de la chance de l'avoir. Quik prit une profonde inspiration, signe qu'il allait se lancer dans un discours. On aurait de la chance de t'avoir aussi, si tu prenais ça au sérieux.

— C'est-à-dire ?

— Maman m'a parlé de ton accord avec ce Foti. Tu vas chasser des shrives ? Seulement deux jours ?

— Je suis assez rapide pour y arriver, dit Wax en haussant les épaules. Il offre une vraie épée, Quik. Je l'ai vue.

Quik ricana.

— La seule chose que tu ferais avec une lame, c'est te couper toi-même.

— Ou couper le prochain hanoko qui s'approche de Pan, rétorqua Wax en pointant au-delà des arbres, là où le navire Foti projetait son ombre. Tu vois à quel point ils grandissent ? Combien de nouvelles choses il y a sur chacun de ceux qui viennent ici ? Nous offrons toujours la même chose. Rien ne change pour nous.

— Tu veux dire ?

— Je veux dire que papa et maman parlent de l'époque où on se faisait piller jusqu'à ce qu'on construise les maisons dans les arbres. Les Foti, les Kance, les Rana. Ils deviennent plus forts, nous restons les mêmes.

Quik sourit, attirant le regard de Wax. Le visage de son frère exprimait de l'amusement, une légère moquerie.

— Et ta seule épée va changer tout ça ? demanda Quik.

— Ce sera un début. Ça convaincra la ville de...

— C'est à propos de Sawi, n'est-ce pas ?

Wax cligna des yeux.

— Quoi ?

— Elle va bientôt être marquée, et toi tu ne le seras pas avant au moins un an. Alors que va faire le pauvre Wax pour être à la hauteur ?

— Ce n'est pas... Wax s'arrêta et soupira. Qu'est-ce que tu en sais, d'abord ? Tu n'as jamais eu personne. Tu passes tout ton temps avec les chasseurs.

— Je sais, dit Quik, apparemment abandonnant la bataille avant même qu'elle ne commence. Mais je vais monter sur celui-ci.

Cet aveu expliquait pourquoi Quik était là en premier lieu. Lui et Wax n'avaient pas vraiment l'habitude des conversations à cœur ouvert. Probablement parce qu'ils gardaient tous les deux leurs journées occupées, se tenant à l'écart l'un de l'autre.

Néanmoins, l'idée de Quik sautant sur un navire Foti et partant au loin fit rire Wax.

— Comment vas-tu faire ça ? dit Wax, le visage calme de Quik lui volant un peu de sa gaieté. Son frère semblait sérieux. Ridicule. Tu vas payer ton passage avec ton charme ? Avec ces griffes ?

— Je suis fort, enthousiaste, et ils n'auront pas à me payer beaucoup, répondit Quik. C'est tout ce qu'il faut.

— Mais pourquoi ? Pourquoi partir ?

— Pour la même raison que tu t'enfonces dans la jungle chaque jour. L'aventure. Une chance de trouver quelque chose de nouveau.

— Ou quelqu'un ?

Le sourire de Quik s'élargit.

— C'est un vaste monde là-bas, Wax. Il se pourrait bien qu'il y ait quelqu'un que je cherche sur les autres îles.

— Je ne peux pas lutter contre ça, alors, dit Wax en posant une main sur l'épaule de son frère. Quand part-elle ?

— Grâce à ton stratagème avec le shrive, dans quelques jours au moins. Peut-être plus longtemps. Le sourire de Quik s'estompa. La rumeur dit qu'il y a des voiliers Kance qui rôdent. Leur seconde reine veut se faire un nom.

— Par la piraterie ?

— Par le pillage. Quik se leva. Si tu comptes vraiment faire cette course, tu ferais mieux de te dépêcher. Plus tard que l'aube et tu ne seras pas de retour à temps.

— Tu prends toujours soin de moi.

— Hé, si tu te blesses, je devrais peut-être venir m'occuper de toi.

— S'il te plaît. Wax se leva à son tour. C'est Bliss qui va diriger tout ça quand tu seras parti.

Quik ne le nia pas, et les deux frères quittèrent le bord pour retourner à l'intérieur de la cabane à trois pièces, où des hamacs et des moustiquaires pendaient dans les coins. La musique, la danse, les cris occasionnels des humains et des calaos plongèrent rapidement Wax dans ses rêves.

Le réveil arriva plus vite, accompagné des mêmes cris. Pour certains à Kitaye, la fête ne s'arrêtait jamais, et Wax roula hors de son hamac de corde séchée en se demandant comment ces pauvres gens pouvaient manquer une journée pour la nuit.

Bliss et Quik partageaient leur chambre, la plus grande des deux, ainsi que les essentiels de la famille. Deux tonneaux de pluie échangeaient leurs places au fur et à mesure qu'ils se remplissaient, et Wax se rafraîchit en puisant dans l'un d'eux avec sa tasse en bois. Ensuite vint une mangue, un peu de viande séchée tirée de deux boîtes le long du seul comptoir de la cabane. Divers tissages et équipements étaient suspendus au-dessus de chacun de leurs hamacs, et Wax saisit sa corde, sa chemise et son short plus épais pour la journée.

Il se balancerait plus vite avec des vêtements plus légers, mais les shrives n'étaient pas en territoire sûr. Mieux valait quelque chose qui pouvait détourner une griffe ou dévier une épine.

Après avoir rempli une gourde et glissé plus de fruits et de viande séchée dans une grande sacoche à bandoulière, Wax sortit et sauta sur l'échelle de corde pour descendre. Il garda ses pieds hors des barreaux, laissant ses mains contrôler la descente jusqu'en bas.

Les fêtards nocturnes de Kitaye se mêlaient maintenant aux autres lève-tôt. Chasseurs, cueilleurs et commerçants retrouvaient leurs amis et se dirigeaient vers les cercles de cuisine. Quelques-uns, comme Wax, partaient vers la forêt.

Aucun, cependant, ne se dirigeait vers la lisière ouest, le terrain plus difficile et, après un long trajet, les marais profonds et les grottes où l'on pouvait trouver les shrives.

L'air agréablement frais se fondait dans un brouillard montant jusqu'aux chevilles alors que Wax se dirigeait vers la périphérie de Kitaye, laissant l'anse derrière lui. La route menant à l'emplacement des shrives n'était pas vraiment une route, mais il l'avait déjà parcourue auparavant, bien que sur plusieurs jours et avec beaucoup plus de gens pour une mission à l'échelle de la ville.

Une chose amusante, ces missions, quand tout Kitaye se rassemblait pour sélectionner un groupe de novices et d'adultes expérimentés pour partir ensemble et vivre une vraie aventure. Un incontournable il y a cinq ou sept ans, elles avaient presque disparu maintenant à cause des mêmes types de Foti qui proposaient ce marché à Wax.

Contrairement à celui-ci, la plupart des commerçants des autres îles ne voulaient rien de spécial. Les fruits, les tissages, les herbes et les outils artisanaux faisaient la richesse de Kitaye, alors pourquoi risquer des voyages plus longs et plus importants ?

D'après ce que Wax avait entendu, Mottilan, la seule autre ville de l'île, sur la côte est de Vis, avait adopté la même attitude. La majeure partie de l'île était laissée à elle-même, faisant ce que la nature voulait, ses secrets restant cachés. Du moins, jusqu'à ce que Wax décide d'aller les chercher.

— Tu le fais vraiment, hein ? lança Pan, tirant Wax de sa rêverie d'explorateur. Son ami, pour une fois portant sa propre corde avec ses sacoches à champignons, s'appuyait contre un arbre à la droite de Wax. Bliss pensait que tu le ferais.

— Qu'est-ce que tu fais ici ?

— Qu'est-ce que ça a l'air ? répondit Pan, en montrant deux sacoches. Comme Wax, il portait un épais tissage émeraude. Chaussures d'escalade déjà aux pieds. Tu veux avoir des shrives, moi aussi.

Wax regarda la corde autour de la taille de Pan.

— Tu n'es pas assez rapide.

— Ne lui dites pas qu'il n'est pas rapide, dit Sawi, ramenant le regard perplexe de Wax vers la ville pour voir sa petite amie qui approchait. À côté d'elle, une corde d'escalade également autour de la taille et l'air très satisfaite, se trouvait Bliss. — On s'entraide et on y arrivera et on reviendra à temps et voilà, facile.

Pendant un bref instant, Wax voulut protester, et il écarta les bras dans ce but, mais avant qu'un seul mot ne quitte sa bouche, Wax lut les expressions. Pan, Sawi et Bliss arboraient tous des sourires qui ne toléraient aucun refus. Ils avaient le bon équipement, des sacoches et des gourdes remplies et prêtes. La journée était jeune et parfaite pour l'aventure.

« Je te mets au défi de dire que ça pourrait être dangereux », signa Bliss.

Wax secoua la tête et sourit. — Je n'avais pas prévu d'être baby-sitter aujourd'hui, mais bon. Vous voulez tous aller chercher des shrives, alors allons-y.

L'ascension commença quelques bosquets après la fin de Kitaye. L'arbre, marqué d'une corde teinte en rouge à sa base, s'étirait du sol à la canopée. Des marches taillées dans le tronc massif rendaient l'escalade facile, Wax prenant la tête. Les chaussures adhéraient bien au bois, ses mains avaient plus de mal avec la rosée matinale, mais c'est pour cela que Wax passait en premier : ses gros doigts balayaient l'humidité, dégageant le chemin pour les autres. Sawi fermait la marche, prête à saisir une corde si le propriétaire tombait.

Juste sous les plus hautes feuilles, Wax s'arrêta à une branche majeure orientée vers l'ouest. À cette hauteur, les options abondaient, mais se balancer avec vitesse signifiait choisir un parcours qui maintiendrait l'élan. Des chutes le long de frondes ou de fleurs géantes lui donneraient de la vitesse, tandis que des lianes relâchées au bon moment enverraient Wax en fusée vers le haut pour regagner l'altitude perdue. L'instinct ferait le reste.

— Premier arrêt, dit Wax, les trois autres attendant à mi-chemin derrière lui, c'est le Perchoir de Ying. Tout le monde connaît le chemin ?

—J'y suis allé cent fois, dit Pan.

— Mieux que toi, ajouta Sawi.

Un regard en bas surprit un hochement de tête de Bliss. Très bien, alors. Il était temps de sauter.

Wax choisit son itinéraire avant de faire un pas. Il laissa sa corde enroulée autour de sa taille, vérifia deux fois que sa sacoche remplie de mangues et sa gourde étaient bien attachées et serrées contre son dos. Tout était bon.

Un pas, puis une poussée en avant, chaque pied placé juste devant le précédent. La branche ne vacilla pas jusqu'à ce que Wax atteigne son extrémité qui s'amincissait, une longue chute en dessous de lui. Avec la longueur d'une enjambée restant sur la branche, Wax planta son pied droit et bondit.

Le vent frappa son visage, l'air humide traversa son tissage, mais les mains de Wax trouvèrent la liane à fleurs blanches qui s'enroulait bas dans les airs. Ses mains glissèrent le long de la tige verte, dispersant des pétales tandis que le serpent relâchait sa prise sur la canopée. Relâchait, mais ne lâchait pas.

La liane s'accrocha et Wax s'élança en avant, le chemin devant lui bloqué par des frondes géantes à feuilles fendues. Les énormes fougères remplissaient les espaces entre les arbres, offrant une bonne couverture aux chasseurs en dessous et de douces glissades pour les balanceurs au-dessus. Alors que Wax se balançait vers le haut, il lâcha la liane, libérant ses jambes dans le vide. Il vola presque latéralement, la liane qu'il tenait revenant en arrière pour que Pan s'en saisisse.

Wax atterrit sur la fronde sur son dos, rebondissant sur le côté droit de la feuille pour se coincer dans la tige centrale. Basculant en avant tout en glissant, Wax se redressa d'un glissement arrière pour se retrouver en déséquilibre avant. Ramassant ses jambes, Wax sauta au moment où la tige devint presque verticale, conservant son élan et bondissant par-dessus le centre plongeant de la fougère.

Heurtant la fronde opposée en courant, Wax tomba en avant, grimpant avec ses chaussures et ses mains, essayant de garder autant de vitesse que possible. Un seul faux pas ici et Wax glisserait tout en bas. Pas fatal, mais ça ralentirait le voyage.

Et Sawi ne le laisserait jamais l'oublier.

La fougère avait cependant de la force dans ses grandes feuilles émeraude, et elles supportèrent la forme tiraillante et donnant des coups de pied de Wax jusqu'à ce qu'il approche de la pointe de la fronde. Une autre liane attendait, celle-ci déjà détachée et pendante depuis le passage d'un précédent balanceur.

Risquant un coup d'œil, Wax aperçut la silhouette de Pan glissant le long de la première fronde. Derrière lui, bien plus loin, Bliss prenait son élan pour sauter sur la liane. Sawi grimpait sur la branche derrière elle.

Wax poussa le premier cri de la journée, sa voix résonnant à travers la jungle.

Comment Quik pouvait-il vouloir quitter tout ça ?

5

LA CHASSE AUX CHAMPIGNONS

Ils faisaient des pauses quand la nécessité l'exigeait, comme lorsque Pan ratait un saut et se retrouvait sur la mauvaise fougère, ou quand Wax prenait le mauvais angle et dispersait plusieurs oiseaux qui profitaient de leur propre collation de mi-matinée. Le quatuor choisissait des perchoirs pour s'installer, grignotait une mangue ou une banane, puis reprenait. Les cris de joie laissèrent place aux grognements sur les muscles endoloris au fil des heures, mais celles-ci s'envolèrent.

Les groupes de cueilleurs sur Vis avançaient vite, mais leur quatuor surpassait les efforts plus importants de Kitaye. Pas de chariots, pas de lourdes sacoches pour ralentir Wax et ses amis, ce qui signifiait qu'ils pouvaient rester dans les airs, faire des claquettes le long de fines branches ou faire des boucles sous une épine de sana pour maintenir leur vitesse.

Le marécage apparut alors que la journée basculait dans l'après-midi. D'abord vint l'air plus lourd, l'odeur plus épaisse et les nuages d'insectes. Traverser la jungle signifiait avaler des insectes en cours de route, mais Wax se retrouvait à tousser après chaque liane oscillante. Il trouvait aussi ces lianes plus difficiles à atteindre alors que le marécage abaissait la canopée, les grands arbres et leurs branches robustes cédant la place aux hautes herbes et aux arbustes élancés.

Sur un signe de Wax, ils descendirent des hauteurs recouvertes d'écorce pour atteindre le sol mou. Les chaussures d'escalade retournèrent dans les sacoches, les pieds nus et calleux offrant une meilleure traction sur le sol boueux.

Le marécage, lui aussi, signalait son territoire par une musique différente. Les chants d'oiseaux cédèrent la place aux coassements des grenouilles, aux ondulations de créatures plus grandes et plus dangereuses glissant dans la vase. Et au bourdonnement des insectes.

— Cet endroit est le pire, signa Bliss. Tu veux savoir pourquoi je ne rejoins pas votre secte ? Elle se tourna vers Sawi. Parce que les cueilleurs doivent venir dans ces endroits tout le temps.

— Le prix que nous devons payer pour la liberté, haussa les épaules Sawi. Elle se pencha, ramassa de la boue fraîche du sol et l'étala sur ses bras. Enduisez-vous, les amis.

Si la vitesse signifiait l'occasion d'avaler un insecte, rester immobile dans un endroit comme le marécage signifierait un mois sans sommeil, le corps en feu à cause des moustiques et pire encore qui en profiteraient. Un peu de boue aux bons endroits, cependant, et Wax pourrait sortir d'ici à un bain près de se sentir bien.

— Vous avez l'air bien, dit Pan une fois qu'ils se furent tous transformés en monstres de boue. On y va ?

Les shrives avaient tendance à s'installer sous les arbres tombés et pourrissants en bordure du marécage. Le mélange d'eau boueuse et de troncs d'arbres frais et juteux produisait ces champignons miraculeux. Bleus et blancs, avec une lueur nocturne, les shrives possédaient des propriétés médicinales merveilleuses. De plus, d'après ce que Wax savait, ils ne poussaient nulle part ailleurs. Les autres îles pouvaient bien essayer de faire pousser une mangue ou une banane, mais pas un shrive.

C'était le trésor de Vis, et de Vis seule.

Bliss prenait maintenant la tête, échangeant la corde oscillante contre son bâton de bambou et ouvrant la voie avec son extrémité émoussée. Elle le faisait glisser dans l'eau quand ils devaient traverser, s'en servant pour dégager les broussailles de leurs ponts de roche et de bois.

En longeant la bordure du marécage, ils passèrent près des mangroves, ces fourrés à l'écorce blanche et aux feuilles tendres qui ajoutaient leur odeur particulière à l'air ambiant, une vie âcre et malodorante. Des oiseaux cachés dans les branches les observaient à leur passage. Par-ci par-là, Pan cueillait un autre champignon ou une plante fibreuse qu'il fourrait dans sa sacoche.

— Tu es là pour les shrives, dit Pan lorsque Wax lui en demanda la raison. Moi, je suis là pour tout le reste.

Wax se laissa distancer pour rejoindre Sawi, bien que les chemins étroits que Bliss trouvait signifiaient qu'il marchait plus souvent un pas devant ou derrière qu'à côté. Elle avait l'air comme toujours loin de la ville : en paix.

— Pas toi ? répondit Sawi, adressant un sourire au marais qui les entourait. Tout ça n'est pas magnifique ?

— Je préfère la canopée n'importe quand.

— Il faut que tu apprennes à apprécier l'endroit où tu te trouves, Wax, dit Sawi. Surtout si c'est ce que tu veux faire. Kitaye ne veut pas toujours des brins de sana.

— Tu deviens sérieuse, Sawi ? Wax lui donna un petit coup dans l'épaule, son doigt glissant sur la boue.

— Seulement quand tu en as besoin.

Le sifflement de Pan attira leur attention vers l'avant, où leur chemin de roche et de bois prenait fin. Non pas dans les eaux tourbillonnantes du marécage, mais sur les pierres moussues et montantes qui marquaient la bordure occidentale de Vis. La montagne — en réalité plusieurs, une chaîne surgissant comme un mur séparant la jungle du vaste océan au-delà — jaillissait du marécage comme si elle avait été plantée telle une immense graine de pierre. Les contreforts s'étendaient vers le nord, ici la montagne se dressait seule.

— On avance vite, dit Wax. Ils se tenaient tous sur un bosquet mou, formé quand un arbre était tombé il y a Dieu sait combien de temps. On sait où on est ?

— Je n'ai pas sifflé parce que j'étais perdu, dit Pan. Ta sœur a remarqué quelque chose.

Bliss, prenant son signal, pointa son bâton de bambou vers la montagne. Il fallut un moment à Wax pour suivre l'extrémité du bâton au-delà des affleurements évidents et des recoins envahis par la végétation jusqu'à une zone ombragée, marquée par une souche brisée.

— L'origine du bosquet, à moins que je ne me trompe, dit Sawi.

— Et alors ? ajouta Wax, regardant le sol pour s'assurer qu'il n'avait rien manqué. Juste des feuilles et des branches en décomposition, déjà colonisées par les champignons du marécage. Pas de shrives ici.

— Pas la souche, bande d'idiots, dit Pan. Ce qu'il y a derrière ?

Wax haussa les épaules, sentit Bliss tirer sur son bras. Elle était déjà en train de signer quand il regarda.

'— Évidemment qu'on ne parle pas de la souche. Il y a une grotte !'

Wax frissonna à ce mot, laissa ses yeux remonter dans

cette direction. En effet, maintenant qu'il y regardait, la montagne semblait bien s'incurver juste derrière cette souche. Même s'il n'adhérait pas tout à fait à l'optimisme de Bliss, la possibilité méritait un coup d'œil.

Certes, on pouvait trouver des shrives sous des bûches moussues avec de la chance. Mais dans une bonne grotte ? Une qui n'avait pas été nettoyée ?

Ils pourraient trouver assez pour obtenir plus qu'une épée et un couteau.

— On pourrait avoir les Foti qui nous donnent tout ce qu'ils ont, marmonna Wax. Allons-y !

« Pas même un merci ? » signa Bliss alors que Wax détachait sa corde. « Pour mes yeux incroyables ? »

— Tout le monde à Kitaye te remerciera quand on aura fini, répondit Wax.

— Ça fait tellement longtemps que personne n'a trouvé une nouvelle grotte, ajouta Pan. Wax lança sa corde en l'air et la sentit s'accrocher. Et avec des marchands dans le village ?

— Plutôt chanceux, dit Sawi.

— Pas de la chance, cria Wax en grimpant, atteignant la souche une minute plus tard. Que du talent ! Bliss, tu es incroyable. Il y a sûrement une grotte ici !

Quitter le marais boueux pour la roche poussiéreuse était, à tout le moins, plus facile pour les chevilles. Wax avait remis ses chaussures — la grotte offrait un sol irrégulier et tranchant — alors qu'il s'avançait au-delà de l'ouverture en demi-cercle. L'entrée en arche semblait si parfaite que Wax la fixa du regard pendant que les autres grimpaient, essayant de comprendre ce qui aurait pu créer un plafond si lisse avec un sol aussi accidenté.

Rien qu'il connaisse, en tout cas.

Sawi prit deux torches de son dos, les courts bâtons et

les enveloppes imbibées d'huile de palme destinés à tout voyage nocturne s'avérant maintenant utiles. Sawi en garda une, Bliss prit l'autre. Utilisant un silex dentelé, Sawi alluma sa torche.

Bliss garda la sienne en réserve, signant qu'ils n'avaient besoin que d'une seule pour le moment. Mieux valait garder la seconde en réserve.

— À ton avis, cette grotte sera profonde de combien ? rit Wax. Je lui donne quelques minutes de marche, tout au plus.

« Alors on aura la torche pour ce soir », répondit Bliss.

— En parlant de ça, dit Pan, allons-y, Wax. Je ne veux pas perdre la lumière du jour avant qu'on ne quitte le marécage.

Un point valable. De vilaines bestioles aimaient la nuit, et glisser dans le marais sans bonne visibilité risquait une noyade rapide.

Sawi prit la tête, marchant d'un bon pas avec Wax à ses côtés. Bliss et Pan suivaient, la file devenant unique à mesure que la grotte se rétrécissait. Les parois rocheuses n'étaient pas pures : des plantes s'étiraient vers le soleil près de l'entrée, tandis que plus loin, des mousses et des restes d'animaux laissaient leurs marques. Rien de précieux, rien de dangereux.

Mais la grotte continuait.

— Ça descend, marmonna Sawi après qu'ils eurent dépassé les cinq minutes prédites par Wax. Jusqu'où veux-tu aller ?

La grotte s'étendait à peine au-delà des épaules de Wax, une configuration étouffante qui, néanmoins, gardait son plafond lisse et son sol accidenté. Quelque part au cours de la marche, un petit ruisseau les avait rejoints, coulant à moitié caché sous la roche à leur droite. Il se pouvait que, les jours de pluie, le petit filet d'eau déborde de son lit et joue sur leur chemin.

— Pan ? demanda Wax. Tu es meilleur pour garder le temps. On devrait faire demi-tour ?

— Pas encore, dit Pan, ses yeux sombres dans la lumière de la torche de Sawi, mais avides. Tu ne sens pas ? Il y a quelque chose de bon devant.

Wax renifla. Il avait trouvé l'air de la grotte poussiéreux et ténu, comme s'il ne circulait pas beaucoup. Maintenant que Pan le faisait remarquer cependant, une odeur familière de terreau persistait en dessous. L'ajout d'un champignon.

Sawi prit l'enthousiasme de Pan et continua, leur récompense apparaissant seulement quelques minutes plus loin dans la pente descendante.

La grotte s'élargit, formant une courbe peu profonde vers la droite, comme s'ils étaient entrés dans la coquille inférieure d'un coquillage. Le ruisseau suivit le virage, formant une flaque au milieu de la pièce, et avec lui vint le ravissement de Pan.

Des shrives, facilement quinze ou plus, s'entassaient avec d'autres mousses et champignons le long des bords du bassin. La raison n'était pas difficile à trouver, confirmant la pensée antérieure de Wax : le ruisseau, lorsqu'il était en crue, charriait des bâtons, des plantes et de la terre jusqu'ici où les débris s'accumulaient. Humide, dépourvu de prédateurs et d'autres problèmes naturels, les champignons avaient trouvé un foyer parfait.

— Ça, ça vaut le coup, dit Pan en dépassant Wax et Sawi pour regarder de plus près. Ce sont des spécimens de première qualité, les gars. Ils sont intacts. On va nettoyer les Foti avec ça.

Wax partagea le sourire de son ami. — Je vous l'avais

dit. Il donna une tape sur l'épaule de sa sœur. — Bon coup d'œil, Bliss.

Elle hocha la tête, croisa les bras et regarda en souriant Pan commencer à remplir ses sacoches. À la gauche de Wax, Sawi leva sa torche et contourna le bord du bassin vers le fond de la pièce.

— Ça continue, dit Sawi, en pointant la torche vers un autre passage qui descendait encore. Vous voulez explorer ?

Pan fredonna. — Après avoir récolté tout ça ? Je pense qu'on a ce pour quoi on est venus. Je vote pour qu'on sorte d'ici et qu'on rentre.

— Mais on ne reviendra jamais ici, dit Sawi, en regardant Wax droit dans les yeux.

Ensemble. C'est ce que Sawi voulait dire. À leur retour à Kitaye, ils seraient happés par leurs rôles, Sawi en particulier, et des voyages comme celui-ci, tous les quatre, ne seraient plus possibles. S'échapper un après-midi autour de la ville était une chose, mais une escapade de plusieurs jours à travers l'île...

— Pan, préviens-nous quand tu auras fini avec les shrives et on fera demi-tour, dit Wax. Bliss, tu surveilles ses arrières, puisqu'on sait tous qu'il ne le fera pas.

Pan ne protesta pas, Bliss se contenta de hausser les épaules. Le sourire de Sawi s'élargit.

La pente devint plus raide après la salle des shrives, le ruisseau rejoignant le chemin et forçant à la prudence. Les murs brillaient maintenant, d'étranges pierres poussant du sol et du plafond. Des gouttes et des glouglous résonnaient. Une symphonie différente de ce que Wax connaissait, et lui et Sawi restèrent silencieux alors qu'ils avançaient, écoutant simplement. Embrassant la nature.

Sawi s'arrêta à un moment, orientant la torche vers le

bas et la gauche. Un petit amas violet-bleu scintillait dans la lumière du feu. Luminescent.

— À ton avis, qu'est-ce que c'est ? chuchota Sawi.

— Aucune idée, répondit Wax en ouvrant sa sacoche. Tu penses que je devrais le prendre ?

— Pan pourrait peut-être nous éclairer, acquiesça Sawi.

Wax tendit la main et décolla la plante mousseuse du rocher. Chaude et douce au toucher, la peau violet-bleu se frotta sur ses doigts alors qu'il jetait le trophée dans sa sacoche.

— Regarde, dit Wax en agitant sa main brillante.

— On dirait que si la torche s'éteint, on a d'autres options, dit Sawi.

Quelques minutes plus tard, le duo arriva dans une salle plus grande, facilement trois fois la taille de la chambre des shrives, voire plus. L'eau, à la lumière de la torche de Sawi, miroitait d'un bleu profond. Claire et propre.

— Hé, dit Wax. Je pourrais bien prendre un bain ?

— Tu en as vraiment besoin, répliqua Sawi, lui rendant son sourire espiègle. Elle posa la torche sur le rocher. Toucha l'eau, siffla. Plus chaude que je ne pensais.

— Parfait. Wax enleva sa sacoche, mit une jambe dans l'eau. Comme la mer par une chaude journée d'été. Tu me rejoins ?

— J'ai cru que tu ne le demanderais jamais, répondit Sawi, et elle sauta, disparaissant dans les profondeurs.

Wax glissa le reste de son corps dans l'eau, se retrouvant à battre des pieds car aucun fond ne l'attendait. Au troisième coup de pied, il sentit quelque chose frôler sa jambe, son ventre, et Sawi surgit devant lui, les yeux pétillants. Ses bras s'enroulèrent autour du cou de Wax.

— Pas tout à fait comme un sana au coucher du soleil, chuchota Sawi. Mais ça fera l'affaire.

6
VISITEURS

Le coup de museau fit tomber Svarde de son lit étroit sur le plancher de bois blond propre de la cabane. Pas vraiment un réveil agréable, mais c'était comme ça que Kivi l'aimait. Toujours mieux, en tout cas, qu'un coup de langue.

Svarde, se frottant la tempe droite, roula sur le dos et leva les yeux vers le ferrite. La tête de Kivi, un museau arrondi gris ardoise et argent, dépassait du matelas et renifla. Le son, comme quelqu'un jetant une pierre contre un mur, dissipa en un instant les dernières bribes de sommeil de Svarde.

— Qu'est-ce que tu sens ? demanda Svarde en s'asseyant. Ses longs cheveux décolorés par le soleil étaient collés contre son cou et son dos. Il faisait assez frais dans la cabane, mais Kivi transformait toujours le lit en sauna.

Un sauna. Voilà quelque chose dont Vis pourrait se servir. L'île entière n'en avait probablement pas un seul. Rien que des plantes, des marécages, des insectes et... Svarde chassa ses grognements en se levant, apercevant la lueur du début d'après-midi à travers les fenêtres grillagées de la cabane.

Le flanc de la montagne dévalait sous la maison de Svarde, une pente raide descendant jusqu'à une plage plate et un océan scintillant. Une longue marche, désormais réalisable grâce à des marches et un sentier dégagé sur tout le parcours. Pas que quelqu'un l'utiliserait.

Sauf lui, bien sûr.

Kivi s'étira hors du matelas, ses quatre pattes de granit noir tacheté la portant comme un ressort se déployant jusqu'au sol près de Svarde. Elle renifla à nouveau, dardant sa langue orange vif vers l'est. Ce faisant, la langue de Kivi effleura ses lèvres, projetant des étincelles.

Svarde fronça les sourcils. Kivi ne s'agitait pas beaucoup ces jours-ci. Seulement quand un hanoko ou une autre créature stupide s'approchait trop près, et toutes les bêtes des environs savaient maintenant qu'il fallait laisser Svarde tranquille.

Peut-être qu'une nouvelle créature avait besoin d'une leçon.

Kivi ouvrit la marche le long du flanc de la montagne, suivant un sentier à l'origine étroit mais depuis élargi par Svarde et son ami mangeur de roches, grâce au temps et aux efforts. Vêtu, pour la première fois depuis des jours, de plus que ses sous-vêtements, Svarde marchait avec une arbalète dorée prête à tirer. Une sacoche, tissée par Vis et blanchie par la lumière du soleil, pendait à son épaule, sous sa cape orange et grise. Il y avait suffisamment de nourriture et d'eau pour tenir une semaine : Kivi avait tendance à entraîner Svarde dans de longues poursuites, et le chasseur avait appris à se préparer.

Cette préparation se voyait aussi dans les deux haches accrochées dans son dos. Il les avait aiguisées la nuit dernière en regardant les étoiles. Elles étaient prêtes pour le sang.

— Si on a de la chance, murmura Svarde, tu en goûteras aujourd'hui.

Il essaya de ne pas penser à ce que cela signifiait qu'il parlait à ses armes, que sa dernière conversation avec une vraie personne remontait à...

Kivi renifla à nouveau, s'arrêtant et arquant son dos aux écailles de pierre ondulantes. Aussi longue que Svarde était grand, la forme de Kivi se modifia, ses plaques rocheuses glissant et se préparant à bondir.

— Attends, dit Svarde, s'accroupissant et avançant lentement à côté de Kivi.

Le chemin ici descendait abruptement, s'appuyant sur quelques rochers bien taillés pour finir sur un affleurement. Une grotte, que Svarde avait fréquentée quelques fois avant de l'abandonner, les attendait là. Et, bien sûr, un chemin vers le marais. Pas sa destination préférée : les piqûres d'insectes gagnées en une heure passée là-bas le suivraient pendant une semaine.

Un chemin vers le bas, cependant, pouvait être utilisé pour monter. D'en haut, les empreintes de pas se détachaient sur l'ouverture poussiéreuse et herbeuse de la grotte. Plusieurs personnes avaient grimpé jusqu'à l'entrée et, à en juger par l'aspect des choses, étaient entrées à l'intérieur.

— C'est ça qui te rend nerveuse, Kivi ? demanda Svarde au ferrite.

Kivi secoua la tête, ses trois yeux émeraude brillant vers Svarde. Pas les humains, alors.

— Eh bien, dit Svarde, reculant doucement de quelques pas et retirant la sacoche de son dos, cette grotte se termine par un bassin. Nous verrons bientôt qui y jette un œil.

Svarde ouvrit la sacoche, sortit de la viande bien séchée de leur dernière chasse. Une gourde remplie d'eau de pluie. En attendant, je vais prendre ce déjeuner que tu m'as volé.

Mais, quand Svarde offrit un morceau à Kivi, le ferrite refusa, son regard ne quittant jamais l'entrée de la grotte.

7
DÉMON

Il appelle nos noms depuis quelques minutes maintenant, dit Sawi alors qu'elle et Wax étaient allongés au bord de la piscine, la torche les aidant à sécher ainsi que leurs tissages. Combien de temps avant que Pan n'envoie ta sœur enquêter ?

— Ils ne sont pas si bêtes, s'étira Wax. Il sentit la roche le gratter. Ce n'était pas l'endroit le plus confortable pour se détendre, mais les nageurs ne pouvaient pas faire les difficiles. Cependant, je ne sais pas combien de temps mon dos pourra encore tenir.

Quelques minutes de plus à regarder Sawi à la lueur du feu seraient certes un plaisir, mais le jour s'approchait du coucher du soleil. Toute chance de retourner à Kitaye s'était déjà envolée, ce qui signifiait qu'ils devraient trouver un bon arbre pour dormir.

De préférence un qui soit bien loin du marécage et de ses insectes sans fin.

— Prête ? demanda Wax en se levant.

— Non, dit Sawi, et Wax s'arrêta, fronçant les sourcils dans sa direction. Elle avait un ton différent alors qu'elle regardait la piscine. C'est tout ? C'est le dernier moment comme celui-ci que nous aurons ?

— Tu n'en sais rien. On pourrait toujours s'échapper en douce. Wax enfila son tissage tandis que Sawi, soupirant, faisait de même. Peut-être que je rejoindrai aussi les cueilleurs, comme ça on ira ensemble.

— Tu es déjà marqué autrement, dit Sawi, touchant l'épaule de Wax, le demi-cercle entaillé là promettant un avenir parmi les chasseurs.

— On aura la ville alors. Des nuits sauvages, de beaux jours, tenta Wax.

Sawi ramassa la torche. — Peut-être.

Pan cria à nouveau, cette fois-ci avec plus qu'un soupçon d'irritation. Il termina par une menace de les laisser tous les deux derrière.

— On arrive ! cria Wax en retour alors que Sawi faisait le premier pas, la torche tendue devant elle.

Ce fut son deuxième pas qui fit s'arrêter le duo. Si profondément dans la grotte, les seuls sons au-delà de leurs voix provenaient du ruissellement du cours d'eau. Pas même une brise ne sifflait. Alors quand un grondement sourd commença derrière eux, Wax et Sawi se retournèrent, curieux. Au centre de la piscine, l'eau paraissant noire à la limite de la lumière de la torche, des ondulations se formèrent. Des bulles, d'abord petites mais devenant de plus en plus grosses, apparurent au centre.

— À ton avis, qu'est-ce que c'est ? demanda Wax, se tournant pour y faire face. Sa main alla à sa corde, par instinct sans raison.

— Tu penses qu'il y avait quelque chose là-dedans tout ce temps ? demanda Sawi, en tenant la torche vers la mare.

Le grondement s'amplifia, la basse profonde gagnant en texture, moins comme le rythme de la terre en mouvement et plus comme le timbre vivant d'un grognement. Sawi recula d'un pas et Wax l'imita.

Il y avait des règles pour chasser dans la jungle, à commencer par ne jamais se laisser acculer. N'importe quelle créature pouvait être dangereuse dans un espace confiné, mieux valait garder les choses ouvertes, se donner des options.

La grotte n'en offrait pas beaucoup, sauf une :

Courir.

Sawi et Wax glissèrent, rampèrent, se frayèrent un chemin à coups de poings pour remonter la grotte. Entre deux respirations, Wax cria en avant, disant à Pan et Bliss de se mettre en route. Derrière, la créature quitta la mare avec des claques mouillées, le son crachant et grognant suivant chaque bond en avant.

Les bruits dégoûtants, l'apparition soudaine firent défiler des souvenirs tandis que Wax suivait la silhouette de Sawi. Quand il était petit, on parlait de monstres comme ceux-ci. Kitaye s'était barricadée pendant des mois, n'autorisant que des groupes armés et méfiants à sortir pour chercher des biens. Peu de navires venaient alors, et Wax se souvenait des jours passés sur la plage avec les chasseurs de la ville surveillant les enfants à chaque instant.

Et il se rappelait, tout comme maintenant, quand un démon — c'est ainsi qu'on les appelait, des démons — s'était extirpé des vagues. Wax avait un bâton, il jouait avec Sawi et d'autres dans le sable. Le démon s'était précipité sur le rivage, rugissant et mordant de ses multiples têtes semblables à celles des requins. Wax se souvenait de sa rage, de son corps écailleux et ravagé, déjà blessé par quelque chose, puis des mains de quelqu'un qui l'avaient soulevé, emporté tandis que les chasseurs de Kitaye, lançant des cris de défi, couraient dans l'autre sens.

Il n'y avait pas de chasseurs ici. Personne non plus pour emporter Wax. Tout ce qu'il avait, c'était son instinct, sa vitesse, et Sawi qui montrait le chemin. Ils éclaboussèrent en entrant dans la salle aux palourdes, un rapide coup d'œil suffisant pour confirmer que Pan avait terminé sa récolte de shrives. Les deux étaient partis. Bien. Sawi alla à droite, se frayant un chemin le long du bord de l'eau, la torche levée haut. Wax suivit, essayant de ne pas glisser.

Le démon ne se souciait pas d'être prudent.

Le grognement atteignit un ton triomphant, un jet de salive dorée volant dans la pièce avant que la créature ne le suive. Propulsée par des nageoires glissantes, la chose, ressemblant à un hanoko trempé et à crinière, jaillit du passage et atterrit dans l'eau sale. L'éclaboussure trempa Wax d'eau fraîche, le poussant contre le mur de la pièce. La torche de Sawi tomba de sa main alors qu'elle chutait en avant, l'eau l'accueillant alors qu'elle atteignait l'autre côté de la pièce. Heurtant la roche humide, la torche grésilla, les ombres et la fumée dansant dans la pièce.

— Lève-toi ! cria Wax, s'essuyant les yeux et faisant un pas de plus.

Trois ou quatre enjambées de plus et il serait libre. Sawi se mit à genoux, tendit la main vers la torche. Sa main saisit le manche quand le démon surgit de la mare, projetant l'eau en avant dans une vague furieuse. La crête passa sur Sawi, trempa la torche et éteignit sa lueur. Le grognement grinçant emplit la pièce, résonnant.

Wax se figea. Il ne voyait pas à un pas devant lui, ne savait pas où aller. Ses jambes tremblaient, les rochers étaient glissants. Le démon était juste à côté de Sawi, et Wax ne pouvait rien faire...

Sa main bougea aussi vite que son esprit, sa gauche

plongeant dans sa sacoche et en arrachant la mousse luisante. La main droite de Wax arracha la corde de sa taille.

Sawi jura et poussa un cri. Le démon heurta la roche.

Wax lança le champignon, le regarda s'envoler et frapper le dos du démon, une crinière bleu océan ondoyante et visqueuse. La créature se cabra sous le coup, sans se retourner, ses nageoires dorsales continuant de la propulser en avant.

— Hé ! cria Wax. Je suis toujours là !

Le démon semblait se moquer de ce qu'il disait, mais la créature remarqua certainement lorsque la corde de Wax planta ses grappins dans sa fourrure. Sifflant de colère, le démon pivota, ses nageoires craquant contre la paroi de la grotte. Avec le champignon lumineux sur le dos de la chose, Wax se retrouva à nouveau plongé dans l'obscurité.

— Cours, Sawi ! appela Wax, entendant le démon patauger dans l'eau. Il tira sur la corde, les grappins se détachant.

Pas vraiment une arme efficace. Sawi, elle non plus, ne répondit pas. Peut-être avait-elle réussi à s'échapper.

L'eau bouillonnait sur sa gauche, les remous se rapprochant. Rester signifiait mourir, alors Wax prit le risque, fit un pas rapide en avant, puis un autre. Il vacilla, mais garda son élan, tenta un troisième pas, presque arrivé à la berge opposée et à un sprint rapide vers le salut.

Le démon balaya une nageoire sous le pied de Wax, le faisant trébucher et l'envoyant s'écraser dans le bassin. Le liquide visqueux lui colla à la peau, les mains et les pieds de Wax frappèrent et heurtèrent des choses qui auraient pu être des bâtons, des feuilles, ou les nageoires du démon.

La créature retrouva rapidement ses repères, glissant vers l'endroit où Wax était tombé et posant une nageoire sur la poitrine de l'homme. Les poumons de Wax implosèrent, l'air s'échappant sous le poids qui l'écrasait au sol. L'eau lui couvrait la bouche, les yeux. Lui remplissait le nez, mais Wax ne pouvait pas tousser, ne pouvait rien faire d'autre que s'étouffer tandis que les yeux dorés léonins du démon, seules choses visibles dans l'obscurité, se rapprochaient.

Malgré tous ses sauts, toutes ses folles escapades dans la jungle, pas une seule fois Wax n'avait senti la mort s'approcher de si près. Il y avait eu des frissons, des frôlements avec le danger, mais rien de réel. Rien qui ne resterait au-delà d'une histoire autour d'un feu de camp.

Son esprit se fixa sur ces deux yeux, ses muscles tressaillant et défaillant, des taches dans sa vision transformant le regard doré du démon en quatre, huit, douze cercles mouvants. Tout le reste s'estompa, chaque sensation. Jusqu'à ce qu'enfin, ces jolies lumières dansantes disparaissent aussi.

8

HACHE ET PIERRE

Le démon avait sa proie. Svarde et Kivi pouvaient le constater. Les fentes du ferrite luisaient d'un orange vif, la bête relâchant sa chaleur corporelle excessive et offrant une bonne vue du monstre. Une étrange tache violette sur l'arrière-train du démon, actuellement à la droite de Svarde, aidait également à le repérer.

— Va le chercher, ma belle, dit Svarde, et Kivi renifla.

Le chasseur leva son arbalète et tira un carreau. Le projectile frappa le démon juste à l'endroit où son visage touchait l'eau, une fraction de seconde avant que Kivi ne charge son flanc. Bien que la créature dût faire plus du triple de la taille de Kivi, peu de choses égalaient la densité d'un ferrite. Kivi s'écrasa dans le milieu du démon, faisant rouler le monstre, désormais orné d'un carreau sur le front, sur le dos.

— Des nageoires ? marmonna Svarde en rechargeant tout en avançant.

Les démons avaient le don de vous surprendre. Ils trouvaient toutes sortes de façons de briser les conventions naturelles, comme si un dieu fou était assis dans un trou secret à mélanger les pires idées.

Pas que cela importait : Svarde en avait tué beaucoup auparavant, et il aurait celui-ci aussi.

Il leva son arbalète tandis que le démon frappait Kivi avec ses nageoires et la mordait avec ses mâchoires. Les nageoires rebondissaient, de la vapeur jaillissant là où l'eau trouvait les évents de Kivi. Les dents ?

Le démon rugissait et sifflait, mais quand ses crocs mordirent la peau de Kivi et se brisèrent, ces bruits gutturaux se transformèrent en glapissements de douleur. Le démon se débattit plus fort, rejetant sa tête en arrière dans la mare. Svarde visa l'endroit où la chose allait refaire surface tandis que Kivi griffait avec ses pattes rocheuses.

Et une sacrée tête d'homme émergea de l'eau, crachotant et toussant. Ce devait être le quatrième dont les idiots à l'extérieur criaient.

— Éloigne-toi, cria Svarde. Le gamin barbota vers la voix de Svarde avec de faibles mouvements. Pas assez vite. — Continue !

Svarde lâcha l'arbalète et s'élança en avant avec juste assez de précision pour garder l'équilibre. Il tendit le bras, sa main gantée attrapant une main éraflée et trempée, et tira le jeune homme hors de l'eau. Sans un mot de plus, Svarde jeta son rescapé derrière lui, entendit l'homme heurter le sol rocheux et commencer à vomir.

Vivant. Ce serait suffisant.

Pendant que Svarde jouait les héros, le démon trouva un regain d'énergie. Réalisant que ses nageoires ne feraient pas grand-chose à Kivi, le démon opta pour rouler, faisant basculer Kivi. Le poids de la ferrite joua contre elle, l'amie de Svarde tombant du démon pour s'écraser dans la mare. Lorsque Svarde se retourna vers le combat, Kivi était elle-même en train de crachoter, écrasée sous la masse du démon.

— Lâche-la, espèce de torchon moisi, dit Svarde en marchant dans la mare peu profonde tout en dégainant ses haches.

L'eau glacée lui montait jusqu'aux cuisses. Les éclaboussures du combat faisaient cligner Svarde des yeux alors qu'il s'approchait de la lueur violette — l'orange de Kivi s'échappait en vapeur sous l'eau et la crinière baveuse du démon. L'obscurité n'importait que si votre cible était difficile à atteindre, et un démon de cette taille était une proie facile.

Svarde opta pour la frénésie, visant à attirer l'attention du démon plutôt que d'essayer de le tuer d'un coup. Il fit tournoyer ses haches rapidement et légèrement, tranchant à travers la crinière et traçant de longues lignes rouges le long du corps de la créature. Le démon réagit comme Svarde le voulait, tournant ses yeux dorés vers lui et rugissant de sa gueule mutilée.

— Te voilà, grosse laideur, dit Svarde.

Face à face, nulle part où fuir. Une mise à mort rapide dans un sens ou dans l'autre.

Une nageoire fouetta en direction de Svarde, rencontrant une hache à la place. Le coup de la main gauche trancha net le membre offensant, donnant à Svarde une ouverture pour s'avancer et faire taire les horribles sons du démon par un coup de grâce fatal.

Alors que le monstre s'affaissait, inerte, Kivi se dégagea de sa masse. La ferrite renifla, se traîna jusqu'au bord de la mare et se secoua, projetant de la vapeur et retrouvant sa bienvenue lueur orange. Svarde récupéra sa hache de la tête du démon et examina de plus près ce qu'il venait d'abattre.

Les signes étaient évidents : la crinière, si emmêlée en

mouvement, présentait des taches noires et brûlées. La peau du démon portait des blessures plus graves le long du ventre et du dos, qui n'avaient été infligées ni par les coups de Svarde ni par les griffes de Kivi. Il jeta un coup d'œil vers l'homme qu'il avait sauvé, le trouvant assis et le regardant en retour. Mince, vêtu d'un tissage Vis.

Pas un combattant.

Svarde passa ses doigts sur la peau du démon, sentant à quel point elle était fine et lâche. En décomposition. La lente désintégration condamnant tout démon qui tentait de franchir la surface tant que Aegis vivait encore.

— Elle n'est pas encore morte, alors, dit Svarde à Kivi.

Mais pour qu'un démon arrive jusque-là, pour être encore si fort... elle devait être proche.

— Qui êtes-vous ? demanda l'homme, maintenant debout, bien que ses mains reposaient sur ses genoux.

Tout en réfléchissant à une réponse, Svarde sentit quelque chose frôler sa jambe gauche. Il tendit la main vers le bas et remonta une corde Vis. Des choses ingénieuses, bien que Svarde lui-même ne les utiliserait jamais. De si fins brins pour confier tout son poids, volant à travers ces arbres.

— Peu importe qui je suis, répondit Svarde en brandissant la corde. C'est à vous, ça ?

L'homme donna son nom pendant le trajet de retour, tous deux suivant Kivi à travers les méandres de la caverne. Tywinax, bien que tout le monde l'appelât Wax.

Il attendit que Svarde donne son propre nom en retour, comme s'il devait s'agir d'un échange équitable.

— Pourquoi étiez-vous ici ? demanda Svarde à la place.

Wax fronça les sourcils, puis se concentra pour bien placer ses pieds. Assez agile, comme tous les Vis. Svarde tendit le bras, saisit le tissage de Wax et l'arrêta net. Kivi sentit le mouvement et fit volte-face, ses yeux émeraude brillants.

— Je vous ai posé une question, dit Svarde. Répondez-y.

Wax fixa Svarde droit dans les yeux. Son regard n'était pas empli de peur, mais d'une lassitude épuisée. Un regard que Svarde lui-même avait vu tant de fois quand-

— Des shrives, dit Wax, se dégageant de la prise lâche de Svarde. Ils sont difficiles à trouver, mais cette mare en avait beaucoup.

— C'est tout ? Des shrives ?

— Que chercheriez-vous d'autre ? demanda Wax, son regard direct maintenant empreint de confusion.

Moi, voulut dire Svarde, mais il secoua la tête à la place. Qui sait si quelqu'un le cherchait encore, si quelqu'un s'en souciait. Après tout, il avait abandonné la seule personne qui comptait pour lui, alors pourquoi le monde ne lui rendrait-il pas la pareille ?

— Ça va ? demanda Wax. Je vous suis reconnaissant de m'avoir sauvé de cette chose, quelle qu'elle soit, mais vous semblez un peu perdu.

Svarde poussa Wax vers la sortie.

— Continuez d'avancer. Il y a toujours une chance qu'il y en ait un autre.

À cette possibilité, Wax comprit enfin le point de vue de Svarde et se mit à courir.

9
NUITS DE FALAISE

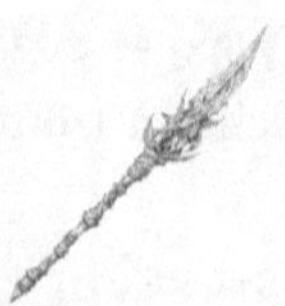

Elle tenait sa torche d'une main, sentant la chaleur se heurter à l'air frais de la grotte, et son bâton de bambou de l'autre. Bliss observait Pan rassembler les shrives, soupirant avec lui lorsqu'il eut terminé sans que Sawi ni Wax ne soient trouvés. Ces deux-là avaient l'habitude de disparaître, pour une raison dont ni Pan ni Bliss n'avaient envie de parler.

Au moins, le temps passé donnait à Pan une excuse pour écourter le jeu, ses cris dans la caverne obtenant au moins une réponse de Wax. Bliss s'était préparée à taquiner son frère à son retour, mais ce plaisir fut gâché lorsque le cri suivant de Wax se répercuta.

Courez, et vite.

Ils hésitèrent tous les deux, Bliss resserrant sa prise sur le bâton. La grotte n'était pas un endroit idéal pour se battre pour elle, étant donné que ses couloirs étroits signifiaient qu'elle serait coincée à frapper droit devant. Pas de larges balayages, pas de sauts acrobatiques pour frapper.

— Ton frère est loufoque, mais il n'est pas idiot, dit Pan en passant devant Bliss. Allons-y.

— Et s'ils ont besoin d'aide ?

— Alors ils nous le demanderaient.

Ils avaient quitté la grotte et trouvé le chasseur et son étrange animal qui les observaient. L'homme leur avait demandé qui ils étaient, ce qu'ils faisaient, mais Pan l'avait coupé. Il lui avait dit qu'ils avaient deux amis dans la grotte qui étaient en danger.

Le chasseur, cependant, prêtait plus d'attention aux grognements croissants de son animal. La bête rocheuse finit par faire son propre mouvement, dévalant la montagne et se précipitant dans la grotte sans un second regard pour Pan, Bliss et les sacoches chargées de shrives. Le chasseur, lâchant un juron que Bliss n'avait jamais entendu auparavant, le suivit.

Pendant de longues minutes, Pan et Bliss restèrent sur le promontoire, le soleil déclinant vers le crépuscule. Sawi émergea en pleurant, sa jambe droite saignant là où quelque chose l'avait heurtée contre la roche. Pan passa immédiatement en mode infirmier, sortant les bandages et les cataplasmes qu'il transportait toujours lors de ces randonnées.

Bliss écoutait Sawi décrire la chose, mais gardait les yeux fixés sur la grotte. Sa torche brûlait encore. Elle pouvait, elle voulait y courir. Son frère pourrait mourir, allait...

Wax trébucha à l'extérieur. Des ecchymoses violettes couvraient sa poitrine, visibles à travers le tissu. Des égratignures parsemaient ses bras et ses jambes, bien qu'elles n'aient pas la profondeur ni l'intention mortelle de celles de Sawi. Les murs et le sol de la grotte en étaient probablement responsables.

Bliss lâcha son bâton, enveloppa son frère dans une étreinte, et pour la première fois de sa vie, sentit qu'il s'appuyait sur elle. Wax s'affaissa, ses poumons presque sifflants. Bliss raffermit ses jambes, entoura Wax de ses bras et le tint, le tint comme leur mère aurait pu le faire s'ils avaient fait un cauchemar ou s'ils se sentaient malades.

Dans l'ensemble, une expérience étrange.

— Vous avez un campement ? demanda le chasseur, émergeant derrière avec son animal, à personne en particulier.

— Nous allions rentrer, répondit Pan, terminant le pansement de Sawi.

— À Kitaye ? C'était au tour du chasseur de renifler. Pas ce soir, j'espère.

— Plus maintenant, dit Wax, se séparant de Bliss, se plaçant entre le chasseur et ses amis.

Un geste stupide. Wax n'était pas en état de combattre une mouche, encore moins un homme massif comme celui-là. Bliss remarqua les haches, toutes deux de retour dans leurs fourreaux. Le chasseur tenait une arbalète à la main, inactive à sa taille mais chargée. Prête. Le monstre de pierre était accroupi, de la vapeur s'échappant des fissures de ses écailles de pierre, près des jambes du chasseur.

Bliss estima qu'elle pourrait atteindre la main du chasseur avec son bâton en moins d'une seconde, écarter l'arbalète d'un coup. Cela pourrait donner le temps à Wax et aux autres de s'enfuir — le monstre de pierre ne pouvait pas être si rapide, n'est-ce pas ? — ce qui laisserait Bliss seule, mais une personne pouvait se sacrifier pour que trois puissent vivre.

Vis demandait cela à son peuple de temps en temps.

— Alors venez avec moi, dit le chasseur, hochant la tête vers son épaule droite. Mon endroit n'est pas loin, et il y a assez de place au sol pour vous. Nous pourrons soigner ces blessures et parler de ce qui s'est passé.

Wax n'avait pas de réponse toute prête. Sawi avait les mains sur sa jambe blessée, les yeux presque fermés. N'écoutant pas, ou s'en fichant. Pan arborait un froncement de sourcils, mais il n'était pas du genre à prendre une décision comme celle-ci.

Bliss donna un coup de bâton à Wax, le faisant se retourner. Le chasseur observait, un sourcil broussailleux levé.

« Il t'a sauvé ? » demanda Bliss en langage des signes.

« Il nous a sauvés, Sawi et moi, répondit Wax de la même façon. Et vous deux aussi. Cette chose était rapide. »

« Tu lui fais confiance, alors ? »

« S'il voulait notre mort, il aurait pu rester à l'écart. » Wax jeta un coup d'œil au chasseur. — Nous sommes épuisés et blessés. Si vous voulez bien nous accueillir, nous vous en serions reconnaissants.

C'était ainsi que se déroulaient généralement les échanges entre Bliss et Wax. Quelques signes de part et d'autre, et son frère en arrivait à la conclusion évidente. Aussi étrange que puisse être le chasseur, il n'avait pas encore essayé de les tuer, et Vis la nuit regorgeait de choses qui le feraient.

Le long du sentier de montagne menant à sa cabane, Svarde se présenta au groupe, racontant une histoire qui, aux oreilles de Bliss, semblait à moitié vraie. Svarde se décrivait comme un combattant fatigué cherchant à prendre sa retraite et à vivre ses derniers jours en paix, mais à moins que Bliss ne soit pas du tout capable de juger l'âge, Svarde aurait encore beaucoup d'années à passer seul.

Wax et Pan racontèrent leur histoire à tour de rôle tandis que Bliss marchait avec Sawi. Le furet de Svarde — quel nom — fermait la marche, reniflant et se traînant sur les rochers bien usés. Bliss donna son bâton à

Sawi pour la marche, son amie ayant besoin de soutien alors qu'elle boitait.

Bliss essaya d'obtenir quelques détails de sa part, mais Sawi garda la bouche fermée. Cela, plus que tout, rendait Bliss curieuse. Sawi n'hésitait pas à s'envoler dans la jungle la plus profonde, ne reculait pas devant l'escalade la plus épineuse. Elle avait déjà fait fuir des hanokos. Mais là, elle trébuchait, tremblait et respirait rapidement même si tout danger était passé depuis longtemps.

Qu'y avait-il eu là-bas dans cette grotte ?

La cabane de Svarde changea l'ambiance. La chose ressemblait à une boîte avec un triangle de travers empilé dessus. Elle s'appuyait contre la montagne, s'écrasant maladroitement contre les rochers. Pas du tout comme les maisons dans les arbres de Kitaye, celles qui se mêlaient aux arbres, aux feuilles et aux branches comme de proches amis.

La vue de la cabane fit sourire Bliss, lui arrachant un rire étouffé. Wax, Pan et même Sawi échangèrent des regards furtifs tandis que Svarde se lançait dans une description bruyante de la façon dont il avait construit l'endroit, de l'effort fourni pour traîner le bois jusqu'ici et le soumettre à sa volonté.

— Ça a l'air sympa, réussit à dire Pan quand Svarde fit une pause.

— D'où venez-vous ? demanda Wax. Svarde ne ressemblait pas vraiment à quelqu'un de Vis, mais le plus grand indice, plus que son corps, était la façon dont il avait construit cette chose. Personne de l'île n'aurait construit une maison de cette manière. Du moins, personne qui faisait attention.

— De Foti, pour ce que ça importe, dit Svarde, guidant le groupe vers les dernières marches menant à l'unique porte de la cabane. Ça fait longtemps que je n'ai pas mis les pieds sur ce foutu endroit.

L'arrivée à la cabane fluidifie la conversation, le quatuor s'installant selon les indications de Svarde. La chaleur du début de l'automne permettait d'étaler les couvertures de Svarde sur le sol, faisant office de lits pour le groupe. Ils partagèrent leurs fruits, ajoutèrent un peu du poisson salé de Svarde et dévorèrent le tout.

Wax et Pan essayèrent de sonder Svarde pour obtenir plus de détails sur qui il était, ce qu'il voulait, d'où il venait, mais le chasseur se referma dès qu'ils furent à l'intérieur. Comme si être dans son propre espace lui rappelait que ces quatre vagabonds de Vis pourraient ne pas être des amis pour toujours, qu'ils pourraient rentrer chez eux et raconter aux autres ce qu'ils avaient trouvé ici.

Bliss ne laissait jamais son bâton la quitter. Svarde avait accroché ses haches et son arbalète, tandis que Kivi s'était lové près de la porte, ses yeux émeraude aux aguets. Svarde était humain, aussi vulnérable que n'importe qui à un bon coup sur la tête. Mais Kivi ?

Bliss étudia la créature tout en mangeant une mangue. Où étaient ses faiblesses ? Les fentes d'où s'échappait la vapeur de temps à autre ?

Cela attira son regard vers les haches. Tranchantes, assez fines pour se glisser dans une de ces fissures, peut-être.

C'était donc le plan. Assommer Svarde, espérer que Kivi ne soit pas assez rapide pour l'attraper avant que Bliss ne puisse s'emparer d'une hache et porter un coup, espérons-le, mortel.

— Bliss, la voix de Wax la tira de sa rêverie. On va rester ici cette nuit, d'accord ?

« Bien sûr », signa-t-elle. Il ne semblait pas y avoir

d'autres options : Sawi semblait déjà à moitié endormie, étendue sur la couverture de fourrure. Les yeux de Pan se fermaient à demi alors qu'il s'appuyait contre le mur du fond, une sacoche de shrive dans chaque main. « Tu te sens mieux ? »

Wax jeta un coup d'œil à ses ecchymoses, aux égratignures maintenant enduites d'aloès.

— J'ai dansé avec la mort et j'en suis sorti vivant, dit Wax. Difficile de se sentir mieux que ça. Il regarda Svarde, qui avait quitté son lit et semblait bourrer une pipe. « Je te connais. Ne reste pas debout toute la nuit. Nous aurons une longue marche demain. »

« Bien sûr, mon frère. »

« Réveille-moi si tu t'inquiètes. »

Bliss sourit, fit un signe de tête vers son bâton. « Tu le sauras. »

Elle donna deux minutes à Svarde avant de le suivre dehors. Les trois autres dormaient déjà, le soleil ayant depuis longtemps plongé dans l'obscurité. Les émeraudes de Kivi étaient fermées aussi, la créature ronflant à travers la cabane.

Svarde était assis sur l'avancée de la cabane côté mer, un rebord large d'une enjambée surplombant le vide. Il tenait sa pipe près d'une pierre à briquet, et quelques coups rapides du silex l'avaient allumée. Bliss l'observait depuis le coin avant de la cabane, son bâton à la main.

Non pas qu'elle fût une espionne, mais faire confiance à un étranger armé et mortel n'était pas quelque chose qu'on faisait si l'on voulait survivre. Du moins, c'est ce que lui avaient dit les chasseurs Kitaye quand elle avait commencé à courir avec eux. Une habitude secrète, que ses frères n'aimeraient pas.

Mais quand elle sauverait leurs idiots de derrières, ils changeraient d'avis.

— Tu vas rester là toute la nuit ? demanda Svarde, sans se retourner pour la regarder, son visage éclairé par la lueur de la pipe.

Bliss haussa les épaules, regarda à gauche, observa les étoiles. Une nuit sans nuages. Peu de vent. Les bruits du ressac montaient de loin en contrebas, un doux coussin.

— J'ai remarqué que tu ne parles pas beaucoup, continua Svarde. Tu n'as pas peur, j'espère ?

Bliss lui lança un regard noir. Elle évalua les marches menant au rebord et les emprunta. Refusant de regarder en bas, elle resta près du mur de la cabane jusqu'à ce qu'elle arrive à portée de coup de Svarde.

Il la regarda, une évaluation scrutatrice que Bliss reconnut car elle la pratiquait si souvent elle-même. Il voulait trouver ses faiblesses, ses forces, ses peurs et savoir si elle avait l'esprit d'un combattant.

Alors elle lui arracha la pipe des mains et porta l'embout à ses lèvres, tira une bouffée. Elle sentit l'herbe âcre descendre dans sa gorge et frapper ses poumons d'une chaleur mentholée. Elle tendit la pipe en arrière, toussa, cracha, tandis que Svarde ricanait.

— Je comprends, dit Svarde en sortant sa gourde d'eau et en la lui tendant. Vous devez faire vos preuves devant l'étranger. Je vous vois. Je vois votre bâton.

L'eau était probablement la meilleure chose qu'elle ait jamais bue à cet instant. Certains à Kitaye utilisaient des pipes importées de Foti, la plupart roulaient leurs propres cigarettes s'ils s'en donnaient la peine. Bliss ne faisait ni l'un ni l'autre et ne comptait pas s'y mettre. Pourquoi gâcher le parfum naturel avec une herbe qui brûle ?

— Ce n'est pas la réponse que vous cherchiez ?

demanda Svarde. Son sourire s'effaça. Votre bâton en bambou ne fera pas grand-chose contre ce qui se trouvait dans cette grotte. Si vous voulez protéger votre frère là-dedans, il vous faudra quelque chose de mieux.

Comme si Svarde savait ce qu'elle pouvait faire avec le bâton. Ce n'était pas parce qu'il n'était pas en fer comme ces haches qu'il ne pouvait pas être tout aussi mortel.

— Cette chose est un démon, dit Svarde. Vous en avez déjà entendu parler ?

Bien sûr qu'elle en avait entendu parler. Tout le monde savait ce qu'étaient les démons, comment ils ne devraient pas être vus à moins que...

— Vous comprenez maintenant. Svarde hocha la tête. S'il y a un démon ici, alors Aegis se brise.

Et si Aegis, le bouclier de Noctia, s'affaiblissait, alors les démons pouvaient être n'importe où. Bliss regarda vers l'est, comme si elle pouvait courber sa vue autour de la montagne, par-dessus la jungle jusqu'à Kitaye.

— Tout est en danger, dit Svarde. Ce que nous ne savons pas, c'est si c'est le premier. Vous n'avez pas entendu parler d'autres ?

Bliss secoua la tête. Elle essaya de se remémorer. Le dernier Renouvellement, l'appel pour une nouvelle Égide, n'avait pas eu lieu il y a plus d'une décennie. C'était beaucoup trop tôt-

— Alors c'est peut-être précoce, dit Svarde. Nous pouvons les avertir. Prendre les devants. S'assurer que les îles ont leurs défenses prêtes.

Nous ?

—Je suis venu ici pour m'éloigner, sourit Svarde, mais, à vrai dire, la solitude n'est pas tout ce qu'on en dit. Ça m'a fait du bien de manier ces haches aujourd'hui. Il la regarda.

Qu'en dites-vous, Bliss ? Ça vous dérange si Kivi et moi nous joignons à vous pour votre voyage de retour ?

IO

LE RETOUR

Trois jours de marche lente les ramenèrent à Kitaye. Blessé, Wax ne suggéra pas les bonds rapides et élancés qu'ils avaient utilisés auparavant. La claudication de Sawi et les regards sévères de Svarde vers les grands arbres excluaient cette idée. Ils marchèrent plutôt, d'abord sur un sol marécageux puis sur le sol doux de la forêt. Pan, Wax et Bliss jouaient les rôles de soignants, trouvant à tour de rôle de l'eau et de la nourriture pour le groupe.

Svarde, malgré tout son mystère, gardait ses compétences de survie pour lui-même. Il broyait du noir près des feux, tirait sur sa pipe, partait en promenades errantes et aiguisait ses haches jusqu'à ce qu'elles brillent. Personne ne réussit à tirer grand-chose de l'homme, un silence que Wax attribuait au fait d'avoir vécu sur une falaise pendant qui sait combien d'années.

Kivi, bien que le furet fût soigné, ne tenait pas non plus vraiment de conversations.

Sawi passa les jours de voyage dans une brume silencieuse. Elle repoussait les tentatives d'affection de Wax : les câlins et les invitations à grimper au camp pour voir le coucher de soleil depuis le ciel. Au lieu de cela, elle déroulait une couverture empruntée à Svarde et s'effondrait dessus.

Le dernier soir, quand Wax commença à faire une nouvelle ouverture pour grimper à la canopée, Svarde, sans détourner son regard du feu de camp, lui dit de la laisser tranquille.

Quand Wax demanda ce qui donnait à Svarde la permission de dire cela, l'homme répondit simplement de regarder Sawi.

— Chacun gère la mort différemment, conclut Svarde, avant de siffler Kivi et de partir pour une de ses promenades.

Une autre bizarrerie. Avant ce voyage, Wax avait toujours considéré la jungle comme sa seconde maison. Il s'enroulait sur une branche et se sentait aussi en sécurité pour dormir que s'il était de retour chez lui dans son propre hamac. Maintenant, avec Svarde qui rôdait et Bliss qui, souvent, le suivait comme son ombre, Wax trouvait les nuits agitées et stressantes.

Kitaye, heureusement, marqua la fin de tout cela.

Alors qu'ils atteignaient la périphérie, Svarde demanda au groupe de s'arrêter et de former un cercle.

— Racontez à tout le monde ce qui s'est passé, dit d'abord Svarde. Ils vont poser des questions, et vous devez être clairs. Un démon vous a attaqués. Utilisez ce mot, et uniquement ce mot.

— Tu penses que les gens vont nous croire ? demanda Pan. C'est trop tôt.

Svarde désigna Sawi, puis Wax. — Vous avez encore vos blessures. Montrez-les. Faites comprendre à vos familles et amis. Quiconque quitte la ville maintenant devrait partir en groupe, et être armé.

— Je ne sais pas qui vous pensez que nous sommes, dit Wax, mais personne ne se souciera de ce que nous disons.

— C'est leur problème, répondit Svarde. Vous ne pouvez que montrer la vérité aux gens. C'est à eux de la croire.

« Que va-t-il faire ? » signa Bliss à Wax, qui répéta la question.

Svarde jeta un coup d'œil à Kivi, qui se reposait à son genou droit. — Vous avez dit qu'un navire Foti est en ville ? J'ai l'intention d'y prendre place. Kitaye n'est pas le seul endroit qui devrait savoir que les démons arrivent.

Sawi partit en direction de chez elle, tout comme Bliss, laissant Wax, Pan et Svarde se diriger vers les quais. L'après-midi chaud s'étirait, la marche couvrant Wax de sueur malgré l'ombre de la forêt. Les premiers arômes d'épices de cuisine flottaient sur la brise marine, une perspective alléchante après des jours à se nourrir de baies, de plantes et d'occasionnelles petites bêtes attrapées par l'arbalète de Svarde.

La foule de Kitaye réservait ses regards à Kivi, le ferrite attirant l'attention agaçante des enfants et les murmures inquiets des parents. Svarde lui-même ressemblait assez aux Foti en visite, bien que ses deux haches suscitent quelques offres d'échange lancées à voix haute.

L'homme ne dit pas un mot à qui que ce soit.

Wax se surprit à observer Svarde plus que ses propres pas. Être silencieux et concentré dans la jungle était une chose : on ne savait jamais où une plante désagréable ou un prédateur pouvait se cacher, mais Kitaye était un endroit paisible. Svarde aurait pu se détendre, aurait pu lâcher son arbalète d'une main et dire bonjour. Au lieu de cela, Svarde semblait perdu dans des souvenirs lointains.

— Un jour, nous pourrons faire ça, dit Wax à Pan alors qu'ils approchaient de la plage et des étals de commerce.

— Quoi, avoir l'air d'avoir mangé trop de champignons ?

— Non, il a des histoires, Pan, répondit Wax. Il a vécu ! Fait des choses dont nous ne pouvons même pas rêver.

— Des trucs qui l'ont amené à vivre seul sur un rocher, dit Pan en inclinant la tête vers Svarde. Si c'est ce que tu veux pour toi-même, vas-y mon pote. Svarde a dit qu'il partait, je parie que tu peux retourner là-bas et réclamer sa cabane pour toi.

— Tu as juste peur.

— Peur de quoi ? On ne fait rien.

— C'est bien ce que je dis !

Wax manqua l'occasion d'étoffer son argument alors que le trio atteignait le quai menant au navire Foti. Les trois jours au port ne l'avaient pas beaucoup changé, sauf que maintenant les caisses à bord contenaient des marchandises Vis au lieu d'équipement Foti. Le navire lui-même bourdonnait d'activité, les marins préparant le bateau pour un départ que Wax entendit prévu pour le lendemain matin.

— Juste à temps, dit l'homme Foti en descendant la grande rampe de son bateau jusqu'au quai. Je vous ai vus venir et je me suis dit, voilà la preuve que Vis sait faire un homme bon.

Wax jeta un regard interrogateur à Pan, un homme bon ? Svarde se dressait derrière eux, cherchant sa pipe tandis que Kivi reniflait l'eau calme au bord du quai.

— Un homme bon tient ses engagements, expliqua le Foti. Je suppose que ce sont les shrives là ? J'ai dû convaincre mon équipage de vous attendre. Les yeux de l'homme brillèrent lorsque Pan ouvrit la première sacoche, révélant les champignons bleu argenté. — Voilà une belle vue.

— Ce n'était pas facile à obtenir non plus, dit Wax. Ne jamais rien céder dans une négociation, comme disait sa mère, et prendre ce qu'on peut. — Un démon nous a attaqués pendant que nous les ramassions.

Le sourire du Foti s'évanouit, sa main tendue vers la lame échangée s'arrêtant net.

— Quel est ce mot que vous avez utilisé ? demanda le Foti, sa voix tombant presque dans un murmure.

— Un démon, répéta Svarde, coupant la parole à Wax. Pas un quelconque félin de la jungle ou une plante. Un démon. Vous savez ce que cela signifie.

Le Foti leva les yeux vers Svarde, son visage se durcissant. Une réponse acceptable avait été fournie.

— Vous étiez là ?

— Il l'était, dit Wax, essayant de se tenir un peu plus droit. Pan se contentait de regarder tour à tour les interlocuteurs. Sans lui, nous aurions pu mourir.

— Vous auriez pu mourir, répéta le Foti en croisant les bras, ses brassards métalliques brillant dans le crépuscule orangé-violet. Il se concentra sur Svarde. Vous n'êtes pas de Vis, n'est-ce pas, l'ami ?

— J'y suis depuis assez longtemps, répondit Svarde. Il tint sa pipe au-dessus d'une des torches du quai, l'alluma, puis la ramena. Ça venait des Ténèbres d'en Bas. J'en suis certain.

Le Foti jeta un coup d'œil à Wax.

— Il en est certain, hein. De nos jours, tout le monde capture une créature et l'appelle un démon, comme si le monde entier cherchait une crise. Vous avez vu cette chose ?

Wax passa un doigt sur sa poitrine où, à travers le tissu, ses ecchymoses se faisaient voir.

— C'est ça qui m'a fait ça. Je n'ai jamais rien vu de tel

auparavant. Wax pointa l'épée du doigt. Nous avons apporté les shrives comme promis.

— Vous aurez votre récompense, dit le Foti en passant la main dans sa barbe hirsute, nouée au bout par un simple nœud. Voir un démon change les choses, c'est tout. Ça change beaucoup, si c'est vrai.

Svarde monta sur la rampe, écartant Wax par sa simple corpulence. Plongeant la main dans sa chemise en lambeaux, Svarde en sortit un cercle de la taille d'une paume attaché à une chaîne de bronze ternie autour de son cou. L'homme avait porté l'amulette chaque fois que Wax l'avait vu, mais Svarde ne l'avait jamais sortie jusqu'à présent.

Les ombres rendaient difficile de voir les détails de l'amulette, mais les sept cercles étaient assez clairs. Chacun contenait son propre dessin à l'intérieur, et tous avaient des lignes sinueuses les reliant au plus grand des sept au centre de l'amulette.

Derrière Wax, Pan étouffa un hoquet, se mettant à tousser. La réaction du Foti fut similaire, l'homme se figeant d'abord, puis se relâchant, les bras tombant le long du corps et les épaules s'affaissant.

— Vous me croyez maintenant ? demanda Svarde.

— Je ne voulais pas, répondit l'homme Foti. Il détacha l'épée et la tendit à Wax. Il sortit le petit couteau et le lança aussi vers Wax, arborant le même regard lointain que Svarde avait eu tout le long du chemin à travers la ville. Que faites-vous ici alors ?

— Je cherche un transport, dit Svarde.

Le Foti acquiesça, se redressa, comme si le retour aux affaires normales était un changement revigorant.

— Noctia ? demanda le Foti.

— La Cité aux Anneaux, confirma Svarde.

— Facile, dit le Foti en faisant signe à Pan de lui remettre les shrives. Je peux les vendre là-bas aussi bien que sur Kance. Nous partons demain ?

— À l'aube, dit Svarde. Pas plus tard.

— Vous allez gâcher la dernière nuit de mon équipage avec cet ordre.

— Ils risqueront leur vie autrement, dit Svarde. À moins que vous ne soyez équipé pour combattre des démons sur ce bateau ?

Le regard du Foti se porta sur l'épée qu'il venait de remettre à Wax, puis l'homme secoua la tête.

— C'est la paix pour nous. On transporte plus de marchandises sans les canons.

— Alors votre décision est prise.

Wax sentit Pan tirer sur son tissage. Il recula de quelques pas tandis que Svarde et le Foti engageaient une autre conversation, tous deux se dirigeant vers la rampe menant au pont du navire. Kivi lança un reniflement amical à Wax et Pan, puis suivit Svarde.

— J'écoutais, dit Wax, tenant la lame dans son fourreau d'une main et le couteau de l'autre. Pourquoi m'as-tu éloigné ?

— Tu ne veux pas être mêlé à ça, Wax, dit Pan en déglutissant. Ce dont ils parlent, ce n'est pas pour nous.

— Pas pour nous ?

Pan souleva l'autre sacoche de shrives. — Pas pour moi, en tout cas. Je vais me débarrasser de ça et prendre un bon repas. Wax haussa les épaules, regarda à nouveau le bateau Foti, et Pan l'attrapa par l'épaule, le retournant. — La cérémonie de Sawi est demain. Tu ne devrais pas l'aider ?

Oui, Wax devrait, mais il avait encore le temps. Ceci, quoi que ce soit, allait bientôt disparaître. Il avait goûté au vaste monde, et qui sait quand il aurait une deuxième chance ?

— Sais-tu seulement ce qu'était cet amulette ? demanda Pan, son ton passant d'un avertissement amical à une urgence colérique.

— Je le saurais si tu ne m'avais pas éloigné.

— C'est l'amulette d'un Gardien, Wax. Pas une simple médaille. Tu as vu les sept cercles ? Seuls ceux qui vont jusqu'au bout en reçoivent.

— Jusqu'au bout ?

— Ceux avec Aegis. Pan regarda avec Wax, observant Svarde sur le bateau alors qu'il parlait maintenant à tout un groupe de marins Foti. — Il n'est pas si vieux non plus. Je parie qu'il était là, juste là au dernier Renouveau.

Wax lança un regard sceptique à Pan, les yeux plissés. — Comment peux-tu savoir tout ça ?

— Parce que mon grand-père était un Gardien, il y a quelques générations, dit Pan. Son Renouveau n'est pas allé bien loin. Il a abandonné, je crois, mais grand-père parlait de ces amulettes. Comme il en voulait une.

— Donc Svarde est un Gardien ? Qu'est-ce que ça peut faire ?

— Wax, je ne sais pas ce qui pourrait pousser un Gardien comme lui à vivre seul, mais ça ne peut rien être de bon. Ce dont il parle, les démons et tout ça, ils vont tuer des gens, dit Pan. Ce n'est pas pour moi, ce n'est pas pour nous. Tu as ton épée.

Wax leva l'épée de saphir dans son fourreau. Elle semblait un peu ordinaire maintenant, à côté de ce qu'il venait de voir. Qui se souciait d'une épée s'il ne pouvait rien en faire ?

— Je peux avoir le couteau ? demanda Pan.

— Quoi ?

— J'ai récolté les shrives et je les ai portés presque tout le chemin, dit Pan. En réalité, je devrais être celui qui obtient les biens, pas toi.

— Mon idée, ma lame, rétorqua Wax, mais il sourit. Bien sûr, tu peux avoir le couteau.

Pan attacha le petit couteau à sa ceinture, posa une main sur l'épaule de Wax. — Allez. Ce n'est pas notre problème.

Peu importe à quel point Wax aurait voulu que ce le soit.

II
RITUEL

Bliss avait à peine fini son repas composé de noix de coco, de poisson et d'algues autour du cercle de cuisine que son dîner fut interrompu. Assise au feu de camp choisi par sa famille, en train de communiquer par signes avec Quik et son père, Bliss venait tout juste de poser sa fourchette et sa cuillère en bois lorsque plusieurs ombres tombèrent sur les flammes vives.

Le trio, composé de deux femmes et d'un homme, portait des tenues tissées gris-noir qui montaient de leurs chevilles jusqu'à leurs cous. Contrairement à celle que Bliss arborait, ces tenues ne laissaient aucun espace découvert, ne montraient aucune peau et comportaient des cordons épais comme des doigts. Sur leurs têtes, des écharpes en tissu entouraient leurs cous, prêtes à être relevées si un couvre-visage s'avérait nécessaire. C'étaient des uniformes qui imposaient le respect, des uniformes que Bliss n'avait pas vus depuis son enfance.

— Vous êtes de retour, dit Quik doucement, son propre plat à moitié mangé oublié.

La femme du milieu pointa Bliss du doigt sans dire un mot. Bliss regarda son père, qui hocha la tête.

— Si les Lira te veulent, tu y vas, dit-il, bien que les rides soudaines autour de ses yeux et la tension dans ses bras indiquaient à Bliss que cela n'allait pas être une bonne chose.

Quand Quik se leva pour suivre, l'homme Lira posa une main ferme sur son épaule et le força à se rasseoir sur le tronc où il était assis.

— Mais Bliss ne parle pas, protesta Quik. Vous ne comprendrez pas ses signes ?

Si l'argument de Quik avait fait impression, les trois Lira n'en montrèrent rien. Une fois de plus, la femme du milieu fit un geste de la main vers Bliss. Cette fois, ils commencèrent à marcher. Cette fois, Bliss les suivit.

Si le retour avec Svarde avait attiré l'attention, marcher avec les Lira provoquait exactement l'effet inverse. Le trio vêtu de noir conduisait Bliss en silence, et partout où ils passaient, du cercle de cuisine aux rues de terre couvertes d'arbres de Kitaye, les gens jetaient un seul coup d'œil avant de se détourner.

Se cachaient-ils, comme Bliss aurait dû le faire ? Bliss était-elle conduite vers quelque tourment qu'elle ignorait, dont les autres ne voudraient pas se souvenir ?

Elle fouilla sa mémoire pendant la marche, la beauté nocturne habituelle de Kitaye s'estompant dans un bleu tandis que l'anxiété électrisait ses nerfs. Pas une seule fois ses parents n'avaient mentionné les Lira, sauf en passant dans de vieilles histoires. Des guerriers cachés, exemptés des limites normales des lois de Kitaye, de sa société. Des protecteurs de l'ombre, allant et venant selon des caprices invisibles.

Qui ils étaient, comment ils étaient convoqués, Bliss ne le savait pas, ne pouvait pas le deviner.

Elle tendit la main vers son bâton, espérant que tenir ses fibres fermes lui apporterait un certain réconfort, mais son dos en manquait le poids : elle l'avait laissé au feu de camp. Bliss n'avait que son tissage, ses mains, et rien d'autre.

Les Lira ne se retournèrent pas une seule fois pendant toute la marche. Soit ils entendaient les pieds nus de Bliss qui les suivaient, soit ils supposaient, à juste titre, que personne ne serait assez fou pour s'enfuir.

Leur chemin éloigna Bliss de la ville. Les torches et les conversations de Kitaye s'estompèrent dans l'obscurité et les bruits nocturnes de la jungle. Les insectes, n'étant plus effrayés par la fumée, vinrent explorer. Les fougères et les branches, certaines épineuses, empiétaient. Bliss mit de côté son émerveillement, se concentrant sur le placement de ses pieds, balançant ses jambes et ses hanches pour éviter les dangers mineurs.

Où qu'on l'emmenât, Bliss se dit qu'il ne serait pas bon d'arriver égratignée et meurtrie.

À un moment donné — sans le ciel, sans repères au-delà des arbres sombres et des tiges de sana, il était impossible de suivre le temps — les Lira s'arrêtèrent. Une petite clairière, juste assez grande pour contenir leur quatuor et rien de plus. Des noctia lelunes bordaient le cercle, captant la lumière de la lune et s'ouvrant en un rouge vif. Ces fleurs n'étaient pas naturelles à Vis. Quelqu'un les avait apportées ici, avait planté cet endroit avec un but précis.

La Lira en tête, la femme qui avait fait signe à Bliss de venir, détacha la corde de sa taille. D'un geste rapide, elle lança la corde vers les branches au-dessus. Pour Bliss, regarder dans cette direction ne montrait rien de plus qu'un enchevêtrement d'ombres. La corde de la Lira, cependant, trouva quelque chose. Avec une traction, accompagnée de bruits secs, comme des brindilles se cassant, la corde retomba sur le sol.

La suivant une seconde plus tard vint une épaisse échelle de corde. Doublement attachée, avec de vrais barreaux. Pas les grimpeurs noués à la va-vite que trop de maisons de Kitaye utilisaient, mais une vraie échelle. La Lira en tête et l'homme grimpèrent rapidement les échelons, leurs mains et leurs pieds se posant à peine sur chaque cylindre de bois avant de passer au suivant.

La dernière Lira toucha l'épaule de Bliss, pointant l'échelle. Bliss avala sa salive, leva les yeux. Mais quel choix avait-elle, vraiment ? Même si elle s'enfuyait maintenant, Bliss aurait du mal à retourner à Kitaye. Et les Lira la suivraient, pourraient ne pas être si gentils la prochaine fois.

Elle avait assez souvent discuté d'aventure avec Wax. Elle s'était entraînée avec les chasseurs, essayant d'en faire sa destination sûre. Cela signifiait du courage, de la bravoure, une volonté d'affronter l'inconnu.

Eh bien, voici sa chance.

Les échelons étaient frais au toucher, l'échelle oscillait tandis qu'elle grimpait. Ses pieds nus s'enroulaient à chaque pas, la voûte plantaire s'enveloppant autour de l'échelon tandis que ses mains saisissaient le suivant. En dessous, la Lira commença à monter après elle et ils escaladèrent en silence, l'échelle bougeant avec eux.

Bliss émergea dans un groupement de cimes d'arbres. Des lianes, massées en motifs serrés, rassemblaient d'épaisses branches en une plateforme naturelle. Au-dessus, des feuilles éparses offraient une infime séparation avec le ciel. N'eussent été les murs incurvés et sculptés alentour, Bliss supposait qu'elle aurait pu voir l'océan.

Au lieu de cela, elle vit les Lira.

Un rapide décompte suggérait qu'ils étaient plus d'une vingtaine. Ils s'étendaient autour de l'espace plus grand qu'il n'y paraissait, faiblement éclairé par des mousses bleues et violettes. Du moins, c'est ce que Bliss pensait que c'était, ces amas coincés dans les coins les plus sombres de la cabane. Sur les murs aussi pendaient des toiles de chanvre avec des mots écrits en teintures rouges.

Bliss s'éloigna de l'échelle tandis que le dernier Lira atteignait le sommet, ses yeux errant, scrutant les murs. Les Lira eux-mêmes ne semblaient pas lui prêter beaucoup d'attention, et elle ne pouvait pas lire grand-chose dans leurs sombres tissages. Les tentures murales offraient davantage : des noms, des années, des lieux dispersés à travers Vis.

L'échelle se redressa d'un coup, s'enclenchant en place, et avec elle l'ambiance changea. Les conversations discrètes cessèrent, les Lira se tournant presque d'un seul mouvement pour regarder Bliss. L'un d'eux, la femme de tout à l'heure, sortit de la foule et tendit à Bliss un chiffon à griffonner, une planchette de bois et un crayon de charbon. Ce dernier instrument retint l'attention de Bliss : seuls les Foti se donnaient la peine d'en apporter ici, et la seule raison d'utiliser cela plutôt que de la teinture et un bâton serait la précision.

— Tu as vu un démon ? demanda la Lira.

Bliss secoua la tête. Elle utilisa le crayon sous leurs regards silencieux.

"Mon frère l'a vu. Pas moi."

Le griffonnage noir et flou aurait été difficile à lire jusqu'à ce qu'un autre Lira apporte une lanterne Foti. Avec une étincelle déclenchée par un interrupteur quelconque dans l'objet, une flamme pêche jaillit.

Un outil coûteux, le combustible l'étant encore plus. Bliss n'avait vu des lanternes utilisées que dans quelques endroits où les flammes nues pouvaient causer un désastre. Comme, disons, une cabane dans les arbres exiguë loin au-dessus du sol de la forêt.

— Mais c'était bien un démon ? demanda la Lira.

"Svarde l'a dit."

— L'homme que vous avez trouvé ?

"Oui."

— Sais-tu qui il est ?

La Lira posa la question comme la mère de Bliss aurait pu lui demander si elle savait utiliser une fourchette.

"Et vous ?"

Les Lira, tous autant qu'ils étaient, fixèrent Bliss en silence.

"Je ne sais pas qui il est. Quelqu'un d'important ?"

Des chuchotements éclatèrent autour d'elle, canalisés comme le vent vers la femme qui avait mené toute cette affaire.

— Sais-tu ce que nous sommes ?

Bliss secoua la tête. Les légendes et les rumeurs n'étaient que cela. Mieux valait partir de la source.

— Nous sommes les protecteurs, dit la Lira. Bénis par Vis lui-même pour garder sa maison en sécurité jusqu'à ce qu'il puisse revenir.

"En sécurité contre quoi ?" Bliss n'avait jamais vu les Lira apparaître lors de mauvaises tempêtes, d'incendies, ou même d'attaques de hanokos enragés. Si les Lira étaient des protecteurs, ils étaient terriblement sélectifs.

— Contre le véritable ennemi, répondit la Lira. Les Ténèbres d'en Dessous.

Un autre nom tiré de vieilles histoires poussiéreuses. Quelque part loin sous la terre d'où émergeaient les démons. Soi-disant.

Tous les Lira regardaient maintenant Bliss, comme si elle aurait dû être impressionnée par cette déclaration. Au lieu de cela, elle haussa les épaules.

Wax et Sawi avaient peut-être rencontré une créature menaçante au fond d'une grotte, mais un seul monstre, que Svarde avait tué sans trop de difficulté, ne semblait guère justifier l'intervention d'une société secrète.

Cette idée fissura la façade de Bliss. La marche mystérieuse, la cabane dans les arbres enchantée avec ses gribouillis cryptiques se transformèrent en quelque chose de plutôt ridicule. À quoi jouaient tous ces gens, à se réunir ainsi dans l'obscurité ?

— Cela vous amuse ? La femme Lira, apparemment, ne voyait pas les choses de la même façon que Bliss.

« Je ne comprends pas », écrivit Bliss.

La femme hocha la tête et regarda vers sa gauche. Bliss tenta de suivre son regard, mais ne vit que des visages masqués dans l'ombre.

— On m'a dit que vous étiez prête à apprendre, dit la femme.

« Apprendre quoi ? »

— Comment garder votre famille en vie dans la tempête à venir.

Bliss éclata de rire. Elle ne put s'en empêcher. Tant de gravité, tant de vantardise. Mais à peine avait-elle commencé à sourire, à peine le premier gloussement avait-il passé ses lèvres que quelqu'un lui glissa un épais tissu sur le visage, la bouche, les yeux.

Une odeur douce et brûlante lui emplit la bouche et le nez. Bliss toussa, essaya de se débattre, mais d'autres mains lui saisirent les bras, les immobilisant. Une autre pressa le tissu humide contre ses lèvres.

Des murmures s'élevèrent autour d'elle, perçant la panique de Bliss uniquement parce qu'ils parlaient à l'unisson. Les voix s'élevèrent en une prière, une que Bliss connaissait par cœur, une qu'elle connaissait depuis qu'elle était petite fille.

Un simple verset, demandant à Vis la force, l'honneur et le pardon. Les mots se répétaient, une mélodie tandis que les bras de Bliss devenaient inertes, ses jambes invisibles, et qu'elle flottait dans l'obscurité avant de s'y perdre complètement.

12

UNE SIMPLE DEMANDE

Cinq jours à traverser les flots. La brise marine avait un caractère différent sur le pont d'un navire plutôt que sur le flanc d'une montagne. Comme si Svarde était invité à une danse plutôt que d'en être simple spectateur. Lui et Kivi passaient leurs journées et leurs nuits à l'extérieur sur le pont — descendre signifiait suffoquer dans des hamacs avec les marins Foti. Grâce à la chaleur vaporeuse de Kivi, Svarde pouvait affronter le vent le plus glacial et rester confortable, ce qui était une bonne chose avec l'approche de l'automne.

Les marins évitaient Svarde et son amie, bien que quelques téméraires osaient grommeler à propos de la perturbation de leur circuit planifié. Faire le tour des îles, allant de l'une à l'autre et troquant des marchandises était une pratique courante, et presque toujours rentable.

Une vie que Svarde aurait pu mener si le timing avait été différent.

Elle aurait pu être là avec lui, aussi.

Noctia apparut, comme toujours, par nuances. Les courbes brutales de l'île centrale se dessinèrent à l'horizon, une bande gris-noir prenant forme au fur et à mesure que le navire s'approchait. Le trafic maritime s'intensifia également, plus de marchands et d'escortes armées occasionnelles naviguant à proximité. Les balistes montées sur les ponts les plus dangereux se déchargeaient toujours si près de Noctia.

Personne ne serait assez stupide pour risquer la colère de l'île en déclenchant un combat à sa vue.

La Cité des Anneaux ne rivalisait pas avec sa ville natale en termes de grandeur. Elle jouait un jeu différent, ses tours élancées ornées de drapeaux, ses rues grouillant de vie tandis que les falaises derrière elle se dressaient dans une désolation stoïque. La couleur dominait, les factions de Noctia s'affirmant avec des teintures et des métaux façonnés encadrant portes et fenêtres. Chacune évoquait une certaine expérience, une certaine vie.

Tant de choix, mais en en faisant un, on perdait tous les autres.

Le navire Foti se dirigea vers le Port des Marchands, une décision sensée. Svarde n'était pas un diplomate, ils n'étaient ni des soldats revenant d'une bataille ni des artistes cherchant à monnayer leur talent pour gagner leur vie. La Cité des Anneaux encerclait toute Noctia, et bien qu'il y eût de nombreux ports plus petits, le navire Foti se dirigea directement vers le plus grand, le seul digne de son véritable nom.

— Une balade, dit Svarde à Kivi tandis que le navire s'amarrait à son poste.

Le soleil matinal se cachait derrière les montagnes de Noctia et, plus encore, l'ombre du navire voisin recouvrait le vaisseau foti : une galion kance arborant des voiles en cuir semblables à des ailes. Le bâtiment sortait alors que celui de Svarde entrait, et ce dernier attendit de longues minutes pour le regarder partir.

Un navire kance sous les ordres d'un bon capitaine glissait sur l'eau, et celui-ci ne faisait pas exception. Comme s'il lui suffisait de tendre le bras pour saisir l'air, le navire vira de bord et s'élança, rentrant chez lui en laissant un sillage écumeux derrière lui.

Cinq jours pour que le vaisseau foti arrive ici. Si le navire kance mettait la moitié de ce temps pour rentrer, son capitaine devrait démissionner de honte.

— Un jour, je t'emmènerai sur l'un d'eux, dit-il à Kivi tandis que le duo débarquait, rejoignant l'équipage foti qui se déversait dans le miasme du quai.

Kivi renifla. Elle avait appris depuis longtemps à considérer les promesses de Svarde avec un scepticisme salutaire.

Chaque marin qui se dirigeait vers la terre ferme portait une sacoche en bandoulière. Les sacs en toile racontaient des histoires, la plupart décorés d'emblèmes, teints de différentes couleurs ou percés de babioles acquises on ne sait où. Svarde avait le sien, un peu plus léger après avoir acheté de la nourriture pour le voyage.

L'amulette d'un Gardien servait à obtenir un transport, pas à gagner un dîner.

Des caisses et des paniers bordaient les quais, tous rangés sur des carrés peints selon leur ordre de chargement. Des ardoises accrochées à des poteaux permettaient aux maîtres de quai de griffonner des détails, bien qu'à cette heure tardive de la matinée, les affaires du jour aient déjà été réglées.

Au-delà des marchandises attendaient les entrepôts, ces vastes magasins aux toits inclinés destinés à guider l'eau de pluie vers des tonneaux en attente. Après si longtemps sur

Vis, où tout ce qui était naturel était toujours abondant, la rude pénurie de Noctia fit froncer les sourcils à Svarde. Une inspiration lui rappela d'autres désagréments.

Entassez trop de gens dans un petit espace, et les odeurs seront à la fois manifestes et nauséabondes.

Le Croc du Rat pouvait être désagréable pour certains, mais pas pour un marin qui connaissait son affaire. Niché derrière deux entrepôts et devant son existence à un urbaniste incompétent, le Croc du Rat ressemblait à son homonyme et accueillait la vermine du monde.

Svarde, Kivi sur ses talons, suivit deux autres marins foti à l'intérieur. Sombre, à l'exception de quelques lanternes suspendues au plafond très haut, la taverne compensait son faible éclairage par une vie éclatante. Des voix tonitruantes noyaient la cacophonie aléatoire du quai, aucune plus que celle de la barmaid, la propriétaire, la grande Che-Ri.

— Svarde, pourquoi es-tu encore en vie ? lança Che-Ri alors que la silhouette de l'homme remplissait l'encadrement de sa porte. J'ai perdu tellement de paris maintenant.

Son sourire trahissait des mensonges, pas des pertes au jeu, et Svarde secoua la tête en s'installant sur un simple tabouret près du comptoir. Le Croc du Rat avait des tables éparpillées çà et là, la plupart couvertes de boissons renversées jamais nettoyées, et pourtant toujours occupées. Toujours occupées.

Malgré son intérieur ouvert, quelque chose dans l'acoustique du bar rendait difficile d'écouter les conversations, donc si vous vouliez un endroit discret pour discuter d'un détail, le Croc était un excellent choix.

Les yeux de Svarde dérivèrent vers le fond, où un tabouret bancal se tenait toujours. Occupé maintenant par deux moines Tamas, qui commençaient visiblement leur journée par plusieurs tournées.

Combien d'années depuis qu'il s'était assis là avec-

— Je t'offre une tournée, dit Che-Ri en faisant glisser une chope grise tachetée vers le menton de Svarde. Ensuite, tu paies comme tout le monde.

— Quel accueil, répliqua Svarde.

— L'amitié est gratuite, lui répondit Che-Ri avec un clin d'œil. La bière ne l'est pas.

Elle remplit la chope d'un liquide ambré. Il était tôt pour boire de l'alcool, et Svarde n'y avait pas touché depuis longtemps. Les marins Foti, peut-être par pitié pour son voyage solitaire, lui avaient proposé un grog qui semblait aussi susceptible de le tuer que n'importe quoi d'autre. Ça avait été un non facile.

Ceci était un oui plus facile.

Au-dessus de Che-Ri, avec une échelle appuyée contre le mur d'un côté, se trouvait un grand tableau noir. Des lignes blanches sur fond noir indiquaient les tarifs du jour : combien de chopes un homme pouvait obtenir avec une livre de légumes, quelques métaux précieux, du poisson frais. Si près des quais, le Croc pouvait effectivement prendre des denrées périssables et en tirer profit.

Une autre raison pour laquelle il restait en activité : la flexibilité.

— Alors, pourquoi un homme que tout le monde croyait mort débarque-t-il dans mon bar ? demanda Che-Ri en revenant après s'être occupée des trois autres clients au comptoir.

— Vouloir boire n'est pas une raison suffisante ?

Che-Ri jeta un coup d'œil à la chope. — Tu n'as pas encore bu une gorgée. Et même si ça fait un sacré bout de temps que je ne t'ai pas vu, je me souviens que tu n'étais pas du genre à boire le matin.

— Je ne l'avais pas encore mérité.

— Aujourd'hui, tu l'as mérité ?

Svarde balaya la salle du regard, observant les tenues, les îles représentées. Il semblait y avoir des gens de presque partout, sauf de Vis. Malgré son abondance, les habitants de cette île jungle quittaient rarement leur terre. Leurs bateaux en feuilles, aussi ingénieux soient-ils, avaient tendance à se désagréger sur les mers agitées.

— Hé, fit Che-Ri en frappant le comptoir, ramenant l'attention de Svarde. Je te parle.

— Désolé, ça fait un moment.

— Depuis quoi ?

— Depuis que j'ai été entouré de gens, répondit Svarde. Les bonnes manières lui revenaient peu à peu et Svarde esquissa un sourire, levant sa chope. À nos vieux amis.

Che-Ri fit tinter une chope fraîche et vide contre celle de Svarde. Elle ne la remplit pas, ne but pas non plus pour accompagner l'homme.

Mauvais présage, ça.

— Tu n'es vraiment pas contente de me voir, dit Svarde après avoir laissé une gorgée laver le petit-déjeuner salé qui persistait.

— Quelqu'un comme toi qui apparaît maintenant signifie que les bons moments touchent vraiment à leur fin. Che-Ri soupira, s'appuyant sur le comptoir. Ses cheveux, parsemés de perles tintinnabulantes, faisaient leur propre musique à chacun de ses mouvements. Rien de personnel, mais les Gardiens apportent de mauvaises ondes.

— Nous essayons de garder tout le monde en sécurité.

— Personne n'aime qu'on lui rappelle toutes les choses qui essaient de le tuer.

Svarde fit tournoyer sa chope. — Tu agis comme si je n'étais pas le premier signe.

Che-Ri secoua la tête. — Les Najahn me donneraient probablement une amende si j'en parlais ouvertement, mais on ne peut pas cacher les rumeurs. Néanmoins, Che-Ri balaya la salle du regard avant de continuer. Des Démons sont à nouveau repérés. Blessés, mourants, mais ils passent à travers elle.

Svarde hocha la tête. — Plus vite, alors.

— Tu veux dire le plus vite possible, corrigea Che-Ri en tapotant des doigts sur le comptoir. Demander un autre Renouvellement si tôt ne va plaire à personne, mais à mon avis, le vieux Fassle n'a pas le choix. Du moins, c'est ce que les probabilités indiquent.

C'était pour cela que Svarde venait au Croc du Rat. C'était d'ailleurs pour cela que toute personne intelligente y venait. On pouvait trouver de la bonne bière à un prix raisonnable n'importe où sur Noctia, mais pour obtenir des informations fiables, il fallait avoir l'œil plus avisé.

— C'est pour ça que je suis là, dit Svarde, tenant sa part du marché. Che-Ri allait répandre la nouvelle de son arrivée, et si elle pouvait l'agrémenter de son but, tant mieux. Un démon est apparu là où je séjournais. Et pas un petit.

— Où ça ?

Svarde se pencha alors, laissant Che-Ri s'approcher pour le rencontrer. — Si je te le dis, tu dois me dire quand aura lieu la prochaine réunion.

Che-Ri renifla et jeta un coup d'œil vers l'entrée et la ligne ensoleillée sur le sol à l'extérieur. — Tu arrives juste à temps. Les deux derniers sont arrivés hier. Je parie qu'ils sont en train de parler maintenant.

Svarde se leva et vida sa chope. — Alors c'est là que je dois aller.

Alors qu'il faisait son premier pas vers la sortie, Che-Ri lui cria : — Tu n'as pas oublié quelque chose ?

Jetant un regard par-dessus son épaule, Svarde fit un signe de la main : — Un voyage à Vis semble effectivement agréable, je m'en souviendrai !

Certes, l'échange n'aurait pas de sens pour quiconque écouterait, mais au Croc du Rat, cela collait trop bien.

Pour se rendre à un endroit important sur Noctia, il fallait marcher en montée. Les chemins en pente entouraient l'île, chacun pavé de trois manières différentes. Sur le côté gauche, en montant, on trouvait des pierres lisses pour les chariots à roues et les gens avec plus de vitesse que de bon sens. Au milieu se trouvait la roche cloutée, un compromis entre la rampe et la dernière section, la plus petite : des marches en dalles.

Svarde et Kivi empruntèrent la voie du milieu, grimpant rapidement depuis l'eau vers la plus haute et la plus dense collection de flèches au monde.

Che-Ri avait dit que les Najahn pourraient être agacés si trop de gens parlaient des démons. C'était un peu simplifier les choses : les Najahn étaient un outil. Un outil blindé, armé et obéissant, mais ils n'agissaient pas de leur propre chef. Logés dans ces flèches se trouvaient les Préceptes, les mains qui guidaient les Najahn. Logés là aussi se trouvaient tous les problèmes auxquels ce foutu monde faisait face.

— Aussi laides que dans mes souvenirs, dit Svarde à Kivi tandis qu'ils marchaient, le ferrite reniflant et se dandinant. Prenant parfois une bouchée des dalles quand personne ne passait. Tant d'années et ils n'arrivent pas à les rendre plus jolies.

Les flèches surplombaient Noctia et lui ressemblaient. Des gouttières défiguraient leurs formes lisses, s'enroulant autour comme de vilaines cicatrices. Svarde supposa que même les Préceptes ne pouvaient échapper aux réalités de la vie ici, mais même ainsi, il y avait de nombreux bâtiments sur l'île qui intégraient mieux leurs nécessités à la beauté.

Cela dit, la beauté n'était pas vraiment le but recherché.

À mesure que leur marche les rapprochait — laissant derrière eux les quartiers les plus pauvres — les Najahn apparaissaient plus souvent parmi les gens vaquant à leurs occupations. Portant leurs voulges et leurs chakrams, leur armure pourpre-noir scintillant dans la lumière du jour, ces salauds impérieux marchaient comme s'ils possédaient l'endroit. Ce qui, bien sûr, était le cas.

Ce que Svarde ne pouvait jamais comprendre, cependant, c'était la déférence. Même maintenant, alors que lui et Kivi passaient devant un trio de Najahn, un groupe scolaire à proximité interrompit son excursion pour courir vers les soldats et les bombarder de questions joyeuses. Les Najahn répondaient aussi, donnant des détails sur le nombre d'années que les enfants devraient encore attendre avant de pouvoir les rejoindre, ce qu'un bon Najahn devait savoir, et ainsi de suite.

Chaque réponse plongeait l'humeur de Svarde dans un endroit plus sombre, une tendance qui ne s'inversa que lorsqu'il entendit un son différent.

La voix d'Ami avait le timbre d'une épée qui fend l'air, un tranchant rapide qui attrapait le vent et portait son insulte jusqu'aux oreilles attentives de Svarde.

—Je te trouvais moche avant, mais regarde-toi maintenant ? lança Ami, s'avançant depuis les portes au bout de la rue montante.

Les deux gardes Najahn se tenant sur le côté de la structure de pierre arquée tournèrent leurs têtes casquées pour observer l'approche d'Ami, s'interrogeant sur l'étreinte qu'elle donna à Svarde.

— Toujours aussi piquante, à ce que je vois, dit Svarde, prenant soin de ne pas avoir les cheveux flottants d'Ami dans la bouche. Ces soldats ont l'air de ne t'avoir jamais vue heureuse.

Ami recula, les deux prenant un long moment pour se regarder. Ami portait son armure argent-orange par-dessus l'ensemble tunique-et-pantalon ample qui avait été son choix habituel aussi longtemps que Svarde s'en souvienne. Elle avait l'air par ailleurs propre, soignée, en bonne santé.

— Tu as vraiment l'air minable, dit Ami en fronçant les sourcils. Qu'est-ce que tu t'es fait ? Elle baissa les yeux vers Kivi. Je croyais que tu étais censée prendre soin de lui ?

Kivi renifla, se dandina vers Ami et se roula sur le dos. Le ventre de pierre rose du ferrite invitait Ami à le gratter, ce qu'elle fit, s'agenouillant tandis que Svarde donnait la version courte de la dernière décennie.

— J'avais besoin de faire une introspection, dit Svarde.

— C'est tout ? Pendant dix ans ?

— J'ai construit une cabane. Svarde se retrouva à lutter pour trouver ses mots, pour trouver des souvenirs ou des justifications. Les jours étaient passés, l'un après l'autre dans une succession ininterrompue. Il avait passé des heures, des jours, des mois, des années à chasser, pêcher, cultiver et regarder la mer. Il n'avait rien voulu, et rien ne le voulait. Je ne sais pas quoi dire d'autre.

Ami se leva, supportant un reniflement mécontent de Kivi, qui aurait pris autant de caresses qu'elle pouvait obtenir.

— Dis que tu es là pour m'aider, alors, dit Ami. Comme tu l'as promis.

— J'ai rempli mon serment.

— Au strict minimum. Puis tu as fui.

Svarde regarda à gauche, en arrière vers la ville et l'océan au-delà. Pourquoi s'était-il senti obligé de revenir ici à nouveau ? Che-Ri avait dit que des démons apparaissaient déjà ailleurs. La nouvelle aurait voyagé sans lui.

— Maintenant tu penses à le refaire, continua Ami, croisant les bras. Tant pis. Je ne te laisserai pas faire.

Cela ramena brusquement l'attention de Svarde. — Quoi ?

— Elle a besoin de toi maintenant, Svarde.

— Que suis-je censé faire ?

— Être un ami, répondit Ami. Être ce que tu étais. Sa lumière est presque éteinte. Donne-lui quelque chose avant qu'elle ne s'en aille.

Svarde hocha la tête, réprimant un frisson et un soupir. Il y aurait le temps plus tard de décortiquer les paroles d'Ami, ce qu'elles signifiaient.

— J'ai entendu dire que les Tenets se réunissent ? demanda Svarde. Maintenant ?

— Ils y sont depuis ce matin, répondit Ami. Avant, ils me laissaient entrer. Elle sourit, toujours l'image même du loup. Maintenant, le mieux que j'obtienne, c'est un résumé d'un page ivre dans un bar.

— Peux-tu me faire entrer ?

Ami jeta un coup d'œil à travers l'arche. — Tu veux jouer selon les règles ?

— Ça ne ressemble pas à l'Ami que je connaissais.

Cette Ami réapparut rapidement lorsqu'ils se tournèrent vers les portes. Se tenant droite, marchant à grandes enjambées, Ami laissa sa confiance parler pour elle. Aucun des deux gardes, bien qu'ils les observaient, n'osa les questionner, ni l'homme qui l'accompagnait.

Quant à Kivi, le ferrite ne reçut que des regards ébahis, rien de plus.

— La sécurité de Noctia n'est plus ce qu'elle était, murmura Svarde alors qu'ils passaient sous l'arche.

— On devient à l'aise avec le pouvoir, répondit Ami. Ils l'ont depuis des générations.

— Trop longtemps.

Ami lui jeta un regard. — Fais attention à ce que tu dis ici. Tout le monde ne se soucie pas de qui tu es.

— Peut-être que je me fiche d'eux.

— Tu devrais t'en soucier si tu veux leur aide.

Un fait avec lequel Svarde n'avait pas fini de se débattre. Depuis qu'il était à Noctia, sa force aride le rongeait. Chaque Najahn, chaque natif de cette île et de sa raison d'être projetait une invincibilité hautaine. La civilisation coulait à travers ces ouvrages de pierre en pente et leurs propriétaires le savaient.

S'il y avait une autre façon...

— Tu portes tant de haine envers eux, même après tout ce temps ? demanda Ami, entraînant Svarde vers la droite après avoir quitté l'arche.

Ils avaient dépassé la ville maintenant, entrant dans une large place avec une statue en son centre. L'argent poli — frotté jusqu'à briller tôt chaque matin — montrait une femme tenant près de sa poitrine un collier familier. Sept cercles, chacun, dans cette statue, rempli d'une pierre précieuse. Les yeux de la femme étaient fermés, son visage crispé dans une concentration féroce. Pas en paix, toujours en train de protéger.

Autrefois, voir la première Égide aurait fait monter l'adrénaline, l'honneur et la fierté en Svarde. L'amertume les avait remplacés.

— Je ne cesserai jamais d'être surpris que ce ne soit pas ton cas, dit Svarde.

— Pour Catya, je ferai n'importe quoi. C'est le serment.

— Un serment dont tu as été libérée dès qu'elle s'est assise sur cette chaise.

Ami garda un visage neutre. Ça, au moins, c'était nouveau. La pétard qui avait un penchant pour les éclats, les bagarres de bar et les provocations sans fin avait trouvé un moyen de se contenir.

— C'est mon serment, dit Ami. J'en ferai ce que je veux.

Autour de la cour, de larges rues partaient dans quatre directions. L'une menait tout droit vers l'amas de flèches. À gauche, deux descendaient le flanc de la montagne, l'une plus abrupte que l'autre. Si Svarde s'en souvenait bien, celle-ci menait aux quais privés du Najahn. L'autre conduisait aux casernes, aux quartiers des domestiques, au cœur vivant et palpitant de toute cette entreprise.

La dernière sortie, à droite, grimpait la falaise. À son extrémité se trouvait un court tunnel, puis un cratère, et enfin quelqu'un que Svarde aimerait beaucoup voir.

Ou peut-être pas. Il ne faut pas toujours mélanger les souvenirs et la réalité.

La cour s'animait à sa manière. Pas le mélange insouciant de vie brute d'en bas — déjà, personne ici ne portait de sacoche sur l'épaule. Ce dont on avait besoin serait fourni. Les visages qu'il voyait n'étaient pas creusés par l'inquiétude, et la plupart portaient des robes légères, des tuniques, des chemises et des pantalons. La qualité dénotait le rang, avec une excellence pourpre-noir qui flottait sur le personnel de haut rang et des tons basiques de beige et de gris qui drapaient les travailleurs.

Rires, bavardages, fourneaux de cuisine. La cour elle-même bourdonnait d'agréments quotidiens, les espaces entre les rues étant comblés par des cafés contrôlés, des magasins, des bars. La foule tardive du déjeuner.

Combien autour de lui complotaient pour poignarder leurs amis dans le dos ?

Si l'on vivait ici assez longtemps, peut-être ne pouvait-on plus le sentir, mais pour Svarde, la suspicion, la manipulation, l'instrumentalisation ressemblaient à une chanson insidieuse. Dès son arrivée des années auparavant, la subtile couche sous-jacente à chaque conversation avait chatouillé la boussole morale plus simple de Svarde d'une mauvaise manière. Même en entendant les conversations passagères, la même sensation revenait.

Une question sur le ressenti de quelqu'un était-elle en réalité une recherche de faiblesse ? Le soldat là-bas qui voulait plus de temps d'entraînement avec un copain admettait-il qu'il n'était pas assez bon ?

— Rappelle-toi que tu essaies de te faire des amis ici, dit Ami alors qu'ils contournaient la statue, se dirigeant vers les flèches. Cet air renfrogné ne va pas t'aider.

— Je n'ai pas besoin d'amis...

— Juste des croyants, Ami lança à Svarde un regard en coin sévère. Je sais, je sais. Nous, les Foti, sommes tous pour les faits, mais tu vas avoir besoin de plus que ça ici. Les rouages de Noctia tournent sur l'influence et l'avantage.

— Je leur offre l'avantage de la survie.

— Ce n'est pas suffisant.

— Alors je laisserai Kivi en manger un. On verra si ça change leur avis.

Ami rit. La glace fondit, le soleil au-dessus adoucissant, très légèrement, l'humeur de Svarde. Ils se dirigeaient vers un cercle rempli de bureaucrates, de manipulateurs sans colonne vertébrale qui avaient juste besoin d'être effrayés. Alors ils feraient tout ce que Svarde demanderait.

Une autre arche fermée attendait alors que les boutiques et les restaurants de la cour s'essoufflaient. Celle-ci n'était pas ouverte, surveillée par quatre Najahn plus alertes que les deux à l'entrée. Deux tenaient leurs vouges droites, tandis que les autres, en retrait, gardaient leurs chakrams appuyés contre leurs mollets, prêts à être lancés en un mouvement circulaire. Ce groupe arborait également des bordures dorées foncées le long des bords de leur armure.

Pas les troupes de base, donc.

— Ami, dit le chef, lui faisant un signe de tête, puis tournant son attention vers Svarde. Qui est-ce ?

— Il est un peu plus poilu, répondit Ami tandis que Svarde fixait le garde d'un regard impassible, mais c'est bien Svarde. Il est de retour avec un message pour le Cercle.

— Le Gardien ? demanda le chef, ses yeux plissés visibles derrière la protection nasale du casque. Sur Foti, un casque comme celui-ci aurait signifié un visage trempé de sueur. Ici, Svarde supposait que le froid de Noctia rendait les choses supportables. Que voulez-vous dire ?

— C'est pour le Cercle, répliqua Svarde.

Ami se frotta le front tandis que le regard du garde se plissait davantage.

— En effet, dit le garde en traînant sur le mot. Alors, pour le moment, considérez-moi comme le Cercle. Convainquez-moi comme vous le feriez avec eux, et je vous laisserai passer.

— Je n'ai pas le temps pour ça, répondit Svarde. Un danger approche, et votre Cercle doit en être informé.

— Je me porte garante de lui, intervint Ami.

Le garde promena son regard de l'un à l'autre. Il avait besoin d'une dernière poussée.

— Laissez-nous passer, dit Svarde, essayant de réprimer

son mépris et de le remplacer par de la ruse, et vous aurez une bonne excuse. Deux Gardiens. Retenez-nous, et quand les gens commenceront à mourir, les questions posées mèneront à vous. Est-ce ce que vous voulez ?

Le garde prit une profonde inspiration et recula. — Vous pouvez y aller, mais vos armes, il baissa les yeux vers la créature, et votre bête restent ici.

— Kivi vient avec moi, contra Svarde, atténuant l'argument en retirant les haches de son dos. Détachant l'arbalète de son étui à la taille. Elle mange du métal. Je ne pense pas que vous vouliez qu'elle ronge votre jolie armure pendant mon absence.

— Deever, ajouta Ami en posant une main sur l'épaule de Svarde, je te promets qu'il ne se passera rien. Juste une conversation, c'est tout.

Deever poussa un soupir encore plus profond que le précédent. —J'ai une famille, Ami. Si je perds ce poste, nous perdons notre maison. Notre nourriture. Ce n'est pas un jeu.

— Non, ça ne l'est pas, dit Svarde. Sur ma vie, rien n'ira de travers. Kivi se tiendra bien.

La confiance de Deever semblait avoir besoin d'être encore un peu plus massée, mais le garde céda et leur fit signe de passer. Un observateur caché vit le signal et envoya la grille de fer noir à barreaux croisés — une originale de Foti si Svarde en avait jamais vu une — s'élever en roulant. Avant que le sceau des Sept Îles au centre de la grille ne disparaisse, Ami, Svarde et Kivi étaient déjà passés en dessous.

Une seconde cour les attendait, celle-ci dépourvue de statues et ornée de sept arbres à la place. Espacés uniformément, chaque plant provenait de l'île en question, avec l'espèce indigène rabougrie de Noctia au centre. Des panneaux indicateurs clairs, codés par couleur, comportant des inscriptions et se terminant par le sigle de la destination dans chaque direction marquaient les bifurcations. Pas de café, pas de foules ici. Quelques Najahn pressés, rien de plus.

Et pourtant, les nerfs de Svarde le chatouillaient. Des yeux étaient posés sur eux, le seraient toujours désormais.

Les flèches dominaient, comme les arbres massifs de Vis sans les cimes. Les canaux d'eau de pluie s'enroulaient le long des parois de pierre, disparaissant sous les rues vers des bassins de collecte loin, très loin en dessous. Chaque flèche arborait sa propre couleur, ornée de drapeaux sur lesquels la faction propriétaire était clairement inscrite. Des ombres passaient entre les fenêtres petites et grandes. D'autres machinations cachées.

Le Cercle tenait ses réunions irrégulières dans la flèche centrale, la plus grande de Noctia et demeure des Préceptes. Ces arrogants bâtards de l'empire de Noctia, bien que Svarde n'ait pas encore réussi à en traiter un ainsi en face.

Ornée des mêmes tons de violet, noir et or que les Najahn de haut rang, la flèche refusait de s'amincir en s'élevant, restant un épais cylindre sur toute sa hauteur. À son sommet, la flèche s'aplatissait en forme de cuvette. D'après ce que Svarde avait compris, l'eau qui s'y accumulait était dirigée vers les tonneaux privés des Préceptes pour éviter tout empoisonnement.

Quel genre de pouvoir était-ce quand on devait surveiller ce qu'on buvait ?

Aucun autre garde ne les attendait à l'entrée, une autre arche recouverte des sept cercles et de fausses pierres précieuses. Les portes en bois et fer s'ouvrirent en grand à leur approche.

— Je vois que les nouvelles circulent toujours aussi vite, dit Svarde.

— Trop vite, si tu veux mon avis, répondit Ami.

Au-delà, un tapis violet les guidait vers l'avant, tandis que des portes en bois sombre fermées de chaque côté suggéraient des options pour un personnel plus qualifié.

Kivi renifla, visiblement peu impressionnée.

— Quel est son problème ? demanda Ami alors qu'ils continuaient à marcher, une autre double porte pas loin devant marquant leur destination.

— Pas assez de métal ici, répondit Svarde. Trop de bois.

Kivi n'avait pas beaucoup aimé Vis non plus au début, mais elle avait trouvé suffisamment de choses à apprécier dans les éléments naturels de la montagne. Difficile d'être trop en colère quand on avait un véritable festin devant sa porte à chaque fois qu'on voulait grignoter.

— Je te la présenterai, dit Ami alors qu'ils atteignaient l'entrée de la salle de réunion du Cercle. Deux gardes Najahn attendaient devant celle-ci, mais eux aussi devaient avoir été prévenus. Aucun ne posa de questions, ni même ne regarda dans leur direction. Une fois que j'aurai éclairci le...

— Non, dit Svarde, et il poussa les portes, s'avançant déjà alors qu'elles s'ouvraient en grand.

Des lanternes, allumées et brillantes, marquaient chacun des neuf sièges autour de la longue table. Une table beaucoup trop grande, avec plusieurs mètres entre chaque Précepte. Un espace central se trouvait légèrement en contrebas, accessible par une seule marche, et prêt à mettre en valeur l'orateur. Au-dessus d'eux, suspendu au plafond, un lustre était une fois de plus disposé comme le collier de Aegis. Et en face de l'entrée, là où les yeux de Svarde le menèrent, était assis le dirigeant présumé de Noctia.

Le Cercle devint presque silencieux lorsque Svarde entra. Un déjeuner servi indiqua à Svarde ce qu'ils étaient en train de faire, certains mâchant encore leur repas alors que Svarde se dirigeait directement vers le centre. C'était au moins agréable de ne pas avoir à déplacer quelqu'un.

Interrompre un discours signifiait se faire un ennemi, et malgré toute sa bravade, Svarde avait besoin que ces idiots suivent ses conseils.

Et des idiots ils étaient tous, ils le restaient tous. Svarde profita du silence pour observer la salle, constatant qu'il reconnaissait plus de la moitié des personnes présentes depuis la dernière fois qu'il était venu ici. Il constata également que pas une âme n'était surprise de le voir.

Ami avait raison. Les nouvelles voyageaient beaucoup trop vite.

Svarde s'arrêta sur le Lien de Vis. La femme, ses robes vertes et orange correspondant aux couleurs que Noctia attribuait à l'île de la jungle, rendit à Svarde son regard avec une étude minutieuse.

— Gardien, fit une voix sirupeuse que Svarde ne connaissait que trop bien, bienvenue à nouveau sur notre île, bien qu'il semble que vous ayez oublié certaines convenances durant votre absence.

Le Lien Vis viendrait plus tard. Svarde se tourna vers l'orateur, assis au centre des neuf. Fassle, le Précepte, le dirigeant de Noctia et intrigant invétéré, était assis avec un petit pain gluant dans chaque main. Cet homme avait toujours eu un penchant pour les sucreries, semblait toujours être en train de manger quelque chose, mais demeurait un maître musclé.

Comment, Svarde l'ignorait. Il s'en moquait.

— Les convenances sont le cadet de vos soucis, Précepte, dit Svarde, mais il effectua néanmoins le rituel du balayage de la main droite en travers de sa poitrine, terminant par un geste de la paume ouverte en direction du Précepte. Son devoir ici n'exigeait rien de moins. J'apporte de sombres nouvelles et des requêtes pleines d'espoir.

— Alors partagez-les, répondit le Précepte. Vous avez devant vous chaque Lien, plus moi-même et nos deux Accords. Vous ne pourriez demander meilleur auditoire.

— Je demanderai votre confiance, votre foi et votre aide, répliqua Svarde, se tournant à nouveau vers le Lien Vis. Elle resta impassible. Il y a cinq jours, sur votre île, j'ai rencontré un démon. Svarde laissa le mot flotter. Personne ne parla, certains continuèrent à manger. Pas tout à fait le silence choqué qu'il espérait. Che-Ri avait donc dit la vérité. Un gros. Blessé par Aegis mais toujours dangereux.

— Des failles arrivent, dit le Lien de Rana, un homme obséquieux qui se ratatina quand Svarde se tourna vers lui.

— C'est vrai, mais pas comme celle-ci. Si je ne l'avais pas trouvé, le démon aurait pu tuer. Aurait tué.

— Devrions-nous donc vous remercier ? demanda le Lien Vis. Êtes-vous venu jusqu'ici en quête d'une autre médaille ?

La moquerie, le mépris, Svarde pouvait encaisser ces gifles. Il les avait déjà encaissées auparavant. Il y avait des choses plus importantes, alors il adressa un lent hochement de tête négatif au Lien Vis.

— Je viens demander une chance, dit Svarde, pour un changement. Nous savons ce qui va se passer. Les failles vont augmenter. Les gens vont avoir peur. Vous appellerez à un autre Renouveau et, après que trop de vies auront été perdues, les gens cesseront de faire semb-

— Faire semblant ? demanda le Précepte. Je pense que vous sous-estimez grandement la paix et l'harmonie.

— La paix ? Svarde ricana. Aujourd'hui même, j'ai

entendu dire que Whent et Rana sont toujours à couteaux tirés. Les reines de Kance se tiennent mutuellement des couteaux sous la gorge. Vis et Tamas interagissent à peine avec le monde. Ce n'est pas la paix.

— Pour quelqu'un qui s'est caché sur une montagne, vous faites beaucoup d'affirmations, dit le Précepte. Maintenant que Fassle était entré dans la conversation, les autres Liens, les deux Accords de chaque côté, resteraient silencieux sauf s'ils étaient invités à parler. Svarde n'avait plus qu'à convaincre un seul homme, maintenant. Mais je suis curieux. Vous accordez si peu de foi au Renouveau. Que feriez-vous à la place ?

Svarde écarta les pieds, se redressa. Pas seulement pour l'apparence, mais se sentir prêt au combat lui donnait le courage dont il avait besoin pour dire ce qu'il avait voulu dire il y a si longtemps.

— Je veux descendre dans les Ténèbres d'En-Bas et en finir avec les démons pour toujours, dit Svarde, et cette fois, enfin, le craquement et la mastication cessèrent. Donnez-moi une force à diriger, et je jure que nous pourrons mettre fin à ce cycle maléfique.

Personne ne parlait. Personne ne semblait respirer tandis que la demande de Svarde flottait dans l'air. Svarde soutint le regard du Précepte, ses yeux sombres dansant dans la lumière de la lanterne.

Et attendit.

13
LONGUE NUIT

Même dans ses pires jours, Wax estimait que Kitaye devait être l'une des plus jolies villes des îles. Les familles suspendaient des fleurs à leurs maisons perchées dans les arbres. Les oiseaux et autres petites créatures nichaient librement parmi les chevrons de chaume, tant dans les airs qu'au sol. Les visiteurs Foti parlaient de fumée et de suie, choses qu'on ne trouvait pas ici : les gardiens des bosquets utilisaient les cendres de chaque feu pour nourrir les plantes qui produisaient la vie de Kitaye. Tout rayonnait du baiser de la nature.

Aujourd'hui était loin d'être le pire jour de Kitaye. Les préparatifs pour la cérémonie annuelle de remise des diplômes, le passage à l'âge adulte et à la pleine citoyenneté, étaient presque terminés. Les navires marchands étant interdits au quai principal, des fleurs dorées et bleues bordaient la longue jetée s'avançant dans la crique. À son extrémité se dressait maintenant une petite scène, des torches alignées de chaque côté. Ce soir, cette scène accueillerait Sawi, l'emmenant vers une vie séparée de la sienne.

Wax observait le quai depuis le sable humide de la plage. Il tenait la lame Foti dans sa main droite, captant la lumière du soleil sur son tranchant bleuté et périlleux.

Le marché avait été conclu au nom de l'aventure. Les shrives, un champignon suffisamment rare pour obtenir une vraie arme, une qui permettrait à Wax et ses amis de s'enfoncer plus profondément dans les jungles de Vis à la recherche de... n'importe quoi, en réalité. De l'excitation, de l'émerveillement, des histoires. Celles qu'on chante autour des feux de camp tard dans la nuit, celles qu'on invoquerait ce soir même lorsque les spécialistes de Kitaye introniseraient leurs élus dans leurs rangs.

À partir de demain, Sawi ne participerait plus à ces aventures. Du moins, pas souvent. Si elle allait là où elle le disait, alors le temps de Sawi serait absorbé. Les soirées, un jour ou deux par-ci par-là peut-être. Jusqu'à ce que Wax fasse son propre voyage vers la scène l'année prochaine, après quoi il rejoindrait-

— Tu as l'air sombre, dit Pan en s'installant dans le sable à côté de Wax. Il trempa ses orteils dans l'écume qui s'approchait. Tu ne t'es pas fait à l'idée ?

— La cérémonie ?

— Non, ta sale tronche.

Wax ramassa du sable avec sa main libre et le jeta sur Pan, qui esquiva, mais ne parvint pas à éviter les grains agglomérés.

— Quand Quik est passé par là, tout ce que je ressentais c'était de la fierté, tu sais ? dit Wax. Toute l'année, il n'avait cessé d'en parler, disant qu'il avait hâte de sortir pour un vrai but au lieu de nous chaperonner.

— C'est ce qu'il pensait faire ? Pan secoua la tête. — Ton frère est en proie à des délires. Combien de fois Bliss a-t-elle failli se faire dévorer ? Tu t'es cassé cette côte en essayant de grimper à un sana, tu te souviens ?

— Quik n'était pas le meilleur. Je comprends, cependant.

— Parce qu'il avait l'air de toi il y a une seconde ?

— J'essaie juste de comprendre.

— De comprendre quoi ?

Wax agita la lame, la fit siffler dans la lumière. Il ne pouvait pas se prétendre expert en quoi que ce soit de métallique, mais de la garde à la pointe, l'épée semblait parfaitement équilibrée. Parfaite.

— La vie, répondit Wax.

Pan siffla : — Ça a l'air profond. Avant que tu ne t'emballes dans, euh, la vie, où est Bliss ?

— Elle est rentrée tôt. Genre, à l'aube. Elle dormait encore quand je suis sorti.

— Ta sœur fait souvent des randonnées nocturnes ?

— Tu le saurais probablement mieux que moi, dit Wax, en jetant un regard malicieux à Pan.

Son ami gloussa : — Non, ça ne s'est jamais produit et ça n'arrivera jamais.

— Tu insinues quelque chose à propos de ma sœur ?

— Je dis que tu as été tellement absorbé dans tes pensées depuis si longtemps, Wax, que c'est un miracle que tu te souviennes même que nous existons.

Un argument que Wax ne pouvait vraiment pas nier. Depuis que Sawi avait été choisie pour devenir gardienne de bosquet, l'approche de la cérémonie était devenue une réalité. Il avait tourné en rond autour de son propre avenir ou de celui de Sawi à l'exclusion de tout le reste. Wax le savait, mais continuait quand même.

— C'est important, protesta Wax avec toute la vigueur d'un poisson à moitié mort.

— Et nous ne le sommes pas, dit Pan.

— C'est... Wax s'interrompit avec un rire frustré. — Qu'est-ce qui se passe, Pan ? Tu n'es pas venu ici juste pour me harceler, si ?

— Malheureusement, non. Pan se tourna, tira sa sacoche et la posa sur le sable. — Devine ce que j'ai fait ?

— Quoi ?

Pan ouvrit la sacoche et en sortit un tissu blanc délavé. Pliant ses jambes devant lui pour faire de la place, Pan étala le tissu. Dessus, tracée avec une fine encre noire trop précise pour les marqueurs de charbon et de teinture que Kitaye avait à offrir, se trouvait une île familière.

— Tu as échangé une carte de Vis ? Wax se pencha. — Pourquoi ?

— On avait des shrives en trop. J'ai pensé qu'on pourrait les utiliser pour quelque chose de spécial, dit Pan, sa voix descendant à un murmure presque noyé par le bruit des vagues. — Ce n'est pas n'importe quelle carte, Wax. Regarde ça.

Éparpillés sur l'île se trouvaient de petits symboles. Des cercles, principalement, mais avec différents points et lignes à l'intérieur. Le long du côté droit de la carte, ces mêmes symboles réapparaissaient, descendant du coin supérieur droit, chacun accompagné d'une explication.

— Des objets de valeur, acquiesça Pan lorsque Wax émit lui-même un sifflement. — Plus d'endroits à shrives, mais aussi des gemmes. De l'argent. Il y a tout là-dessus.

— Pan, à qui appartient cette carte ?

Les yeux de Pan brillèrent, de la même lueur qu'il avait chaque fois qu'il concluait une affaire particulièrement bonne ou qu'il avait une piste sur quelque chose de précieux.

— Il y a des Najahns ici. Ils changent de poste, quittent Vis. Apparemment, l'un d'eux aime assez les shrives pour m'échanger ça.

— Ça explique comment ce petit avant-poste reste toujours si bien approvisionné, dit Wax.

La carte indiquait à la fois Kitaye et l'avant-poste Najahn, un point situé près du centre de l'île. Au sud-est de Kitaye, plus proche de l'autre ville de Vis sur la côte est, Mottilan. Quelques jours de marche d'ici à l'avant-poste, mais ça valait le coup pour économiser du temps de navigation.

Et qui voudrait aller à Mottilan de toute façon ? La ville nichée dans les falaises côtières servait de ferme pour Kance. Rien d'amusant là-bas.

— Tu penses à quoi alors ? demanda Wax.

— Une fois cette cérémonie terminée, je dis qu'on prenne Bliss et qu'on aille chercher ce truc tous les trois, dit Pan. Il plia la carte, la mit dans la sacoche et se leva. Tu as cette épée, j'ai le couteau, mais Bliss n'a pas encore d'arme Foti. Et je pense qu'on pourrait utiliser de nouveaux tissages.

— Ou un nénuphar, acquiesça Wax en regardant vers l'anse, où les grands bateaux en forme de feuilles recourbées flottaient sur les vagues. Personne de notre âge n'en a un.

— Ouais, parce qu'ils n'en distribuent pas.

Wax ramassa la lame, la glissa dans son fourreau et se leva avec Pan. — Ils devront bien, si on trouve cet or.

— Tu vois ? Voilà le Wax dont je me souviens. Pan frappa Wax avec la sacoche. Tout n'est pas perdu, mon pote. Qui sait, peut-être que Sawi sera impressionnée par ce qu'on va trouver.

Wax hocha la tête, — Elle sera jalouse.

Sawi était déjà jalouse, ou du moins c'est ce qu'elle dit à Wax quand ils se retrouvèrent quelques heures plus tard, après le déjeuner.

— Ils ont déjà tracé ma vie, dit Sawi alors qu'ils déambulaient sous les quartiers de maisons dans les arbres de Kitaye. Des jours, des semaines et des mois à faire pousser des choses.

— Tu ne les as pas choisis ? demanda Wax.

— Je ne voulais pas tout perdre. Son regard vers la jungle expliquait ce qu'elle voulait dire. Je ne meurs pas, et toi non plus, mais j'ai l'impression que quelque chose meurt.

En abordant la conversation, Wax avait prévu de compatir, de se lamenter sur leur présent qui s'effritait et un avenir morne. Voir Sawi bouder fit voler cette idée en éclats, plaçant Wax là où il préférait être.

— Hé, on trouvera une solution, dit Wax. Pan m'a montré une carte qu'il a achetée aujourd'hui. Elle est plutôt cool.

— Une carte ?

— De Vis. Couverte d'aventures qu'on peut vivre.

Sawi soupira, — Et quand allons-nous vivre ces aventures ?

— Tu me dis que tu ne seras pas la meilleure gardienne de bosquet que Kitaye ait jamais vue et que tes plantes ne seront pas parfaites avant midi ?

Cela lui valut un rire.

— Je peux essayer, dit Sawi. Faire la course avec toi vers un nouveau trésor semble amusant.

— Tu veux dire perdre contre moi.

— Perdre ? Les sourcils de Sawi touchèrent le ciel. Des mots audacieux, Wax.

— Suis-je jamais autre chose ?

Quelque chose dans le ton de Wax déstabilisa Sawi. Elle s'arrêta de marcher, s'assit à côté d'un arbre au tronc imposant. Un des rares à ne pas arborer une maison dans les arbres si profondément dans les frontières de Kitaye. Des enfants hurlants passèrent en courant, plongés dans un jeu de poursuite. Leurs pieds projetaient de la terre, des feuilles, des insectes.

— Tu as encore mal ? demanda Sawi tandis que Wax s'asseyait à côté d'elle.

— Mes côtes, surtout, répondit Wax. Il se frotta le côté gauche. Ce truc était vraiment lourd.

— Et effrayant aussi. J'ai cru que j'allais mourir pour de bon.

— Moi aussi. C'est pour ça que j'ai essayé de l'éloigner de toi. Je me suis dit que j'étais fichu de toute façon, autant te donner une chance de t'enfuir.

Sawi esquissa un petit sourire, — Parce que j'étais plus rapide que toi.

Wax hocha la tête. — Ça fait longtemps que tu l'es.

— C'est le parcours, pas la vitesse. Tu te compliques toujours la tâche.

— Ou je la rends plus amusante.

Sawi leva les yeux au ciel, appuya sa tête contre l'écorce de l'arbre.

— Svarde avait dit qu'il y en aurait d'autres, dit Sawi, mais il n'y en a pas eu.

— Pas à notre connaissance. Même avec la cérémonie qui approche, c'est plus calme ces derniers temps.

— Tu crois ?

— On n'a pas arrêté de parler de ce qui s'est passé. Si les Lira existent vraiment, je suis sûr qu'ils sont en train de chasser.

— J'aurais aimé pouvoir les choisir.

— Pas moi. Wax prit la main de Sawi. Il répondit à son regard interrogateur par un sourire pincé et un hochement de tête. Tu serais la meilleure, et tu serais toujours partie.

L'Éclosion. Le nom officiel, évident.

Vis voulait introniser ses nouveaux adultes avec éclat. Wax, aux côtés de Pan et portant leur peinture corporelle complète et leurs parures tissées, se tenait sur la plage. Bien en retrait du quai — en tant que jeunes, ils n'avaient pas encore droit aux meilleures places — ils regardaient les torches s'allumer. Un crépuscule rose-orangé ce soir-là, se déployant sur un front orageux qui avançait vers le sud. Wax l'estimait à quelques heures, suffisamment de temps pour en finir avec les formalités.

La fête qui suivrait serait boueuse.

Environ trois cents personnes parcouraient la jetée cette année, les jeunes de Kitaye devenant adultes dans une procession supervisée par la lumière des torches, des fleurs éparpillées et des chants joyeux. Wax et Pan la parcourraient l'année prochaine, suivant les mêmes pas que Sawi lorsqu'elle, faisant demi-tour sur le quai, se dirigeait vers l'arche aux feuilles d'or pour sa nouvelle famille de gardiens du bosquet.

— J'ai regardé ça chaque année sans jamais penser qu'on serait si près, dit Wax à Pan alors que les derniers marcheurs s'éloignaient. On croit que ça va durer toujours, tu sais ?

— Logiquement, non.

— Rappelle-moi pourquoi je suis ton ami, déjà ?

— Parce que je suis vraiment doué pour trouver les bonnes choses ?

Wax devait le reconnaître. Personne qui le connaissait ne doutait que Pan serait recruté par les Rassembleurs l'année prochaine, qu'il serait immédiatement lancé dans les expéditions lointaines à la recherche des trésors les plus rares et les meilleurs que Vis avait à offrir. Le gars devait être né avec un deuxième odorat, comme l'appelaient les Rassembleurs : une façon de percevoir les secrets cachés.

Quand le dernier marcheur quitta le quai, les personnes près des torches y jetèrent des teintures, transformant les flammes orangées en vifs bleus, verts, roses et toutes les autres couleurs revendiquées par les groupes de Kitaye. Des chants s'élevèrent, l'un après l'autre, l'hymne de chaque groupe montant dans la nuit qui s'approfondissait.

Wax se serait qualifié de cynique, résistant à l'idée de se laisser emporter par tout ce cérémonial, mais quand des milliers et des milliers de tes semblables s'élèvent ensemble, il est difficile de résister à l'appel. Sa voix se joignit aux autres, un enchevêtrement discordant trouvant sa magie par pure volonté.

Cette volonté se prolongea dans la véritable célébration. Des bières fraîches et des vins avaient été importés de Tamas pour l'occasion, comme chaque année, et l'ouverture des tonneaux était à la fois un délice et un honneur. Sawi, étincelante dans sa peinture et ses fleurs bleu-or fraîches, en perça un d'un seul coup de marteau.

Wax acclama aussi fort que quiconque.

Plusieurs verres et heures plus tard, il se retrouva de nouveau sur la plage. Sichi, ininterrompu par les nuages, repoussait vigoureusement l'obscurité, permettant à Wax de tremper ses pieds dans l'écume tiède. Avec le vin réchauffant davantage son ventre, demain et sa nouvelle réalité semblaient lointains. Le démon dans la grotte et ce qu'il signifiait tout autant.

Un objet frais lui tapota l'épaule. Bliss, lui offrant une chope remplie non pas de vin mais d'eau fraîche. Elle semblait bien éveillée, prête à partir et à l'opposé des citoyens de Kitaye.

— Merci, dit Wax en prenant le verre.

— Pan m'a dit que je te trouverais ici en train de bouder.

— Je ne boude pas. C'est une belle nuit.

— Tu ne rejoins pas Sawi ?

— Elle est occupée avec tous ses nouveaux amis.

— Donc tu boudes.

— D'accord, peut-être que je boude. Wax secoua la tête pour dissiper le plus possible les effets du vin et examina sa sœur de plus près. Non seulement elle était habillée pour l'action, mais son bâton reposait dans sa bandoulière. Et étaient-ce des chaussures d'escalade attachées à ses cuisses, ainsi qu'une corde autour de sa taille ? — Qu'est-ce que tu fais ?

Une grimace. — Rien dont tu doives t'inquiéter.

— Je croyais qu'on s'était mis d'accord il y a longtemps : pas d'aventures nocturnes en solo ?

— Pas en solo. Bliss fit un signe de tête en direction de la ville. — Sawi n'est pas la seule à avoir de nouveaux amis.

Deux ans plus jeune que Wax, la propre remise de diplôme de Bliss aurait dû être une chose lointaine. Il secoua la tête. — De quoi tu parles ?

— Un jour peut-être je te le dirai, répondit Bliss.

— Tenue au secret ?

— Quelque chose comme ça.

Une vague s'écrasa plus fort que prévu, l'eau remontant pour tremper les jambes de Wax. Bliss recula vivement, esquivant l'eau. Esquivant aussi la longue ligne bleu-noir qu'elle laissait derrière elle. Au début, Wax pensa à des algues, du varech venant d'au-delà de la baie et trouvant son repos final parmi le sable.

Mais le varech n'avait pas tendance à se tortiller. Et il n'était généralement pas si long qu'il disparaissait à nouveau dans la mer.

Wax se pencha en avant, observa le tentacule qui frémissait. Bliss lui tapota à nouveau l'épaule, pointant le long de la plage. S'étalant loin d'eux de chaque côté, il y avait d'autres lignes, plus d'une douzaine, plus de vingt. Elles se débattaient et roulaient dans le brassage boueux.

— Quoi ? dit Wax en se levant. Il chercha la lame Foti, la trouva manquante.

Pourquoi apporter une arme à une cérémonie ?

Bliss siffla. Elle mit deux doigts dans sa bouche et souffla, un bruit strident qui s'éleva au-dessus des tambours de plantes séchées, des flûtes et des chants d'ivrognes. La célébration ne cessa pas au bruit — peu de gens étaient sur la plage, la plupart plongés dans une joyeuse ivresse — mais Wax sentit quand même les poils de sa nuque se hérisser.

Une autre vague s'écrasa alors qu'il observait les tentacules avec Bliss, celle-ci en apportant davantage pour combler les espaces avec des filaments plus courts. En regardant de plus près, l'apparence chassant le brouillard de l'ivresse de Wax, il remarqua que la mer n'était pas non plus de son noir uni habituel.

Du rouge écumait dans ces eaux.

— Regarde là-bas. Bliss pointa à nouveau, plus loin dans la baie.

Des éclaboussures. Des créatures se déplaçant, frappant, se battant. Les requins étaient connus à travers Vis, mais ces choses entraient rarement dans la crique. Avec autant de sang dans l'eau, cependant...

— Qu'est-ce que c'est que ça ? C'était au tour de Wax de pointer, cette fois vers un renflement qui s'élevait bien au-delà de l'extrémité du quai principal.

Au début, cela ressemblait à un champignon, le sommet ondulé s'élevant de la mer dans un geyser bleu argenté. L'eau jaillit, et Wax eut le temps d'observer la monstruosité pendant une demi-seconde avant que Bliss ne le tire en arrière.

Le démon — aucune autre possibilité ne s'approchait — avait bien le chapeau d'un champignon, mais le bas d'un insecte, une carapace jaune en fusion parsemée de longues pattes dentelées disparaissant dans l'eau. Ces frondes dépassaient des bords du chapeau comme une mauvaise chevelure, pendant par centaines sous les vagues.

Requins, poissons et autres créatures marines s'accrochaient au démon, déchirant, mordant, cherchant leur dîner où ils pouvaient le trouver. Le démon portait certainement assez de blessures pour attirer les festoyeurs : plusieurs pattes semblaient déjà sectionnées, et un quadrillage brûlant recouvrait le sommet du démon, ruinant sa beauté éthérée par de brutales plaies.

Bliss tira Wax, l'éloignant d'un geste que Wax commença à contester jusqu'à ce qu'il remarque ce que l'émergence du démon avait entraîné : une énorme vague s'écrasait vers eux, sombre et silencieuse au-delà de la coiffe argentée de la lune.

Derrière eux, la célébration continuait, bien que tandis que ses pieds foulaient le sable, alors que Wax et Bliss couraient sur les dunes, davantage de sifflets et quelques cris commençaient à interrompre la musique.

Kitaye était sous attaque, et toute la ville devait se mobiliser.

Ces moments de l'enfance de Wax défilèrent à nouveau,

assis sur la plage protégé par les adultes. Lances, arcs et flèches, chants bruyants et peintures corporelles dentelées prêts pour la guerre. Un contraste total avec maintenant, où Wax avait du sable dans les mains et la peur pulsant dans son sang.

— Allez, Bliss, dit Wax, le simple fait de parler le ramenant du bord sauvage. Tout comme avec Sawi. Il devait se concentrer, être le responsable. — On doit reculer encore plus !

Bliss, cependant, poussa Wax derrière elle. Si elle avait entendu ce que Wax avait dit, elle n'en montra rien. D'un mouvement fluide, elle leva son bâton au-dessus de sa tête, un bâton que Wax remarqua au clair de lune avoir un nouveau revêtement bien solide. D'une poussée vigoureuse, Bliss enfonça le bâton dans le sable, ancrant ses pieds alors que l'énorme vague frappait la plage.

Sable, coquillages, poissons et débris volèrent. Wax, sur les fesses, recula comme il put. À sa droite, la jetée, parée de toutes ses merveilles, disparut. Craquements, claquements, puis hurlements résonnèrent dans une nuit soudain silencieuse.

La vague frappa ensuite Bliss, presque à sa hauteur et portant assez de vitesse pour qu'elle aurait dû être projetée en arrière, aurait dû être perdue. L'eau l'enveloppa, se précipita rugissante vers Wax et l'emporta, la dernière image étant Bliss et son bâton dépassant de la vague, tenant bon contre sa force impossible.

Un palmier se révéla être un rempart, attrapant Wax en travers de la poitrine et le retenant fermement dans son enchevêtrement. Égratignures et écorchures se manifestèrent, tandis que les anciennes contusions du démon de la grotte revenaient comme de mauvais souvenirs. Néanmoins, Wax pouvait bouger, pouvait respirer. Il toussa, se redressa et regarda là où sa sœur s'était trouvée.

Il n'y avait plus rien maintenant, et pendant un moment de choc blanc, Wax fut certain que Bliss avait été emportée. La peur mourut presque aussi vite lorsqu'il remarqua une particularité dans la scène : le démon géant s'élevait au-dessus de la baie, saignant et enragé, ses frondes et ses pattes fouettant à la fois la nature et les nouveaux arrivants.

Si Wax pensait que la nuit était sombre, alors les formes couvrant la plage maintenant étaient vraiment noires. La lune les révélait dans son argent, ombres se précipitant dans les vagues pour lancer des projectiles, tirer à l'arc, ou même nager vers le démon. L'attaque était aléatoire, désordonnée, mais, d'après ce que Wax pouvait voir, efficace.

Des flèches, certaines enflammées, frappèrent le sommet lumineux du démon en forme de champignon, le faisant grésiller et projetant des flammes liquides sur les flancs du monstre. Des harpons façonnés à partir de bois bien aiguisé pénétrèrent la carapace en fusion, une attaque facilitée par l'avancée lente du démon vers le rivage.

— Lira, dit Wax en s'efforçant de se lever. Les légendes devenues réalité. Une société secrète, et là, debout dans l'eau avec son bâton, se tenait Bliss parmi eux. C'est donc là que tu allais.

Allant, et maintenant combattant avec eux. Alors que Wax s'extirpait du palmier, il vit sa sœur faire quelques mouvements, repoussant une fronde proche. Pas impliquée dans l'assaut principal donc. Bien, laissons les vrais Lira—

Oups, des cris de chasse s'élevèrent de sa cité inondée. De nouvelles torches avancèrent depuis les quartiers alors que Kitaye répondait à la menace. À sa droite et à sa gauche, parents, adultes, guerriers et cuisiniers, marchands et chasseurs de truffes émergèrent dans un chant bouillonnant. Plus d'arcs, plus de bâtons, et, étincelant à la lueur du feu, de véritables lames d'acier.

La lame Foti.

La vue d'autres trésors obtenus par échange lui rappela sa mission et Wax se précipita vers sa propre maison. Aller dans cette direction signifiait croiser le chemin du démon, mais le monstre semblait préoccupé, titubant et se débattant alors que la défense s'intensifiait.

Les tentacules sur la plage se tordaient maintenant, cherchant des cibles à saisir et à projeter, des gens à frapper. Pourtant, à chaque attaque frémissante, il y avait une riposte, un brave de Kitaye assez courageux pour écraser l'assaillant avec un marteau ou un Lira assez précis pour le trancher avec une lame.

Le démon lui-même se dressait aussi haut que les arbres, dominant la plage, mais sa majesté entachée tremblait maintenant. Ses jambes se pliaient et craquaient, le cœur jaune saignant dans la mer. Wax atteignit l'avenue principale menant à sa maison et entendit un cri de triomphe, se retournant pour voir de nouveaux harpons plantés dans le sommet du démon en forme de champignon. Des cordes pendaient de ceux-ci, et sur ces cordes grimpaient des Lira, se déplaçant plus vite que Wax n'aurait pu l'imaginer.

Les tueurs atteignirent le démon, sautant sur son sommet et tirant leurs divers instruments de mort de leurs sacoches, étuis et bandoulières. Ils ne se contentèrent pas de le poignarder, non, mais taillèrent leur chemin à l'intérieur.

Quelque chose que Svarde avait dit pendant leur voyage de retour lui revint alors que Wax hésitait, sentant que la lame Foti, même s'il la trouvait, ne serait d'aucune utilité maintenant : *aucun démon n'est facile à tuer. Tu dois le détruire complètement, car il ne suit pas les mêmes règles que toi et moi.*

Le démon ne prit pas cette nouvelle attaque à la légère. Jusqu'à présent, le monstre n'avait pas fait beaucoup de bruit au-delà des claquements et des fracas destructeurs — Wax pataugeait dans l'eau, les affaires de sa cité flottant à côté de lui. Une fois que les Lira eurent atteint le corps du démon, un hurlement strident éclata, moins comme un félin de la jungle et plus comme un moustique amplifié un million de fois. Avec le son vint un regain de concentration, les frondes jaillissant de la mer et fouettant vers la tête du démon. Certains tentacules firent mouche, projetant des Lira dans une longue chute vers des vagues trop peu profondes. D'autres, Bliss parmi eux, nagèrent en avant pour secourir les victimes, les ramenant au rivage.

Pas qu'il restât beaucoup de rivage intact après le passage du monstre. Alors qu'il atteignait l'extrémité de la jetée, ses vastes jambes s'enfoncèrent dans le sol, élevant la créature encore plus haut. Tout Kitaye se joignit à l'assaut, et Wax crut voir son propre frère et ses parents là-bas, frappant les jambes blindées comme ils le feraient pour un arbre à abattre.

Mais que se passerait-il quand il tomberait ?

Cette pensée fit faire demi-tour à Wax, le poussant à patauger dans l'eau en direction de sa maison. Des coups d'œil en arrière confirmèrent l'avancée continue du démon, sa destruction incessante. Les vagues faisaient rage, certaines projetant Wax contre des étals brisés ou le faisant trébucher dans un bourbier qui le faisait tousser et cracher.

Le temps qu'il atteigne la maison familiale, grimpe à l'échelle et trouve sa lame Foti enveloppée sur l'étagère à côté de son hamac, les cris de guerre des guerriers de Kitaye étaient devenus un vacarme constant et fiévreux. Se précipitant de nouveau sur son balcon, Wax vit le démon vaciller en avant alors que sa jambe de tête fléchissait, se brisant à sa base. Avec un autre hurlement strident, le démon roula en avant, déferlant dans la rue principale de Kitaye avec son corps fluorescent bleu et jaune.

Les arbres et les maisons qui y étaient accrochées craquèrent et s'effondrèrent, les boutiques disparurent simplement. Les torches allumées pour la célébration crépitèrent et s'évanouirent, certaines déclenchant de nouveaux incendies plus vifs lorsque les flammes trouvèrent du combustible dans les membranes du démon. Les Lira suivirent, leurs combattants se lançant sur le démon tombé et se débattant pour trouver de nouvelles vulnérabilités.

Était-ce Bliss là-bas, près du sommet de la créature, cherchant un endroit où planter son bâton ?

Wax regarda sa famille, ses amis, sa ville natale se jeter sur le démon tombé comme des fourmis sur un animal, le recouvrant dans un effort frénétique et sans retenue pour sauver leur cité. Depuis la maison dans l'arbre, apparemment en sécurité maintenant, Wax observait simplement, bouche bée.

Il avait déjà vu le désespoir, avait vu et combattu pour sa propre vie dans les étendues sauvages de Vis, mais ceci était autre chose. C'était une bataille pour l'existence, pas seulement pour un seul, mais pour tous.

Wax resta dans la maison de l'arbre, observant, longtemps après que le démon eut cessé de se débattre. Longtemps après que le travail soit passé de la mise à mort à la découpe, au sauvetage et à la récupération. Ce n'est que lorsque le soleil commença à se lever que Wax descendit, trouvant une place pour se joindre à l'effort collectif de la ville.

Il lui avait fallu tout ce temps pour se ressaisir, pour comprendre pourquoi la vie qu'il croyait être la sienne ne l'était plus. Pas si quelque chose comme cela pouvait surgir, pouvait détruire une ville en une seule nuit.

Alors que Wax se joignait au découpage, à l'empilage, au séchage et au sauvetage, il entendit un mot sortir de la bouche de ceux assez âgés pour savoir, pour se souvenir :

Renouveau.

14
UN APPEL

Débat, débat et encore débat. C'est ce qu'avait dit le Précepte et ce que faisait le Cercle après avoir mis Svarde à la porte. Lui et Ami avaient passé le reste de l'après-midi, la soirée et la nuit à attendre une résolution, un signe que quelque chose d'autre que des têtes parlantes allait se produire.

Rien ne vint.

Svarde et Kivi s'étaient effondrés dans une chambre voisine de celle d'Ami, parmi plusieurs réservées aux visiteurs de Noctia importants pour le Cercle. Elles étaient rigides, en pierre, opulentes mais dépourvues d'âme. Un vrai matelas Kance après si longtemps sur sa grive de jungle et dans les hamacs du bateau Foti donna à Svarde la pire nuit de sommeil qu'il ait eue depuis des années : trop de confort, pas assez de douleur.

Les repas étaient standards, mélangés à suffisamment de choses que Svarde n'avait pas goûtées depuis trop longtemps pour que son estomac le pousse à se coucher tôt. Ami rit au début, rappelant à Svarde sa gloutonnerie passée, mais ce rire s'éteignit rapidement quand Svarde dut s'ar-

130

rêter avant un second service. Rien de grave, juste une légère indigestion, mais Ami le prit mal quand même.

Peut-être était-elle vraiment seule ici.

Le petit-déjeuner et une belle aube n'apportèrent aucune réponse. Pas de messages en attente, pas de crieurs de Noctia répandant les nouvelles de la flèche au port. Seulement Ami, rencontrant Svarde devant sa chambre avec du pain nature et de l'eau.

— Tu te sens capable de faire une promenade ? demanda-t-elle.

Tant que cela le menait loin de cette boîte de pierre, Svarde se dit qu'il pouvait aller à peu près n'importe où.

Le chemin qu'elle leur fit prendre lui était désagréablement familier. Il avait emprunté le sentier de la falaise suffisamment de fois, et il n'avait pas changé d'un iota depuis la dernière fois qu'il avait écrasé les pierres en direction du tunnel du cratère, dix ans auparavant. À l'époque, il bouillonnait de dégoût, des rêves brisés emplissant sa bouche de cendres. Maintenant, il suivait Ami, et Kivi les suivait tous les deux, avec la mesure sèche et cynique de la sobriété sur la langue.

Ami parla tout le long du chemin, poursuivant les histoires qu'elle avait commencées la veille au soir. Si on pouvait appeler ça des histoires. Pour Svarde, le temps d'Ami s'était écoulé avec moins de plaisir que ses années sur la falaise de Vis. Elle avait été réduite à une coursière, un soutien émotionnel pour Aegis alors que Catya traversait son lent, inévitable et crucial déclin.

— Arrête, Ami, dit Svarde alors qu'ils approchaient du premier poste de garde. Je crois que je ne peux plus le supporter.

— Supporter quoi ? Elle semblait vraiment confuse.

— Ta misère.

— Ma misère ? Que-

— Combien de démons avons-nous combattus à travers ces îles, Ami ? demanda Svarde.

Il aurait pu répondre lui-même à la question, mais il la laissa en suspens. Pouvait-elle se souvenir d'aussi loin ? Elle avait été une guerrière autrefois, l'épée brillante Flamebreak lui avait été décernée par les plus hauts rangs de Foti. Svarde, cependant, ne l'avait pas vue porter une seule arme durant les heures qu'ils avaient passées ensemble.

— Trop, répondit Ami, le regard lointain, ralentissant le pas. Ils étaient partout à l'époque.

— Parce que le Cercle a trop attendu pour lancer l'appel. Nous avions besoin de vrais Gardiens la dernière fois. Nous avions besoin de nous, pas de ces escortes glorifiées qu'ils avaient auparavant. Svarde n'avait pas eu l'intention de ramener le présent dans cette conversation, mais la tour de garde du tunnel avait déclenché cette pensée. Tous les Renouveaux sauf deux sont morts la dernière fois sans même avoir approché Noctia.

— Ils ne referont pas cette erreur.

— Pourquoi ?

— Parce que nous ne les laisserons pas faire.

Svarde donna un coup de pied dans les cailloux. Les petits galets encaissèrent son attaque sans se plaindre, s'éparpillant le long de la colline. Si seulement le Cercle pouvait prendre sa demande de la même manière, s'envoler pour faire ce que Svarde exigeait d'eux.

Il n'avait jamais désiré être roi jusqu'à ce que le pouvoir se révèle nécessaire.

— Ils ne veulent pas ruiner ce qu'ils ont, dit Svarde. Ils sont confortablement installés dans leurs châteaux, à compter leurs convertis.

— Ne devraient-ils pas l'être ? dit Ami, se retournant

complètement et arrêtant l'ascension. Dix ans de paix, c'est un exploit ! Quelques accrochages mineurs, mais les îles sont largement intactes, Svarde. Peut-être que tu ne l'as pas vu depuis ta cachette, mais les choses vont bien ici.

— Si bien qu'ils n'ont plus besoin de gens comme nous, c'est ce que tu veux dire ?

Ami jeta un coup d'œil vers la mer. — Nous sommes une arme rangée maintenant, Svarde. Je ne leur reproche pas d'hésiter à dégainer l'acier. Une fois qu'ils auront lancé l'appel, ce sera irréversible.

— Tout comme les vies perdues pendant qu'ils restent assis sur leurs chaises.

— Non. Non, en effet. Ami fit un signe de tête vers la tour. Allez, viens. Elle est au mieux de sa forme le matin.

À travers le tunnel et jusqu'au cratère en pente. Le lelune reposait, gris et silencieux sous le soleil, comme un champ en jachère attendant sa prochaine plantation. Les dents du cratère s'élevaient tout autour en un vaste anneau, aucune flèche n'approchant ces crêtes menaçantes. Le dôme blanc au centre prenait une apparence étrangère, sa canopée tranchante trop parfaite pour l'environnement naturel.

Svarde ne pouvait pourtant pas éprouver de haine pour cela. Il réservait son froncement de sourcils, son regard noir pour le Najahn qui se tenait dehors. Il n'avait pas apporté ses haches ni son arbalète et se sentait nu sans elles, mais la femme Najahn le fouilla quand même. Son visage, le léger salut exprimaient de la révérence, ses mains parlaient de devoir.

Au moins, ils protégeaient leur prisonnière.

— La ferrite attend dehors, dit le Najahn, et Svarde s'en remit à l'opinion de Kivi sur la question.

La bête de roche renifla, puis alla creuser dans le lelune,

fouillant à la recherche de roches plus savoureuses sous la surface. Pas un problème, donc.

— Elle sera assez heureuse, dit Svarde, puis il suivit Ami à l'intérieur.

Il avait passé qui sait combien de nuits à imaginer ce moment, mais toute cette préparation ne fit pas trembler le cœur de Svarde. Son souffle ne disparut pas, sa poitrine ne se serra pas. Aucune déglutition, aucun trébuchement ne survint lorsque Svarde vit la femme qu'il avait aimée depuis leur première rencontre sur Foti.

Parce que, il le savait, elle le savait, cet amour était perdu depuis longtemps.

Catya était assise sur le trône de la Blessure, cette chaise taillée dans la pierre aussi laide qu'elle l'avait toujours été. Des robes pourpre-noir avec des filigranes d'or encadraient sa forme flétrie, donnant l'impression que la tête de Catya plongeait dans une mare goudronneuse qui coulait de la chaise jusqu'au sol. Tout près, comme pour tenter Catya d'un saut fatal, se trouvait l'étroite crevasse de la Blessure.

Cela, au moins, n'avait pas changé.

Deux autres Najahn attendaient à l'intérieur, voulges et chakrams prêts. Par un signal tacite, chacun fixa son regard sur Ami ou Svarde. L'instinct du Gardien le fit calculer le temps qu'il faudrait à l'un d'eux pour traverser la pièce en courant, voulge prête à porter le coup fatal.

Pouvait-il le faire ? Pouvait-il mettre fin à la douleur de Catya avant qu'ils ne l'atteignent ?

— Je vais bien, dit Catya, comme si elle lisait dans ses pensées. Sa voix, toujours légère, n'était plus qu'un murmure à peine audible. Tu as l'air poilu.

Ces mots, accompagnés d'un large sourire, sortirent Svarde de son illusion lugubre. Allait-elle bien ? Presque certainement pas, mais Catya ne semblait ni en colère, ni abattue. Et Svarde était, en effet, poilu.

— Les rasoirs sont difficiles à trouver sur le flanc d'une montagne, répondit Svarde en s'approchant du trône et s'agenouillant. Il tendit la main, trouva celle de Catya. Il sentit qu'Ami gardait ses distances. Tu es toujours aussi belle.

— Vraiment ? Catya rayonna. Ça fait longtemps que personne ne m'a dit ça. Ami ne compte pas.

— Elle n'a jamais compté.

Le sourire de Catya s'effaça. — Elle fait autant partie de tout ceci que toi, Svarde.

Il voulait protester, il voulait nier tout ce qui s'était consumé depuis que Catya avait pris ce maudit manteau, mais Svarde sentit la colère s'évaporer. Catya avait toujours cet effet sur lui, elle pouvait toujours le transformer d'un lion en chaton.

Comment avait-elle trouvé la clé de son cœur si vite ?

— Le Croc du Rat est toujours là, dit Svarde, essayant de se diriger vers un terrain plus sûr.

— Pourquoi aurait-il disparu ? répondit Catya. J'ai veillé à tout garder en sécurité, tu te souviens ?

— J'essaie d'oublier.

— Ne sois pas comme ça. Nous avons trop sacrifié.

— Certains d'entre nous continuent de se sacrifier.

Catya ferma les yeux, frissonna, et le jeton d'ambre sur son collier s'embrasa. Un simple clin d'œil, mais assez brillant pour baigner la pièce d'une lumière dorée. Svarde resta immobile, gardant sa main dans la sienne.

— Combien ? demanda Svarde quand Catya rouvrit les yeux.

— Trop souvent maintenant, dit Catya, et si elle chuchotait auparavant, les mots sortirent maintenant comme un souffle aérien. C'est comme s'ils savaient que je m'épuise. Le pouvoir s'affaiblit.

— Est-ce que ça fait mal ?

— À chaque fois. Imagine saisir quelque chose en feu et ne pas pouvoir le lâcher jusqu'à ce que ça refroidisse. Catya leva la main, laissant ses doigts — plus os que peau — toucher le collier. Au début, j'avais des gants épais, de l'eau et de la glace. Le démon le plus ardent mourait en un instant. Maintenant, je n'ai rien de plus que ces paumes et la douleur que je peux endurer.

Svarde ne dit rien. Il reprit la main de Catya et la serra plus fort.

— Le pire ? continua Catya, son regard glissant de Svarde à la Blessure. Je ne peux plus tous les arrêter. Surtout les plus forts.

— Je sais. C'est pour ça que je suis là.

— Quand je n'en peux plus, je lâche prise et je les sens partir. Je ne sais pas où, Svarde. Je ne sais pas où ils vont ni qui ils vont blesser, mais je ne peux pas, je ne peux pas les arrêter.

— Tu ne devrais pas avoir à le faire. Nous allons les convaincre de recommencer. Ton travail est presque terminé.

Un éclat de sourire, le coin de ses lèvres se relevant légèrement. — Je leur ai dit il y a des mois, Svarde. Le Précepte veut que je tienne. Encore un an, disent-ils, et j'aurai ma chance.

Svarde se leva, lâchant la main de Catya et lançant un regard noir à Ami.

— Tu le savais ? demanda-t-il. Encore un an ?

Les gardes Najahn resserrèrent leur prise. Pas que Svarde s'en souciait. Qu'ils essaient de l'attraper. Ces lances maladroites avaient bien des faiblesses, et un chakram n'était pas fait pour des espaces aussi exigus.

Ami hocha la tête. — Mais j'espérais que tu pourrais les convaincre du contraire. C'est facile de ne pas se soucier des démons s'ils sont faibles et à moitié morts quand ils atteignent la surface. Nous n'avons pas eu de percée ici.

— Ici ? Svarde écarta les bras. Ici, où vous avez des gardes armés partout ? J'ai sauvé des enfants, presque. Pas une arme à leur nom, cherchant des champignons, Ami. Ils n'auraient pas tenu cinq minutes de plus.

Il avait dit la même chose au Précepte, observant comment l'histoire avait ricoché sur le regard calculateur de Fassle.

— Svarde, dit Catya, et l'homme s'agenouilla à nouveau, elle fait ce qu'elle peut. Nous faisons tous de notre mieux. Ne sois pas en colère. Pas maintenant, pas cette dernière fois.

— Dernière fois ? demanda Svarde. Qu'est-ce que ça veut dire ?

— Je m'efface, et ça fait mal, souffla Catya, mais ça fait encore plus mal de me voir à travers tes yeux. Je veux que tu te souviennes de moi comme j'étais, pas comme je suis, ni comme je serai quand ce collier arrachera mon dernier souffle.

Le temps que lui et Ami descendent la falaise jusqu'au Croc du Rat — il y avait d'autres bars, mais aucun que Svarde n'aimait autant — la nouvelle s'était répandue. Vis avait été attaquée par un énorme démon. Kitaye avait été endommagée, sauvée uniquement par le fait que tant de bâtiments étaient surélevés. La foule du soir bourdonnait, la bière coulait plus librement qu'avant, Che-Ri offrant même une petite chope gratuite à chaque personne entrant.

— Réduction panique, dit Che-Ri lorsque Svarde saisit leurs deux premières pintes.

La barmaid semblait avoir pris elle-même quelques gorgées de panique, mais après tout, c'était le cas de tout le monde. Les démons et leur propension à semer la mort au hasard avaient cet effet sur les gens.

À mesure que le crépuscule approchait, le Croc du Rat prenait une atmosphère différente. L'intérieur lumineux ajoutait de la couleur, Che-Ri et son personnel remplaçant le verre des lanternes par des vitres teintées de pourpre et de bleu. Sombre mais pas douillet, idéal pour les tractations qui faisaient vivre le bar.

Idéal, aussi, pour un duo de Gardiens qui aurait pu se retrouver assailli par les gens apeurés à l'extérieur.

— Ce que je ne comprends pas, dit Svarde en se frottant les moustaches, c'est comment on est au courant. La nuit dernière ? Avant, on n'entendait parler d'une attaque majeure qu'après plusieurs jours.

— Noctia est partout maintenant, répondit Ami. Elle n'avait pas encore touché à sa pinte et semblait à moitié perdue dans ses pensées en regardant autour d'elle. Les Tenets ont mis au point quelque chose avec les corbeaux, d'après ce que je comprends.

— Les corbeaux ?

— Les oiseaux.

— Je connais les oiseaux. Ils peuvent parler ?

Ami sortit de sa torpeur pour plisser les yeux vers Svarde. — Parler ? Tu as perdu beaucoup de choses sur ce flanc de montagne, n'est-ce pas ?

Svarde se sentit un peu bête quand Ami lui expliqua le processus. Les petits messages attachés aux pattes, les voies claires sur lesquelles les oiseaux noirs étaient entraînés. Ce n'était pas la première fois que Svarde souhaitait que le monde soit simplement resté statique pendant sa petite retraite.

— Ils vont l'annoncer, dit Ami, plongeant enfin dans son verre. Svarde remarqua que la boisson n'était venue qu'après qu'il ait commandé du poisson frit, son goût salé asséchant la gorge. Je parie qu'on saura demain matin.

Le Renouvellement était le pari le plus facile à faire en ce moment. Noctia avait peut-être hésité quand il ne s'agissait que de petits monstres effrayant quelques enfants, tuant quelques solitaires. Mais quand une ville comme Kitaye est attaquée, soudain l'économie précieuse est menacée. Maintenant, ils devaient agir.

Le problème, c'est qu'ils allaient faire la mauvaise chose.

— Ce n'est qu'un délai, dit Svarde.

Ami cligna des yeux.

— Qu'est-ce qui est un délai ? Le Renouvellement ?

— Ouais.

— Bien sûr que ça l'est. On achète du temps pour le monde avec une seule vie. C'est littéralement le but. Ami lança à nouveau un regard perplexe à Svarde. Tu as bu quelque chose de plus fort pendant que je ne regardais pas ?

— Mais ça ne fonctionne pas.

— Je pense que ça fonctionne trop bien.

— Non, Svarde leva les mains et secoua la tête. Je veux dire les Renouvellements. Celui de Catya a duré combien, dix ans ? Celui d'avant elle, douze. Et celui d'avant, combien ?

— Treize.

— Alors que se passera-t-il quand ce sera cinq ans ? Ou tous les six mois ? Svarde pivota, balayant d'un geste le bar bondé. Qui fera quoi que ce soit quand les démons seront partout, tout le temps ?

Ami soupira.

— Je parie que le Précepte espère être mort depuis long-temps à ce moment-là.

— Nous, on ne le sera pas.

— Y a-t-il un but à cette diatribe, Svarde ?

L'homme posa ses coudes sur leur petite table, se penchant sur le poisson comme s'il s'agissait d'un trésor à protéger. Ses yeux brillaient, les muscles de sa gorge se tendirent alors qu'une rougeur, bien dissimulée par l'éclairage du bar, parcourait son visage.

C'était l'une des nombreuses raisons pour lesquelles Svarde ne pouvait pas jouer aux cartes, ni à rien d'autre qui nécessitait du bluff.

— Nous devons frapper à la source, Ami, dit Svarde. Tout ça, c'est un jeu de merde. On finira par perdre.

— Ça a déjà été tenté, dit Ami.

— Des conneries, ça n'a pas été tenté. Pas par quelqu'un de sérieux. Pas depuis cent ans.

Il y avait de vieux poèmes, de vieilles histoires sur des aventuriers qui étaient descendus dans les grottes les plus profondes, qui avaient plongé dans la Blessure. Invariablement, les histoires les décrivaient comme de grands héros, invariablement, ils disparaissaient toujours, pour ne plus jamais être revus.

— Ce n'est pas vrai, dit Ami plus doucement cette fois, les yeux fixés sur sa chope.

— Dis ce que tu penses.

— Tu t'es enfui. Catya a mis le collier et dès que tu as vu ce que ça signifiait, tu es parti. Moi, je suis restée. Ami posa sa main droite à plat sur la table, où Svarde pouvait voir les bagues à chaque doigt. Chacune gagnée sur Whent, chacune pour une victoire honorable. Tu sais ce que ça fait à quelqu'un comme moi, qui avait battu tous les adversaires rencontrés, de regarder sa meilleure amie mourir minute après minute, jour après jour ?

— Je sais, dit Svarde, c'est pourquoi je ne pouvais pas rester. Je ne pouvais pas la regarder. Pas Catya.

— Tu t'es enfui. Moi, j'ai essayé de trouver une issue.

— Que veux-tu dire ?

— Il n'y a pas de réponses, Svarde. Quand j'ai interrogé le Cercle, ils m'ont dit qu'ils avaient envoyé des gens en bas. Des explorateurs. Des combattants. Tout le monde a disparu, et maintenant personne ne veut plus essayer. Ami termina sa pinte et fit signe pour en avoir une deuxième. — Alors je suis allée voir les scientifiques ensuite. Les médecins et leurs aiguilles. Tout le monde avait des théories, personne n'avait de solutions. Devine combien voulaient tenter quelque chose sur l'Aegis, sachant ce que l'échec signifiait ?

Kivi, lovée à leurs pieds, renifla avec dédain en même temps que Svarde à cette idée.

— Alors je suis restée, dit Ami, et je me suis dit que j'allais rendre les choses aussi faciles et indolores que possible pour elle, parce que c'était le serment que j'avais prêté.

— Nous avons juré de la protéger, Ami. Pas de la regarder mourir.

— C'est ce que tu as fait alors ?

Che-Ri déposa la deuxième pinte d'Ami. Ami lui lança une fleur de lélune, cueillie ce jour-là — et expressément contre la loi de Noctia — dans le cratère. Che-Ri siffla et rangea la fragile fleur rose.

— Je ne l'ai pas fait, dit Svarde. Impossible de le nier. Mais je suis là maintenant. Prêt à arranger les choses.

Ami rit et vida sa deuxième pinte en trois secondes. Un signe, parmi d'autres, de la façon dont elle avait passé les longues années sur l'île. Avant que Svarde ne puisse dire autre chose, Ami repoussa sa chaise et se leva.

— Tu sais quoi, Svarde ? dit Ami. C'était sympa de te voir. Contente que tu sois là pour arranger les choses. Bonne chance.

Avant que Svarde ne puisse balbutier des excuses, Ami sortit à grands pas, s'enfonçant dans la nuit.

Le temps qu'il retourne à sa chambre sous les flèches, le temps qu'il frappe à la porte d'Ami et ne reçoive aucune réponse, les signaux de fumée étaient allumés. Des volutes dorées et violettes, engendrées par d'immenses feux de joie entourant toute l'île de Noctia.

Elles seraient visibles de n'importe où dans Les Sept Îles, et elles ne signifiaient qu'une chose.

Le Renouveau.

Le lendemain matin, Svarde fit irruption dans la conférence du Cercle sans l'aide d'Ami. Kivi vint aussi, la ferrite se précipitant devant les gardes Najahn qui se bousculaient pour escorter son ami dans la chambre. La conversation s'interrompit lorsque Svarde entra, diverses îles se disputant à grands cris sur la quantité de ressources de Noctia qu'elles méritaient pour faire face aux probables incursions de démons.

Fassle se contenta de lever les yeux au ciel en voyant Svarde, lui faisant signe de patienter d'un doigt tandis que le Gardien entrait d'un pas lourd au centre abaissé de la pièce.

Après trois tasses de café, Svarde était animé d'une confiance bouillonnante. Il faillit ignorer Fassle et lâcher ce qu'il était venu dire, mais les derniers lambeaux de sa retenue, peut-être dus au dédain d'Ami la veille, gardèrent la bouche de Svarde fermée pendant que Vis et Rana se chamaillaient.

Du moins jusqu'à ce que Fassle frappe la table de sa main. Le bois manquait de la grandeur sonore du métal, mais Svarde devait admettre que le coup sourd servait néanmoins son but.

— Mes amis, annonça le Précepteur, il semblerait que notre estimé Gardien soit revenu pour, je ne peux que le supposer, nous remercier d'avoir initié la chose même qu'il était venu nous suggérer hier ?

Les regards se tournèrent vers lui, pas un seul n'étant sympathique. Même Foti lança à Svarde un regard cristallin, comme s'il était un enfant qui avait largement dépassé les limites.

Eh bien, il était là, et ils allaient de nouveau l'écouter parler.

— Pas tout à fait, Précepteur, dit Svarde, faisant de nouveau face à l'homme principal et aux deux Accords assis à côté de lui. Le Renouvellement est une option, certes, mais je veux essayer une solution plus permanente.

Le Cercle attendit, observa, écouta tandis que Svarde exposait sa recommandation : une équipe, compétente et dirigée par lui-même, pour descendre dans les Ténèbres d'en Bas et affronter les démons et leur source. Les anéantir là-bas dans les profondeurs et empêcher que d'autres ne remontent à jamais.

— Plus de Renouvellements, plus de monstres surprenant nos familles et nos amis, conclut Svarde avec fougue. Vous prétendez vouloir la paix, Précepteur ? Voici comment vous pouvez l'avoir. Pour toujours.

Silence. Un poids immobile. Tamas se gratta le nez, tandis que Kance regardait le plafond. Puis le Précepteur soupira et Svarde sut qu'il avait perdu.

— Soit vous ne connaissez pas les faits, dit Fassle, soit vous les connaissez et les ignorez. Tous ceux qui descendent dans les Ténèbres d'en Bas y meurent, Gardien. Cela a déjà été tenté auparavant, et je ne sanctionnerai pas des vies à être perdues. Le Précepteur fronça les sourcils. Vous êtes, bien sûr, libre de faire ce que vous voulez. Si vous pouvez trouver votre équipe, vous pouvez y aller et gaspiller vos vies comme bon vous semble. Mais vous ne le ferez pas sur mon île, et pas avec mes encouragements.

— Nous savons tous que le Renouvellement a ses défauts, mais c'est la seule chose que nous connaissons qui arrête les démons. La seule chose que nous savons...

— C'est une condamnation à mort pour quiconque survit, dit Svarde, sachant pertinemment bien qu'interrompre le Précepteur ne se faisait pas. Tout ce que vous faites, c'est condamner un autre enfant, tout ça parce que vous ne voulez rien essayer d'autre.

Fassle repoussa sa chaise et se leva. Le Précepteur était plus grand que Svarde ne s'y attendait, rencontrant le regard du guerrier à son niveau.

—Ne présumez pas savoir ce que nous faisons, Gardien, dit Fassle. Ce qui se passe ici n'est pas pour vous à savoir, et je ne serai pas jugé par l'ignorance. J'ai dit que vous êtes libre de poursuivre votre rêve. Maintenant, partez tant que vous avez encore votre tête.

Si Kivi n'avait pas cogné sa caboche contre les tibias de Svarde, le Gardien aurait pu répliquer à Fassle. Au lieu de cela, Svarde grogna, se retourna et sortit du Cercle à grands pas.

Le pire ? Avant même qu'il ne soit parti, les îles étaient de nouveau à l'œuvre, négociant des fournitures et des soldats. Des pions dans une guerre perdue d'avance.

Des grommellements furieux faisaient un bon compagnon le long du flanc urbanisé de Noctia. Au moins, cela tenait à bonne distance toutes les personnes qu'il croisait.

Kivi trottinait à ses côtés, grignotant furtivement des pavés quand personne ne regardait.

Où Svarde voulait-il aller, que voulait-il faire ? Il n'en était pas sûr, alors il marchait, maudissant le Précepte et le Cercle sans courage. Il reniait aussi Ami, la lâche.

Et alors si d'autres avaient déjà essayé de descendre dans l'obscurité ? Ces « autres » n'avaient pas leurs talents. Svarde pourrait faire quelque chose de différent, pourrait obtenir un résultat qui sauverait le monde entier. Ne serait-ce pas mieux que de condamner un pauvre enfant à une mort précoce et douloureuse ?

N'aurait-ce pas été mieux pour Catya ?

— Du calme, mon chou, dit Che-Ri, tirant Svarde du monde brumeux dans lequel il était plongé. Ta sacoche s'allège et tes paupières s'alourdissent. Bois un peu d'eau.

La matinée s'était transformée en après-midi sans qu'il s'en rende compte. Kivi ronflait à ses pieds, et sa sacoche, autrefois remplie de légumes-racines de Vis et d'autres délicatesses négociables de cette île, semblait effectivement molle contre ses épaules. S'il voulait continuer à noyer sa journée, Svarde devrait demander à Che-Ri un tour derrière le comptoir.

Mais le barman n'était parti que depuis quelques minutes lorsqu'une nouvelle âme prit place à côté de Svarde. Contrairement à sa vieille cape usée et ses vêtements de Foti élimés, elle scintillait dans les teintes bleu sarcelle et émeraude typiques de Rana.

L'île fluviale avait sa réputation, gagnée maintes fois par ses humeurs changeantes. Ses marins étaient généralement sans égal, mais traitaient tout le monde comme s'ils leur étaient inférieurs. Pas tant un manque de respect qu'une indifférence, comme si le reste du monde n'était que des jouets avec lesquels s'amuser, piller ou échanger contre de meilleures choses.

Alors quand cette femme posa sa main sur son menton et regarda Svarde comme un article de marché, il lui adressa un grognement dissuasif.

— On est d'humeur féroce, à ce que je vois ? répondit la femme. Elle déplaça son épaule, laissant Svarde voir les deux lignes émeraude qui traversaient sa cuirasse saphir — pourquoi Rana insistait pour porter des uniformes complets dans les bars mystifiait les îles. Ces lignes vertes signifiaient qu'elle avait obtenu son propre navire, ce qui rendit Svarde un peu plus curieux. C'est bien. Je déteste voir les Gardiens perdre leur mordant.

— Vous me connaissez.

— Tout le monde dans ce bar te connaît maintenant. Depuis ta deuxième pinte, tu te lamentes sur le Cercle assez fort pour que tout le monde t'entende.

— Ils méritent une bonne raclée.

— Sans aucun doute, dit la femme en levant deux doigts vers Che-Ri. Le barman s'approcha, fronçant les sourcils en direction de Svarde. S'il veut boire, laissez-le boire.

— Svarde ? demanda Che-Ri.

Le Gardien saisit sa chope d'eau, la vida d'un trait, en renversant une bonne partie sur le sol. Kivi sursauta, renâcla de frustration, exhalant de la vapeur. Svarde l'ignora et reposa la chope vide sur le comptoir.

— Remplis-la si c'est elle qui paie, dit Svarde.

La capitaine Rana fouilla dans sa sacoche et en sortit une perle d'or scintillante. — Ceci devrait couvrir nos tournées pour la soirée ?

Che-Ri prit la perle, toujours en fronçant les sourcils, et

l'examina de près. Elle soupira un instant plus tard, puis lança un regard noir à la capitaine Rana.

— S'il est assez saoul pour piquer une crise, c'est toi qui nettoies.

— Bien sûr.

Les chopes remplies, Svarde traversa le brouillard alcoolisé pour se concentrer sur sa bienfaitrice.

— Qu'est-ce que tu veux de moi, alors ? demanda Svarde.

— Je veux ce que tu veux, répondit la capitaine Rana. Quelque chose de différent.

— Tu veux descendre en bas.

Elle acquiesça. — Ce n'est pas facile de trouver d'autres personnes qui veulent faire la même chose, mais je forme un équipage depuis quelques années maintenant. Ils sont prêts, mais les chances n'étaient pas assez bonnes.

— Les chances ? Qu'est-ce que tu...

— On ne passera pas par la Blessure. Les Najahn ne nous laisseront pas faire, dit la capitaine. J'ai déjà essayé. J'allais réessayer cette semaine. Elle fit tourner sa chope sur le comptoir sans y boire. — Avec toutes ces attaques de démons qui surgissent, j'espérais qu'ils seraient plus réceptifs. Mais tu as montré que c'était une erreur.

Svarde fixa son regard, but et attendit.

— Whent est la meilleure option suivante. Ce n'est pas loin au nord, et ses grottes sont plus profondes que partout ailleurs. Si on veut vraiment tenter le coup, on commence là-bas. La capitaine serra la poignée de sa chope, son visage se crispant. Quelque chose poussait cette femme. — C'est pourquoi j'ai besoin de toi.

— Qu'est-ce que j'ai à voir avec Whent ? Je ne suis pas un mangeur de roche.

— Tu es un Gardien. Le Gardien, à mon avis. Avec toi sur mon navire, on a une chance d'y arriver. Une chance qu'ils nous laissent accoster.

Svarde cligna des yeux. C'était peut-être l'ale, mais il ne se souvenait d'aucun privilège spécial qu'un gardien aurait pour se déplacer d'une île à l'autre, du moins pas un sans Renouvellement à sa charge.

— Tu as vraiment été absent longtemps, dit la capitaine, l'intensité laissant place à quelque chose de plus doux, plus curieux. Le monde n'est plus comme tu l'as laissé, Svarde. Les choses sont agitées.

Ah. Svarde pouvait déchiffrer ce code. Rana avait plus que sa vanité qui jouait contre elle.

— Vous les pillez à nouveau, n'est-ce pas ? demanda Svarde.

La capitaine haussa les épaules. — Ce sont des cibles faciles. Mais ça rend l'accostage à Whent plus délicat.

— Ça ne changera pas avec moi à bord.

— Je pense que si, répliqua la capitaine, et si ce n'est pas le cas, je pense que tu es prêt à faire ce qu'il faut.

Svarde avala les mots avec une nouvelle gorgée. La bière, épicée et amère, se mêla au Croc de Rat dans une chaude étreinte. Dans une autre vie, il aurait pu se contenter de cela. Endosser un rôle de célébrité comme Ami, avoir ses chopes et ses repas dans cette tour de pierre jusqu'à ce que Catya ne soit plus qu'un lointain souvenir.

— Admettons que je sois d'accord, marmonna Svarde dans son verre. Quand partirions-nous ?

— Demain. À l'aube.

Svarde hocha la tête.

— Dans ce cas, je crois que j'ai des bagages à faire. Quel est le nom de votre navire ?

— Le *Tsuro*. Demandez Maena, dit le capitaine. Je suis heureux que vous soyez prêt à sauver le monde, Svarde.

— Je l'ai déjà fait une fois, répondit Svarde. Autant recommencer.

15

SUR LA VIGNE

Bliss tripotait le cataplasme enroulé autour de sa cuisse droite. En dessous, la marque crevassée laissée par les lanières fouettantes du démon semblait guérir, bien que ses brûlures lancinantes se manifestent de temps à autre. Un rappel, comme l'avait dit l'un des Lira, qu'il lui restait encore beaucoup à apprendre.

Plusieurs dizaines de personnes flottaient dans la baie dans des cercueils de feuilles pliées lorsque l'appel de Noctia fut officiellement proclamé. Tout le monde avait vu la fumée, les lumières la nuit précédente en nettoyant les décombres, en découpant le corps monstrueux du démon, mais personne à Kitaye n'avait l'autorité pour faire la déclaration.

Il fallut un homme impérieux déroulant un parchemin, debout dans son armure pourpre et noire sous le soleil brûlant, de l'eau jusqu'aux chevilles dans la boue qui avait autrefois été la place principale de Kitaye, pour que le Renouveau commence.

Malgré tout, la ville avait des problèmes plus urgents. Bliss avait des problèmes plus urgents. Si la plupart des maisons étaient intactes, à l'exception des plus proches de la plage où des morceaux égarés du monstre avaient démoli les toits de chaume et les murs de bambou, on ne pouvait pas en dire autant des boutiques et des étals de commerce. Les quais étaient abîmés et brisés, la baie elle-même bloquée par l'immense cadavre du démon.

Ainsi, Kitaye se mobilisa, les chefs de quartier organisant des équipes. Bliss elle-même chevaucha l'adrénaline toute la nuit, plongeant directement dans la mêlée des réparations, ne s'arrêtant que lorsque les Lira lui firent remarquer sa jambe blessée.

Elle avait été stupéfaite par son propre sang. Sur le moment, cette nuit-là, tout n'avait été qu'instinct. L'entraînement Lira guidait ses muscles comme si Bliss avait perdu l'esprit : plantant le bâton dans le sable pour garder l'équilibre, affinant sa silhouette tout en s'ancrant fermement dans le sol pour résister à la vague qui s'écrasait autour d'elle. Se précipitant en avant dans la foulée, repoussant les tentacules coup après coup, réagissant aux ordres sifflés pour protéger les archers, les lanceurs de javelots et les grimpeurs.

Et finalement, grimper elle-même à une corde, se hissant au-dessus des eaux ensanglantées pour s'attaquer au sommet fluorescent et mou du monstre. Bliss ne pouvait pas maintenant distinguer des moments précis : la bataille lui semblait comme une tache floue dans son esprit, indistincte et merveilleuse.

Les Lira combattaient comme un seul être, et quand tout Kitaye s'est joint à eux, Bliss n'était plus seulement elle-même.

Ceci, maintenant, était une version plus simple de la même chose. Comme une fleur au clair de lune aperçue par un jour nuageux. Elle fouillait dans la boue et la terre, trouvant des vêtements, des outils, des trésors et les empilant sur des radeaux de fortune. Ces cargaisons flottantes seraient envoyées au centre de la ville, où les propriétaires en quête pourraient voir ce qui n'avait pas été perdu.

Quant au corps du monstre, ses morceaux seraient jetés à la mer. De la nourriture pour les créatures prêtes à dévorer l'horreur. Des requins et des poissons charognards grouillaient encore dans la baie, frénétiques à cause du sang, et les Lira se tenaient prêts avec leurs bâtons pour repousser tout intrus s'approchant des terres inondées. Dans l'ensemble, la ville n'avait pas cessé de vivre, mais avait adopté un rythme différent.

Vers midi, cependant, la déclaration de Renouveau prit effet. Ceux qui pouvaient mettre leur nettoyage en pause le firent, suivant le son d'une conque pour se rassembler près de la frontière sud de la ville, à la lisière de la jungle. Là, au moins, c'était sec.

Et avec son cataplasme enfin à l'abri de l'humidité, les égratignures de Bliss la démangeaient.

— Fais attention, dit Pan, debout à côté d'elle. Tu pourrais convenir cette fois-ci.

Bliss lança un regard sceptique à Pan, mais l'homme avait les yeux rivés droit devant lui. Comme toujours, la sacoche de Pan semblait bien remplie. Qu'il soit réellement allé faire une collecte ou qu'il ait récupéré quelques débris flottants pour lui-même, Bliss ne pouvait le dire. Dans tous les cas, il semblait frais. Pas de travail nocturne pour lui.

Wax se tenait à la gauche de Pan, tout aussi captivé par le soldat Najahn qui se préparait une fois de plus à s'adresser à la foule. Cette fois, l'homme en sueur avait deux autres soldats à ses côtés, chacun armé de lances courbées et de grands disques tranchants sur le dos.

Elle donna un coup de coude à Pan. « Pourquoi sont-ils armés ? »

— Parce que les monstres peuvent arriver à tout moment, chuchota Pan en retour. Vis est toujours la première île à être frappée.

« Pourquoi ? »

Pan haussa les épaules. — Je ne sais pas. C'est comme ça. C'est ce que mes parents disaient en tout cas.

Un autre coup de conque retentit et l'assemblée se calma. Bliss balaya la clairière du regard et estima que plusieurs milliers de personnes étaient présentes. Une bonne partie, mais pas autant qu'elle l'aurait imaginé pour un tel événement.

La raison lui apparut rapidement.

— Le Précepte a déclaré un Renouveau, annonça le capitaine Najahn, en appuyant sur chaque mot. Chaque île peut nommer un seul candidat pour cet honneur, et ce candidat devra voyager à travers les sept îles pour gagner ses cicatrices. Le premier candidat à accomplir cette tâche et à revenir à Noctia sera honoré comme le prochain Égide, dédié à protéger le monde des Ténèbres d'En-Bas.

Le Najahn prit une longue inspiration. Bliss gratta à nouveau son cataplasme.

— Comme le Renouveau est éprouvant et que Aegis exige de la jeunesse, seuls ceux âgés de dix-huit à vingt-deux ans peuvent tenter le voyage.

Des mots, furieux et confus, éclatèrent parmi la foule et le Najahn les laissa parler. Bliss, âgée de dix-sept ans, jeta un coup d'œil à Pan, qui marmonnait quelque chose avec Wax.

— Ils rajeunissent à chaque fois, disait Pan. Au dernier Renouveau, ils voulaient quelqu'un jusqu'à vingt-cinq ans.

— Celui-ci a été si court, répondit Wax. Ils les tuent plus vite, alors ils ont besoin de plus jeunes ?

— Peut-être, dit Pan.

"Alors pourquoi ne pas aller encore plus jeune ?" signa Bliss, s'immisçant dans la conversation. "Je suis assez forte pour essayer."

— Tu peux lui demander, dit Wax. Mais je parie qu'il ne te dira rien. Tous les Najahn aiment leurs secrets.

"Vous deux, vous allez essayer ?"

Wax et Pan échangèrent un regard. Le duo n'avait aucune subtilité, et Bliss devina qu'ils n'y avaient pas pensé jusqu'à ce moment précis.

— Pourquoi ? demanda finalement Pan. C'est dangereux.

Wax ne semblait pas si prompt à suivre Pan. Au lieu de cela, il haussa les épaules et fit un signe de tête vers le Najahn.

— On dirait que le vieux tête de fer se prépare à parler à nouveau.

Le Najahn avait en effet préparé un autre discours, plus long et plus verbeux que le premier. Tout candidat au Renouveau pouvait avoir des Gardiens, autant qu'il le souhaitait, et leur entourage bénéficierait d'une protection sur toutes les îles. Cela dit, le danger serait présent, car aucune cicatrice ne pouvait être gagnée sans épreuve.

— Et les démons ont tendance à trouver les Renouvellements, dit Pan. La plupart des candidats meurent.

— D'où sors-tu ces informations ? chuchota Wax.

— Un Gardien dans la famille, tu te souviens ?

Le Najahn termina sur une conclusion, levant la main et obtenant un autre coup de corne pour calmer la foule.

— Au prochain son de cor, précisément à cette heure, le concours de Vis commencera, annonça le Najahn en sortant un petit cadran solaire qu'il tint devant lui. Le premier candidat à escalader le Grand Sana et à s'emparer du skar sera déclaré le Renouveau de Vis. Je vous souhaite à tous bonne chance, et que la force de Noctia soit avec vous.

Le Najahn observa le cadran solaire pendant une longue minute tandis que la foule s'observait, jaugeant qui pourrait bien y aller. La plupart semblaient avoir mal au cœur à cette idée, effrayés ou épuisés.

Puis le cor retentit et une main lourde se posa sur l'épaule de Pan. Alors que la foule commençait à se disperser, Pan, Wax et Bliss se retournèrent pour voir le père de Pan, un homme costaud muni d'une canne, retenant fermement son fils.

— Tu iras, dit l'homme, et de sa main libre, il tendit une seconde sacoche.

À l'intérieur, Bliss aperçut de la nourriture emballée et des outres d'eau. Les chaussures d'escalade de Pan pendaient à des crochets sur les côtés de la sacoche.

Pan déglutit. — Quoi ?

— Ton grand-père était un gardien, déclara le père de Pan. J'ai essayé lors du dernier Renouveau. Tu essaieras pour celui-ci.

— Mais...

— Quand les îles demandent de l'aide, notre famille ne peut ignorer l'appel. Prends ceci et va-t'en. L'homme tendit la sacoche. Pan la prit. Son père garda la main tendue, et Pan le regarda, confus. — Ton autre sac, Pan. Tu n'en auras pas besoin maintenant.

Paraissant aussi stupéfait et hésitant que Bliss ne l'avait jamais vu — et venant de Pan, c'était vraiment quelque chose — le jeune homme retira sa propre sacoche et la tendit à son père.

— Pars maintenant, dit le père de Pan. C'est une longue

route jusqu'au Grand Sana. Les yeux de l'homme brillèrent, jetant un coup d'œil à Wax et Bliss. Un petit sourire flotta sur ses lèvres. — Mais tu n'as pas besoin de la parcourir seul. Un Renouveau a besoin de ses Gardiens.

Wax marchait avec Pan sur la route de la jungle, Bliss trottinant à leurs côtés, jusqu'à ce que le père de Pan disparaisse derrière les arbres, la foule et la ville. Comme tirés par un signal invisible, les trois quittèrent le chemin de terre et se glissèrent sur le côté, s'asseyant au milieu de quelques fougères. Derrière eux, quelques personnes de leur âge, des gens que Wax connaissait, avançaient sur le sentier. Certains avaient des sacoches pleines, d'autres moins, et leurs humeurs variaient.

Certains semblaient partir pour un moment, peut-être une journée. Ils avaient une allure d'aventuriers, mais manquaient d'équipement. Pas de cordes à leur taille, pas de bâtons ni d'autres armes sur leur dos. Wax les connaissait, connaissait ce genre de personnes qui se vantaient sans jamais vraiment passer à l'action.

Les autres, un groupe plus restreint, semblaient avoir pris les paroles du Najahn pour parole d'évangile. Ils marchaient la tête haute, leurs sacoches bien remplies. Des gourdes pleines d'eau battaient contre leurs jambes. Ils avançaient d'un pas décidé, certains déroulant déjà des cordes à la recherche d'une occasion de prendre leur envol.

L'air vibrait d'énergie et de détermination, une atmosphère dont Wax s'imprégnait avec délice après le désespoir stérile qui avait suivi l'arrivée du démon.

Pan, cependant, ne semblait pas le ressentir.

— Si tu ne veux pas y aller, dit Wax, tu n'es pas obligé.

— Tu as entendu mon père, soupira Pan en ajustant sa sacoche. Ce n'est pas comme si j'avais le choix.

« Cache-toi pendant quelques jours », signa Bliss. « Va

cueillir des champignons ou quelque chose. Reviens et dis que tu as essayé mais que ça n'a pas marché. »

Pan lui adressa un sourire tremblant. — Il sentira le mensonge. Il se redressa. — Et puis, ça pourrait être amusant. Au moins pendant un moment, et ça veut dire que je n'aurai pas à nettoyer la maison.

Pan les regarda. — Je sais que Sawi ne peut pas venir, mais vous deux, vous pourriez ?

Bliss secoua la tête. « Je ne peux pas. Du moins, pas sans autorisation. »

— De la Lira ? devina Wax.

« C'est si évident ? »

Pan semblait confus, alors Wax l'éclaira : — Je ne l'ai deviné qu'après ton coup sur la plage. Ça explique toutes ces nuits où tu étais dehors.

— Elle fait partie de la Lira ? demanda Pan. Comment ?

« Compétences. »

Wax rit, levant les mains quand Bliss lui lança un regard noir. — Désolé, tu le mérites autant que n'importe qui. Il se tourna vers Pan. — Tu me demandes d'être ton Gardien ?

— On ne peut pas vraiment être un Gardien à moins que je ne sois un Renouveau, dit Pan, et ça n'arrivera pas. Mais ouais, appelle ça comme tu veux.

« Maman et Papa ne seront pas contents », signa Bliss. « Il reste tellement de nettoyage à faire. »

— Quik s'en occupe sûrement. Wax donna une tape sur l'épaule de Pan. — Je vais courir chez moi pour prendre mes affaires. Ensuite, on part.

Pan ne s'y opposa pas et Bliss n'avait pas d'autres bonnes raisons pour que Wax reste à la maison, alors Wax se dirigea en pataugeant vers sa sacoche, la lame Foti, et l'aventure.

Wax ne put maintenir sa joyeuse allure à travers les rues

inondées, le désastre repoussant la promesse d'aventure du Najahn hors de son esprit.

Il n'avait pas vu Sawi, à part un bref aperçu après la célébration. Elle avait survécu et était chargée de sauver les jardins et leurs précieuses récoltes. Cela l'occuperait pendant des jours, des semaines, peut-être plus longtemps. Kitaye dans son ensemble drapait également de responsabilités tous les autres : pas d'expéditions lointaines. Restez près, voyagez en groupe. Soyez effrayés et soyez prudents.

Être confiné dans une cabane dans les arbres ou réparer des toits de chaume endommagés n'était pas la vie à laquelle Wax avait aspiré. Certainement pas.

Pas maintenant qu'il avait sa nouvelle lame Foti.

Sawi l'attendait, les chevilles croisées, adossée au tronc de leur cabane dans les arbres.

Elle portait son rang sans se soucier, le liseré auburn autour de ses bras et jambes tatoués montrant le nouveau rôle de Sawi. Trois lignes verticales sur sa joue gauche, chacune surmontée d'une fougère à quatre frondes, mettaient en perspective la place spécifique de Sawi : une cueilleuse, certes, mais une cueilleuse faite pour la nature sauvage.

— Ça fait un bail, étranger, dit Sawi alors que Wax s'approchait, ses pieds nus pataugeant dans la boue encore humide.

— Pas par choix, répondit Wax, et quand Sawi croisa son regard, il chassa la gêne du moment et l'étreignit fermement.

Wax sentit les épaules tendues de Sawi, ses bras crispés se raidir, puis se détendre. Leurs tresses s'entremêlèrent, évacuant le stress, la peur et le soulagement des derniers jours.

Ils avaient déjà été séparés auparavant, bien sûr, mais

jamais avec la possibilité que l'un d'eux ne revienne pas. Wax, joue contre joue avec elle, regardant les innombrables arbres, les bâtiments en réparation et les passants vers la mer, essaya de retrouver le passé.

Sawi le laissa s'évanouir, rompant l'étreinte et retournant au tronc d'arbre, comme si sa masse solide étayait ce qu'elle s'apprêtait à dire.

— Je pars, annonça Sawi, croisant les bras et se tournant vers la jungle. Toute cette eau a gâché trop de nourriture. Nous allons dans les petites villes avec ce que nous pouvons échanger.

Wax esquissa un demi-sourire, — Moi aussi.

— Toi aussi ?

— Tu as entendu parler du Renouveau ?

Ils regardèrent tous deux vers le nord, bien que Noctia et sa fumée ne fussent pas visibles. Puis Sawi rit.

— Tu vas essayer ? demanda Sawi. Toi, le gars qui se balade dans la jungle pour ses propres aventures ? Tu vas t'inscrire à ça ?

— Premièrement, hé ! Et deuxièmement, ce n'est pas si simple, Wax plongea dans un récit concis du discours du matin et de l'enrôlement forcé de Pan dans la course. De toute façon, on n'arrivera pas jusque-là. C'est juste pour satisfaire la famille de Pan. C'est tout.

Maintenant, le sourire de Sawi prit une teinte sincère, ses yeux faisant le même travail.

— Ça te ressemble plus. Bien que je ne sois pas sûre de te faire confiance pour garder Pan hors des ennuis.

— C'est une course rapide avec une foule. Nous serons de retour dans une semaine, et ce sera tout. Wax fit un signe de tête vers la maison. Si quoi que ce soit devient effrayant, j'ai ma nouvelle épée.

— Tu sais te servir de ce truc ?

— Il suffit de les piquer avec le bout pointu.

Sawi gloussa, — On dirait que tu es prêt, alors.

— Et toi ?

Le sourire s'effaça. — C'est comme rejoindre une nouvelle famille, Wax. Je dois me jeter à l'eau et me faire des amis. Sawi descendit de l'arbre. — D'ailleurs, on se retrouve bientôt. Je voulais juste, tu sais, te dire au revoir.

— Au revoir pour l'instant, Sawi. Juste pour l'instant. Quand on reviendra, on verra qui aura vécu la meilleure aventure.

— Toujours dans la compétition avec toi, Wax, dit Sawi en secouant la tête.

— Il faut bien pimenter les choses.

Wax retrouva Pan près de l'endroit où il l'avait laissé, le cueilleur de champignons ayant amélioré son équipement de voyage avec des tresses supplémentaires, des chaussures d'escalade et sa corde. Wax, sa propre sacoche tout aussi remplie, tendit son sac à Pan et prit celui de son ami en retour. Tous deux effectuèrent la vérification de préparation pré-aventure, une étape vitale avant de s'aventurer dans les jungles de Vis, pour s'assurer qu'aucun n'avait oublié quelque chose d'important.

— Tu t'améliores, dit Wax lorsqu'ils eurent terminé, aucun n'ayant oublié un seul article. Tu te souviens quand Bliss et moi apportions des extras pour toi ?

— Difficile d'oublier quand tu me le rappelles chaque fois qu'on va quelque part.

Le chemin menant au sud de Kitaye se divisait comme la nervure d'une feuille, s'éparpillant dans des directions hasardeuses vers de plus petites colonies, des merveilles naturelles connues, et, le plus large, vers la côte est de Vis et l'autre ville qui s'y trouvait. Entre les deux, nichée contre le Grand Sana-sat, se trouvait la demeure des Noctia sur l'île.

Wax n'y était jamais allé, car qui voudrait partir à l'aventure là où les gens vivaient déjà ?

Mais il avait entendu beaucoup de choses de la part des commerçants, sur la façon dont les Noctia, et plus précisément les forces Najahn qui dirigeaient l'endroit, avaient un manque distinct d'appréciation pour les traits uniques de Vis.

— Et ils n'essaient jamais de se balancer, dit Wax alors que lui et Pan s'éloignaient, suivant le chemin de terre battue et de feuilles vers le sud. Ils se cachent juste derrière leur mur et attendent que leur temps soit écoulé.

— Ça a l'air paisible, répondit Pan. Contrairement à tout ça.

Le chemin n'était pas bondé, mais Kitaye avait suffisamment d'aspirants au Renouveau pour faire bourdonner la promenade dans la jungle. Le chant des oiseaux, le vent dans les feuilles, tous deux étouffés sous les conversations entre paires, trios et groupes plus importants. De temps en temps, quelqu'un passait en se balançant à leur gauche ou à leur droite, poussant des cris de joie en passant. L'apparence, l'ambiance était celle d'un peuple enterrant son traumatisme sous l'excitation, l'aventure, l'espoir.

Ou, du moins, la distraction.

— On n'en a jamais parlé, dit Pan alors que le duo marchait sous la canopée, écartant de temps en temps une liane pendante. J'avais l'habitude de demander à mon père ce que c'était de vivre un Renouveau et il me disait que je l'apprendrais par moi-même. Je n'avais pas réfléchi à ce que cela signifiait jusqu'à maintenant.

— Les démons ?

— Tout ça, dit Pan en agitant les bras vers le chemin, les jeunes couples et trios qui marchaient devant eux. C'est comme si nos vies s'arrêtaient.

— Parce que tu ne vas plus cueillir de champignons ?

Pan lança un regard assassin à Wax. — Tu crois que c'est tout ce qui m'intéresse ? Trouver des champignons ?

— C'est tout ce qui t'intéresse ces derniers temps, dit Wax en hochant la tête vers les branches épaisses au-dessus d'eux. Tu te souviens quand on allait se balancer ? On sautait pendant des heures.

— Ouais, et puis tu as rencontré Sawi et le « nous » n'existait plus.

— Ne me refais pas ce coup-là, d'accord ?

Pan ne répondit pas, gardant son regard fixé devant lui, marchant d'un pas régulier. Wax évalua leur rythme, une allure douce qui les mènerait à une petite ville avant la nuit tombée. Un endroit où il n'avait jamais séjourné, dont il ne se souvenait même pas du nom, mais qui serait envahi par les aspirants au Renouveau. Ils auraient de la chance de trouver un bon tas de feuilles pour dormir.

— Je suis doué pour ça, dit Pan dans le vide.

— Doué pour quoi ?

— Pour trouver des champignons. Et les autres plantes. Pan se redressa, ajustant ses sacoches pour qu'elles reposent bien droites sur ses épaules. Les cueilleurs vont m'engager l'année prochaine, c'est sûr.

— Probablement.

— Mais ce n'est pas tout ce que je suis.

— Ah bon ?

Pan effaça son froncement de sourcils, le remplaçant par un sourire malicieux. Sa main descendit vers sa corde. — Et si on gagnait ?

Wax renifla. — On a pas mal de retard, mon vieux.

— Tu es le meilleur sauteur d'arbres de la ville, Wax. Sauf peut-être Sawi. Je te suis, tu mènes. On les rattrapera.

Wax sentit sa propre main se diriger vers sa corde,

comme toujours quand l'idée de sauter dans les airs de la jungle se présentait. Il sentit son cœur s'accélérer, et ses yeux scrutèrent les bois autour d'eux, cherchant un bon point de départ.

— Si on se dépêche, on peut sauter la première étape, dit Wax. S'offrir un vrai lit. Il leva un sourcil vers Pan. Pourquoi ça t'intéresse tant tout d'un coup ?

— Trouve-nous juste un départ, Wax. Mes pieds en ont marre de marcher.

L'arbre apparut quelques minutes plus loin, entrelacé de lianes feuillues. Des branches épaisses si couvertes qu'elles rendaient leur écorce invisible. De lourdes tresses formaient des prises faciles, Wax ouvrant la voie tandis que Pan suivait. Les sauteurs d'arbres habituels de Kitaye diminuèrent à mesure que le duo laissait la ville derrière eux, ne leur laissant comme spectateurs que d'autres candidats au Renouveau et les commerçants habituels traversant Vis. Ces yeux et ces bouches lançaient des questions, une ou deux moqueries, au duo grimpant, et Wax répondit de la seule façon qu'il aimait :

Par une bonne performance.

— Reste près de moi, dit Wax à Pan alors qu'ils atteignaient une branche à mi-chemin de la canopée. Pan resta collé au tronc tandis que Wax s'avançait sur la branche. On va privilégier la vitesse. Droit vers le sud-est. Pas question de chercher des champignons.

— Merci pour le rappel.

— Je suis ton Gardien, tu te souviens ?

— Tu n'es rien si je n'obtiens pas le skar, répliqua Pan.

Et que ferait Pan ensuite ? Wax faillit rire en évaluant la chute, les lianes de la canopée mûres pour une balançoire.

Pan quitterait-il vraiment Vis ? Wax le suivrait-il ?

Des questions auxquelles répondre plus tard. Pour l'instant, une liane ondulante aux fleurs jaunes, aussi épaisse que le bras de Wax, se trouvait à un bon saut de là. Chaussures d'escalade aux pieds, leurs semelles cloutées s'enfonçant dans la branche, Wax prit une longue inspiration.

— Prêt ? demanda-t-il.

— Après toi.

Trois enjambées, chaque pas placé juste devant le précédent. Plier le genou gauche, sentir le bout de la branche s'affaisser sous son poids, et bondir.

Le sol de la forêt s'étendait sous lui, le sentier à droite, la nature dense à sa gauche, et l'air libre devant lui. Les mains de Wax se tendirent, suivirent son regard et se refermèrent sur la liane.

Son cri de joie résonna, et Wax s'envola.

16

UNE PROMENADE ET UNE CONVERSATION

Bliss échangea un frère contre un autre. Son bâton sur le dos, sa sacoche remplie pour le voyage, et de l'encre fraîche ombrant les épines sur ses épaules, Bliss entra dans le bosquet détrempé du côté sud-ouest de Kitaye. Quelques jours plus tôt, le cercle bordé de fleurs aurait pu accueillir plusieurs centaines de personnes sur des tabourets et des bancs sculptés. Maintenant, la plupart se tenaient debout, bavardaient, attendaient et observaient, les sièges ayant été dégagés pour faire plus de place.

Quik fit signe à Bliss de le rejoindre dès qu'elle se fraya un chemin à travers les frondaisons pendantes couvrant l'entrée, moins une porte qu'un espace entre des arbres minces et serrés. Son frère avait sa propre sacoche chargée, ses gantelets pendaient à la corde autour de sa taille. Son absence totale de surprise en voyant Bliss montrait que son secret mal gardé était complètement éventé.

— Ils n'auraient pas pu trouver meilleure recrue, dit Quik en hochant la tête tandis que Bliss se frayait un chemin jusqu'à lui. Pas que ça me plaise de voir ma sœur se mêler au combat.

« J'y suis meilleure que toi. »

— Quand ton bâton se cassera, on verra qui est le meilleur.

Bliss avait les mains en mouvement pour répliquer quand un sifflement aigu tua la conversation, tua toutes les conversations. Une femme de grande taille, parée d'un tissage de plumes et luisante de l'encre blanc-orange du Chasseur, avait produit ce son. Elle se tenait près de l'entrée, un arc sur une épaule et des couteaux Foti glissés dans un harnais sur sa poitrine. Elle planta une lance menaçante, des plumes rouges s'étalant sous sa tête, dans la mousse à ses pieds.

— Deshiva, chuchota Quik. Je n'arrive pas à croire qu'elle soit avec nous.

La femme confirma l'identification de Quik par une rapide présentation. Elle trancha avec ses mots, expliquant comment les chasseurs de Kitaye allaient partir en groupes séparés pour confirmer que les villages périphériques étaient au courant du démon, du Renouveau, des temps difficiles à venir.

— Ceux qui en ont besoin, nous les fortifierons. Pour les autres, nous veillerons à ce qu'un chemin dégagé mène d'ici à là-bas, déclara Deshiva, son regard balayant la salle. Ce n'est pas une plaisanterie, ni une promenade de plaisir dans la jungle. Nous avons tous vu ce que cette chose a fait à notre ville. Là où nous allons aujourd'hui, ils n'ont pas de Lira pour les protéger. Ils ne nous ont pas non plus. Mais nous avons aussi besoin d'eux.

Deshiva n'avait pas besoin d'expliquer cette partie. Les entrepôts débordants de nourriture de Kitaye, son attrait en tant que port de commerce, tout provenait des marchandises brutes qui se frayaient un chemin vers la ville depuis les petites bourgades. Les parents de Bliss s'assuraient qu'elle comprenne, puisqu'ils pensaient toujours qu'elle serait celle qui dirigerait leur comptoir commercial un jour.

Une supposition erronée, mais Bliss les laissait continuer à y croire. Ce serait un combat à mener une autre fois.

Le groupe dans le bosquet avait une cible, une ville droit à l'ouest, près de falaises et de quelques-unes des seules mines de Vis. Bien que le soleil indiquât que la journée approchait de l'heure du déjeuner, Deshiva n'offrit pas de pause.

Ils avaient plusieurs jours de marche devant eux, mieux valait commencer tout de suite. Deshiva termina ses ordres, se retourna et sortit directement, comme si elle s'attendait à ce que tout le groupe la suive.

Ce qu'ils firent.

Voyager avec une troupe de plusieurs centaines de personnes perdit de son attrait après les dix premières minutes. Lors de ses escapades avec Wax, Pan et Sawi, Bliss pouvait se balancer, explorer de haut en bas à la recherche de quelque chose de cool. Au lieu de cela, ici, ils marchaient par groupes de quatre ou cinq le long d'un large sentier. Au-dessus, les arbres scintillaient dans la lumière de l'après-midi, le chant des oiseaux et le bruit lointain des vagues s'immisçant dans la conversation.

Quik la gardait près de lui, Bliss marchant aux côtés de plusieurs autres chasseurs plus âgés. Comme Deshiva, ils avaient tous l'encre orange et blanche, mais leurs corps restaient vierges, leurs exploits et leurs réussites encore à venir.

La sombre réalité de Kitaye s'estompa sur le chemin, remplacée par la nature plus agréable. La route montante signifiait que le sol sec arrivait rapidement et le rythme s'accéléra, Deshiva appelant à des intervalles de course réguliers.

Bliss essaya de trouver d'autres Lira entre les courses. Ses propres instructions, murmurées alors qu'elle travaillait à réparer une échelle cassée la veille, laissaient entendre qu'elle ne serait pas la seule à se diriger par ici. Les épines, cependant, étaient encrées à l'intérieur d'autres motifs, un secret pour ceux qui savaient comment les chercher. Parmi toutes ces personnes, leurs sacoches, leurs tissages et leurs armes, Bliss ne put trouver une âme sœur.

— Ça va ? demanda Quik des heures plus tard, alors que le premier point d'arrêt pour le dîner approchait. Tu as été silencieuse.

« Tu as parlé avec eux », répondit Bliss, ponctuant la phrase d'un léger mouvement de deux doigts dans l'air. « Si tu veux que je reste à tes côtés, au moins reconnais ma présence. »

— Désolé. Je n'ai pas l'habitude de t'avoir avec moi. Quik fit un signe de tête vers ses amis tandis qu'ils marchaient. Nous sommes toujours ensemble. À chaque chasse.

Tout le monde connaissait les principes de la chasse : travailler avec la même équipe et vous ne ferez plus qu'un, chaque membre sachant où les autres se trouveraient. Piéger une proie, tendre une embuscade à une créature dangereuse, tout devenait plus facile quand on savait ce que ses partenaires allaient faire.

Bliss le savait bien, elle lutta pour chasser l'irritation qui montait en elle face aux paroles de Quik. Sans succès.

— J'aurais dû marcher toute seule alors, signa Bliss. J'aurais pu me faire des amis comme ça.

Elle retint son souffle à la fin, se demandant pourquoi elle avait répondu si sèchement, pourquoi elle avait mérité un froncement de sourcils de son frère. Un froncement qui s'accentua lorsque Quik l'examina de plus près, leurs pas toujours en rythme avec le groupe.

Avec le soleil si bas, se couchant à la droite de Quik, Bliss plissait les yeux alors que la lumière orange l'éblouissait. L'ombre voilait le regard de Quik, mais n'empêchait pas le soupir frustré de s'échapper de ses lèvres.

— Ils te poussent à bout, n'est-ce pas ? murmura Quik pour que seule Bliss puisse l'entendre.

— Ça va.

Chaque soir. Elle mangeait un dîner léger car les heures qui suivaient étaient consacrées à courir dans la jungle, à s'entraîner ou à aider pour une tâche quelconque. Les Lira ne s'occupaient pas beaucoup des travaux de construction, mais ils prenaient en charge les missions les plus difficiles : trouver des herbes rares pour les médicaments, retrouver les corps perdus lors de l'attaque des démons, s'assurer que les frontières de Kitaye restaient inviolées par de nouveaux monstres.

L'entraînement, cependant, était ce qui la fatiguait le plus. Bliss et les autres nouvelles recrues — peut-être pas le bon mot, puisqu'ils avaient tous été choisis, pas sollicités — se rassemblaient à un endroit chuchoté. Parfois les exercices étaient physiques, des combats avec des armes, à mains nues et à coups de pied. D'autres fois, c'étaient des courses. Certains soirs, les plus épuisants, ils quittaient Vis.

Les six autres îles existaient, bien sûr, mais Bliss n'y était jamais allée et n'avait jamais envisagé d'en visiter une. À quoi bon, quand Vis offrait à la fois un foyer et une aventure, le tout concentré en un seul endroit ?

Pourtant, les Lira n'adoptaient pas la même philosophie. À la lueur des torches, Bliss apprenait à écrire sur du papier de Noctia. Elle portait un planeur de Kance et planait, enfin, tombait lentement vers le sol. Ils goûtaient des bières spéciales de Tamas et constataient que leur façon de parler changeait, que leurs inhibitions disparaissaient et que les secrets se déversaient.

On rappelait à Bliss chaque soir que les Lira ne protégeaient pas seulement Vis et Kitaye des démons.

Mais toute cette protection pesait sur Bliss pendant la journée, s'infiltrant dans ses os, ses muscles, son esprit. Si Deshiva n'avait pas insisté sur un rythme prudent pour préserver l'endurance du groupe, Bliss se serait peut-être retrouvée à la traîne.

Comme si sa fierté l'aurait permis.

— Je ne sais pas ce que tu traverses, dit Quik, mais nous sommes là. Si tu as besoin de quoi que ce soit, demande simplement.

— Nous ?

— Maman, papa, Wax et moi, évidemment.

— Wax est parti avec Pan. Ils essaient pour le Renouveau.

Devant l'expression confuse de Quik, Bliss expliqua ce qui s'était passé ce matin-là, une histoire qui dura jusqu'à ce que Deshiva annonce la halte pour le dîner. Autour de mangues et d'eau, avec un peu de poisson séché, Bliss termina l'histoire, que Quik conclut par un rire.

— Tu imagines Wax et Pan ? pouffa Quik. Ces deux-là comme Renouveau ? Vis ne s'en remettrait jamais.

— Pourquoi dis-tu ça ?

— Parce que ton frère n'a jamais rien pris au sérieux de toute sa vie, voilà pourquoi.

Les bananes avaient toujours meilleur goût sous les étoiles. Wax pelait sa deuxième, le dos appuyé contre le sommet de l'arbre. Les branches fines bruissaient autour de lui, la brise fraîchissant à mesure que la nuit tombait. Suffisamment pour qu'il n'envisage pas de dormir ici, de peur que le vent ne le précipite de ses rêves à sa mort.

Pas que Pan l'aurait laissé somnoler de toute façon. Il avait à peine mordu dans son premier fruit, les yeux du jeune homme oscillant entre la lune au-dessus et le sol, sombre et invisible en contrebas.

— Ce n'est pas si terrible, dit Wax, les jambes se balançant dans le vide.

— Tu as beau le répéter, ça ne changera pas mon avis, répliqua Pan. J'aime simplement avoir quelque chose au-dessus de ma tête.

— Pourquoi ?

— Parce que le monde ne semble pas si grand comme ça.

— Le monde ? Pan, on est à moins d'une journée de chez nous. On est allés plus loin en cherchant les shrives.

— Si on gagne ce truc, on devra quitter l'île.

Wax lança une deuxième banane à Pan — leur balancement les avait amenés près d'un arbre chargé — et elle rebondit sur l'épaule de Pan avant de disparaître en contrebas.

— Ce matin, tu ne parlais que de gagner. Que s'est-il passé ? demanda Wax.

— C'est toujours le cas. Je suppose que je peux être nerveux en même temps.

Wax pouvait le comprendre, même si ça n'avait pas beaucoup de sens. Une fois qu'on avait choisi une voie, autant la suivre avec enthousiasme. Sinon, les choses pouvaient très mal tourner.

Surtout si cette voie consistait à se balancer à travers la jungle.

À cette hauteur, la brise et l'occasionnel insecte aventu-reux qui bourdonnait étaient les seuls bruits. Du moins, c'est ce que pensait Wax jusqu'à ce que quelque chose de différent se fasse entendre, interrompant sa tactique de conversation et attirant leur attention vers le bas.

Après le passage du démon, Wax avait entendu plus de cris humains à l'aide qu'il n'aurait jamais voulu en entendre de sa vie. Pourtant, en voilà un autre qui s'élevait, à la fois agacé et manifestement agonisant.

— On aurait dû distancer tout le monde, dit Pan.

— Il n'y a pas que des Renouvellements sur le chemin. Ça pourrait être quelqu'un qui voyage ?

— La nuit ?

Wax leva les yeux au ciel. — De quoi t'inquiètes-tu, Pan ? On est toujours sur Vis. On est toujours chez nous.

Les lèvres serrées et les yeux inquiets de Pan disaient qu'il n'en était pas si sûr.

L'homme pouvait garder ses inquiétudes. Wax jeta la banane et déroula la corde de son attache sécurisée autour du tronc d'arbre.

— Je descends, dit Wax. Tu viens ?

Pan soupira. — Que dira mon père si mon Gardien me fait tuer ?

— Qu'est-ce que ça peut te faire ? Tu seras mort.

Wax, la corde attachée autour de sa taille, se laissa glisser à travers la canopée. Il dansait avec ses pieds et ses mains, utilisant le tronc comme contrepoids pour ses sauts et ses glissades. À mi-chemin, passant près d'un épais bosquet, Wax vérifia que leurs sacoches étaient toujours dans le vieux nid d'oiseau qu'ils avaient trouvé. Bien atta-chés pour tenir les créatures curieuses à l'écart, les sacs paraissaient ternes sous la lumière rose de la lune.

Avant de descendre davantage — ces sons, plus distincts maintenant, étaient définitivement ceux de quel-qu'un qui ne passait pas un bon moment — Wax sortit sa lame Foti. Il glissa le fourreau. Grimper avec l'arme était certainement plus gênant, mais s'aventurer au sol de la forêt la nuit sans arme serait un peu trop fou, même pour Wax.

— Ça n'a pas aidé, chuchota Pan, rattrapant Wax alors que ce dernier ajustait la lame.

— Qu'est-ce qui n'a pas aidé ?

— Me dire... Pan s'interrompit, soupira. Pourquoi est-ce que je prends même la peine de te parler ?

— Parce que je suis le seul qui prenne la peine de te parler ?

Un juron venant du sol de la forêt, une épithète particulière visant le dieu éponyme de Vis pour son insouciance désinvolte, fit regarder Wax et Pan vers le bas. Une petite étincelle, non, un petit feu illuminait maintenant le sol. Une ombre était accroupie près de lui, sa jambe tendue, la cheville dans un angle étrange.

— Allumer un feu ? chuchota Wax. Ils prennent vraiment des risques.

— Je suppose qu'on ferait mieux de les sauver d'eux-mêmes, non ?

— C'est ce que l'Aegis ferait. Wax fit un clin d'œil à Pan, un geste probablement invisible dans l'obscurité. Autant commencer à s'entraîner.

Ils descendirent lentement le dernier tiers du tronc, Wax ouvrant la voie. Le feu donnait des indices sur la personne qui l'avait allumé, révélant notamment sa cape violette et or, son armure de cuir jetée en tas. Une vouge reposait sur le sol à côté du feu. À proximité se trouvait une sacoche, fine et presque vide. Des feuilles grossières et des branches jonchaient le sol, à l'exception du cercle sombre où la personne avait délimité son feu.

Pas stupide, au moins.

Wax essaya d'obtenir une meilleure vue. Vis n'était pas connue pour ses bandits, pour les embuscades dans l'obscurité, et il ne semblait pas y avoir beaucoup de raisons pour que quelqu'un monte la garde dans ce coin particulier de nature sauvage pour voler, mais il ressentait une étrange envie de prudence.

L'agitation de Pan le contaminait, apparemment.

Wax chassa cette idée, sauta du tronc et atterrit sur le sol mou sans perdre l'équilibre. Sa main droite alla vers la lame Foti, reposant sur la poignée.

Non pas qu'il saurait vraiment comment se battre avec si la Najahn — car qui d'autre cela pouvait-il être — décidait de ramasser sa vouge et d'aller pour l'embrochade, mais le métal enveloppé avait son propre réconfort.

— Qui va là ? demanda la Najahn, se tournant vers Wax.

La lumière du feu révéla le visage meurtri d'une femme, que Wax aurait estimé de l'âge de sa mère, les rides ici marquées par la tache cramoisie du sang. Le coupable s'étalait sur son front, une vilaine entaille assortie, comme Wax le constata, à des sœurs le long des jambes et des bras de la femme.

— Un voyageur, dit Wax. C'était le nom de code suggéré par ses parents chaque fois qu'il quittait la ville. Éviter les détails jusqu'à ce qu'on fasse confiance à quelqu'un. Plus sûr ainsi. Vous êtes blessée.

— Maudits chats, dit la Najahn. Ils en voulaient à ma sacoche. Elle grimaça, siffla entre ses dents. Avez-vous quelque chose d'utile dans la vôtre que vous accepteriez de me prêter ?

La requête dissipa l'ombre du moment, écartant les inconnues et rendant les prochaines étapes évidentes. Wax siffla, un ton léger indiquant à Pan que l'homme devait le rejoindre, et une fois fait, les deux se mirent au travail. Utilisant des onguents naturels, quelques feuilles enroulées et l'eau de secours de leurs besaces, ils firent rapidement des bandages pour la femme qui, en retour, occupa le temps en racontant son histoire.

Elle correspondait aux avertissements que Wax avait entendus, et suivis, toute sa vie. Les hanoko n'étaient pas exactement lâches, mais ils préféraient les proies solitaires, particulièrement celles trop concentrées sur autre chose pour remarquer leur approche furtive. Ceci, admit la femme, avait été sa propre faute : elle regardait le clair de lune, essayant de voir combien de temps il lui faudrait encore pour atteindre Kitaye.

— La vraie question est de savoir pourquoi vous marchiez la nuit, dit Pan en attachant le dernier bandage autour de la cuisse de la femme, là où sa fine robe avait été déchiquetée. Le coucher du soleil signifie qu'il faut quitter le sol.

— Pour vous, peut-être, répondit la femme, son visage luisant alors que le feu séchait l'eau qu'elle avait passée sur ses coupures. Les Najahn ne craignent pas la jungle.

— Peut-être que vous devriez, dit Wax.

Il avait le dos contre l'arbre, ses yeux parcourant les bords du feu, cherchant des reflets dans l'obscurité. Le hanoko saurait qu'il n'avait pas fait sa proie, il pourrait chercher à finir le travail.

— C'est juste de la malchance, dit la femme. Elle soupira. Je ne serais pas ici sans ce fichu Renouveau. Elle cligna des yeux, tournant lentement son regard vers le duo. Est-ce que c'est ce que deux jeunes comme vous faites ?

— Peut-être, répondit Wax avant Pan.

La femme ricana :

— Vous essayez d'être malins ? Ça ne marche que si vous avez l'intelligence pour le soutenir, mon garçon.

Pan se leva à ces mots, reculant en trébuchant.

— Nous vous avons aidée.

La femme acquiesça :

— En effet. Laissez-moi vous aider en retour. Rentrez chez vous, petits sots. Ils l'ont appelé trop tard cette fois. Fassle est un avare, et trop de gens vont payer de leur vie. Elle essaya de se lever, sa main allant vers le bandage sur sa cuisse avant de se rasseoir. C'est délicat de décider quand envoyer tant de gens au danger, mais ils ont été lâches.

— Pourquoi ? demanda Wax, bien que tous deux aient maintenant leurs besaces sur l'épaule. Prêts à courir. Qu'est-ce qui est pire cette fois ?

— Vous ne le sentez pas ? demanda la femme. Ce chat le sait. Prenez la nourriture facile tant que vous le pouvez, parce que toute cette jungle va bientôt être ensevelie. Cette île submergée. Sa main alla vers le manche de sa vouge. Vous voulez savoir pourquoi je suis seule ici ? Parce que je suis la seule à savoir que la mort vient pour tous ceux qui resteront ici.

Elle inclina la vouge vers le haut, un mouvement maladroit qui révéla son but un instant plus tard lorsqu'elle enfonça le bout de la longue lance dans le sol. S'appuyant dessus, elle se redressa.

— Vous voulez bien me donner ma besace ?

Wax s'exécuta rapidement, la lui passant maladroitement autour de l'épaule, gardant un œil sur cette vouge tout du long.

— Vous pouvez garder le feu, dit la femme, se tournant vers le sentier et faisant mine de s'éloigner en boitant.

— Vous n'êtes pas sérieuse ? demanda Wax alors qu'elle faisait le premier pas, la vouge s'enfonçant dans le sol devant elle.

— Je veux vivre, mon garçon, dit la Najahn en poursuivant sa marche. Si tu veux la même chose, tu ferais mieux de me suivre.

Les deux la regardèrent partir, s'éloignant au-delà de la lumière du feu dans l'obscurité. Pendant une minute encore, ils purent entendre ses pas, le doux martèlement de la lance sur le sol, puis cela aussi s'évanouit dans la nuit.

Wax jeta un peu de terre sur le feu pour l'éteindre. Puis, avec la lumière rose de Sichi remplaçant l'orange, ils commencèrent à grimper.

17
LA PLAGE

L'odeur de putréfaction frappa Bliss et le groupe d'un seul coup, provoquant toux et jurons dans la colonne en ce milieu de matinée. Trois jours s'étaient écoulés depuis leur départ de Kitaye, et leurs sacoches s'allégeaient, tandis que leurs outres avaient été remplies aux ruisseaux croisés en chemin. Les provisions s'effacèrent de leurs esprits lorsque Deshiva ordonna au groupe d'avancer, non pas en marchant, mais en courant.

— Tenez-vous prêts, dit Deshiva, l'ordre se répétant le long de la colonne.

Quik, à côté de Bliss comme il l'avait été durant toute la marche, répéta les mots à la ligne derrière lui, et ensemble, le frère et la sœur accélérèrent le pas.

Pieds nus, Bliss sentait la terre voler entre ses orteils à chaque foulée. Seule, sprinter à travers la jungle était une aventure spirituelle, juste elle, les arbres, les oiseaux et rien d'autre. Maintenant, chacun de ses pas se joignait à une centaine d'autres. La brise côtière se mêlait au souffle des chasseurs tandis que la troupe avançait comme un seul homme. Elle ne se sentait plus seule, mais partie intégrante de quelque chose de plus grand, un organisme se levant pour défendre les siens.

Comme à Kitaye, la colonie vers laquelle ils se précipitaient avait ses habitations dans les arbres et ses espaces de travail au sol. En approchant, ils ne trouvèrent ni les uns ni les autres debout. Les toits de chaume pendaient comme des frondes desséchées, se balançant d'avant en arrière au gré du vent. Des planches et des tapis moussus gisaient éparpillés sur le sol. Des feuilles et des branches, sculptées ou non, se mêlaient aux décombres en tas désordonnés.

Entremêlée à tout cela se trouvait la source de la puanteur.

Deshiva arrêta le groupe à l'entrée du village, Bliss et Quik se faufilant sur le côté gauche pour regarder au-delà et prendre la mesure de la destruction totale.

Deshiva, assumant son commandement, attendit que le groupe se rassemble avant de s'avancer. Elle balaya du regard la ville en ruines, ses arbres brisés et ses clairières ensanglantées, avant de se retourner vers ses protégés. Bliss ne vit aucune trace de désespoir, aucune trace de colère, seulement un jugement froid.

— Démons, dit Deshiva, commençant et terminant par un seul mot. Il flotta dans l'air, un cauchemar au pluriel de ce qui avait été une attaque singulière dans la grotte, sur Kitaye. Ils sont sans discrimination. Ils détruisent sans raison. Nous allons nous séparer, les chasseurs expérimentés vont ratisser les jungles alentour et s'assurer que les monstres sont partis. Le reste d'entre vous, Deshiva fronça les sourcils, jetant un coup d'œil du groupe vers le village, va chercher des survivants, s'il y en a. Elle leva une main. Au-delà des corps, rassemblez les provisions que vous trouverez. Notre route devait se terminer ici, mais maintenant elle continue.

« Continue ? » signa Bliss à Quik alors que les groupes se séparaient.

— Nous devons trouver les démons qui ont fait ça, dit Quik, les yeux rivés sur les ruines. Ils continueront d'attaquer sinon. C'est eux ou nous, Bliss.

Une fois de plus, Bliss ressentit ce frisson, l'excitation, l'appel de l'aventure. Il l'accompagna alors qu'elle et Quik — ni l'un ni l'autre n'étant qualifiés parmi les groupes expérimentés — rejoignaient les jeunes chasseurs pour fouiller la colonie.

Contrairement à la destruction brute infligée à Kitaye, le désastre aléatoire causé par l'eau et les tentacules du démon qui se débattaient, parcourir le village donnait une impression de mort. Les conversations entre les chasseurs, une vingtaine en tout, s'éteignirent tandis qu'ils soulevaient les débris de bois pour découvrir les corps en dessous.

La coutume vis exigeait des enterrements près des troncs d'arbres, la vie donnant à la vie. Une méthode conçue pour des morts uniques et honorables. Pas pour des massacres. Néanmoins, sur l'ordre de Deshiva, ils transportèrent les morts un par un vers un bosquet endommagé près du centre de la colonie.

Bliss trouva son premier à l'intérieur d'un atelier effondré, l'homme âgé étendu avec de longues entailles. Comme des coupures de couteau, mais dentelées, l'homme était affalé sur un banc. Un marteau de pierre reposait dans sa main, que Bliss essaya de retirer, mais la prise de l'homme était ferme et solide.

— Les morts sont forts, murmura Quik, arrivant derrière Bliss. Elle tressaillit lorsqu'il passa devant elle et s'agenouilla à côté du corps. Dans les heures qui suivent le départ d'une personne de cette vie, son corps se raidit. À chaque fois.

« Pourquoi ? » signa Bliss.

Quik haussa les épaules. — Vis nous montrant que le corps est vide ?

La réponse n'apporta pas beaucoup de réconfort à Bliss, pas plus que le fait de toucher l'homme mort, de sentir sa peau froide et sale. Quand elle recula, Quik lui lança le même regard qu'il réservait à ces rares moments où elle l'avait déçu, lui, son père, leur famille.

« Tu n'as pas peur ? » demanda Bliss.

— Ce n'est pas ma première fois, répondit Quik en plaçant son épaule sous le corps et en le soulevant de la chaise. Il grogna, un son qui poussa Bliss à aider en tenant l'autre côté. — On trouve parfois des voyageurs dans la jungle. Souvent dans un état pire que celui-ci.

Les nuits passées avec les Lira avaient appris à Bliss comment manier son bâton, comment gérer un danger imminent, mais elles n'avaient rien fait pour l'après-coup. L'excitation qui avait accéléré ses pas à l'approche du village ?

Un poison, maintenant.

La journée se passa à nettoyer, les corps s'empilant sans qu'aucun survivant ne soit trouvé. Deshiva rappela quelques chercheurs, leur ordonnant de commencer les enterrements. Malgré le temps et l'effort que cela exigerait, les morts ne seraient pas laissés à pourrir sans honneur.

Bliss se déroba à cette tâche, préférant accompagner son frère et plusieurs autres vers le coin le plus éloigné du village, celui qui jouxtait les falaises surplombant la mer. Au moins, l'air frais contrait l'odeur de mort, ramenant un peu de vie.

Des étagères renversées dominaient cette extrémité, des étals pour le poisson pêché attendant d'être fileté et cuit. S'il y avait eu une prise auparavant, il ne restait que quelques arêtes et des peaux éparpillées. Les fosses de fumage elles-mêmes étaient éventrées, les marmites brisées. Les démons ne s'étaient pas contentés de tuer les vivants.

Bliss dépassa les dégâts jusqu'au bord de la falaise. Des arbres et un unique Sana en fleur la surplombaient, certains se courbant dans le vide au-dessus des falaises blanc craie. Aussi haut que plusieurs arbres pour descendre jusqu'à l'océan d'ici, et pourtant le village avait taillé un long escalier sinueux jusqu'au rivage rocailleux en contrebas.

Comme à Kitaye, le poisson devait être leur principale source de protéines. Ils devaient juste travailler beaucoup plus dur pour l'obtenir.

Bliss s'agenouilla au bord, regardant en bas. Des bateaux-lys flottaient là, renversés et déchiquetés. Trois corps gisaient dans les vagues, ballottés près des bateaux.

Elle jeta un coup d'œil à son frère, les autres chasseurs occupés à déplacer les corps, à déblayer les décombres. Deshiva voulait peut-être honorer les morts, mais descendre tout ce chemin pour ceux-ci semblait une tâche de trop. Après tout, une vie donnée à la mer restait une vie donnée.

Sauf qu'une de ces vies n'était peut-être pas encore prête à partir. Les mouvements n'étaient pas tant visibles par les membres de l'homme que par les ondulations qu'ils créaient dans les vagues. Allant à contre-courant, l'homme semblait essayer de se hisser plus haut sur les rochers, une tâche rendue difficile par le rouge tourbillonnant qui teignait les vagues autour de ses jambes.

Bliss fit signe aux autres chasseurs, ses doigts prêts à

communiquer, mais aucun n'avait les yeux tournés vers elle. Trop occupés à déblayer les corps et les décombres.

Un choix facile à faire.

Bliss dévala l'escalier sculpté avec empressement, ses pieds effleurant à peine le bord des marches avant de passer à la suivante. La pierre luisait d'embruns venus d'en bas, si bien que Bliss glissait tous les quelques pas, mais son expérience de saut d'arbre en arbre lui permettait de transformer cet élan en quelque chose d'utile. Une main frôlant le bord de la falaise, Bliss dansa et fila le long des marches sinueuses jusqu'au rivage, où elle passa de la pierre lisse à des galets plus lisses encore et des coquillages coupants.

Dégainant son bâton de sa bandoulière, Bliss parcourut les derniers mètres jusqu'à l'homme. La mer lui léchait les chevilles, chaude et douce en cette fin d'après-midi. Le soleil faisait étinceler le dos nu de sa cible, s'assombrissant là où il rencontrait une entaille.

Bliss s'agenouilla à l'épaule de l'homme, plantant son bâton dans le sol à côté d'elle. Un repère, une prise de secours si le ressac venait la balayer.

Elle toucha l'homme. Si elle avait eu une voix, elle aurait pu crier. Sans elle, l'effort manuel provoqua un sursaut plus violent. La tête bougea, se tourna vers elle, une joue toujours posée sur les pierres. Le visage de l'homme avait cet aspect tanné et buriné commun aux marins et aux pêcheurs. Sa bouche se tordit en une grimace douloureuse. Un œil semblait lacéré, l'autre rouge et gonflé par l'eau de mer.

Il essaya de parler. Pas même un murmure.

Bliss se pencha, attrapa son bras. Tira. Le poids de l'homme l'emporta sur sa faible prise sur les pierres et elle tomba en arrière, l'homme retournant à sa position affalée face contre terre. De nouveau sur ses pieds, Bliss tenta une seconde fois, s'assurant cette fois que ses talons étaient bien ancrés avant de tirer.

Une fois de plus, l'eau s'avéra trop difficile à vaincre, ses doigts glissant de l'homme avant qu'il n'ait bougé d'un pouce sur la plage. Trop lourd, trop difficile.

Bliss regarda en haut de la falaise. Personne ne se penchait encore pour la chercher. Elle devrait aller chercher de l'aide, et cela signifiait—

Ses yeux captèrent un éclair, un cliquetis et un craquement derrière elle, plus haut sur la plage vers la paroi de la falaise. Bliss avait supposé que c'était du roc plein, n'avait pas regardé dans cette direction en fonçant vers l'homme. Maintenant, cependant, elle voyait une alcôve en retrait, creusée par l'eau de mer et révélant du calcaire scintillant.

Blottie contre cette pierre se trouvait une forme longue et mince, aux épaules et aux jambes inclinées, avec des cheveux rouge sang clairsemés. À l'extrémité gauche, la créature facilement deux fois plus longue que Bliss n'était grande, s'étendait un long museau se terminant par une dent centrale recourbée, aussi rouge que les cheveux de la chose. Les détails se révélaient au fur et à mesure que Bliss scrutait la chose du regard, chaque nouvelle bizarrerie frappant une note discordante dans son cœur, dans sa tête.

Rien dans ces démons — car c'est ce que cela devait être — ne semblait correspondre à ce qu'elle avait connu en grandissant, aux créatures qui habitaient Vis.

La première réaction naturelle face à une telle situation était de fuir, de se précipiter vers ces marches et de s'éloigner le plus possible. Au moins pour trouver de l'aide, quelque chose de plus fort que le bâton soudainement si inadéquat qu'elle tenait entre ses mains.

Elle avait fait trois pas sans s'en rendre compte, observant le démon qui semblait endormi. Ou alors il ne s'intéressait pas à la jeune femme qui avait osé empiéter sur son domaine.

Quelque chose agrippa sa cheville, tira son pied gauche en arrière et fit tomber Bliss à genoux. Elle tendit le bras, arracha son bâton des rochers et se retourna pour voir l'homme qui tendait la main vers elle, son œil unique rencontrant celui de Bliss.

Une fois de plus, ses lèvres bougèrent, et bien qu'il ne prononçât pas un mot, Bliss n'avait pas besoin d'entendre pour savoir ce qu'il disait.

Aidez-moi.

Le désespoir était inscrit sur sa peau burinée, ses doigts continuant de bouger alors qu'il luttait pour l'atteindre. Bliss retira son pied, commença à se relever, et l'homme se jeta à nouveau sur elle.

Cette fois, Bliss évita la prise, la main de l'homme passa à côté et heurta son bâton. Le bout de bois lui échappa et heurta les rochers dans un bruit humide. Bliss le ramassa rapidement et regarda vers l'alcôve.

Ça avait fait un sacré bruit.

Le démon, sur ce long visage étroit, ouvrit un seul grand œil. Une pupille jaune vacillante la dévisagea. Une vague s'écrasa, et tandis qu'elle refluait, le clapotis de l'écume se mêla à un nouveau son, un lourd sifflement provenant de la créature alors que ses jambes bougeaient.

Bliss déglutit, s'éloigna davantage de l'homme qui tentait de l'agripper. Elle saisit son bâton à deux mains, le tenant à l'horizontale. Le démon s'étira, ses membres antérieurs, chacun se terminant par des griffes noueuses et glabres, s'enfonçant dans la roche. La dent crochue, pendant longuement du museau du démon, s'inclina vers Bliss tandis que le monstre continuait d'analyser sa proie.

Les Lira avaient un code, une déclaration directrice :

protéger l'île et son peuple. C'était tout. Pas de paroles complexes, pas de maximes poétiques. Simple et direct, et alors que l'homme derrière elle gémissait à nouveau, le sens résonna dans l'esprit de Bliss. Fuir serait rompre son serment.

Un serment qu'elle n'avait prêté qu'une semaine auparavant, à moitié droguée et dans une frénésie nocturne.

Cela comptait-il vraiment alors ?

Les pattes arrière du démon suivirent, chacune se divisant au niveau du pied en deux griffes jumelles, comme une serre d'oiseau dupliquée. Le démon se dressa, maintenant plus grand que Bliss. À part le sifflement régulier, il ne faisait pas un bruit.

Elle n'avait qu'un bâton. Aucune autre arme. Sa sacoche, quel que soit le bien qu'elle aurait pu lui faire, l'attendait en haut de la falaise. Ce n'était pas un combat pour lequel Bliss était prête, pas une bataille qu'elle pouvait gagner.

Les Lira et leur serment pouvaient l'oublier. Elle ne s'était pas engagée pour mourir. Pas encore.

Bliss se précipita vers l'escalier, ses pieds glissant sur les pierres mouillées. Ce qui aurait dû être quelques enjambées devint une course chancelante, le démon observant, se tendant, puis bondissant.

L'escalier disparut, remplacé par la masse imposante du démon, sa longue chevelure rouge volant dans les airs comme un écran tandis que Bliss tentait d'arrêter son élan. Ses pieds glissèrent sous elle, dérapant sur les rochers et envoyant Bliss, son bâton basculant à côté d'elle, sur les pierres. L'écume bouillonnait autour de ses jambes tandis que le démon la fixait, son visage grimaçant assez proche pour que son haleine brûlante souffle sur elle, l'enveloppant de sa puanteur fétide.

La patte droite du démon se leva, quatre doigts ridés se terminant chacun par une arête dentelée d'un rouge brillant.

Il ne fallait pas beaucoup d'imagination pour se représenter cette extrémité tranchante déchirant son tissu, sa peau.

Bliss balança son bâton en travers de son corps, plaçant le bambou entre elle et la patte qui s'abattait. Le coup du démon heurta le bâton, l'arrachant avec tant de force que Bliss n'eut pas le temps de s'adapter, pas le temps de riposter. Un instant elle tenait sa défense, l'instant d'après son bâton rebondissait au loin sur les rochers et le démon relevait à nouveau sa patte, prêt pour un coup fatal.

Bliss recula précipitamment, ses pieds soulevant des pierres tandis qu'elle essayait de prendre de la distance. Le démon la suivit, jouant avec elle. L'eau s'approfondit derrière Bliss, ses mains s'enfonçant dans les flaques, sa taille passant sous la ligne de flottaison. Les vagues s'écrasaient autour d'elle. L'homme, celui qu'elle avait essayé de sauver, gisait immobile à sa droite.

Le désespoir trouvait parfois des solutions, et avec son cœur battant la chamade, ses yeux écarquillés ne voyant, d'une manière ou d'une autre, que ce croc, sa main gauche heurta une pierre détachée. Elle s'en saisit, son corps vacillant alors que son bras gauche abandonnait son appui, mais l'inclinaison latérale lui donna juste assez d'espace pour lancer son bras gauche en avant, libérant la pierre droit vers sa cible : le grand croc rouge.

La pierre frappa cet horrible croc, rebondit dessus, emportant avec elle un éclat en forme de croissant. Le démon haleta, se cabrant. Ses yeux aux reflets jaunes laissèrent échapper des larmes dorées tandis que la créature s'éloignait de Bliss, passant sa patte avant droite sur son croc endommagé.

Ne jamais tenir un avantage pour acquis.

Bliss se releva rapidement et se dirigea vers la droite, éclaboussant à travers les pierres et les mares tourbillonnantes en direction de son bâton. Le démon haleta à nouveau, un sifflement rauque plus fort cette fois, et pivota pour la suivre. Bliss entendit, sentit la créature se précipiter vers elle alors qu'elle s'approchait de son bâton, l'air lui donnant juste assez d'indice pour faire un dernier plongeon. Une griffe sinueuse attrapa ses jambières, déchira le tissu d'herbe, mais manqua sa peau. Bliss heurta les rochers, roula et se releva avec son bâton à nouveau dans les deux mains.

Elle avait survécu. D'une manière ou d'une autre, elle avait passé les premières secondes, et cette survie l'avait transformée. Ce qui n'était que peur brute s'était mué, avec le bâton fermement dans ses mains, en quelque chose qui ressemblait à du courage. Du moins, la conviction que Bliss, en cet instant, était plus qu'une simple proie.

Elle se releva, le démon tournant avec plus de prudence, fixant le bâton. Bliss agita la longue arme de bambou devant elle, s'en servant comme d'un leurre pour déséquilibrer le démon. Si elle parvenait à faire bouger le monstre d'un côté, peut-être pourrait-elle avoir une ouverture pour frapper.

Ils se faisaient face dans la lumière déclinante, l'or profond éclaboussant les rochers, parant les falaises de bronze. Le démon maintenait sa respiration sifflante, constante, tandis qu'ils se tournaient autour. Concentrée, Bliss remarqua des détails plus subtils : le démon n'était pas indemne. Outre le croc ébréché, des lignes rouges parsemaient son corps, comme si quelque chose avait pris le monstre dans un filet tranchant. Les poils écarlates pendaient en lambeaux déchiquetés, cette teinte, supposait maintenant Bliss, étant plus due au sang qu'à une couleur naturelle. Le pelage court de la créature, aussi, était plaqué à sa peau en touffes. Rien de pristine chez cette chose.

Il était temps d'achever le travail.

Bliss feignit sur la droite, menant avec un coup de bâton en direction de l'épaule droite de la bête. Le démon prit l'attaque comme une ouverture, bondissant sur ses membres gauches pour une attaque directe visant à lui trancher la gorge. Bliss se baissa, utilisa son élan pour incliner son bâton vers la droite, frappant le milieu du corps de la bête alors que la griffe passait au-dessus de sa tête. Une fois de plus, le bâton faillit lui échapper des mains, le poids même du démon entraînant le bâton. Se raidissant, elle tint bon, et le coup envoya le démon trébucher sur sa droite, le long des rochers et plus près de l'escalier.

Laisser la créature reprendre pied serait lui permettre de revenir dans la partie.

Bliss se précipita, poussant ses pieds contre les rochers et s'élançant dans un swing en hauteur. Un coup à deux mains visant la tête du démon.

La créature n'esquiva pas, n'essaya même pas. Au lieu de cela, haletant, des larmes dorées coulant de ses yeux, le démon releva brusquement la tête pour rencontrer le coup de Bliss. Ouvrant sa gueule, derrière ce croc ébréché, le démon mordit le bâton de Bliss, intercepta le coup et le maintint fermement. Malgré toute sa force, tout son élan, le coup que Bliss porta ne sembla pas du tout ébranler le démon. Au lieu de cela, les deux restèrent suspendus là, le bâton dans la gueule du démon et Bliss suspendue au-dessus des rochers.

Le démon bougea le premier, tirant d'un coup sec le

bâton et Bliss avec lui. Ces griffes avant s'apprêtaient à frapper, forçant Bliss à abandonner à nouveau son bâton pour reculer.

Cette fois, le démon ne lui laissa pas d'espace.

Gardant le bâton fermement serré, le démon bondit en avant, planta une griffe sur l'épaule de Bliss, la plaqua au sol. Les griffes acérées s'enfoncèrent dans sa peau et Bliss essaya de crier.

Comme depuis son enfance, sa voix sortit en un jappement brisé, qui portait néanmoins, un éclat inhabituel contre le fracas des vagues du soir.

Le monstre poussa, et la tête de Bliss heurta les rochers. L'eau envahit ses oreilles, coula sur sa bouche, brouilla sa vision. L'œil doré du monstre se rapprocha, son bâton dans sa gueule, alors qu'il examinait attentivement sa prochaine proie.

Alors que Bliss sentait l'air s'échapper de ses poumons, un grondement étouffé traversa l'eau, bourdonnant à ses oreilles. L'œil doré, flou à travers l'eau de mer, s'éloigna. Le poids disparut de sa poitrine, la griffe égratignant Bliss dans son départ. Elle se redressa, haletante. Des cris de guerre retentissants emplirent l'air, des silhouettes dansant autour d'elle, se précipitant vers le monstre avec des lances, des couteaux façonnés à la Foti, et son frère, avec le plus ancien héritage familial : des gantelets de bois tachés fermement attachés à chaque poing, leurs pointes métalliques lacérant le monstre.

Bliss cracha de l'eau tout en regardant son frère frapper encore et encore, les jointures faisant leur travail. Le monstre, surpris, tenta d'obtenir un angle de morsure avec son croc, mais fut repoussé par un autre chasseur, la lance pointée vers la gueule menaçante de la créature. Un troisième, qui quelques minutes auparavant avait aidé Bliss à aligner les corps, contourna le monstre avec deux couteaux Foti dégainés. L'homme s'accroupit, cherchant un angle.

Une frappe d'éventration. Bliss pouvait nommer toutes les tactiques, les ayant revues suffisamment de fois avec Quik lorsqu'il avait rejoint les rangs des chasseurs. Le trio travaillait maintenant de concert, deux blessant et distrayant la bête pendant que le dernier s'approchait pour le coup fatal.

Le monstre, cependant, n'était pas une proie de jungle insouciante. Tout comme il l'avait fait avec le bâton de Bliss — le bâton de bambou flottait maintenant à sa droite, calé entre quelques rochers — le monstre claqua sa mâchoire vers le porteur de lance, saisit l'arme et la jeta au loin dans la mer. Se repliant du même mouvement, ignorant les griffures continues de Quik, le monstre jeta sa masse en arrière vers le rivage, repoussant Quik de son côté et l'envoyant rouler. Le porteur de couteau tenta son attaque, étendit le bras dans une frappe que Bliss ne put voir, mais dont le cri sifflant du monstre indiqua clairement qu'elle avait fait mouche.

Tout comme les griffes arrière du monstre, ces doubles serres s'avérant assez flexibles pour frapper derrière et à gauche, heurtant le côté du porteur de couteau et projetant l'homme ensanglanté dans les vagues.

Juste à côté du blessé qui avait déclenché toute cette histoire.

Bliss trébucha vers son bâton, sa poitrine lui faisant mal à chaque respiration, tandis que son frère lançait un nouveau défi au monstre. Sans mots, déterminé, tout ce que les chasseurs Kitaye devaient être, le grognement guttural de Quik rebondissait sur les falaises comme une légende.

Le monstre choisit de répondre avec sa mâchoire. Fouettant vers la droite plus vite que n'importe quel serpent que Bliss avait jamais vu, la bête chargea en avant, projetant roches et écume à chaque bond. Quik s'élança à sa rencontre, les poings serrés pour attraper le monstre dans un étau mortel. À sa droite, le porteur de lance tira un couteau de la corde à sa taille et courut aussi en avant, visant le cou gigantesque de la créature.

Tout comme elle s'était élancée vers Quik et l'autre chasseur, la bête bondit sur le côté, à la gauche de Quik et en direction de l'alcôve. Ses griffes raclèrent la roche, et Quik agrippa la crinière du monstre, les gantelets de l'homme s'accrochant aux poils rouges, s'emmêlant tandis que l'élan de la bête l'emportait au-delà de l'autre chasseur.

Et droit sur Bliss.

Alors que le monstre se retournait, la gueule grande ouverte pour mordre son frère, Bliss trébucha en avant avec le bâton. Ses mains, froides, fatiguées et meurtries, proje-tèrent le bambou de toutes ses forces restantes, enfonçant le bâton dans la mâchoire pivotante du monstre, transfor-mant sa morsure en un coup de bélier. Quik se libéra, des touffes de crinière du monstre tombant avec lui sur la plage écarlate.

Bliss retira son bâton et frappa à nouveau tandis que le monstre tournait vers elle son œil mauvais et sa défense endommagée. Le coup porta, frappant cette même mâchoire dans un craquement que la bête ignora en se lançant dans une nouvelle charge haletante.

Bliss para avec son bâton, sentit la bête la heurter, la soulever sur son museau dur et l'emporter par-dessus les pierres. Le souffle de Bliss s'évanouit, ses jambes et ses bras battant l'air tandis que l'élan du monstre la poussait vers la paroi de la falaise.

Derrière le monstre, Quik se redressa, le visage brûlant de peur, drapé dans les poils qu'il avait arrachés. Trop loin pour aider. À côté de lui, le lancier jeta son couteau, une dernière frappe qui passa loin de sa cible alors que le monstre continuait à foncer.

Ce serait donc la fin. Encore un instant, puis une fin rapide et écrasante. Au moins, elle serait morte en faisant ce que sa famille attendait d'elle : placer la vie de Bliss, son devoir sacré, au-dessus de tout le reste.

Bliss heurta la paroi de la falaise, s'écrasa contre la pierre et rebondit sans suite. Le monstre ne l'écrasa pas, un mystère résolu seulement par les échos d'un cri plus puissant, un rugissement rageur et terni, ponctué, enfin, non pas par un halètement mais par un hurlement de la gorge du monstre, un cri d'agonie mérité par une silhouette singulière se tenant au-dessus du corps affalé de la bête.

Deshiva, sa lance surchargée de sigiles et enveloppée de bandes forgées par les Foti, se tenait sur le monstre, son arme enfoncée d'un bond depuis l'escalier au-dessus. Bliss, assise sur la pierre, regarda les cheveux de Deshiva flotter dans le vent marin, entendit le cri de victoire, de vengeance de sa commandante.

De sa main gauche, les seuls doigts non engourdis par la bataille, Bliss leva son signe vers le ciel et se joignit à elle.

18

EN MER

Le *Tsuro* fendait les flots mieux que n'importe quelle lame, épousant les vagues et s'appropriant leur puissance dans sa propre accélération ondulante. L'embarcation plongeait et remontait, virait de bord et surfait avec une habileté rusée. Svarde observait depuis le gouvernail, admirant les efforts maîtrisés de l'équipage qui passait d'un gréement à l'autre, d'une commande de gouvernail à une autre pour maintenir le *Tsuro* en harmonie avec l'eau.

En comparaison, le navire Foti venant de Vis était comme un marteau s'écrasant à travers les vagues. Sans subtilité, sans grâce. Juste de la force brute. Après tout, c'était la manière Foti. Svarde le ressentait dans ses haches, rangées dans un coffre que Maena lui avait donné pour le voyage. Il le ressentait aussi dans la cape qui pesait sur son dos, dans le sang qui coulait dans ses veines. La force brute forgée en quelque chose d'utile.

Le *Tsuro* et ses marins semblaient nés d'une grâce différente.

— Je te surprends en train de regarder, dit Maena en

s'éloignant du gouvernail et en le confiant au second. Tu n'as jamais été sur un navire Rana ?

— Pas une seule fois.

— Alors tu n'as jamais vraiment navigué.

Svarde rit doucement.

— Kance ne serait pas d'accord avec toi.

— Ils ne naviguent pas. Ils volent. Nous connaissons l'eau, ils l'évitent.

— Je me demande ce qui est le mieux.

— Je pense que tu n'as pas besoin de me demander mon avis.

L'équipage Rana, Maena incluse, avait abandonné les vêtements plus lourds qu'ils portaient à Noctia, l'air marin les poussant à un changement de tenue radical. Finis les armures, les insignes et les ornements honorifiques indiquant les rangs et les statuts. La plupart portaient des robes agiles teintes de couleurs correspondant à leur rang, si bien que le pont du *Tsuro* ressemblait moins au brun terne et au métal que Svarde connaissait et plus aux jungles florissantes de Vis.

— Vous dansez toujours autant ? demanda Svarde en faisant un signe de tête vers l'équipage qui sautait, se balançait et faisait des culbutes sur le pont. Ça doit être risqué.

— Si tu ne sais pas ce que tu fais, comme pour tout le reste, répondit Maena, se tenant épaule contre épaule avec Svarde et regardant son navire. Si tu sais, alors nous économisons de l'énergie. Regarde, et tu verras.

C'était leur troisième jour en mer, filant vers le nord, alors Svarde prit d'abord sa remarque comme signifiant qu'il n'avait encore rien vu. Une insulte, ou peut-être une invitation. Il choisit deux marins, l'un en haut finissant d'attacher une voile de rechange maintenant que le vent s'était levé, et un second portant une corde de la proue à la poupe pour quelque tâche inconnue. Au début, leurs mouvements semblaient rapides mais aléatoires, secoués dans des directions étranges. Alors que le *Tsuro* plongeait dans une vague, le porteur de corde perdit même du terrain, reculant avec la lourde corde sur ses épaules. Aucune inquiétude ne se lisait sur le visage de l'homme. Quand le *Tsuro* remonta la vague suivante, cependant, l'homme se pencha en avant dans une course, un sprint effréné le long du pont.

Certain qu'il allait passer par-dessus bord, Svarde se dirigea dans cette direction, prêt à plonger et à attraper l'imbécile avant qu'il ne soit perdu.

Maena l'arrêta.

— Regarde, Foti.

La course apparemment vouée à l'échec ralentit alors que le *Tsuro* atteignait le sommet de son ascension, le porteur dépassant le milieu du navire, s'approchant de sa destination. Le *Tsuro* commença à descendre, coupant l'élan de l'homme, ralentissant le sprint juste assez pour laisser à l'homme trois derniers pas prudents avant que, Svarde et Maena se dirigeant vers tribord pour voir, il ne place la corde exactement sur le crochet prévu.

— Tu comprends maintenant ? dit Maena. Tout est en accord avec ce que la mer veut. Elle pointa du doigt vers le haut. Ton autre cible ?

Dans le même laps de temps, le marin avait oscillé d'avant en arrière sur sa voile, s'accrochant à des crochets le long du mât. Seulement, ce n'étaient pas des crochets, mais une petite rambarde où le mousqueton métallique du marin le faisait glisser d'avant en arrière avec le roulis du bateau. En passant, le marin avait replié la toile, complétant l'enroulement sans le risque inhérent aux techniques habituelles.

— Je pense que Foti pourrait apprendre deux ou trois choses de vous, admit Svarde.

— Plus que ça, mais on ne le dira jamais, répliqua Maena. Devant le sourire grandissant de Svarde, elle fronça les sourcils et gâcha l'ambiance ensoleillée de la journée. N'est-ce pas ce que font les îles ? Garder nos secrets, les opposer les uns aux autres dans le commerce, comme si c'était la seule façon de survivre.

— Ma présence ici suggère que vous ne le pensez pas.

— Le Renouveau n'est pas la seule chose qui doit changer.

Les deux premières nuits à bord, Maena avait fait manger Svarde avec son équipage. Il s'attendait aux habituels loups de mer, des marins basanés qui chargeaient des cargaisons et nouaient des cordes tous les jours de leur vie adulte jusqu'à ce que le temps les transforme en anciens enseignant les mêmes choses à leurs enfants, leurs petits-enfants.

Au lieu de cela, il avait trouvé des révolutionnaires. Pas un seul ne se souciait de leur prochaine livraison, de ce à quoi ressemblait la saison de navigation. La plupart avaient l'avantage de l'âge sur Svarde, avaient offert leurs propres objets de valeur stockés pour échanger contre le financement de la mission. Ils navigueraient, oui, mais uniquement pour une cause.

— Ils veulent ce que nous voulons, avait dit Maena ce premier soir, alors que tout le monde dînait sur le pont ouvert du *Tsuro*. Le premier maître maintenait le navire à niveau pour le repas, coupant entre les vagues avec une telle habileté que Svarde ne vit pas une seule ondulation dans son verre de vin. Tout le monde ici a perdu quelqu'un, connu quelqu'un blessé par Noctia et leur affreux rituel. Ensemble, nous prévoyons d'y mettre fin.

Quand Svarde demanda comment, la réponse fut unanime.

— Nous avons navigué sur les vastes mers et n'avons rien trouvé là-bas, répondit une marin, essuyant les miettes de pain de son menton en parlant. Un océan sans fin sauf nos sept îles tout autour du monde. Tout ce que nous pouvons trouver qui mettra fin à tout cela ne sera pas là-bas. Ce qui signifie que c'est à l'intérieur.

— Les Ténèbres d'En-Dessous, ajouta un autre.

— Et vous n'avez pas peur d'y aller ? demanda Svarde au groupe, essayant de comprendre comment il s'était retrouvé avec des amis partageant les mêmes idées. Vous savez qu'il y aura des démons ?

— C'est pour ça qu'on est allés chercher de l'aide, répondit Maena. S'il y en avait autant que nous rien que sur Rana, combien d'autres pourrait-il y avoir ailleurs ?

— Comme moi ?

— Exactement comme vous.

Pourtant, Svarde ne comptait que des Rana à la table, sur le navire.

— Apparemment, il n'y en a pas tant que ça comme moi.

Maena balaya le commentaire d'un haussement d'épaules. — On a cherché, mais pas trop. Les relations entre les îles ne sont plus ce qu'elles étaient.

Svarde songea à deviner si ce n'était pas la faute de Rana, mais s'abstint. Le reste de ce dîner, et les deux jours suivants, passèrent dans un tourbillon exaltant. Même Kivi, le ferrite, trouva son bonheur dans la cale du *Tsuro*, chassant les rats et autres petites créatures qui n'avaient nulle part où aller et devenaient ainsi des proies faciles pour les mâchoires rocheuses plus lentes mais mortelles du ferrite.

Pour Svarde, le simple fait d'être entouré de personnes partageant son objectif fit basculer sa vision du monde d'un chaos solitaire et déstabilisé à une concentration aiguë. Il n'était pas fou, il n'était pas un vieil ermite grincheux qui avait passé trop de temps sur les falaises. D'autres avaient la même idée et agissaient comme lui.

— Un but, dit Maena. C'est ce que tu ressens.

Ils étaient sur le pont, le livreur de cordes terminant sa course. Le déjeuner arriverait bientôt. Demain, ils apercevraient peut-être Whent pour la première fois, et après ?

L'expédition commencerait vraiment.

L'après-midi débuta par un cri. Un appel sonore du guetteur au sommet du grand mât, attaché à un siège en bois dur et scrutant les vagues avec une longue-vue de bronze. Son bandana bleu, assorti à sa robe, fouettant dans l'air frais, la vigie lança son appel alors que Svarde et les autres finissaient de débarrasser leur repas de midi.

Bien que le cri ne semblât pas contenir de mots, quelque chose dans le ton devait signifier l'action, car les visages des Rana prirent un mélange de devoir sinistre et de délectation diabolique. L'équipage se dispersa, leur but devenant clair lorsque ceux qui s'étaient précipités sous le pont revinrent avec des sabres, des crochets et de longues lances.

— Viens avec moi, dit Maena, en acceptant deux lances et en en tendant une à Svarde. On fait un détour.

Suivant Maena jusqu'à la proue du *Tsuro*, un chêne montant sculpté en rapides bouillonnants d'une rivière, Svarde suivit les regards des marins par-dessus l'eau, vers une ligne sombre coupant l'horizon. De cette distance, la forme semblait avoir la taille du pouce de Svarde, s'il l'avait tenu contre la ligne d'horizon d'un bleu clair.

Un navire, sans doute, mais qu'est-ce qui pouvait inspirer une telle réaction chez les Rana ?

— As-tu déjà convoité quelque chose ? demanda Maena à Svarde alors qu'ils s'arrêtaient à la proue.

— Convoité ?

— Oui. Désiré ce que tu ne pouvais pas avoir ?

Svarde hésita, Maena sourit.

— C'est une réponse suffisante, Foti. Ce que nous convoitons, du moins en partie, est sur ce navire. Maena pointa du doigt vers la tache. Ça, à moins que mon voyant ne se trompe, et ce n'est pas le cas, c'est un transporteur de pierres de Whent.

— Leurs navires de fret.

— Exact. Et à ce qu'il paraît, il voyage seul, se dirigeant vers nous. Le sourire de Maena s'élargit, mais seulement aux coins. Il fait des suppositions qui s'avéreront fausses.

Svarde fronça les sourcils. — Il pense être protégé par le traité. Le Renouveau a été proclamé. La paix devrait-

— Elle le devrait, mais ce n'est pas le cas, répondit Maena. Tout ce qu'on impose à une population sans aucun moyen de l'appliquer n'est qu'une illusion. Maena balaya du regard son navire et les eaux vides alentour. Tu vois des Najahns ici ?

— Je... Svarde secoua la tête, le visage renfrogné. Le traité existe parce que c'est trop dangereux autrement. Se battre pendant que les démons ravagent tout est insensé.

— Perdre un avantage parce qu'on est trop gentil est pire, dit Maena. Dans ce bateau, il pourrait y avoir n'importe quel nombre d'armes précieuses, des fournitures que nous pourrions utiliser pour aller plus profondément, plus loin qu'aucun autre avant nous.

— Alors nous pouvons les acheter.

Maena rit, d'un rire dépourvu de sa joie insouciante habituelle. Tu es celui qui a passé tant d'années seul, Foti. Ne crois pas comprendre encore le monde. Ce que les Whent accepteraient en échange nous laisserait sans rien. Ils prendraient le *Tsuro* en entier avant de nous donner ne serait-ce qu'une pomme.

— Tu supposes que...

Maena posa une main sur son épaule, et pas d'une manière amicale. Svarde. Le temps de la discussion est passé. J'ai déjà pris ma décision. Nous prendrons le navire, nous nous emparerons de ce que nous voulons, et le reste finira au fond de la mer. Victime de l'assaut d'un démon. Elle le lâcha, ramena sa main et la posa sur la garde de son sabre. Tu as deux options. Soit tu descends dans la cale et tu attends que le combat soit terminé, en acceptant que ton inaction puisse coûter la vie à mes hommes d'équipage et nuire à notre mission, soit tu acceptes qu'il y aura un prix à payer sur cette voie et tu marches à mes côtés comme tu l'as promis à Noctia.

— Ce n'est pas ce à quoi j'ai consenti, dit Svarde.

— Alors tu n'as pas écouté. J'ai dit que je ferais tout ce qu'il faut. Les yeux de Maena se tournèrent vers la droite, en direction du navire Whent. Sa masse s'approchait, révélant ses détails. Choisis maintenant.

Combien de compromis Svarde avait-il dû faire dans sa vie ? Combien de fois avait-il dû accepter moins que ce qu'il voulait, juste pour avoir une chance de réussir ? Combien de fois Ami lui avait-elle dit de se retenir par peur de nuire aux chances de Catya de devenir l'Aegis ?

Il l'avait fait, il avait suivi tous leurs plans, tous leurs espoirs, pour se retrouver seul et désespéré.

Peut-être que Maena avait raison. Peut-être qu'il y avait une autre voie, meilleure.

— Si cela peut aider notre mission, alors tu auras mes haches, dit Svarde.

— Bien. Maena fit un signe de tête par-dessus l'épaule de Svarde.

Le Gardien se retourna et vit une matelot derrière lui, le sabre dégainé et prêt à l'embrocher.

— Tout ce qu'il faut, dit Maena lorsque Svarde reporta son regard brûlant sur elle. Va chercher tes armes, Foti. Il est temps que tu voies à quoi ressemble un véritable raid en mer.

19

PIÈGES ET CIBLES

Les bandages sous son tissage la grattaient tandis que Bliss et les autres s'enfonçaient dans la vallée, traquant la piste laissée par les autres démons qui avaient attaqué le village. La fin de matinée traçait ses lignes dorées scintillant sur les frondes dérangées, les branches cassées et les arbres brisés. La terre remuée offrait un doux rembourrage pour les pieds de Bliss, écorchés par les pierres la veille.

Elle avait passé la nuit à soigner ses blessures, chantant avec les autres chasseurs pendant que ceux en bonne santé enterraient les morts en cercles autour des arbres qui le permettaient. Une cérémonie sobre rendue plus solennelle encore par les douleurs lancinantes et les ecchymoses qui parcouraient son corps.

Deshiva, cependant, avait offert à Bliss le remède en une simple phrase : la vengeance.

Vaincre ceux qui l'avaient blessée semblait un peu simpliste quand il s'agissait d'étranges créatures venues des profondeurs de la terre, mais le point de Deshiva, utiliser la colère et le désespoir comme moteur pour tuer les choses qui vous menacent, apportait de la clarté à la nouvelle existence jusqu'alors nébuleuse de Bliss.

Difficile d'imaginer, maintenant, mais il y a à peine une semaine, elle gambadait autour de ces mêmes arbres, courant le long de ces mêmes lianes avec Wax et les autres sans aucune crainte réelle. Les hanokos ne représentaient pas une véritable menace, pas si on y prêtait attention, et la vie semblait être une succession de voyages idylliques. Même après qu'ils auraient tous évolué, ce serait toujours la même chose, tout serait encore-

— Fais attention, dit Quik, accroupi à côté d'elle. Nous sommes proches.

Son frère avait ses propres ecchymoses, des taches violettes gâchant l'encre le long de son côté gauche, mais Quik s'en était sorti avec plus de dommages mentaux que physiques.

Pas qu'il l'ait dit comme ça, mais sa démarche et sa façon de parler racontaient l'histoire.

Il avait à peine quitté le côté de Bliss une seconde, offrant et obtenant, même quand elle ne le demandait pas, de la nourriture, de la boisson, une couverture plus chaude pour la soirée. Elle n'avait jamais rien demandé à Quik, pourtant il était là, portant ses blessures comme une sorte de pénitence coupable.

« Je le suis », signa Bliss en retour.

Ridicule. Ses blessures étaient de sa propre faute, pas celle des autres. Elle aurait dû voir le démon dès son premier pas sur les pierres, aurait dû l'attirer et l'anéantir de la même manière que Deshiva l'avait fait.

Au moins l'homme avait survécu, survécu et donné une direction aux chasseurs.

Le sentier menait à cela, une large ouverture débouchant d'un contrefort envahi par la végétation. Une grotte que Bliss avait visitée il y a longtemps lors d'un voyage fantasque. Des champignons et d'autres choses y poussaient, et si Bliss se souvenait bien, on pouvait parfois tamiser des pierres précieuses de ses flaques et recoins cachés.

Maintenant, leur groupe d'une cinquantaine de personnes — Deshiva avait de nouveau divisé le groupe, envoyant de petites bandes en reconnaissance pour trouver d'autres démons — s'approchait lentement, en biais. Lances, gantelets, couteaux et autres armes étaient tenus prêts. Les conversations s'éteignirent.

Quik et Bliss arrivaient par la gauche, traversant un miasme de jungle rempli de fougères. Des toiles d'araignées s'accrochaient à ses jambes, des branches frôlaient ses cheveux tendus, mais Bliss laissa ces choses derrière elle, gardant ses yeux et ses oreilles concentrés sur le trou sombre.

Plus grande que la grotte du marais où ils avaient rencontré Svarde, celle-ci s'ouvrait sur une pente plus raide, s'enfonçant dans l'obscurité avec des vignes persistantes, de l'herbe et des fleurs piétinées le long de l'entrée. Des sons résonnaient des profondeurs : hurlements, gratte-ments, claquements de mâchoires de choses se battant entre elles.

À sa droite, Bliss vit Deshiva et ses deux chasseurs choisis approcher le centre de la grotte. Ils étaient l'appât, destinés à attirer les démons pour que les deux côtés puissent s'abattre sur les monstres dans une furie fréné-tique. Une stratégie audacieuse et basique.

— Nous ne pouvons pas nous montrer trop malins, avait dit Deshiva au camp ce matin-là. Ce sont des bêtes, pas des généraux avisés. Gardons les choses simples, et nous gagnerons.

À quel prix ? Personne n'avait demandé.

Bliss, les mains serrées sur son bâton, les paumes irritées par de nouveaux cals, ne s'en souciait pas. Elle voulait être ici, voulait avoir une autre chance contre ces horreurs. Leur montrer que Vis n'avait pas peur.

Wax se balança le long d'une liane, la lâchant à son point le plus haut pour voler, tombant en avant sur une grande fronde. Couverte de rosée, l'eau gicla tandis que Wax chevauchait la fronde vers le bas, les gouttes fraîches étant un bon prélude à ce qui promettait d'être une chaude journée de course. Derrière lui, la fronde trembla lorsque Pan atteignit le sommet, le suivant.

Ça avait été quelques jours amusants et sans incident à se lancer à travers une jungle de plus en plus méconnue. Plus ils s'éloignaient de Kitaye, plus Wax devait faire des suppositions, devait sauter avec peu plus que de l'espoir. Pan ne cessait de dire que c'était suicidaire, alors que tout ce que Wax savait, c'était qu'il se sentait plus vivant qu'il ne l'avait été, eh bien, depuis l'attaque des démons.

Mais ce n'était pas le sujet. Ces sauts étaient nouveaux, ces lianes inconnues, et chacun traçait une ligne dans sa mémoire, un sentier à suivre au retour et à jamais s'il revenait par ici.

Certains visiteurs de Vis disaient que l'île changeait à chaque fois qu'ils revenaient, la jungle grandissant et se déplaçant comme l'être vivant qu'elle était. Pour Wax et les autres natifs, cependant, c'était un foyer comme un autre, et il pouvait lire son passé dans les écorces noueuses, les branches, les troncs pourrissants sur le sol de la forêt.

Et, oui, dans les hurlements montant d'en bas.

Les hanokos les suivaient depuis quelques heures. Les

félins ne se déplaçaient pas souvent en groupe uni à moins que — Wax fronça les sourcils alors que la fronde atteignait son point le plus bas, lui permettant de se remettre sur ses pieds — quelque chose ne les effraie suffisamment pour s'unir. Ensemble, les hanokos pouvaient former des meutes sifflantes et meurtrières, et il semblait que les félins avaient choisi Wax et Pan comme leur prochain repas.

— Allez ! cria Wax à Pan alors qu'il atteignait la pointe effilée de la fronde, la feuille se courbant vers l'avant sous le poids de Wax. Ils se fatigueront si on continue à bouger !

Plantant son pied, Wax bondit dans les airs, s'élevant plus haut que sa maison à Kitaye. En dessous, le sol sombre et meuble avait sa couverture gâchée par les trois hanokos qui égalaient Wax à chaque pas.

Les chats pouvaient grimper, et ils feraient un tour pour attraper Wax et Pan si l'un d'eux ralentissait suffisamment. Mais les humains avaient des mains, un avantage mortel quand il s'agissait de surfer à travers les arbres.

— Si tu me donnais une bonne route, peut-être que je suivrais, répondit Pan, sa voix résonnant alors que Wax atteignait la branche qu'il visait.

Le bois craqua, mais la santé de l'arbre tint bon et Wax effectua sa marche des orteils au talon, le faisant rouler au-delà du tronc, vers la prochaine branche et le saut à venir.

Continuer à courir comme ça pendant une heure ou deux et, pensait Wax, ils atteindraient l'avant-poste de Najahn. Sûr, gardé, et prêt à accueillir les deux candidats au Renouveau les plus rapides de ce côté de l'île.

— Tu dois me faire confiance, dit Wax, gardant les yeux devant lui.

Une liane pendait à gauche, un balancement attrayant mais défait par un lien noueux et pourrissant vers la canopée. Au milieu se trouvait un petit bosquet d'arbres, une douzaine de ces choses dressant leurs inutiles silhouettes frêles vers le ciel caché. À droite, un géant robuste manquant de branches inférieures, mais brandissant une voie céleste élevée vers la victoire.

Ils devraient d'abord grimper quelques souches, et le faire plus vite que les chats.

— À droite cette fois, cria Wax, prenant de la vitesse et rebondissant sur l'extrémité de la branche.

L'air chaud frappa en plein vol, ne faisant rien pour aider Wax alors qu'il heurtait le tronc de l'arbre. Un nœud frappa l'épaule de Wax, tandis que les restes pointus d'une branche s'enfonçaient dans son genou droit. Récompenses habituelles pour sauter à travers les arbres.

Il travailla ses mains et ses pieds chaussés, tous deux cherchant des prises. De plus en plus haut, chaque prise élevant Wax davantage. Et jusqu'à présent, aucun signe des hanokos. L'arbre ne tremblait pas sous leur poids, l'écorce ne faisait pas entendre son alarme grattante.

Wax risqua un coup d'œil en bas, ralentissant pour confirmer que l'espoir n'était pas vain.

Et soupira. Rien de tel que la réalité pour crever un bon moment.

Pan, suivant derrière, n'avait pas fait le dernier saut. Du moins, pas bien. Il avait atteint la cible un peu en dessous de Wax, accrochant sa sacoche à un arbre plus petit qui faisait des incursions agressives sur son cousin plus âgé. Pan s'était maintenant partiellement enroulé, les mains et les jambes dans les branches, des feuilles lui giflant le visage, essayant de s'extirper du désastre.

Ces hanokos virent la même chose que Wax, mais plutôt que de soupirer, les trois chats encerclèrent. Leurs têtes velues comme des lunes — bleue, grise, violette cette fois — se balançaient tandis qu'ils évaluaient la distance de saut pour transformer Pan en déjeuner découpé.

Quel était-il, le rôle officiel de Wax ? Celui que Pan lui avait demandé d'assumer pour cette petite escapade ?

— Qu'est-ce qu'un Gardien doit faire, marmonna Wax avant de se laisser tomber, en poussant des cris de joie tout du long.

20

BÉHÉMOTH

Svarde ne se lassait jamais de voir flotter les roches de Whent. Il y avait quelque chose dans la façon dont ces béhémoths escarpés parvenaient à fendre la mer sans bouger d'un mètre, comme si la nature elle-même ne pouvait changer leur trajectoire, qui faisait sourire Svarde. Si seulement les Foti pouvaient forger quelque chose d'aussi solide.

Le sourire s'estompa tandis que Svarde se positionnait au troisième rang sur le navire de Maena. Le Tsuro filait vers sa victime, se faufilant dans les étroites vallées entre les crêtes comme un voleur s'approchant de sa cible.

Et quelle cible !

En levant les yeux, Svarde vit la falaise dentelée et vertigineuse qui composait le navire Whent s'élever encore et encore. Plus haut qu'une maison Noctia, cette chose imposante exposait ses os gris, striés de veines noir argenté, comme si le navire avait émergé en craquant des entrailles mêmes de Whent.

Des crêtes parcouraient les flancs du grand navire, des alcôves s'y enfonçaient pour permettre le chargement et le déchargement des cargaisons. De grandes rampes pendaient du vaisseau, fixées à la roche et prêtes à être relevées par des treuils, des chaînes métalliques s'étirant de l'ouverture de chargement jusqu'au pont supérieur. Il suffisait d'actionner un levier pour que ces rampes se mettent en place, permettant au léviathan de déverser son contenu sur un port ébahi.

Comment Maena comptait s'emparer de cette chose massive avec son maigre équipage semblait n'avoir qu'une seule réponse :

Elle n'y arriverait pas, et ils passeraient tous la nuit à se noyer sous la mer.

Pourtant, Svarde ne voyait que des sourires pleins d'attente. Les cuirs Rana étaient de retour, les robes amples maintenant recouvertes d'armures ajustées. Des sabres reposaient dans leurs fourreaux, tandis que des couteaux s'accrochaient fermement aux ceintures, aux bottes et parfois aux bandanas. Plusieurs hommes derrière Svarde tenaient des arbalètes, leurs combinaisons de métal et de bois fabriquées par les Foti visant le pont supérieur, prêtes à tirer non pas des flèches, mais des grappins mordant la roche.

À ses pieds, Kivi donna un coup de museau à Svarde et renifla.

— Presque prêt, marmonna Svarde au férrite. Et pour la dernière fois, tu restes ici.

Kivi renifla à nouveau.

Au moins, les grappins empêcheraient le férrite, qui n'était en aucun cas assez agile pour un tel abordage, de se mettre en travers du chemin. Ou, pire encore, de tomber dans ces vagues.

À l'avant, Maena siffla. Jusqu'ici, Svarde n'avait pas vu âme qui vive pointer le bout de son nez par-dessus le bord du navire Whent, pas le moindre signe de résistance. Au coup de sifflet de Maena, les arbalétriers visèrent et tirèrent, lançant leurs grappins dans un claquement sec.

Les crochets scintillèrent dans le soleil de midi, tels des fusées se dirigeant vers leur cible, avant de s'écraser sur le navire Whent les uns après les autres. La pierre grise se brisa et éclaboussa tandis que chaque arbalétrier s'age-nouillait et fixait l'extrémité de son grappin dans un anneau sur le pont du *Tsuro*. Après plusieurs tractions, les cordes, aux fibres teintes d'un rouge ambré, se tendirent.

Maena siffla à nouveau, et Svarde la vit faire le premier saut depuis le bastingage du *Tsuro*, volant dans les airs avant d'atterrir sur la corde. Un pied après l'autre, les bras écartés pour garder l'équilibre, Maena fila le long de la corde, son équipage se déversant derrière elle.

À part ce sifflement ? Pas un bruit. Ni chant de guerre, ni refrain joyeux pour les mener au combat. Ce n'était guère un assaut entraînant.

Les Rana avaient tant d'aspects déconcertants. Svarde s'était rendu sur leur île, avait observé leurs coutumes et apprécié leur compagnie, mais il n'avait jamais combattu à leurs côtés jusqu'à présent.

Jusqu'ici, ennuyeux.

Mais lorsque l'homme devant lui commença son tour sur la corde, Svarde examina le chemin à parcourir et se prépara néanmoins à l'emprunter. Sous lui et devant, la mer bouillonnait. Au-dessus, Maena atteignit le pont Whent, et pour la première fois, Svarde entendit un véritable cri de guerre.

Ce n'était pas le sien.

21

DANS L'OBSCURITÉ

es démons ne sont pas sortis pour jouer. Deshiva et ses deux gardes se sont approchés de plus en plus près des grognements, des grattements et des sifflements provenant des profondeurs, sans qu'aucun ne daigne s'approcher.

Bliss observait depuis le côté gauche, bâton à la main, attendant que quelque chose se produise. Attendant sa chance d'exorciser les bleus qu'elle avait récoltés la veille.

La concentration de Deshiva, sa prise ferme sur la lance dont la pointe guidait leur lente progression vers la grotte, s'est transformée en un froncement de sourcils frustré lorsqu'aucune menace ne s'est offerte à sa pique. D'un hochement de tête sec à ses partenaires, Deshiva a laissé tomber la lance et a porté ses mains aux pochettes à sa taille. À l'instant où elle l'a fait, les deux gardes ont fait un pas en avant, croisant leurs propres lances devant Deshiva pour parer toute attaque surprise.

— Ce ne sont pas des chasseurs, a murmuré Quik. C'est plus que ça. Aucune créature sur Vis n'a besoin d'une telle tactique.

« Lira », a signé Bliss, devinant la vérité.

Qui sait combien ils étaient, mais les arts que pratiquait Lira sous la jungle éclairée par la lune correspondaient à ce qu'elle voyait ici : une danse différente pour un démon plus mortel que les hanoko et autres créatures de l'île.

De sa pochette, Deshiva a sorti deux boules roulées. D'un gris blanc, Deshiva les a bercées comme si c'étaient des œufs sur le point d'être cassés.

— Des bombes foti, a murmuré Quik. On n'en voit pas tous les jours.

« Que font-elles ? »

— Je crois qu'on va bientôt le découvrir.

Deshiva, ses gardes relâchant leur défense de lances, s'est accroupie, avançant prudemment sur la mousse jusqu'au bord même de la grotte. Chacun de ses muscles était tendu, la sueur perlant sous le soleil qui frappait de plein fouet si près de la grotte. Deshiva semblait ne faire qu'un avec son instant, son élément. Bliss ne pouvait déceler aucune peur.

Quelque chose à quoi aspirer.

— Tenez-vous prêts, a chuchoté Quik, et Bliss a entendu d'autres chasseurs faire des bruissements similaires.

La vengeance était dans l'air, et elle serait la leur.

Deshiva a lancé l'une puis l'autre, deux gestes calmes et bondissants qui semblaient comiques face à la situation, tout comme son rapide demi-tour et sa ruée, la mousse et l'herbe volant tandis que ses pieds cherchaient des prises, s'éloignant de la grotte.

Bliss a pris une inspiration et l'a retenue.

Les bombes explosèrent avec un pop creux et décevant. Le sol trembla. Les bruits à l'intérieur de la grotte s'évanouirent, s'éteignant tandis que fumée et poussière s'en échappaient. Dans l'ensemble, cela ressemblait plus à un mauvais incendie et à un léger séisme qu'autre chose.

Deshiva, sa lance récupérée, fit un geste vers la gauche.

— Ce groupe, avec moi. Les autres, couvrez nos arrières. Écoutez si nous appelons à l'aide, dit Deshiva en retournant vers la grotte d'un pas assuré.

Bliss et Quik rejoignirent une dizaine d'autres chasseurs autour d'elle, formant un groupe trop important pour tenir sur une seule ligne à l'entrée de la grotte. Assez grand, cependant, pour gérer tout ce qui se trouvait à l'intérieur.

— Nous verrons s'il reste quelque chose, conclut Deshiva. Sortez les torches. Nous voudrons les voir venir.

Quik en alluma une, la lumière ne perçant d'abord pas la clarté du jour dans la jungle. Lorsqu'ils pénétrèrent dans la grotte, Bliss et son frère au milieu du groupe, la torche trouva son utilité, les guidant plus profondément dans l'obscurité. Tout autour d'eux, les roches lissées par l'exploitation minière portaient de nouvelles entailles, certaines nettes, d'autres maculées de sang.

En marchant, Bliss sentit sous ses pieds des choses pires que du sable entre ses orteils. La lumière de la torche n'atteignait pas le sol, et Bliss ne demanda pas à voir.

Certaines choses valaient mieux être ignorées.

22
GRIFFES

Wax percuta les grands yeux du hanoko grimpant comme une noix de coco en chute libre, s'écrasant dans sa plongée contre la boule de fourrure griffue et roulant avec la créature sur les derniers mètres jusqu'au sol moelleux de la forêt. Le félin expira lourdement lorsque le poids de Wax chassa l'air de ses poumons, tandis que Wax s'étalait à moitié sonné sur le sol.

Ce n'était pas prévu.

Il avait lancé sa corde derrière lui alors que Wax plongeait, espérant que la ligne enroulée s'accrocherait à une branche, un nœud, n'importe quoi.

Rater arrivait parfois dans la jungle, toujours avec des conséquences désastreuses, mais Wax ne s'était jamais retrouvé à bombarder un animal.

Le chat était allongé à côté de lui, toussant, et pendant une fraction de seconde, Wax se sentit mal pour toute cette histoire. Du moins jusqu'à ce que Pan crie.

— Bouge-toi, espèce d'idiot ! lui cria Pan. Il y en a deux autres !

Ah, oui.

Wax repoussa ses nerfs ébranlés, s'assit et regarda dans les yeux gris d'un hanoko violet qui fonçait sur lui. Le gros chat avait le dos arqué, ses pattes avançant lentement, comme s'il attendait que Wax fasse le premier mouvement. Ou peut-être retenait-il son attention pour que l'autre puisse le contourner par derrière.

Pour vivre longtemps dans la jungle de Vis, il fallait rapidement apprendre et assimiler les tactiques de chasse des hanokos. Ceux qui ne le faisaient pas avaient tendance à devenir le déjeuner de ces bestioles.

Alors Wax fit ce que les chats n'aimaient vraiment pas.

Il bondit et se retourna, poussant un cri juste dans la face du troisième chat qui s'approchait pour lui asséner un coup de griffe au cou. Au lieu de porter un coup mortel, le hanoko sursauta, sa queue se hérissant. Les pattes de la créature touchèrent le sol, soulevant de la poussière alors que le chat s'élançait vers les bois.

Plongeant la main dans le fourreau sur son dos, Wax dégaina la lame Foti d'un mouvement fluide en se tournant vers le chat violet. Le geste fut si net, si facile que Wax se retrouva à contempler sa propre épée avec étonnement : il s'était entraîné, mais la moitié du temps qu'il avait essayé un mouvement comme celui-ci, l'épée s'était retrouvée coincée et Wax avait fini par terre.

Heureusement, seul Pan avait été là ces dernières nuits pour en rire.

Le hanoko ne se moqua guère de la lame bleue. Il ne recula pas non plus. Aucune peur ne se lisait sur son visage calculateur, et Wax eut le temps de remarquer des cicatrices et des touffes ébouriffées sur la fourrure du hanoko. Ses moustaches, longues et noueuses, avaient été tordues par un million de courses dans la jungle. Le premier hanoko, le lâche, était peut-être jeune. Celui-ci ne se laisserait pas effrayer si facilement.

Wax pointa la lame vers le hanoko et lui dit :

— À toi de jouer, boule de poils.

Le courage vint avec l'instant, une certitude de tenir bon née de l'évidence que fuir ces félins sans défense signifierait la mort. Wax lui-même n'avait jamais tué de hanoko auparavant et n'en avait aucune envie, alors il agita la lame devant la créature en espérant qu'elle ferait demi-tour et s'enfuirait.

Ou, du moins, qu'elle se faufilerait dans la jungle.

Le hanoko ne mordit pas à l'hameçon. Au contraire, il ouvrit la gueule, exhibant de longues canines pâles et une épaisse langue rose. Son haleine, atroce à tous points de vue, enveloppa Wax tandis que le hanoko grognait, ou peut-être bâillait, devant lui.

— Tu es parti ? cria Wax vers le haut sans risquer un regard.

— Tout à fait, répondit Pan, dont la voix indiquait qu'il se dirigeait vers la canopée.

Au moins une chose allait bien.

— D'accord, minou, dit Wax alors que le hanoko fermait sa gueule, restant accroupi, prêt à bondir. Si on faisait une trêve ? Pas de bagarre, pas de mort. On rentre tous heureux chez nous.

Les fentes verticales du hanoko se rétrécirent. Ses hanches frémirent, et Wax resserra sa prise. Sa chance viendrait quand le félin bondirait, une frappe rapide en espérant abattre la créature. Tout autre scénario signifierait la mort.

À sa droite, le hanoko que Wax avait assommé gâcha le moment. Gémissant, un son guttural, le félin se laissa tomber sur le côté et cligna des yeux en direction de l'adversaire de Wax. Le chat violet abandonna immédiatement sa position défensive, s'avançant vers la droite et plaçant sa masse entre Wax et son ami malmené. Le hanoko avait toujours les griffes sorties, mais sa posture indiquait maintenant la défense, la prudence, et, Wax osait-il rêver, une paix possible.

Mais pourquoi ?

Gardant l'épée à l'horizontale, Wax essaya de regarder au-delà du chat violet et vit pour la première fois le bleuâtre derrière. Il avait supposé que le hanoko était adulte, une erreur d'appréciation. Wax avait cogné un chaton plus âgé, ce qui ferait de celui-ci la matriarche violette. Et celui que Wax avait effrayé avant... le plus jeune ?

Sawi s'y connaissait toujours mieux que Wax en matière de faune sauvage, elle saurait.

Les bases devraient suffire.

Wax fit un pas lent en arrière, levant sa main libre.

— Écoute, toi et moi n'avons pas besoin de nous battre. On peut garder ça simple. Je monte, tu restes en bas, et tout le monde est content.

Le hanoko violet observa, ne suivit pas Wax qui recula de plusieurs pas supplémentaires. Son dos heurta maintenant les petits arbres. Une protection, au moins, contre le troisième chat s'il décidait de revenir à la charge. Maintenant, comment allait-

Une corde pendait devant lui. Wax risqua un regard vers le haut, suivant son trajet, et vit la propre corde de Pan attachée à l'outil perdu de Wax.

— Accroche-toi et je te ferai monter rapidement, dit Pan, à peine visible à travers le feuillage au-dessus.

Un meilleur plan que le sien.

— À trois, dit Wax, puis il remit prestement l'épée dans son fourreau.

Dès que la lame bleue disparut, les yeux du hanoko

s'écarquillèrent et le félin bondit en avant. Wax tendit le bras, attrapa la corde, criant à Pan d'aller, aller, aller, et l'homme, jamais connu pour sa hâte, en trouva enfin un peu en se laissant tomber de la branche au-dessus.

Wax tira brusquement vers le haut, la corde lui entaillant les paumes. L'air se déplaça à ses pieds, les griffes du hanoko le manquant d'une distance trop infime pour que Wax ose y penser.

Au lieu de cela, il grimpa, grimpa, puis dépassa Pan qui tombait. Écartant les jambes, Wax se balança vers le tronc du grand arbre, trouva une prise et arrêta sa descente.

Pan resta suspendu dans l'espace entre le grand arbre et le petit bosquet. En dessous de lui, les hanokos semblèrent comprendre que leur proie ne valait pas l'effort, la mère traînant son petit épuisé dans la jungle.

— Tu sais quoi ? dit Pan tandis que Wax trouvait une branche stable pour le ramener. Je l'ai vu.

— Vu quoi ?

— L'avant-poste. On y est presque. Le visage de Pan s'illumina d'un sourire alors que Wax tendait la main pour saisir la sienne. Et le sana ? Le grand ? Il est en fleur, Wax.

23

MANGEURS DE ROCHES

Les fichus sabres étaient inutiles. Svarde fit cette observation en une fraction de seconde alors qu'il escaladait le flanc du navire Whent. Les coupe-gorges de Maena avaient dégainé leurs lames courbes et les faisaient tournoyer contre un équipage Whent en infériorité numérique, mais les ennemis au ventre rocheux se cachaient derrière leurs boucliers et riaient. Tels des rochers bloquant l'entrée de cavernes, les Whents s'étaient postés devant leurs écoutilles, dans les embrasures des cabines, devant les escaliers menant à l'énorme barre. Ils restaient assis, protégés par leurs boucliers de pierre, leur armure rocheuse et massive, encaissant les coups.

Svarde, haches en main et pensant se retrouver au milieu d'une bagarre fracassante, finit par simplement observer. Chaque Whent était acculé par deux marins Rana, qui frappaient inutilement leur armure de roche brun-noir. Personne ne résistait.

Le plan semblait être de laisser les Rana s'épuiser contre l'impossible, puis de tenter quelque chose.

Un plan qui aurait pu fonctionner, sans Maena. Svarde

la repéra lorsque la capitaine siffla à nouveau, un pépiement clair venant de la poupe du navire Whent, où une barre d'obsidienne à trois branches s'élançait du pont comme un lever de soleil noir.

Utilisant deux marins comme tremplin, Maena sauta et escalada la paroi inclinée vers la barre, les gardes Whent de chaque côté restant immobiles dans leurs carapaces. Elle grimpa en passant devant des gravures que Svarde lut en s'approchant, et qu'il interpréta comme indiquant le contenu du navire. La pierre rugueuse pouvait être effacée au port, ajustée pour correspondre à la nouvelle cargaison du navire.

Astucieux, et moins gaspilleur que les écritures sur papier que Foti utilisait constamment.

Ce n'était pas la première fois que Svarde se demandait combien les îles pourraient accomplir si elles commençaient vraiment à travailler ensemble.

Pas que cela aiderait.

Maena se hissa près de la barre, dégainant son sabre, et regarda autour d'elle. Son visage sévère se fendit d'un sourire quand personne ne vint l'éperonner, lui briser les os ou la jeter à la mer. Elle se retourna vers le combat futile, prit une profonde inspiration, et Svarde s'adossa au mur de roche.

Quoi qu'il allait se passer, ce calme relatif n'allait pas durer.

— Mangeurs de roche whents ! cria Maena, sa voix se brisant sur la brise vive de l'après-midi. Le soleil éclaboussait tout autour, entrecoupé par le gréement et les immenses voiles whents. Nous sommes venus prendre ce que nous voulons, que vous le vouliez ou non. Vous allez nous le donner, ou je ferai virer votre navire si fort à tribord que la prochaine vague le fera chavirer. Perdre un peu ou tout, c'est votre choix.

Un choix qu'aucun Whent ne ferait jamais. Svarde secoua la tête. Ces mâcheurs de cailloux étaient probablement le peuple le plus orgueilleux des îles. Seuls les Kance leur tenaient tête dans ce domaine, et au moins les chevaucheurs de vent étaient bien plus légers à balancer.

Le navire vibra. Svarde suivit les sons, commençant à divers coins, et réalisa que ce n'était pas tout le navire qui tremblait d'un coup. Non, les Whents tapaient leurs pieds rocheux contre les solides planches de bois, s'envoyant des secousses d'avant en arrière.

— Ils communiquent ! cria Svarde. Tenez-vous prêts !

Un rire à sa droite ôta tout avertissement à ses mots. Un marin rana, un couteau entre les dents et un sabre pointé vers un Whent solide comme la pierre.

— Première fois avec ces gaillards ? demanda le marin, les vibrations sous leurs pieds s'intensifiant.

— Les raids maritimes, ce n'est pas mon truc.

— Alors sache ceci. Ils discutent maintenant sur tout le navire, préparant leur attaque je suppose. Le sourire mauvais du Rana s'élargit et il retira le poignard de sa bouche avec sa main libre. Ces gars commencent toujours lentement, puis ils accélèrent, et ensuite ça devient sanglant.

Comme s'ils avaient écouté la sinistre prédiction du marin, les vibrations cessèrent, le navire reprenant son balancement solennel. Silence, hormis quelques mouettes aventureuses, curieuses de cette conflagration et de ses implications pour leur déjeuner.

Svarde observa le pont. Il compta une vingtaine de marins ranas et un tiers de ce nombre en Whents. Des chiffres suicidaires pour que les mangeurs de roche tentent de résister.

Pourtant, son estomac noué disait à Svarde que tout cela finirait mal avant longtemps.

Les Whents ne donnèrent aucun indice de leur attaque. Au lieu de cela, tels des volcans en éruption, les guerriers de granite se jetèrent sur les Ranas. Lourds et étranges, leur armure frappant dans tous les angles, les guerriers foncèrent en avant, projetant les marins à la mer, les plaquant sur le pont ou les écrasant sous leurs poings de dalle de pierre.

Des cris de joie guerriers s'élevèrent des marcheurs fluviaux, les marins ayant enfin l'occasion de prendre les Whent à revers, de glisser leurs épées et leurs dagues dans les fentes de leurs armures.

Le marin à la droite de Svarde tenta la tactique, frappant le bras massif enveloppé de pierre du Whent avec son sabre pour l'écarter, puis plongeant avec son couteau pour piquer l'intérieur du bras du Whent. Ce mouvement lui valut un violent coup de tête, l'homme gardant son sourire jusqu'à ce qu'il touche le pont.

Le Whent, marmonnant quelque chose dans la langue de la terre peu usitée de l'île, se tourna vers Svarde. En le regardant de face, Svarde pensa que le guerrier ressemblait plus à une tortue qu'à autre chose. Courte et trapue dans son équipement, la combattante Whent ne montrait pourtant de faiblesses que dans les bandes de cuir léger entre les dures pierres roses. Son visage, à l'exception de deux fentes pour les yeux et d'une seule encoche pour le nez, semblait avoir été taillé dans du granit rouge.

Elle se rua sur lui dans une charge d'épaule roulante, une véritable chute en avant qui aurait enfoncé Svarde dans le bois s'il n'avait pas fait un pas de côté tardif, se dirigeant vers sa gauche et laissant le Whent passer comme un boulet. Pivotant avec ses haches, Svarde tenta un coup d'épaule qui aurait transformé un bras normal en une chose inutile et mutilée. Au lieu de cela, la hache frappa de la pierre, provoquant des étincelles et engourdissant la main de Svarde sous le choc.

Le Whent ralentit, se retourna vers Svarde en riant. Ses épaules se soulevèrent alors qu'elle prenait une grande inspiration, prête à charger à nouveau.

Une attaque simple appelait une solution simple. Si les haches ne fonctionnaient pas, alors...

Svarde recula tandis que le Whent chargeait, sa course aveugle certaine de l'enterrer. Certaine, du moins, jusqu'à ce que Svarde saute en arrière par-dessus le bastingage du navire. Son saut le porta un niveau plus bas, lui permettant d'atterrir avec un craquement sourd sur une alcôve de déchargement de cargaison. Suivant, s'écrasant avec un cri de colère, vint le Whent. Des morceaux du navire tombèrent avec elle, tout le lot plongeant à côté de Svarde pour s'écraser dans la mer.

Soit elle se débarrasserait rapidement de son armure, soit le Whent se retrouverait la dernière perte dans ces profondeurs.

Ce n'était pas un problème dont Svarde pouvait se préoccuper, surtout pas avec les sombres cavernes du navire Whent qui l'attendaient devant.

Avec le combat qui continuait au-dessus, le fer frappant la pierre, Svarde prépara ses haches et entra à l'intérieur.

24

VU PARMI LA PIERRE

La grotte se creusa rapidement, la pente descendante s'aplanissant en une vaste salle. Des supports fabriqués par les Foti s'enfonçaient dans les parois, leur fer gris portant des griffures de démons alors qu'ils se refermaient comme une araignée au-dessus des têtes des chasseurs. Deshiva se dirigea droit vers le centre de la pièce, agitant sa torche d'avant en arrière devant elle comme pour balayer l'obscurité.

Bliss et Quik se dirigèrent vers la gauche, longeant le mur extérieur tandis que la ligne avançait à travers la pièce. À l'extrémité opposée, Deshiva annonça que la grotte continuait.

Les bombes avaient laissé leurs marques ici, les projections de l'explosion projetant une poussière blanche crayeuse dans l'air, éclaboussant les murs. Le silence qui suivit les paroles de Deshiva rongeait Bliss, ses seuls compagnons étant le frottement des pieds sur la pierre et le battement des lances que leurs propriétaires faisaient rebondir sur le roc.

À l'extérieur, la jungle débordait de vie, de bruit. Les grottes étaient si... silencieuses.

À côté d'elle, Quik ralentit. Il s'accroupit, et Bliss se tourna avec lui, suivant son regard vers un coin désert et ombragé devant eux. La mine, par ailleurs abandonnée pour l'hiver à venir, n'avait laissé que peu de choses en dehors de sa charpente métallique. L'alcôve, sans doute destinée au stockage en des temps meilleurs, restait maintenant silencieuse tandis que Deshiva poursuivait sa marche en avant.

Bliss fixa cette fente obscure, sa ressemblance troublante avec le même recoin sombre près du bord de mer dans le village. Un endroit facile pour se cacher.

— Éclaire-le, signa Bliss, et Quik pointa sa torche vers l'espace en retrait.

Rien. Juste de la roche.

La poussière s'accumula tandis que Bliss se laissait détendre. Deshiva avait lancé des bombes ici. Il ne resterait rien. Les démons étaient soit partis, soit morts. Pas besoin de se crisper.

À côté d'elle, Quik toussa, puis éternua. De la poussière jaillit, sa torche s'éleva pour l'éloigner de sa salive, et Bliss suivit la lumière, la regardant ramper le long du plafond beige délavé, les espaces entre les poutres bosselés de vieux mortier.

Du vieux mortier filandreux.

Bliss tendit la main, attrapa celle de Quik alors qu'il commençait à baisser la torche. Elle regarda plus attentivement tandis que les chasseurs continuaient à avancer devant eux.

Elle ignorait comment les mines étaient construites, comment tant de roche pouvait être maintenue au-dessus de leurs têtes, mais Bliss connaissait la nature, connaissait la pierre aux arêtes vives et les courbes soyeuses des muscles naturels.

— Tiens la torche, signa Bliss.

— Pourquoi ? répondit Quik, et Bliss lui répondit en ramassant une pierre brisée sur le sol et en la lançant vers le plafond, droit sur l'amas sablonneux recouvert de poussière.

La pierre heurta la cible, et le son produit n'était décidément pas le bruit sourd et métallique qu'il aurait dû être.

Un œil doré s'ouvrit et trouva Bliss. Des bruits sifflants résonnèrent dans toute la pièce, venant de partout autour d'eux.

Deshiva appela les chasseurs aux armes, et les démons tendirent leur piège.

Les monstres tombèrent comme la pluie, s'écrasant parmi les chasseurs et frappant dans toutes les directions avec chaque membre. Griffes et crocs déchiraient, les corps écailleux bondissaient à gauche et à droite, dispersant les humains plus petits comme des jouets. Quik se rua sur celui que Bliss avait repéré, levant ses gantelets de bois et poussant un cri comme s'il allait plonger dans la mer.

Et Bliss restait là, les mains sur son bâton, tandis que les monstres descendaient autour d'eux. Son sang pulsait, mais ses nerfs étaient paralysés. Les sifflements semblaient percer sa gorge, chassant toute réaction de son esprit sauf une : rester immobile et peut-être s'en sortir vivante.

La moitié plus raisonnable de Bliss luttait contre la terreur, lançant une suggestion sensée après l'autre contre le mur de panique entourant son esprit. Aucune ne passait. Aucune ne pouvait la faire avancer d'un pas de plus vers la chose, même lorsque le démon repoussa les premiers coups de balayage de Quik pour projeter son frère, d'un seul coup, contre la paroi de la grotte.

Elle ne pouvait pas l'aider. Elle ne pouvait aider aucun d'entre eux. Tout ce que Bliss avait était un bâton de bambou. Elle n'était même pas adulte. Elle aurait dû être à Kitaye, à cueillir des fruits et préparer le dîner avec ses parents, pas ici, pas ici, pas ici.

Un bâton la frappa, sa dureté contondante envoyant Bliss s'étaler. Le chasseur qui l'avait frappée, Bliss ne le connaissait pas, mais elle vit le croc unique et mordant d'un démon balayer la zone où elle se trouvait auparavant. Le chasseur lui fit un léger signe de tête avant de lever son bâton pour attraper ce croc. L'accrochant, le croc mordant jusqu'au cœur creux du bambou, le chasseur s'agenouilla et fit passer le bâton par-dessus son épaule. L'effet de levier fit perdre l'équilibre au démon, le martelant contre le sol rocheux.

Pourtant, malgré son triomphe, le chasseur s'était laissé à découvert face au démon qui avait malmené Quik. Le monstre hideux et boueux se glissa vers le chasseur, une griffe menaçante prête à frapper.

Bliss frappa la première.

Maniant son bâton comme une lance, elle frappa le côté droit mou du démon, enfonçant son arme dans la chair écailleuse et déséquilibrant le monstre. Alors qu'il vacillait sur deux pattes, Quik se précipita devant Bliss, son frère plongeant vers le cou du monstre pour le plaquer au sol.

— Maintenant, Bliss ! cria Quik, sa voix résonnant clairement dans une grotte qui n'était plus du tout silencieuse.

Bliss fit tournoyer son bâton, assénant un coup par-dessus qui fracassa le crâne du démon et le plongea dans une immobilité sans vie. Quik se dégagea de sous la bête tandis que Bliss, ses vieux réflexes dominant la panique, ajustait sa prise et cherchait une nouvelle cible.

— Content que tu sois revenue, dit Quik. Suis-moi.

Tel un mousqueton pour sa corde, Quik guida Bliss à travers le champ de bataille, ses gantelets ouvrant des brèches dans les défenses des démons pour que son bâton puisse les transpercer. Puis d'autres chasseurs pouvaient intervenir pour achever le travail, frappant, cognant ou tailladant les démons jusqu'à ce que les quatre créatures gisent mortes sur le sol de la grotte. Trois chasseurs partagèrent le sort des créatures, et six autres portaient de vilaines blessures.

Deshiva, indemne à l'exception d'une égratignure due au sol de la caverne, ordonna qu'on emporte les corps, laissant les démons derrière. Dehors, dans la fraîcheur du crépuscule, ils empilèrent davantage de bombes Foti autour de l'entrée de la mine, épuisant leurs réserves. Avec une torche lancée — le chasseur se précipita et plongea derrière un tronc pour se mettre à l'abri — les bombes explosèrent, brisant l'entrée de la grotte et effondrant le portail sous plus de roches que Bliss n'aurait jamais envie de creuser.

— Une tombe pour les damnés, dit Deshiva après coup.

Tout le monde savait que ce ne serait pas la dernière.

25
RÔDEURS CÔTIERS

ombien de fois avaient-ils fait cela, partir à l'aventure pour revenir victorieux au moment où le soleil disparaissait derrière les grands arbres de la jungle ?

— Au moins cinq fois, dit Pan, marchant aux côtés de Wax sur le chemin de charrette montant vers l'avant-poste Najahn, le Grand Sana s'élevant au-dessus de la palissade dentelée, tout comme le démon planait sur Kitaye quelques jours auparavant.

— Cinq ? Tu en oublies quelques-unes, je pense, rétorqua Wax.

L'argile battue s'accrochait à leurs pieds nus, un caillou occasionnel ajoutant un peu de piquant à la marche. Après s'être échappés du hanoko, Wax avait proposé de descendre des arbres pour profiter d'une promenade plus tranquille, entrer dans l'avant-poste comme les vainqueurs qu'ils étaient. Se balancer avait ses avantages, mais on avait tendance à s'écraser sur sa destination plutôt que d'arriver sur ses deux pieds.

— Je ne compte que celles où nous avons vraiment

réussi, dit Pan. Combien de fois sommes-nous rentrés avec des sacoches vides ?

— Tu devrais revoir ta définition. On a survécu, on a gagné. C'est comme ça que je le vois, en tout cas.

— On ne peut pas échanger la survie. Et tu n'avais pas à affronter les regards de mon père.

Le patriarche de Pan portait le fardeau de grandes attentes. Pas pour lui-même, bien sûr, mais pour Pan. L'ami de Wax devait être le meilleur dans tout ce qu'il choisissait de faire. Ce qui, selon Wax, expliquait pourquoi Pan se contentait de ramasser des champignons sur le sol de la jungle.

Pas beaucoup de concurrence dans ce domaine.

— Ton père devra trouver quelqu'un d'autre à embêter quand tu reviendras avec le skar, dit Wax.

Plus loin, la jungle annonçait sa fin temporaire par une pente douce menant à une étendue verdoyante dégagée. Des jardins aménagés s'alignaient en rangées arrondies à la manière des Noctia, plutôt qu'en lignes irrégulières comme Wax en aurait trouvé autour de Kitaye. Des enclos pour le bétail remplaçaient le bruit de la jungle par leurs propres grognements et grondements, les bêtes n'étant pas nombreuses mais vocales dans leurs frustrations.

Wax et Pan échangèrent un regard à mesure que le bruit s'amplifiait, dissimulant leurs grimaces. Vis fonctionnait selon un système ouvert, les animaux étant libres de circuler et donc d'être chassés. L'habileté et l'honneur, un repas mérité.

Les Noctia avaient d'autres idées. Les Noctia avaient aussi des voulges acérées, des armures et la clé pour tenir les démons à distance. Alors Vis les laissait faire ce qu'ils voulaient et gardait le silence.

Ce que Wax ne pouvait pas, ne voulait pas taire, cependant, c'était que le chemin semblait désert, hormis lui et Pan.

— Je t'avais dit que se balancer serait la meilleure option, dit Wax. Personne d'autre n'a le cran de le faire jusqu'ici.

— Ce cran a failli nous faire tomber dans les épines, j'ai presque déboîté mon épaule sur cet arbre, et ces hanokos auraient dû nous dévorer.

— Mais l'ont-ils fait ? Avons-nous réussi ?

— Tu veux que je dise oui.

— Je veux que tu le cries, Pan ! Wax fit quelques pas rapides en avant, se tourna pour faire face à Pan, les bras écartés, espérant que le Grand Sana derrière lui soit encadré au centre. C'est ce pour quoi nous sommes partis, et nous n'avons pas seulement essayé, nous avons gagné !

— Hourra.

Dégonflé. Wax laissa retomber ses bras et son sourire s'effacer avec eux.

— Quel est le problème ? Quand nous sommes partis, tu étais tout à fait partant pour en faire quelque chose de sérieux.

— Je le suis toujours, dit Pan, regardant au-delà de Wax vers l'avant-poste Najahn. Je pense juste que tu ne prends pas ça au sérieux.

— A quoi servait tout ce balancement si ce n'était pas du sérieux ? Je nous ai donné la victoire.

Pan leva les yeux au ciel. — Tu nous as donné la victoire ? Il me semble que j'ai dû faire tout ce balancement aussi.

— Eh bien, bien sûr, mais les Gardiens ne sont pas censés tout faire pour leurs Renouvellements, n'est-ce pas ?

— Tu crois que je sais ce qu'un Gardien est censé faire ?

Une question pertinente, et une que Wax n'avait pas

vraiment considérée. Pourquoi, quand il n'y avait aucune chance qu'ils finissent par s'occuper du problème ? Même en arrivant jusque-là, Wax pensait que quelque chose empêcherait Pan de terminer le travail.

Les Renouvellements étaient censés être des héros, des guerriers, des rois, des reines s'embarquant dans un vaste périple autour des îles. Des défis en abondance, des dangers partout, des choix difficiles et des sacrifices en quantité.

Pas exactement le genre de choses pour lesquelles Pan était fait. Wax, toujours en reculant, essaya de jauger son ami. Ils avaient passé les nuits et les jours ici à voyager, à bavarder, à partager des souvenirs nostalgiques et aléatoires de près de deux décennies gravées dans leur compagnie mutuelle. Ils avaient plaisanté, partagé des dîners, de l'eau, des fruits cueillis sur les branches en passant. Tout au long de sa vie, Wax aurait du mal à se souvenir d'un seul jour où il n'avait pas vu Pan ne serait-ce qu'une minute.

Le soleil dans son dos, dessinant un treillis d'ombres à travers les arbres de la jungle, Pan semblait traversé d'or et de noir. Il marchait la tête basse, les jambes et les bras traînant sans grande énergie, comme poussé par quelque appel fantôme. Le cœur de l'homme n'y était tout simplement pas, malgré la déclaration faite à Kitaye.

Stupide, donc. Stupide de les avoir tous traînés jusqu'ici alors que Pan ne voulait même pas finir cette fichue course. Wax aurait pu rester en arrière, aider ses parents à reconstruire leur maison.

— C'était une perte de temps, n'est-ce pas ? demanda Wax.

— Quoi ?

— Nous avoir tous traînés jusqu'ici, juste pour montrer à ton père que tu ne te laisserais pas abattre ?

Pan tressaillit, mais ne se détourna pas. Il ne s'arrêta pas de marcher non plus.

— Je sais ce que je veux, Wax. Ce n'est pas ça.

— Alors pourquoi ?

— Parce que ce que je veux, c'est que mon père arrête de me regarder comme si je n'étais pas assez bien, d'accord ? Pan pointa Wax du doigt. Ton père est un artisan. Très bien. Le mien ? Le mien a été chasseur pendant longtemps jusqu'à ce qu'il fasse cette chute, maintenant c'est l'un des meilleurs pêcheurs de la ville. Il est tout dans l'action. Gagner sa vie à la sueur de son front, c'est ce qu'il me répète, chaque soir, quand je rentre avec une sacoche remplie de champignons.

— C'est de la nourriture.

Pan rit. — Pas pour lui, non.

— Alors qu'est-ce que ça va prouver, que tu peux marcher longtemps ?

— Que j'ai le courage d'essayer, exhala Pan tandis que Wax se mettait à marcher aux côtés de son ami. Je n'ai pas besoin de son approbation, Wax. Je n'ai pas besoin qu'il soit fier de moi. Je veux juste qu'il me laisse tranquille.

— Alors je vais...

— Tu ne vas rien faire du tout. C'est ma famille, mon problème. Il viendra droit sur moi si tu essaies de jouer les protecteurs. Pas que j'en aie besoin, Wax. Pas cette fois.

— Alors ?

— Alors on monte là-haut, on parle aux Najahn, et on y va doucement, dit Pan. Je ne sais pas ce qu'on doit faire pour terminer ce truc, mais ce ne sera pas moi, tu comprends ? Je ne vais pas quitter cette île. Tout ce que j'aime est ici.

Sur ce point, au moins, Wax pouvait être d'accord.

L'avant-poste Najahn encerclait le Grand Sana. Entouré

de poutres en bois dont les extrémités pointues perçaient le ciel mais paraissant, aux yeux de Wax, un peu courtes. N'importe quel Vis à moitié compétent ou un hanoko vraiment motivé pourrait grimper à un arbre, prendre un bon élan, et sauter par-dessus.

Ce faisant, le sauteur gagnerait un bon temps d'air et un atterrissage probable sur un toit de chaume en pente. Les Najahn avaient aussi leurs gouttières festonnées ici, menant à des tonneaux de pluie qui, Wax devait le deviner, déborderaient presque tous les jours. Il y avait eu une période ensoleillée récemment, mais la pluie avait tendance à être l'amie commune sur l'île. L'abondance ne pouvait apparemment pas changer les habitudes.

Le chemin menant à la porte s'embellissait à mesure que Wax et Pan approchaient du dernier tronçon. Des pieux plantés dans le sol tenaient des torches, fraîchement allumées alors que le soleil cédait la place à sa moitié sombre. Le sentier de terre fit place à des pavés, des pierres s'entrecoupant de plus en plus avec la poussière jusqu'à ce que Wax et Pan posent leurs talons sur une roche lisse. Une sensation étrange — même les quais en bois de Kitaye avaient un aspect plus naturel, avec le jeu du bois sous le poids de Wax.

Le meilleur signe qu'ils étaient arrivés vint des Najahn eux-mêmes, dont un seul membre se tenait devant la porte en bois teint de pourpre de la palissade. Voulge prête, chakram accroché dans son dos, le soldat observa Wax et Pan approcher sans un mot.

Les deux s'arrêtèrent près du garde, attendant que l'homme fasse le premier geste. Le Najahn les fixa en retour, clignant des yeux de temps à autre mais ne bougeant pas du tout, sauf pour chasser une mouche occasionnelle.

— C'est du sérieux, ce truc de garde ? demanda Wax.

— Ignore mon ami, intervint Pan. Nous sommes, euh, ici pour le Renouveau.

Le Najahn hocha la tête, leva sa voulge. Quelqu'un derrière la porte vit le signal et ouvrit les battants.

— Vous êtes le deuxième groupe aujourd'hui, dit le Najahn en s'écartant et faisant signe au duo d'avancer. Il n'y aura pas de tentatives ce soir, donc vous aurez tous un départ égal au lever du soleil.

— Un départ égal ? demanda Wax alors qu'ils passaient devant le garde. Quoi, il y a une autre course ?

Mais le garde se contenta de hausser les épaules et demanda leurs armes, déposant la lame Foti de Wax dans une boîte verrouillée juste à l'intérieur de la porte.

La porte se referma derrière Wax et Pan après leur passage, les enfermant dans un avant-poste puant l'importance personnelle. Kitaye avait ses quartiers, ses sections dédiées à des spécialités, mais nulle part des bannières ne pendaient pour déclarer qui régnait. Personne ne plaçait de sigles devant leurs maisons ou ne portait d'emblèmes sur leur poitrine. Des tatouages, oui, mais c'était simplement une marque de qui vous étiez. Pas une vantardise, pas un luxe.

L'influence de Noctia s'étendait aussi aux terrains, avec des plantes taillées de près en arrangements décoratifs. La nature n'avait aucune emprise ici, juste une beauté efficace.

Au moins leur objectif n'était pas difficile à trouver : au centre, juste après la porte, s'élevant pour dominer les environs, se trouvait la caserne centrale. Des travailleurs Najahn, des soldats — Wax n'était pas sûr de comment les appeler — dirigèrent le duo dans cette direction, disant qu'ils y trouveraient de la nourriture et un endroit pour dormir. Puis les gens vêtus de cuir et trempés de sueur retournèrent à leurs... choses ?

— Je ne comprends pas, chuchota Wax à Pan alors qu'ils traversaient l'avant-poste. Ils bougent tous, mais je ne sais pas pourquoi ?

— Tu demandes à la mauvaise personne.

Le mystère se résolut de lui-même lorsqu'ils entrèrent dans la caserne, la structure de quatre étages étant une vitrine de ce qui pouvait être réalisé avec du bois et de l'ambition. Au-dessus de la porte principale se trouvait le sigle Najahn, le cercle aux yeux creux repris par Noctia. Il semblait lorgner Wax, et l'homme détourna le regard, réprimant un frisson.

Qui voudrait vivre avec cette chose qui vous observe tout le temps ?

À l'intérieur, les baraquements leur réservèrent un accueil plus chaleureux. Une cheminée centrale rugissait, sa pierre noircie par les cendres chauffait efficacement une vaste salle garnie de longues tables. Chaque plateau de bois blond était flanqué de six chaises, chacune impeccablement alignée devant sa place. À l'exception, bien sûr, de celles qui étaient occupées.

Des lanternes pendaient du plafond par des chaînes forgées par les Foti, leurs globes de verre se mêlant à la lumière du feu pour baigner la pièce d'une lueur dorée et chaleureuse. Wax huma l'air et sentit l'odeur d'un épais ragoût en préparation. Après des jours à manger ce qu'ils pouvaient glaner et à le mélanger à de la viande salée, quelque chose de frais lui mit l'eau à la bouche.

Non que Wax ait grand-chose à échanger. Avec un peu de chance, les Najahn offriraient un repas aux recrues du Renouveau.

— Ce doivent être ceux qui nous ont devancés, dit Pan en entrant et en désignant d'un signe de tête les deux tables

les plus proches de la cuisine. Ils n'ont pas l'air d'être des Noctia.

Les motifs tissés et les tatouages trahissaient le groupe — Wax en compta six — et pas seulement leur héritage Vis. Leurs dessins en spirales contrastaient fortement avec les lignes géométriques sur la peau de Wax et Pan, signe que ces deux-là ne venaient pas de Kitaye, mais de Mottilan, l'autre cité Vis sur la côte est.

Des rivaux à plus d'un titre, donc.

— Tu veux te faire des amis ? demanda Wax.

— Je veux manger, et ensuite je veux dormir quelque part qui ne soit pas sur une branche.

— Ce n'était pas si terrible.

— Mon dos n'est pas d'accord.

Le dos de Wax serait probablement du même avis que celui de Pan, la raideur persistante étant un chronomètre pour les voyages en pleine nature. Même si on avait toute la nourriture et l'eau nécessaires, les muscles finissaient par lâcher tôt ou tard.

— On s'assoit, je suppose ? demanda Pan.

Aucun Najahn ne se tenait près de l'entrée. En fait, les seuls Noctia en vue travaillaient dans la cuisine, visibles derrière un long comptoir et la vapeur ondulante des fours chauds.

— Ton avis vaut bien le mien, répondit Wax, et il suivit Pan vers la droite, s'affalant à une table du côté opposé aux autres voyageurs Vis. Tu joues vraiment la carte de l'antisocial, à ce que je vois ?

— Je te garantis que si on leur parle, ils ne feront que nous dire à quel point ils sont meilleurs que nous.

— Tu as une bien piètre opinion de nos compatriotes Vis, Pan.

— Tu ne fais pas autant de commerce que moi. Ce sont

tous des négociants sournois, Wax. Ils te dépouilleront de tout et plus encore si tu n'es pas prudent.

Wax se pencha en arrière sur sa chaise en bois, admirant le dossier. Les chaises n'étaient pas monnaie courante chez eux. Il était plus facile de couper un rondin en deux et de le poser au sol, offrant ainsi un banc si nécessaire. Ou bien, on pouvait s'asseoir au bord de sa maison et laisser pendre ses jambes. Pourtant, réchauffé par le feu, Wax s'étira, laissant ses jambes balancer la chaise en arrière.

C'était plutôt agréable.

La soupe, chargée de morceaux d'ignames, d'oignons et de viande fraîche — Wax ne demanda pas ce que c'était, le cuisinier ne le précisa pas — semblait plus agréable. Pan déposa sur la table les bols récupérés au comptoir et tous deux se mirent à manger avec un plaisir désordonné. Des cuillères en bois servaient à porter le bouillon du bol d'argile terne à la bouche, et Wax ne remarqua même pas les sigles najahn gravés sur le manche pendant les premières gorgées.

Ressemblant à une fleur dorée superposée d'un triple brin d'herbe, le symbole indiquait à quiconque tenait la cuillère qu'elle appartenait aux Najahn, et pas n'importe lesquels, mais ceux qui vivaient sur Vis.

— Des factions, dit Pan lorsque Wax le lui fit remarquer. C'est comme à la maison, non ? Tous ces Najahn sont postés ici ou sur les autres îles, pendant des années, et ils rejoignent l'équipe locale.

— Qu'est-ce que ça veut dire ? Wax jeta un regard circulaire. Rien ici ne ressemble à Kitaye.

— Je parie que c'est différent de l'avant-poste sur Kance, cependant.

— Tu penses qu'ils pourraient même en construire un là-bas ? Est-ce qu'il ne s'envolerait pas tout simplement ?

Pan le fixa du regard. — Wax, je ne sais pas si tu plaisantes ou si tu es ignorant.

— Disons les deux.

Les Sept Îles, avec Vis tout au sud. Wax ne connaissait des autres que ce qui passait dans les histoires, dans les récits des marins qui s'arrêtaient pour commercer. Voyager entre les îles pour toute autre raison semblait si rare, et certainement pas dans ses propres projets, qu'apprendre comment Kance gérait ses rafales omniprésentes semblait une perte de temps. Surtout quand il pouvait passer ces heures à se balancer entre les fleurs de sana.

— Je suppose que tu le découvriras si on gagne ce truc, dit Pan. Les Renouvellements vont partout.

— Mais on ne va pas gagner ce truc, pas vrai ?

Une main s'abattit sur la table, couverte de terre et menant à un bras musclé appartenant à un homme crasseux au sourire tordu. Ses cheveux encadraient son rictus, tirés en deux longues queues de cheval et attachés avec de la ficelle tendue. Ses joues portaient les traces de son dîner, et ses yeux trahissaient une humeur sombre.

— Ravi de l'entendre, dit l'homme, et Wax estima, à sa voix rauque et aux rides qui marquaient son visage, qu'il avait au moins une décennie de plus que Wax et Pan. Pas besoin d'en faire une compétition maintenant. On était là en premier, on devrait avoir la première chance.

Wax jeta un coup d'œil à Pan, qui s'était retourné vers sa soupe. Ce n'était pas un défi que Pan voulait relever, et malgré sa propre fierté, Wax pouvait s'en remettre, juste pour cette fois, à son ami. Un Gardien devrait suivre les ordres, n'est-ce pas ?

— J'aimerais l'entendre, continua l'homme, plantant son autre paume sur le bois. Les bols tressaillirent. Dites que vous laissez tomber pour cette fois.

Derrière lui, la bande de l'homme observait depuis leur table. L'amusement et l'inquiétude se lisaient sur leurs visages, mais aucun ne semblait vouloir ajouter sa propre intimidation.

Un plan improvisé, peut-être ? Wax étudia l'homme, essayant de déterminer s'il avait bu quelques pintes de trop de bière najahn.

— On a fait tout ce chemin, dit Pan. Comment expliquerions-nous à nos familles, à nos amis, qu'on s'arrête maintenant ?

Wax perçut le ton particulier de Pan, celui qu'il utilisait depuis leur enfance. Il cherchait une réponse, espérant jouer un tour à sa cible.

— Dis que tu as perdu. Dis que tu es tombé malade, que tu t'es tordu la cheville, peu m'importe. L'essentiel, c'est que tu as fini. C'est terminé. Tu peux retourner à tes arbres et tes poissons et nous laisser le skar.

L'homme toussa, essuya un peu de bave avec le dos de sa main avant de retourner à la plante à deux paumes. Un geste que Wax soupçonnait d'être moins pour effrayer que pour garder l'équilibre.

— Je pourrais, mais ça voudrait dire mentir, dit Pan. Je ne suis pas vraiment un menteur.

— En quoi est-ce mon problème ?

— Parce que je ne pense vraiment pas pouvoir faire ce que tu me demandes. Pan repoussa sa chaise et se leva. Je suppose que tu devras le gagner, alors.

Oh, Pan. Si prévisible jusqu'à ce qu'il décide de faire quelque chose de fou. L'intrus devait être presque aussi grand que Wax et Pan réunis. Bien que les Najahn n'autorisent pas les armes à l'intérieur de leur avant-poste, les pattes de ce type semblaient plus que capables.

Mais après tout, que pouvait faire un Gardien ?

Alors que l'homme se tournait vers Pan, retirant ses paumes de la table avec un effort chancelant, Pan redressa ses propres épaules. Il lança à l'homme un regard que Wax n'avait vu son ami arborer que lorsqu'il refusait de céder sur le prix de ses champignons.

C'était suffisant pour faire lever un Gardien.

— Tu vois, j'espérais que tu serais d'accord pour mentir, dit l'homme en joignant ses mains et étirant ses doigts. Mais si tu ne veux pas prendre la voie facile, on peut s'assurer que cette jambe cassée soit bien réelle.

Wax ramassa le bol et le fracassa sur la tête de l'homme. Sans préambule, sans avertissement, juste l'instinct offrant sa meilleure solution au problème. L'argile se brisa avec un lourd fracas, l'homme trébucha sur sa droite pour s'appuyer contre la cheminée. Ses grandes mains allèrent à sa tête, frottant un endroit non plus seulement sale, mais maintenant contusionné et rouge.

— Wax, quoi ? demanda Pan, sa bravade s'évaporant comme souvent quand le combat commençait vraiment.

— Tu étais sur le point de te faire assommer, alors je t'ai épargné la peine, répondit Wax. Boulot de Gardien.

Le bol aurait dû mettre fin au combat sur-le-champ, mais les copains de l'homme, apparemment pas contents de voir leur ami se faire malmener, bondirent de leurs chaises et se précipitèrent sur eux. Quatre vagabonds, vêtus de diverses herbes et tuniques tissées, piétinèrent, coururent et hurlèrent en direction de Wax et Pan qui reculaient.

Le cinquième se précipita vers l'homme à terre, aidant le grand gaillard à s'éloigner de la cheminée chaude.

— Des idées ? demanda Pan.

— Ne les laisse pas te casser les jambes, répondit Wax. Tu en auras besoin demain matin.

Son bol étant cassé, Wax se tourna vers la meilleure arme suivante : une chaise. Le bois léger était facile à soulever, et avec Pan suivant son exemple, le duo se tenait avec huit pieds trapus pointés vers leurs assaillants.

Le quatuor refusa de se laisser intimider.

Wax faisait face à deux femmes qui semblaient avoir passé trop de jours sur des bateaux de pêche. La peau tannée et le regard dur, les deux, brandissant leurs cuillères à soupe comme des massues, se séparèrent de chaque côté de Wax. Leur champ de bataille, l'étroite allée entre deux longues tables et leurs meubles attenants, ne se prêtait guère à une manœuvre en tenaille. Du moins, c'est ce que pensait Wax, jusqu'à ce que celle de gauche ne fasse un bond sur sa table. Tandis qu'elle avançait dans un angle difficile à contrer pour Wax, l'autre se précipita, agitant sa cuillère et frappant les pieds de la chaise de Wax.

— Abandonne, grogna-t-elle, sa voix teintée des syllabes sèches de Mottilan. Il a fait la bonne offre. Tu n'étais pas censé arriver si vite.

— Qu'est-ce que ça veut dire ?

La femme ne répondit pas, mais fonça rapidement, frappant la chaise de Wax et la faisant basculer sur la droite, le laissant grand ouvert à une attaque sautée de la coureuse de table.

Malgré tous les sauts que Wax avait faits dans sa vie, tous ces bonds de fronde en liane en branche, il n'avait jamais eu quelqu'un qui lui sautait dessus. C'était, franchement, terrifiant.

Les yeux écarquillés, la cuillère tenue à deux mains alors qu'elle sautait, les genoux en direction de la tête de Wax, la femme offrait une figure impressionnante.

Une figure à laquelle Wax n'avait pas de réponse. Il lâcha la chaise, leva son bras gauche dans un blocage futile, sentit la cuillère le frapper puis la femme suivre, le plaquant au sol. La cuillère fit sa seconde apparition, frappant Wax à l'épaule tandis qu'il donnait des coups de pied, obtenant juste assez de levier pour repousser la sauteuse.

Seulement pour que son amie arrive et enfonce son propre ustensile dans l'estomac de Wax. La soupe qu'il venait de dévorer remonta aussitôt, éclaboussant et repoussant la deuxième attaquante, bien que seulement pour un instant.

Se relevant sur ses mains, Wax, les yeux larmoyants et l'estomac donnant l'impression d'être prêt à tout rejeter à nouveau, essaya de trouver comment plaider sa reddition.

Il n'eut pas à le faire.

Le sifflement retentit, aigu et dur, tout comme celui que le Najahn avait utilisé pour appeler l'attention de la foule du Renouveau Kitaye. Tous les regards se tournèrent vers l'entrée du baraquement, où trois soldats Najahn se tenaient dans leur tenue d'apparat, leurs redoutables voulges prêtes à l'emploi.

— Vous allez arrêter ça maintenant, dit le chef, un homme au visage étroit dont le nez semblait avoir été cassé plus d'une fois. Laissez-vous tranquilles, nettoyez ce bazar. Faites-le, et ensuite j'aurai deux mots à vous dire, bande de racaille.

Malgré l'insulte, Wax saisit le répit. Pan, qui avait été jeté sur une autre table, se releva encore plus lentement. Le chef cuisinier sortit avec une serpillière, la tendit à Wax sans un mot. Quelques coups, quelques chaises remises à leur place, et le baraquement n'avait pas l'air d'avoir souffert.

Bien que Wax eût l'impression qu'il ne garderait rien dans l'estomac pendant quelques jours.

— Vous avez de la chance que j'aie déjà vu ça auparavant, dit le Najahn au groupe rassemblé, une fois leurs corvées de nettoyage terminées.

Pan et Wax restèrent du côté droit, à leur propre table près de l'entrée, tandis que les six agresseurs prirent place à gauche. Le grand lourdaud, qui semblait encore dans les vapes, procurait à Wax une légère satisfaction.

— J'ai été témoin de deux Renouvellements, déclara le Najahn, révélant un âge plus avancé que Wax ne l'aurait cru, mais les casques et les armures pouvaient cacher bien des choses. Les deux fois, la pire racaille a essayé de devenir des héros. Les deux fois, des gens qui n'avaient rien à faire hors de leurs taudis ont tenté de prendre ce qui appartenait à d'autres êtres, meilleurs qu'eux. Le Najahn les transperça tous, un par un, de regards appuyés. Demain, vous aurez votre chance, une chance qu'aucun d'entre vous ne mérite, de représenter votre île de la seule façon qui compte pour quiconque sur Vis. Ne vous volez pas cet espoir les uns les autres, pas quand tant d'autres le feront plus tard. Le froncement de sourcils du Najahn s'accentua. Votre empressement est risible. Vous battez maintenant pour le droit de mourir plus tard ? Allez vous coucher et priez pour faire la grasse matinée. Espérez que cette chance vous passe sous le nez. J'ai vu deux Renouvellements, mais j'ai vu bien, bien plus de gens essayer et tout perdre dans la tentative.

À partir de ce moment-là, le Najahn joua les babysitters, séparant les deux groupes et les envoyant dans leurs dortoirs. Pan et Wax prirent tour à tour un bain chaud — cette cheminée prouvant son utilité. Wax enveloppa ses ecchymoses dans des serviettes chaudes et s'installa sur la natte de paille qui lui servirait de lit. Pas tout à fait le hamac de chez lui, mais une belle amélioration par rapport aux branches sur lesquelles il avait dormi jusque-là. Pan, lui aussi, s'étira sur la sienne avec un long soupir de contentement.

Leur chambre contenait peu de choses au-delà des deux nattes. Une seule lanterne au style arrondi de Noctia pendait près de la porte, baissée pour la nuit. Aucun autre meuble hormis un râtelier abîmé pour suspendre les vête-ments. Une fenêtre à volets, ouverte pour l'instant, donnait sur l'avant-poste et une nuit sombre et nuageuse. La pluie arriverait bientôt.

Une raison de plus d'être reconnaissant d'être à l'in-térieur.

— C'était une bagarre stupide, n'est-ce pas ? demanda Pan.

— J'en ai choisi de meilleures, répondit Wax. Je n'allais pas accepter le marché de ce type, cependant.

— N'est-ce pas à moi de choisir ?

Wax leva les yeux vers le plafond noir. La lanterne mourante le plongeait dans l'ombre, et si Wax se concen-trait, il pouvait s'imaginer être presque n'importe où. Comme à la maison, avec Sawi. Quelque part où il n'aurait pas à gérer les hésitations de Pan.

— Je ne t'ai pas vu le faire, alors j'ai pris les choses en main. Wax mit ses mains derrière sa tête, grimaçant à la douleur que ce mouvement provoqua dans son côté. Je ne vais pas me laisser écarter par ces gars du littoral.

Pan rit, un petit rire discret. — Peut-être que je le savais.

— Que je déclencherais une bagarre ?

— Je t'ai demandé d'être mon Gardien, non ? Il faut que j'accepte le bon Wax avec celui qui est en colère.

— Je suis un package complet.

— Si les choses deviennent dangereuses comme l'a dit ce Najahn, tu penses qu'on est prêts pour ça ?

— C'est comme grimper un Sana, Pan. Même si c'en est

un vraiment gros, je pense qu'on est aussi prêts qu'on peut l'être, dit Wax avec un sourire alors que la lanterne s'éteignait. Si j'étais toi, je réfléchirais à quelle île tu voudrais aller en premier.

— Facile, répondit Pan. Foti. C'est à l'ouest, et il y fait plus chaud. En plus, je parie qu'on pourra y trouver du vrai équipement qui nous sera utile.

— Tu es jaloux de mon épée, Pan ?

— Je veux juste un bouclier qui pourra la bloquer quand tu commenceras à la faire tournoyer.

— Hé.

Après plusieurs longues journées et une nuit encore plus longue, le rire leur fit du bien. Et quand la pluie commença à tomber, le sommeil n'en fut que meilleur.

26

MARCHÉS

Svarde pouvait honnêtement dire qu'il n'avait jamais été dans une grotte sur la mer. Le navire Whent, massif mais étonnamment flottant, prenait l'apparence d'une caverne au-delà de la coque extérieure. Une hache dans chaque main, s'appuyant sur la lumière qui filtrait à travers les ouvertures et celle projetée par des lanternes globes périodiques, Svarde fit ses premiers pas à l'intérieur avec prudence. L'humidité assaillit son nez, l'air marin constant emprisonné dans les parois poreuses. L'extérieur dur et lisse s'adoucissait ici, devenant plus spongieux.

Ses pieds rebondissaient presque sur le sol.

Cela n'empêchait pas la sensation de claustrophobie : le navire Whent avait de larges couloirs, sans doute pour permettre à ces carapaces blindées de circuler, mais les murs aux formes irrégulières, le plafond courbe, couplés au léger balancement du bateau sur les vagues, plongeaient les sens de Svarde dans la confusion.

De retour sur Vis, en combattant le démon dans la grotte, il s'était concentré sur le monstre en excluant tout le reste. Ici, il trouva son repère : la lumière orange-jaune qui brillait dans les globes. Chacun d'eux indiquait le prochain mouvement.

Le navire des Whent se transforma rapidement en un dédale, les combats au-dessus s'estompant jusqu'à n'être plus que de simples vibrations à mesure que Svarde progressait à l'intérieur. Il devait y avoir un escalier montant, ou une échelle, mais tout ce que Svarde trouvait, c'étaient des pièces. Des endroits creusés où l'équipage devait dormir, des dalles dures saillant du mur. Quelques-unes avaient une litière de paille. L'une tentait un confort moderne avec une couverture en tissu. Toutes semblaient dépourvues d'effets personnels.

Aucun signe non plus de ce que Maena cherchait à voler. Peut-être était-ce plus bas, mais Svarde ne trouvait aucun moyen de descendre.

Les sons changèrent lorsque l'homme arriva au milieu du navire : un nouvel écho tournoyait autour de Svarde avec une cadence irrégulière, le tap tap tap de quelqu'un travaillant avec un marteau, mais pas dans le rythme rigide d'un forgeron.

Qui pouvait bien travailler sur quelque chose mainte-nant, avec le navire assiégé ?

Le son, cependant, fournit à Svarde une direction. Plutôt que d'errer sans but, il s'orienta vers le bruit, suivant les coups et les claquements, maintenant parsemés ici et là de jurons choisis, mais ravis. Comme si quelqu'un était aussi content de ses problèmes que de ses solutions.

— Où diable suis-je tombé ? marmonna Svarde, seul dans les couloirs sombres.

Il avait parcouru les sept îles en tant que Gardien. Il avait affronté calamités et dangers, s'en sortant sans bles-sure majeure, avec espoir et de nouveaux pouvoirs. Un navire Whent n'aurait pas dû inspirer la peur, n'aurait pas dû provoquer autre chose qu'une moue dédaigneuse et un rejet plein de défi, mais les coups continuaient, continuaient, continuaient.

Svarde n'avait aucun moyen de mesurer le temps, et plus il s'enfonçait dans le navire — dont la taille semblait n'avoir fait que croître depuis qu'il était monté à bord —, moins il était sûr de l'endroit où il se trouvait à l'intérieur. Les couloirs se courbaient et s'entrecroisaient selon des angles étranges, et Svarde commença à se demander s'il ne repassait pas sans cesse par les mêmes pièces. Le tap, tap le guidait, mais ce qui avait été un signal clair semblait maintenant venir de partout et de nulle part à la fois.

Seul un fou appelle l'ennemi sur lui. Svarde serra ses haches plus fort, souhaitant que Kivi soit monté à bord avec lui. Le bon sens brut du ferrite l'aurait aidé à garder l'esprit clair, mais maintenant son esprit divaguait.

Les Whent garderaient-ils un démon ici ? Attendant un ennemi errant ? Tout ceci n'était-il qu'un piège, et Maena et son équipage morts là-haut ? Les os de Svarde seraient-ils broyés sur les rochers par cet horrible tapotement ?

Ça s'arrêta. S'arrêta pour laisser place à un néant béant. Svarde s'immobilisa, les pieds plantés au sol. Il pivota, sentant quelque chose derrière lui, et ne vit qu'un autre globe placide, scintillant au loin. Aucun souffle d'air ne troublait l'atmosphère, rien d'autre que sa propre respiration.

Un clic. Un simple son unique. Suivi d'un grondement, un léger tremblement remontant des bottes de Svarde, à ses tibias, jusqu'à sa taille et ses dents. Le guerrier suivit la vibration, trouva le corridor, et se dirigea dans cette direction.

— Es-tu l'un d'entre eux ? demanda la voix maudissante, curieuse et, comme toujours, ravie. Les envahisseurs ?

Svarde ne voyait personne. La voix venait de devant, oui, mais aussi d'en bas. Elle criait donc depuis les ponts inférieurs. Il s'accroupit, veillant à garder ses pas légers, ses bottes se posant avec la plus grande douceur. Respiration basse, les yeux grands ouverts et aux aguets.

Comme il serait facile d'appeler quelqu'un d'un cri, attendant de tirer, poignarder, leur tendre une embuscade alors qu'ils approchaient du nouveau chemin découvert.

— Parles-tu, ou les Rana ont-ils finalement abandonné cela aussi au service de leur brutalité ? demanda la voix.

Svarde resta silencieux. Il y aurait le temps pour les mots une fois la menace écartée.

Une menace qui, au moins, avait choisi de ne pas attaquer Svarde alors qu'il trouvait le chemin vers le bas : une plaque d'ardoise, assez grande pour qu'un homme de sa taille puisse y grimper facilement. Des rainures métalliques bordaient les bords, offrant un rail de guidage pour que la plaque puisse glisser.

Quant à savoir où menait l'échelle, une chose faite de corde et de pierre ?

Un autre globe ardent révélait une pièce plus vaste, sa lumière s'évanouissant au-delà de ce que Svarde pouvait voir d'en haut, sans couloir ni murs proches en vue.

Un choix, donc. Descendre, c'était s'exposer à une embuscade encore plus facile. Grimper signifiait tourner le dos au couteau, à la flèche, au garrot. Rester ici impliquait plus d'errances inutiles, avec même le risque que Maena gagne la bataille et parte sans lui. Facile de supposer que Svarde avait été jeté par-dessus bord.

Mieux valait alors descendre, trouver le combat et peut-être faire un otage. Au moins cela lui donnerait des options.

Svarde rangea ses haches, les bouclant sur son dos. Il recula du trou, évalua son adhérence, ses jambes, le balancement du navire.

Les enfants Vis seraient fiers de son prochain mouvement.

— J'ai du travail à faire, tu sais, lança la voix.

Svarde fit deux pas, sauta et atteignit le trou exactement là où il le voulait. Son corps le traversa et Svarde se tordit, ramenant ses jambes et ses pieds pour les caler contre la paroi vide du trou. Le rebond lui donna de l'élan, que Svarde utilisa pour se propulser dans une roulade vers le pont inférieur.

La roche lui fit quand même mal quand il la heurta, mais cette action rapide aurait rendu difficile pour tout coup d'estoc en attente de trouver sa cible. Du moins, c'est ce que Svarde se disait en sortant de sa roulade, les haches faisant jaillir des étincelles en glissant sur la roche. Svarde les dégaina toutes les deux, levant leurs manches devant son visage et jetant un coup d'œil dans l'obscurité.

— Elles ne vous seront d'aucune utilité ici, dit la voix, et Svarde la localisa sur sa gauche, pivota, gardant ses haches levées. Voyez-vous, les anciennes méthodes ne sont plus nécessaires.

Anciennes méthodes ?

À la limite du globe lumineux, une silhouette émergea, tenant quelque chose dans sa main gauche. Elle portait une combinaison volumineuse, pas très différente de celles que Svarde avait vues sur les maîtres forgerons dans les fournaises les plus chaudes de Foti. Le casque, avec une visière complète, remontait jusqu'à son front et s'avançait vers Svarde, les marques de brûlures partout indiquant clairement que ce n'était pas juste pour la frime.

Elle lança l'objet qu'elle tenait à la main, une petite

boîte avec un fermoir qui captait la lumière. Elle fit un tour sur elle-même et la rattrapa exactement là où elle l'avait lancée, le fermoir de nouveau vers elle et parfaitement placé dans sa paume.

— Comment vous appelez-vous ? demanda la femme.

— Svarde. Où suis-je ?

La femme agita son index droit. Svarde évalua la distance, estimant qu'il pourrait porter un coup d'estoc dévastateur avec sa hache avant qu'elle ne puisse faire, eh bien, quoi que ce soit.

Cette boîte, cependant.

Il y avait suffisamment de fous sur les îles pour rendre toute rencontre avec l'inconnu hasardeuse. Qui sait ce qui se passerait si elle la laissait tomber en mourant, ou si Svarde essayait de la ramasser. Ou Maena et son équipage.

— Vous êtes entré ici de votre plein gré, n'est-ce pas ? demanda la femme, puis elle s'arrêta, son visage se plissant. Bien que je ne pensais pas que nous arriverions à Noctia avant quelques jours ?

Ami pourrait jouer à un jeu mental, user de ruses et de pièges. Elle pouvait les avoir.

— Vous avez été abordés. J'essaie de retourner sur le pont supérieur. Aidez-moi, et je m'assurerai qu'ils vous épargnent.

Le mouvement fut plus rapide que Svarde ne l'aurait cru. La femme ne criait pas compétence martiale, mais la voilà qui pointait un étrange appareil dans sa direction : un tube de la longueur de son avant-bras, orné de plus de cadrans, gadgets et mécanismes que Svarde n'en avait jamais vus. Son extrémité se divisait en trois pièces courbes qui s'écartaient puis se rejoignaient, ressemblant à une patte à trois griffes formant une pince.

Svarde aurait ri, sauf que la femme avait l'air trop

sérieuse pour jouer et que rien dans ce maudit voyage ne semblait normal.

— Et c'est ? demanda Svarde, pointant une hache vers l'appareil.

— Vous aimeriez bien le savoir, n'est-ce pas ? répondit la femme. C'est, malheureusement, un travail en cours. Il n'a pas de nom. Il a, cependant, un effet assez remarquable. Si vous pouviez ranger ces haches, je serais ravie de vous expliquer exactement dans quoi vous avez mis les pieds.

— Pas de coup fourré ?

— Rien qui puisse vous tuer, je vous le promets.

Partir pour le voyage du Renouveau avait plongé Svarde dans toutes sortes de situations étranges, le genre de choses qu'on ne pouvait pas affronter avec la rage seule en espérant survivre. Au lieu de cela, la prudence tendait à prévaloir, et si quelqu'un vous offrait une chance d'éviter un combat ?

Eh bien, vous la saisissiez.

— Ceci, expliqua la femme lorsque Svarde baissa ses haches, est l'avenir. Du moins, l'avenir tel que Whent l'envisage. Moins de dépendance envers ces choses que vous avez sur le dos, et plus... d'efficacité.

Ses yeux brillaient tandis qu'elle parlait, avec ce regard lointain que Svarde reconnaissait de ses voyages avec Catya. L'Aegis devenait pensive en réfléchissant, en parlant de la prochaine île qu'ils visiteraient, de ce qu'elle pourrait accomplir une fois tous les jetons en sa possession. Rien de tout cela ne s'était passé comme prévu, mais-

— Vous devez comprendre, dit la femme en guidant Svarde à travers la cale. Tout en avançant, la femme, après avoir allumé une petite bougie sur le premier globe, en alluma d'autres. La lueur qui en résulta révéla un espace immense rempli de caisse sur caisse, toutes marquées de noms étranges que Svarde ne parvenait pas à déchiffrer. Les îles deviennent de plus en plus dangereuses, et pas moins à cause de vos amis Rana.

— Ce ne sont que des pillards, rien de plus.

— Dites ça aux gens qu'ils blessent là-haut. À leurs familles. La femme balaya la remarque d'un geste, se concentrant à nouveau sur les caisses. Celles-ci offriront une défense imbattable à quiconque choisira de les utiliser. Le risque sera trop grand, les pertes trop élevées pour des combats inutiles. Son visage s'illumina, son sourire s'élargissant. Le mieux, c'est que les démons n'auront aucune chance.

Svarde hocha la tête vers l'appareil qu'elle portait toujours. — Que fait-il ?

— Je vous le montrerais bien, mais cela gâcherait la surprise, répondit la femme. Quand Noctia nous laissera apporter ceux-ci au monde extérieur, alors vous verrez.

Svarde hésita, regardant les caisses. Maena avait dit qu'il pourrait y avoir des choses sur ce navire qui pourraient aider leur voyage dans l'obscurité. Peut-être que c'était ça.

— Pourriez-vous me montrer comment en utiliser un ? demanda Svarde.

— Pourquoi ?

— Parce que j'ai l'intention d'aller dans le Sombre En-Dessous et de détruire les monstres qui y attendent.

Elle fronça les sourcils. — Normalement, je dirais oui. Mais pas encore. Ils ne sont pas prêts pour ça. Du moins, pas entre des mains inexpérimentées.

— Alors pourquoi me montrez-vous tout ça ? demanda Svarde. Quel est l'intérêt ? Pourquoi ne pas simplement me tirer dessus et en finir, ou rester cachée ?

La femme fit un pas en arrière, pointant l'appareil vers lui. — Simple logique, mon ami. La façon la plus facile de survivre à un raid est de prendre un otage et d'attendre que ça passe.

Svarde laissa la femme le guider hors de la cale, vers le haut du labyrinthe caverneux, qu'elle n'avait aucun mal à naviguer. Après quelques virages, ils arrivèrent à un simple escalier taillé dans la roche, des marches de pierre rouge-gris menant vers le haut. Dehors, la lumière rose de Sichi filtrait à travers les fissures de la porte menant au pont supérieur.

Ça avait été une longue soirée.

— Il y a une chose que je ne comprends pas, dit Svarde. Comment faites-vous pour qu'un navire de pierre comme celui-ci flotte ?

— C'est de la roche à l'extérieur, mais creusé à l'intérieur. Avec suffisamment d'air dans les espaces vides, il flottera sans problème.

Svarde secoua la tête. Trop de merveilles ces jours-ci. Une simple hache, un simple coup, et il serait heureux.

Le pont racontait une histoire au premier coup d'œil : les raiders Rana de Maena avaient remporté la première escarmouche, comme en témoignaient les Whent blessés soignés sur le pont et les morceaux de cargaison volée glissés le long des cordes vers le Tsuro. Cependant, l'équipage de Maena n'était pas sorti indemne, un petit groupe restant sur le navire Whent tandis que d'autres, leurs jurons s'élevant du vaisseau Rana en contrebas, parsemaient l'air. Maena elle-même se tenait au milieu du pont, en pleine conversation avec un homme costaud qui devait être le capitaine Whent.

— Civilisé, dit la femme. Au moins, nous n'avons pas perdu ça.

Lorsque Svarde débarqua sur la scène, il attira l'attention, s'attirant des regards incrédules de toutes parts. La plupart glissèrent rapidement de lui à la femme derrière lui, son étrange appareil ouvert et pointé.

— Annalyse ! s'écria l'homme costaud, bousculant Maena pour se diriger vers Svarde et la femme. Ce n'est pas le moment de révéler ça !

— Vous ne m'avez pas protégée, alors quel choix avais-je ? répondit Annalyse. Remplissez votre part du marché et je remplirai la mienne.

— Quel marché est-ce là ? demanda Maena, suivant le capitaine Whent, d'un ton qui suggérait moins d'intérêt pour le marché que pour le trésor qu'Annalyse tenait entre ses mains. Votre capitaine a laissé entendre qu'il n'y avait rien de grande valeur sur le navire. Seulement des provisions. Peut-être nous cachait-il quelque chose ?

Svarde regarda Annalyse, surprit son expression malicieuse, les doigts de la femme près des boutons de l'appareil. Là, dans la lueur rose argenté de Sichi, l'appareil semblait plus alien qu'auparavant, désespérément étrange. Dangereux pour eux-mêmes autant que pour n'importe quel ennemi.

— Elle aurait pu me tuer, Maena, dit Svarde. Laisse-la tranquille avec ses jouets. Nous avons des choses plus importantes à faire.

— Ça ressemble à une arme, Svarde, et nous pourrions vraiment avoir besoin d'armes.

— Pas comme celle-ci. Si ce qu'elle m'a dit est à moitié vrai, nous risquerions toutes nos vies en amenant cette chose à bord de notre navire.

Maena plissa les yeux vers le Gardien. Elle l'étudia pendant une longue minute.

— Tu le penses vraiment, n'est-ce pas ? demanda-t-elle finalement.

— Il le pense, et il a raison, dit Annalyse. Cette violence

n'est pas vraiment mon truc, mais si vous essayez de prendre ça, je vous garantis qu'ils ne retrouveront jamais le peu qui restera de votre corps.

— Annalyse avait vraiment le chic pour les menaces, songea Maena alors que son navire Rana s'éloignait du vaisseau Whent et continuait sa course vers le nord. Le peu qui restera de mon corps. Hmm.

— C'est là-dessus que tu te concentres ? dit Svarde, debout à proximité sur le pont supérieur du navire, donnant une caresse bien méritée à Kivi. Pas sur l'absurdité de tout ça ?

— Personne n'est mort. Même celui que tu as jeté par-dessus bord s'est libéré et est remonté à la surface. Je ne sais pas pourquoi tu es si perturbé.

— Nous aurions pu. C'est toi qui as dit que cette mission était si importante, mais tu risques des vies pour ça ?

— Nous risquons des vies pour notre île, Svarde. Et pour le trésor que nous pourrions trouver. Maena esquissa un demi-sourire. Après que le navire Whent aura quitté notre champ de vision, un message partira sur une mouette. Il atteindra la maison dans quelques jours, informant Rana que Whent prépare quelque chose d'étrange. Leur techno-logie ne restera pas un secret longtemps.

— Technologie ? Qu'est-ce que c'est ?

Le soupir de Maena s'éleva au-dessus des murmures de l'océan. — Il se fait tard, Svarde. Dois-je te mettre au courant de tout ce que tu as manqué au cours de la dernière décennie ?

— Que dirais-tu de juste les points importants ?

27

TUEUSE DE RÊVES

Les démons attaquaient sans cesse, lacérant les rêves de Bliss, ses cauchemars chaque fois qu'elle fermait les yeux. Elle se réveillait haletante encore et encore, reconnaissante d'avoir choisi un endroit près de la périphérie du camp, sur la place de la ville en ruines, où personne ne semblait le remarquer. Même Quik, à portée de bras, semblait si épuisé après cette journée qu'il ne voyait pas le stress de sa sœur.

Pas qu'il le devrait. Le gars en avait déjà assez fait pour elle, comme plonger sur ce démon au bord de la rive. Bliss pouvait assumer ses problèmes, elle pouvait les gérer.

Mais peut-être pas en restant allongée sur l'herbe.

La nuit semblait rarement sombre en dehors de la jungle, et dans la ville côtière, peu d'arbres offraient une protection contre les vives lumières des étoiles. Le doux scintillement argenté accompagnait la promenade de Bliss, un pas feutré autour des autres chasseurs endormis à travers le village en ruines.

Sans les corps — tous enterrés maintenant — les maisons vides et les ateliers brisés prenaient un aspect éthéré. Une épave fantôme, avec rien d'autre que des esprits pour remplir les vides. Au moins, Bliss avait l'ancrage nocturne des insectes agaçants, le cri lointain des hanoko et des oiseaux trop irrités pour dormir.

Arriver à la même falaise où elle avait combattu le démon fut une sorte de surprise. Elle avait erré sans direction, mais en réalité, étant donné tout ce dont elle avait rêvé, cela avait un certain sens qu'elle se retrouve ici.

Les marches descendant vers la côte apparaissaient dans un gris moucheté, des taches plus sombres ici et là montrant le sang séché et répandu du combat précédent. En bas sur les rochers, le corps du démon gisait toujours, effleuré de temps en temps par le ressac. D'ici, la forme se brouillait dans les détails, et Bliss en était heureuse.

Elle avait vu assez de cheveux emmêlés, de crocs, de griffes.

Bliss chercha son bâton, réalisant qu'elle l'avait laissé derrière. Stupide, de ne pas prendre l'arme pour une promenade tardive. Deshiva ne cessait de dire que les démons pouvaient frapper de n'importe où, à n'importe quel moment.

C'était précisément pour cela que Bliss se sentait si brisée. Les horreurs rampantes de la journée planaient, certes, et Bliss savait qu'elle n'oublierait jamais les gens qu'ils avaient empilés ici, mais la partie qui la rongeait maintenant ?

Elle avait été capable. Elle s'était crue capable de gérer n'importe quoi. Même le démon géant qui avait terrorisé Kitaye, Bliss avait tenu bon, affronté le monstre et eu sa chance de le fracasser. Elle avait eu peur alors, d'une manière distante, un péril lointain qu'elle avait affronté avec feu et fureur.

Le démon et son croc n'étaient pas si simples, si faciles à

écarter. Bliss était sa seule cible, un duel sur les rochers, et elle avait non seulement échoué, mais échoué assez durement pour que la mort soit une certitude.

Que disait toujours Wax, quand leurs parents lui demandaient pourquoi il partait pour une énième escapade dans la jungle ?

C'est qui je suis.

Alors qui était-elle ? Combattante, protectrice, Lira ? Ou juste une cible facile pour un monstre affamé ?

— C'est Bliss, n'est-ce pas ? La sœur de Quik ?

Bliss se retourna brusquement à cette voix, tressaillant au son soudain, pour voir Deshiva s'approcher d'elle. Sans plus de préambule, Deshiva planta sa lance dans le sol et rejoignit Bliss sur la falaise, laissant leurs jambes pendre dans le vide. Sans son armure, sans son regard furieux, Deshiva aurait dû paraître plus fragile, faible, vulnérable. Au lieu de cela, Bliss ne voyait que force et assurance.

Si un démon osait attaquer à cet instant, Bliss ne doutait pas que Deshiva se jetterait dans la bataille sans une seconde d'hésitation.

Bliss hocha la tête. Ses mains s'agitèrent, mais Deshiva ne comprendrait pas les signes. Pourtant, le regard évaluateur du maître de chasse suggérait que Deshiva savait que Bliss ne s'installerait pas pour une conversation nocturne.

— J'ai toujours du mal à dormir après des journées comme celle-ci, dit Deshiva.

Bliss fronça les sourcils, les haussa. Elle posa une question avec ses yeux et Deshiva la saisit.

— Cela arrive à chaque Renouveau. Parfois avant, si Noctia tarde à jouer son rôle. Deshiva regarda Bliss de plus près. Son regard fit frissonner Bliss, comme si chacune de ses faiblesses était exposée. — Tu es aussi une Lira. Ils m'ont intronisée peu avant le dernier Renouveau. Tu verras des choses cette fois. Plus comme aujourd'hui. C'est notre travail et notre devoir de garder en sécurité les parties de Vis que nous pouvons.

Bliss fit un signe de tête vers le camp, les chasseurs endormis. Puis elle se désigna elle-même et Deshiva.

— Les deux, maintenant. Une initiative que j'ai lancée. Il n'y a pas assez de Lira, et il y a suffisamment de chasseurs avec les compétences pour abattre un démon. Deshiva porta son regard brûlant vers la mer. — Il y avait plus de démons la dernière fois que jamais auparavant. Je soupçonne que nous en verrons encore plus maintenant.

Bliss attendit. Deshiva semblait parler autant à elle-même qu'à la chasseuse à côté d'elle.

— Juste un pressentiment, tu comprends. Peut-être que quelqu'un sur Noctia sait pourquoi, poursuivit Deshiva. Pour moi, il suffit de savoir que ma lance va avoir beaucoup de travail.

Une fois de plus, Bliss eut envie de son bâton, souhaitant qu'il se dresse dans le sol à ses côtés. Un compagnon fidèle.

Dans le silence, Bliss regarda en bas de la falaise, vit à nouveau le sang du démon peignant les rochers en dessous. Elle se souvint pourquoi elle était venue ici, ce qui avait provoqué sa promenade. Peut-être que Deshiva aurait quelques idées sur la façon de chasser les horreurs de son esprit. Bliss pointa du doigt les rochers, puis elle-même. Elle fronça les sourcils, frissonna, puis tapota sa tête.

Deshiva réfléchit pendant une longue minute avant d'acquiescer, se retournant vers l'océan.

— Si je comprends bien ce que tu demandes, je ne sais pas s'il existe une réponse qui fonctionne pour tout le monde, dit Deshiva. Pour moi ? Je les ai pourchassés. Lors du dernier Renouveau, tout mon groupe a été pris en embuscade par des démons qui ressemblaient à des araignées faites de flammes gelées. Ils nous ont tous tués, sauf moi, parce que j'ai fui. Si cet aveu suscitait des souvenirs coupables, le visage de Deshiva n'en montrait aucun. Son regard vers la mer restait ininterrompu. — Cette nuit-là, seule et trempée sous une tempête de pluie, j'ai décidé que je ne laisserais plus la peur me gouverner. Après, j'ai traqué les démons et je les ai détruits, un par un.

Bliss leva un seul doigt et haussa à nouveau les sourcils.

Deshiva fronça les sourcils. — Bliss, c'est chez toi ici. Pas chez eux. Les démons ne connaissent pas cette jungle, et cela te donne un avantage. Utilise-le, et tu pourras renverser la situation en ta faveur.

Bliss hocha la tête. Elle regarda à nouveau vers la mer. Deshiva faisait paraître cela si simple.

— Notre mission est terminée. La ville a disparu, alors nous ramènerons les blessés avec nous, nous aiderons Kitaye à établir des défenses et nous tiendrons bon, dit Deshiva en prenant une profonde inspiration. Quelle que soit la durée du Renouveau, nous défendrons la ville contre tout le mal qui viendra. Comme nous l'avons toujours fait.

Le long voyage de retour, les jours et les nuits à venir dans la maison familiale perchée dans les arbres, signifiaient faire face à ces rêves, ces cauchemars. Ils ne partiraient pas, si ce que disait Deshiva était vrai. Affronter la peur, la plier à sa volonté. Difficile de faire cela depuis chez elle.

— Tu n'es pas obligée de revenir avec nous, dit Deshiva, comme si elle lisait dans les pensées de Bliss.

— Loin de moi l'idée d'empêcher une Lira de suivre son destin. Nous avons trouvé d'autres traces de démons. Il semblait n'y en avoir que deux ou trois, et ils se dirigeaient vers l'ouest, dans les montagnes. Personne ne vit par là-bas, alors je ne risque pas une poursuite. Si tu veux affronter tes peurs, Bliss, suis ces empreintes. Vois où elles te mèneront.

Bâton, sacoche, provisions. Bliss rassembla le tout à la lumière des étoiles, s'arrêtant seulement pour jeter des coups d'œil occasionnels vers la forme endormie de son frère. Il serait contrarié de se réveiller et de la trouver partie. Il pourrait même essayer de se lancer à sa poursuite, bien que Deshiva ait dit qu'elle garderait Quik étroitement lié au groupe.

Ce serait le voyage de Bliss, et le sien uniquement.

Les traces de démons commençaient à l'ouest et au sud, s'enfonçant dans la jungle et remontant les contreforts vers l'immense montagne qui marquait l'extrémité ouest de Vis. Pas très loin au sud se trouvait le marécage qu'elle avait arpenté une semaine auparavant.

Alors que la jungle reprenait possession du ciel au-dessus d'elle, Bliss sentit sa corde autour de sa taille. Se balancer dans l'obscurité avait rarement du sens — les branches avaient tendance à faire mal quand on les heurtait à grande vitesse — mais rester au sol de la forêt...

Non, elle devait s'adapter. Ce n'était pas un voyage, ce n'était pas une recherche de champignons avec Pan ou une course avec Wax. Elle chassait les démons. Trouver, tuer.

Elle s'arrêta, laissa les insectes la trouver, la légère brise caresser ses cheveux. Elle s'agenouilla, passa ses mains sur les feuilles déchirées et les herbes pliées qui marquaient les traces des démons. La destruction s'étendait largement, trop largement pour un seul de ces êtres. La terre et les feuilles tombées semblaient avoir été retournées une fois. Pas un troupeau entier alors.

Elle continua, restant baissée et lisant les signes. D'autres indices — des excréments, des griffures occasionnelles sur les arbres, la séparation et le regroupement des traces — réduisaient la possibilité à deux.

Une paire de démons contre elle seule. Une petite fille dépassée par les événements, voyageant dans la jungle la nuit.

Non, une chasseuse. Une Lira.

Bliss suivit la piste alors que le ciel s'éclaircissait, et pas une seule fois elle ne regarda en arrière vers son frère, les chasseurs, sa maison.

28

LE GRAND SANA

Wax se réveilla lorsque l'aube s'infiltra par la fenêtre orientée à l'est de leur dortoir. Les rayons dorés clouèrent ses yeux, le faisant sursauter. Pan ronflait à côté, inconscient jusqu'à ce que Wax le frappe à l'épaule.

— Il est temps d'y aller, dit Wax. Les Najahn ont dit qu'ils ouvriraient les portes tôt.

— Si tôt ?

— Tu veux rater ça parce que tu as fait la grasse matinée ?

Pan grogna et se leva. — Chaque minute rend ce truc de Renouvellement pire.

Les cuisiniers avaient déjà préparé les repas : des œufs simples provenant des poules de l'avant-poste, des bananes fraîchement cueillies et du pain peu levé. Wax et Pan l'engloutirent en partant, chaussures d'escalade et cordes prêtes. Pas de sacoches, car l'ascension d'un sana, même aussi grand que celui-ci, ne devrait pas prendre plus d'une matinée.

Le Grand Sana de Vis, qu'on disait avoir poussé du cœur

battant du dieu, était vraiment magnifique en pleine floraison. Ses fleurs orange-jaune s'étendaient en parasol vers le soleil, le revers brillant d'un rouge rubis vu d'en bas. Le tronc plongeait dans une colline rocheuse à sa base, depuis longtemps envahie de buissons fleuris, de fougères et de petits arbres. Une manche autour de la couronne.

Quelques Najahn les observèrent tandis que le duo commençait à monter le sentier dégagé, marchant sur la terre battue au-delà des plantes.

— Si c'est aussi facile, on sera de retour avant le déjeuner, dit Wax.

— Je te tiendrai au mot.

Wax sourit. La bagarre de la nuit dernière avait laissé des traces sur leurs corps, des bleus et des muscles endoloris, mais le fait d'être si près du but leur donnait une énergie, une vitalité qui les poussait au-delà de la douleur.

Après tout, ce n'était pas une simple escapade. C'était le Renouveau. Lorsque Pan prendrait le jeton, il deviendrait l'un des sept, seulement sept, à travers toutes les Îles. Ils entameraient une grande aventure, et même si Pan ne devenait pas le prochain Aegis — qui voudrait vivre sur Noctia de toute façon ? — ils auraient quand même l'occasion de voir des endroits que Wax ne pourrait pas voir autrement. Ils pourraient encore faire des choses, rencontrer des gens, découvrir des merveilles que peu de gens à Kitaye auraient la chance de voir.

— Merci, Pan, dit Wax.

— Pour quoi ?

— De m'avoir emmené. Ça n'a pas été que du bonheur jusqu'ici, mais je suis content d'être là.

— Ouais, eh bien, j'ai bien examiné toutes mes options et j'ai réalisé que tu étais tout ce que j'avais.

— Ne le fais pas sonner si tristement.

— Ce n'est pas triste, haussa les épaules Pan d'un geste nonchalant alors qu'ils approchaient de la prochaine porte Najahn. C'est juste que je ne voulais pas risquer la vie de quelqu'un d'autre pour quelque chose d'aussi dangereux.

— Donc je suis ta victime ?

— Content que tu l'aies compris.

Wax éclata de rire, Pan se joignit à lui, et leurs sourires perdurèrent jusqu'à ce qu'ils atteignent la prochaine porte Najahn, construite directement dans le tronc du Grand Sana. De près, les épines du grand arbre se dressaient comme des lances, perçant l'air. Le sana lui-même était assez large pour contenir une douzaine de cabanes dans les arbres. L'écorce, d'un rouge bronzé, se coupait et s'enroulait autour d'elle-même en entrelacs irréguliers, ce qui pouvait être perçu comme un fouillis laid ou une beauté chaotique, selon le point de vue.

Deux gardes Najahn attendaient près de la porte, chacun tenant sa vouge. Une arche à file unique, la porte ne semblait pas grand-chose, et au début, Wax tendit la main vers sa corde, supposant qu'une escalade extérieure serait le moyen le plus facile de monter.

— Le seul chemin est à travers, dit le garde de droite. Vous ne pouvez pas passer par l'extérieur.

Wax pencha la tête. — Pourquoi pas ?

Le garde sourit. — Parce qu'une ascension par là-bas mène à une impasse. Il y a des écarts que vous ne pouvez pas franchir. De plus, il y a des choses qui vous sont destinées à l'intérieur.

Pan et Wax échangèrent un regard.

— Quelles choses ? demanda Pan.

— Vous le découvrirez comme tout le monde, dit le second garde. Elles ne posent pas de problème si vous êtes prudents. Il tendit la main vers la gauche et ouvrit la porte. — Vous feriez mieux d'y aller. L'autre groupe est entré il y a un certain temps.

— Il y a un certain temps ? demanda Wax. Mais nous sommes venus-

— Ils ont choisi de dormir juste ici, dit le premier garde, pointant sa vouge vers les buissons et les herbes piétinés à proximité. Quand nous sommes arrivés, ils étaient prêts. Vous, il semble, ne l'étiez pas.

Pan avait une expression horrible sur le visage, que Wax empêcha de se transformer en quelque chose de pire en posant une main sur l'épaule de son ami et en le poussant en avant.

— On dirait qu'il va falloir qu'on les rattrape, alors, marmonna Wax tandis qu'ils passaient la porte.

La porte n'était pas épaisse, l'écorce qu'elle traversait mesurant moins d'une enjambée de l'intérieur à l'extérieur. Du moins, c'est ce qu'il semblait lorsque le cerisier carbonisé autour d'eux s'ouvrit en un grand cylindre creux. L'intérieur du sana s'élevait encore et encore, noueux de racines semblables à des toiles d'araignées, de mousses et de plantes plus étranges que Wax ne pouvait identifier. Aucun chemin évident ne se présentait à travers ce jardin bruissant, mais les prises ne semblaient pas manquer.

Wax voyait tout cela grâce à des lumières vacillantes. Les lueurs, qui devaient être des milliers, voletaient d'un endroit à l'autre, filant en groupes ou s'élançant seules. Leurs éclats s'allumaient et s'éteignaient, dans des couleurs allant du bleu froid au rouge ardent. La lumière s'accompagnait aussi d'un son : un doux sifflement, comme une note soufflée dans un minuscule roseau. Mêlé aux lianes entrelacées, aux feuilles et à la végétation, ce spectacle coupa le souffle de Wax.

— Je pense que ça valait le coup rien que pour voir ça, dit Pan.

— Je suis d'accord.

Les deux contemplèrent la scène jusqu'à ce qu'un bruissement venant de plus haut leur rappelle leur mission et ses conséquences.

— Une idée par où commencer ? demanda Pan.

— Que dirais-tu de là ? Wax pointa du doigt un monticule qui s'élevait. On aurait dit que de la sève tombée s'était durcie, et maintenant en jaillissait une épaisse mauvaise herbe, dont la tige frêle atteignait néanmoins une partie plus épaisse traversant le cylindre. Cette partie allait du tronc extérieur du sana à un cylindre intérieur plus épais et plus rouge, encore trois fois plus large que Wax les bras tendus.

— Montre-nous le chemin, Gardien.

— Un jour, je m'habituerai à ce que tu m'appelles comme ça.

Dites à un homme de grimper, et il s'y mettra avec enthousiasme. Du moins, c'est ce que pensait Wax en se lançant à la course vers le monticule de sève. Sa teinte ambrée inhabituelle se durcissait à mesure que Wax s'approchait, le brillant se transformant en un reflet cassant, mais offrant de nombreuses prises. Frappant du pied avec ses chaussures d'escalade, Wax fit la première tentative, trouvant la sève dure, certes, mais souple en dessous.

Quant à la mauvaise herbe ? De petites soies bordaient sa tige vert foncé, chatouillant la main de Wax qui cherchait une prise sur les vrilles qui s'en détachaient. Wax testa son poids avant de quitter le monticule, Pan observant en contrebas, et trouva la mauvaise herbe suffisamment solide pour le porter.

— Ne reste pas immobile sur celle-ci, cria Wax. Elle va céder sous toi.

— Tu es sûr que ce n'est pas toi, Wax ? Tu es plus lourd que moi.

— C'est juste mon ego, Pan.

— C'est vrai, c'est vrai.

Souriant, Wax bondit le long de la mauvaise herbe, s'élançant d'une fronde à l'autre. L'exercice s'accompagnait de la montée d'adrénaline habituelle : une aventure qui sollicitait ses muscles préférés. Chaque saut nécessitait un regard calculé, un bond mesuré, des atterrissages précis. Puis le suivant et encore le suivant, tous s'enchaînant jusqu'à ce que toute autre préoccupation quitte l'esprit de Wax.

La croissance en toile d'araignée s'avéra être un filet souple, sur lequel Wax sauta, s'agrippa et grimpa depuis la plus haute division de l'herbe. Au toucher, la toile avait une sensation fraîche et collante. Pas de poils. Elle sentait le trèfle, un fait que Wax confirma en s'allongeant sur le ventre pour tendre la main et aider Pan à reproduire son mouvement.

Une fois les deux debout sur la travée, ils se tournèrent pour suivre son cours, cherchant le prochain chemin vers le haut, une voie tracée pour eux par la travée elle-même, escaladant le cylindre intérieur.

Et juste au milieu de ce chemin, attendant les bras croisés avec un bandage autour de la tête ?

— Pas toi, dit Wax.

— Tu ferais mieux de croire que c'est bien moi, les gars. Pas de Najahn pour vous aider cette fois-ci. Le Renouveau est à nous. Vous attendez ici jusqu'à ce qu'on ait le skar, et vous pourrez monter tout droit pour vous emparer de la deuxième place. Sinon, vous savez ce qui vous attend.

— Le sait-on vraiment, Pan ? dit Wax, jetant un coup d'œil à son ami, qui semblait un peu moins confiant que Wax ne l'était.

—Je ne sais pas, le savons-nous ?

Wax comprit le message dans cette réponse : ils étaient allés assez loin, ils avaient maintenant toutes les excuses pour retourner à Kitaye en tant que courageux participants, ceux qui étaient passés si près mais n'avaient pas tout à fait gagné la course honorable. Mettre fin à l'aventure ici, la tête haute.

— Non, on ne le sait pas, dit Wax. Pas question d'abandonner. Pas maintenant. Soit tu te pousses de notre chemin, soit ça va faire beaucoup plus mal que la dernière fois.

— J'espérais que tu dirais ça. L'homme sourit, ne bougeant pas de sa position. Viens me chercher.

29

HACHES SANS REPOS

La mer se cabrait et grondait alors qu'ils approchaient de la côte sud dentelée de Whent. Des barres de roche noire jaillissaient, leurs arêtes scintillant dans la brume matinale tandis que l'équipage de Maena luttait pour maintenir leur navire sur sa trajectoire. Svarde s'accrochait près du mât avant, Kivi recroquevillée à proximité, essayant de ne pas tomber dans le bouillonnement des flots.

Les cris des marins se croisaient dans l'air, s'échangeant en ordres truffés de jurons tandis que les voiles se repliaient et viraient, que la barre tournait comme une folle, et que le navire Rana surfait comme un rescapé.

Svarde se disait qu'il n'avait jamais eu aussi mal au cœur de sa vie. Son estomac se retournait à chaque vague, la bile faisant son propre va-et-vient dans sa gorge, mais il serait damné s'il laissait ces crapules de Rana le voir souiller leur pont.

Car, si Maena avait raison, ils marcheraient bientôt côte à côte dans un trou profond vers un endroit bien pire que tout ce que ces vagues pourraient jamais être.

— N'est-ce pas, Kivi ? gémit Svarde à la ferrite. Ce n'est pas si terrible.

La ferrite renifla, la chaleur orangée entre ses plaques dégageant de la vapeur chaque fois que des gouttes d'eau éparses la frappaient.

De l'aube jusqu'à maintenant, dans un tourbillon sauvage, le tumulte les avait tous secoués. Le navire tenait bon, grâce à un savoir-faire que Svarde ne pouvait comprendre, jusqu'à ce que l'embarcation s'échoue sur une plage rocailleuse. Non, pas même une plage, une minuscule crique entre des falaises déchiquetées et une mort certaine qui les attendait si une vague poussait le navire contre elles.

Un mauvais choix fait après le raid sur le navire de Whent les avait forcés à un atterrissage secret. Des conséquences que Maena balayait d'un haussement d'épaules, désignant les provisions pillées. Quelle valeur auraient-elles si le navire coulait, Svarde ne prit pas la peine de le souligner. Certains ne voyaient que leurs triomphes.

Maena donna l'ordre d'évacuer et son équipage s'exécuta, s'affairant dans une autre frénésie. Certains, apparemment choisis pour guetter une éventuelle interférence des Whent, sortirent leurs armures et leurs armes, sautant à terre avec des sabres et des cuirasses de cuir, scrutant l'horizon brumeux. Svarde suivit ce groupe, reconnaissant d'avoir une tâche qu'il comprenait.

Les autres, Maena parmi eux, ouvrirent les ponts inférieurs du navire et en sortirent caisse après caisse. Nourriture et eau, équipement, torches et sacoches pour tout transporter. Les sceaux métalliques Foti sur les grandes malles garantissaient qu'elles étaient restées sèches, un fait réjouissant pour l'équipage, qui ne perdit pas de temps à changer ses vêtements de navigation trempés.

Quand Svarde demanda qui apporterait tout le matériel

supplémentaire dans ces grandes malles, Maena répondit personne.

— J'espérais plus de monde, fut tout ce qu'elle dit lorsque Svarde s'interrogea sur la raison.

Personne d'autre ne se matérialisa. Après que la matinée se fut écoulée à décharger le navire et à se rééquiper, Maena et Svarde menèrent l'équipage hors de la plage. Quarante hommes robustes et basanés. À peine éprouvés par le raid sur le navire Whent. Un chant lent s'éleva parmi les marins, un hymne à Rana, espérant l'aventure, le trésor, la chance et la bénédiction de la rivière.

Whent aurait certainement pu utiliser une rivière. L'île ne s'améliorait guère au-delà de la tête de plage, ces roches sombres et craquelées cédant la place à une végétation rabougrie sur un sol dur. La situation septentrionale de l'île produisait une vaste toundra entrecoupée çà et là de profonds ravins et de plateaux aux sommets plats, comme si le dieu qui avait autrefois façonné ces panoramas s'était effondré en morceaux, ses os se brisant et saillant à des angles horribles.

Des buses et des mouettes au plumage épais se mêlaient dans le ciel gris au-dessus de leurs têtes, cherchant leur repas avant l'hiver à venir. Un vent vif se joignit à leur vol, frappant les joues de Svarde alors qu'il s'éloignait de l'abri de la crique. D'abord rafraîchissant, le vent s'insinua bientôt entre les plis de son armure, glaçant ses veines et provoquant un frisson entre ses lèvres.

Son sang Foti n'avait jamais été épais, et une décennie dans la chaleur de Vis n'avait rien fait pour sa résistance. Au moins, d'après les rares récits qu'il avait entendus, descendre sous terre amenait bientôt l'explorateur vers des mondes plus chauds.

Les Rana supportaient le froid avec plus de sang-froid,

leurs visages affichant des sourires stoïques, bien que Svarde en ait surpris beaucoup à jeter des regards en arrière vers la mer. Le foyer appelait toujours.

— Combien de temps jusqu'à notre destination ? demanda Svarde tandis qu'ils avançaient.

— Trois jours, si nos informations sont exactes. C'est une vieille mine, devenue maintenant un petit avant-poste, répondit Maena, les lèvres pincées. Pas par manque de trésor, mais parce que les attaques de démons sont devenues trop fréquentes. Les Whent l'ont scellée, un événement que notre informateur mécontent a pris soin de me dire comme injustifié.

— Ils étaient certains que nous pourrions atteindre le Monde d'en Bas par la mine ?

— Aussi certains que toute autre option que j'ai trouvée. Mon temps et mes ressources ne sont pas illimités, Svarde. Je ne pouvais pas continuer à fouiller chaque île. Il fallait tirer l'épée.

Ils marchèrent pendant une heure encore, la colonne progressant régulièrement d'une cabane à l'autre. Les sacoches pesaient lourd, mais pas excessivement, leur fardeau allégé par l'excitation de l'aventure. Alors que la mer disparaissait à l'horizon, les marins de Rana semblaient se redresser, regardant droit devant eux plutôt qu'en arrière.

Peut-être que ces premiers regards avaient été des adieux.

Whent n'offrait que peu de récompense à leur marche jusqu'à près de midi, quand, émergeant de l'ombre d'un énorme monolithe d'ardoise, apparut la silhouette ondulante d'une ville. Elle se trouvait à l'ouest de leur destination, hors de leur chemin et sans importance, sauf pour un fait :

La ville semblait être en feu.

La fumée s'élevait vers le ciel en volutes tourmentées, se repliant sur elle-même en tourbillons chaotiques, noire contre le gris glacial. Le monolithe, arrondi et bosselé, semblait indifférent aux événements à sa base, mais Svarde ne pouvait en détacher son regard. En partie parce qu'il y avait peu d'autre chose à regarder, en partie parce qu'il attendait que Maena dise quelque chose.

Quand elle ne le fit pas, quand, après quelques minutes, elle donna l'ordre de faire halte pour le repas de midi, Svarde dirigea son regard vers la colonie.

— Je le vois, dit Maena, sa voix aussi froide et figée que lors de son interrogatoire sur le raid du navire de Whent. Quoi ?

— Ils ont des ennuis. Cette remarque aurait dû mettre fin à la conversation. En effet, le feu s'était propagé pendant leur marche, la fumée s'étendant plus largement. Ne devrions-nous pas les aider ?

— Pourquoi ? À quoi cela nous servirait-il ? S'il s'agit d'un incendie naturel causé par leur propre bêtise, ils seront en train de l'éteindre. S'il s'agit de combats entre les factions de Whent, alors mettre mes hommes sur leur chemin serait stupide. Maena sortit une pomme fraîche de sa sacoche, mordit dans sa peau verte et cracha un pépin sur le sol. S'approcher de la ville signifie révéler à toute cette île que nous sommes là. Les seigneurs de guerre de Whent n'apprécieront pas, et notre voyage sera annulé avant même d'avoir commencé.

Svarde gardait son regard fixé sur le feu. — Et si ce n'était rien de tout cela ?

Maena laissa la question en suspens. Elle prit une autre bouchée.

— S'il s'agit de démons, alors ils sont déjà morts.

— À moins qu'ils ne soient encore en train de se battre. Même si ce n'est pas le cas, nous pourrions détruire les monstres et sauver d'autres villes. Se cacher n'aide personne.

— Se cacher nous maintient sur notre trajectoire, Maena le fusilla du regard. Svarde, je commence à regretter de t'avoir emmené dans cette aventure. Tu ne sembles pas avoir les bonnes priorités.

— Mes priorités sont les mêmes qu'elles ont toujours été : aider les gens de ce monde à survivre.

— Alors fais-le comme nous en avons parlé. Frappe à la source. Ces petites querelles sont insignifiantes comparées à ce que nous recherchons.

Svarde secoua la tête. — Je me suis caché pendant si longtemps, Maena. J'ai évité ces batailles. Je suis venu sur cette île une fois en tant qu'ami. Je ne l'abandonnerai pas maintenant. Kivi, allons-y.

Les yeux de Maena suivirent Svarde tandis qu'il s'éloignait à grands pas dans la toundra, mais il n'entendit aucun ordre de marche, et les notes mélodieuses de temps plus heureux accompagnèrent ses pas.

La ville offrit son chant crépitant bien avant que Svarde n'atteigne ses frontières. Les flammes continuèrent de croître pendant l'heure qu'il passa à marcher, courir, puis marcher à nouveau pour atteindre ses abords. Les langues oranges et rouges bondissaient, se dispersant au vent et se repaissant des broussailles qui abondaient dans les interstices entre les habitations de peaux et de bâtons. Épaisses, enveloppées de mousses et de fourrures, les constructions ici étaient trapues et faciles à embraser. Pas comme les maisons en blocs dans les fournaises de Foti, ou les pentes de pierre sur les crêtes de Noctia.

Même Vis, avec ses maisons séparées par des arbres et

gorgées d'eau, aurait été mieux préservée d'un feu comme celui-ci.

Les flammes, cependant, ne poussèrent pas Svarde à reprendre son petit trot, Kivi renâclant bruyamment à ses chevilles.

Ce furent les cris qui le firent, et le son de l'acier qui fendait l'air.

Svarde passa à travers une palissade éclatée, bien que celle-ci fût faite davantage de pierres empilées que de pieux pointus. Le mur donna le premier indice que le désastre n'était pas dû à une lampe égarée ou à une pipe renversée : trois grandes brèches brisaient la ligne solide du mur, les ouvertures irrégulières s'effondrant vers l'intérieur.

— Une charge, ou une force de percussion, marmonna Svarde à Kivi. Mais pourquoi serait-ce nécessaire quand les portes sont grandes ouvertes ?

Ne s'élevant que légèrement plus haut que Svarde lui-même, les portes en bois mal fixées étaient moins une fortification qu'un repère. Les doubles portes, normalement verrouillées au milieu, grinçaient dans le vent. La barre pour les sceller gisait abandonnée sur le chemin. Le poste de garde, un stand pour une seule personne, était vide et intact.

Aucune résistance, ce qui suggérait que les portes avaient peut-être été ouvertes non pas pour empêcher quelque chose d'entrer, mais pour laisser sortir ceux qui étaient à l'intérieur.

La chaleur du feu commença à percer le froid de l'air, enveloppant Svarde et lui apportant un peu de réconfort. Ses muscles se dégelèrent, sa mâchoire se détendit, et ses mains trouvèrent les manches de ses haches plus faciles à saisir. D'un geste fluide, Svarde tira ses deux armes en entrant dans la ville.

Le feu avait dû commencer aux abords, ceux-là mêmes que Svarde dépassait maintenant, car les coquilles creuses et carbonisées témoignaient d'un long moment laissé pour nourrir les flammes voraces. La cendre se joignit à la brise, se coinçant dans les cheveux de Svarde et ressemblant à de la neige qui soufflait. D'autres sons s'élevèrent aussi, un étrange aboiement venant par cadences saccadées. S'y joignant, l'interrompant, venaient d'autres cris humains.

Pas de douleur, ceux-là, mais de peur, des supplications. Les mots étaient trop flous par la distance et le paysage sonore crépitant pour porter des détails précis à Svarde, mais leur ton était assez clair.

Le Gardien n'accéléra pas son allure, mais quitta plutôt le chemin. Un ennemi était venu en ce lieu, et rester à découvert invitait les embuscades.

Svarde s'accroupit et se faufila, Kivi sur ses talons. Il scruta les habitations carbonisées, à travers les braises et la fumée, cherchant un indice en approchant de la place du village.

Il n'aurait pas dû se donner tant de mal.

Les survivants du village étaient regroupés au centre, blottis autour d'une statue noircie représentant une femme que Svarde ne connaissait pas et dont il se moquait. Ce qui importait à cet instant, outre la centaine de paysans dans leur prison improvisée, c'étaient leurs gardiens.

Svarde en compta trois, chacun mesurant plus du double de sa taille et possédant un assemblage liquide de bras et de jambes. Ils se tenaient debout, bougeaient, vacillaient en encerclant la foule, chaque pas remodelant leurs formes en fusion. Certaines parties restaient constantes : un bras tenant une épée ou une lance Whent capturée, deux ou trois jambes pour renforcer leur posture, et une tête monstrueuse, moins un crâne humanoïde qu'un oursin épineux trempé dans du goudron. Chacun portait aussi les cicatrices que tout démon gagnait en défiant l'Aegis : de profondes entailles émeraude zébraient leurs formes, et lorsque les créatures bougeaient, en continuant d'encercler les captifs, des flammes vertes léchaient ces blessures et fouettaient leurs propriétaires.

Les créatures claquaient, sifflaient, aboyaient leurs ordres entre elles et aux captifs, dont la plupart oscillaient entre pleurs ouverts et regards silencieux et condamnés dans le vide.

Les créatures révélaient aussi clairement l'origine du feu, chacun de leurs pas laissant derrière lui des gouttelettes fumantes d'un orange incandescent, comme si elles étaient faites de lave volcanique. De petits feux naissaient dans leur sillage, la plupart se fanant faute de combustible et laissant des taches sombres sur le sol dur couvert de cendres.

Svarde jeta un coup d'œil à Kivi. Ces démons ne semblaient pas si différents de la ferrite, ou de ce à quoi Kivi pourrait ressembler sans ses plaques de pierre. La ferrite semblait d'accord, mais ne trouvait aucune affinité avec ces monstres : ses plaques se fendaient et claquaient, laissant échapper de la vapeur dans sa colère. Heureusement, la ferrite restait basse, derrière la carcasse d'une maison détruite.

Non que les démons semblaient s'intéresser aux intrus. Leurs têtes épineuses étaient toutes tournées vers l'intérieur, surveillant leurs prisonniers, tandis que le feu continuait de se propager.

Qu'attendaient-ils ?

Svarde tâta les manches de sa hache. Les armes étaient de fabrication Foti, forgées dans les fournaises les plus chaudes, mais qui savait si elles pourraient résister au contact de ces choses en fusion ? Allait-il se précipiter, frapper, pour se retrouver à ne tenir qu'un moignon, et rapidement être... non, Svarde secoua la tête.

Catya avait toujours insisté sur le fait que leur esprit devait être leur meilleur atout. Il fallait examiner la situation de plus près. Les démons s'étaient emparés d'outils humains pour leur propre usage. Si leur peau pouvait faire fondre le métal au toucher, comment pouvaient-ils manier des épées ?

Mais pouvaient-ils mourir par l'une d'elles ?

— On va le découvrir ? chuchota Svarde, et Kivi renifla.

Trois contre deux. Pas de si mauvaises chances.

Svarde et Kivi fermèrent un dernier cercle brûlé, s'approchant à une seule boutique calcinée des démons qui rôdaient. Un homme parmi le groupe attira l'attention de Svarde, ses yeux s'écarquillant jusqu'à ce que Svarde pose un doigt sur ses lèvres. L'homme fit un hochement de tête à peine perceptible, détournant rapidement son regard.

Ces gens étaient courageux.

Svarde tapota l'épaule de Kivi, un signal pour la férrite. Sois prête, sois implacable.

Lorsque le prochain démon passa, Svarde se rua, silencieux, ses haches levées, visant le dos de la créature. La tête hérissée était trop haute pour que Svarde puisse l'atteindre, alors ce qui tenait lieu de torse au monstre devrait faire l'affaire.

Tandis que Svarde s'élançait, dans une charge oblique autour de la charpente de la boutique brûlée, les deux acolytes du démon à l'autre bout du cercle aperçurent Svarde et déclenchèrent un vacarme de cliquetis. La cible de Svarde amorça un tournoiement, une rotation lente et fluide illuminée par ces entailles vertes jaillissantes. La douleur perturba la manœuvre de la créature, la lance de pierre volée dans sa prise tremblant jusqu'à se ficher dans le sol alors que Svarde s'approchait pour le premier coup.

Les deux haches frappèrent en travers, le bras gauche menant, le droit suivant. Leurs tranchants acérés tracèrent des lignes émeraude sur la carapace noire du démon, projetant un sang de braise avec leurs coupures. Svarde ne sentit que peu de résistance, comme s'il tranchait de l'eau, et son mouvement emporta ses bras largement sur la droite de la créature. Une prise inversée, et Svarde aurait la créature coupée en deux.

Du moins, c'est ce qui se serait passé si le démon, cliquetant comme un fou, n'avait pas lancé un coup de pied avec une jambe centrale qui n'existait pas un instant auparavant. Le pied en fusion frappa Svarde en pleine poitrine, l'envoyant voler dans la boutique en ruine.

Entouré d'étagères brisées et carbonisées, Svarde se releva, son équipement en cuir désormais aussi maculé de gris et de blanc que tout le reste. Le démon, ruisselant de vert fumant de ses nouvelles blessures, s'écoula vers lui d'un long pas, puis deux, avant d'hésiter et de s'arrêter en vacillant.

Même un monstre comme celui-ci prendrait une seconde de réflexion face à un regard empreint d'une telle menace, d'une telle haine et d'une telle soif de bataille que celui que Svarde arborait à cet instant, haches en main, le prochain coup déjà en mouvement.

30
PREMIÈRE FRAPPE

L'aile rose pâle voleta près de son œil. À travers son fin filament, Bliss vit le soleil, haut dans le ciel, chassant quelques nuages. Le papillon s'agita à nouveau — perché sur son nez — puis s'envola avec la prochaine rafale, voletant vers le bas de la colline. Bliss se redressa, balançant ses jambes hors de la grosse branche. Sa corde se tendit, la maintenant sur le mince bout de bois. Son bâton se tenait à côté du tronc ambré et ondulé de l'arbre, la corde faisant double emploi en gardant l'arme à proximité. Sa sacoche pendait au-dessus de sa tête, attachée à la branche suivante.

Sa gourde, remplie de rosée du matin avant que Bliss ne s'échappe pour sa sieste, rafraîchit sa gorge, faisant passer la mangue facilement. Le poisson salé la fit se lécher les lèvres, mais elle aurait besoin de cette énergie.

Aujourd'hui, elle attraperait les démons.

Les monstres n'étaient pas rapides. Ils manquaient de direction, errant depuis la jungle vers ses biomes plus clair-semés et plus élevés. Ils griffaient les arbres, marquaient un nouveau territoire et chassaient de petites créatures avant de poursuivre leur chemin.

Bliss n'avait pas de telles distractions.

Elle avait suivi les traces jusqu'à une crevasse entre la colline et la plus grande montagne, une vallée abrupte ombragée et envahie de mauvaises herbes rampantes. De petites fleurs blanches portaient des marques de piétinement, et une entaille profonde à l'extrémité étroite de la vallée semblait être une cachette probable pour ces choses.

Alors Bliss avait rebroussé chemin un peu, trouvé l'arbre, et économisé son énergie.

En descendant au sol, Bliss usa de quelques astuces. Utilisant sa gourde pour ramollir la terre, Bliss étala de la boue fraîchement préparée sur ses épaules et son visage. Elle fourra des feuilles dans son tissage et ses cheveux attachés. Camouflage, tout pour gagner une seconde, lui donner une chance.

La marche de retour vers la vallée prit une allure plus agréable à la lumière du jour, avec des fleurs en éclosion et davantage de papillons errant dans les hautes herbes. Au cœur de la jungle, la journée aurait été chaude, mais ici l'air était vif, revigorant. Bliss en aspira de grandes goulées, se retournant de temps en temps pour jeter un coup d'œil sur l'île qui s'étendait derrière elle.

Elle redescendrait une femme différente, une femme sans peur, ou elle ne redescendrait pas du tout.

Alors que la vallée approchait, Bliss ralentit sa marche, s'accroupit. Le démon qu'elle avait combattu sur le rivage dormait pendant la journée. Avec un peu de chance, ceux-ci feraient de même, mais inutile de prendre des risques. Garder un profil bas, atteindre ses cibles vivante.

Pas un mauvais objectif.

Le sifflement élégant venant de derrière la fit sursauter. D'un mouvement fluide, Bliss pivota, dégainant son bâton et le balayant à travers l'herbe. Sa pointe vint se poser sur le nez d'un hanoko vert pâle, le grand félin la fixant de ses yeux topaze verticaux.

Bliss se tendit, contrôlant sa respiration. Elle savait comment gérer ces chats. Une petite frayeur et ces créatures, aussi effrayantes que puissent être leurs six pattes et leurs griffes, s'enfuiraient à la recherche d'une proie plus facile.

Celui-ci écarta son bâton, les oreilles rabattues, et fit un pas de plus. Sa gueule s'ouvrit, laissant apparaître deux crocs humides au-dessus de ses lèvres roses. Le sifflement disparut, remplacé par un grognement guttural.

Pourtant, malgré tout cela, Bliss se retrouva concentrée sur le corps du chat, et les profondes lignes rouges sur son flanc droit. Des touffes de fourrure manquantes, emmêlées, encore luisantes, témoignaient d'une mauvaise nuit.

Reculant son bâton, se retirant d'un pas pour garder le bout entre elle et le chat, Bliss se redressa, essayant de ne pas paraître agressive.

Les hanokos pouvaient certes se battre pour leur territoire, mais les adultes avaient tendance à s'éviter. Ils menaient leur vie solitaire. C'était étrange d'en voir un blessé comme ça. Étrange, du moins, jusqu'à ce qu'elle se souvienne de ce qui aurait pu faire une récente incursion dans le territoire de la bête.

Le hanoko avança de nouveau. Une autre patte en avant. Il pouvait bondir maintenant, un saut facile, et atterrir sur Bliss. La plaquer au sol et en finir avec ses crocs, mais il hésitait.

Parce qu'elle n'était pas ce qui inquiétait le hanoko.

Bliss fit un pas de côté, pointant avec son bâton vers la vallée, la faille de l'autre côté de la crête de la colline. Le hanoko l'observait, grognant toujours.

Bliss hocha la tête vers la créature, puis fit un seul pas lent vers la crête. Le hanoko n'avança plus. Ses griffes entraient et sortaient de ses pattes. La respiration de la créature était lourde, une odeur rance contrastant avec l'air pur.

Bliss bougea de nouveau. Le chat ne la poursuivit pas.

Attaquerait-il dès qu'elle tournerait le dos ?

Difficile à dire, mais le hanoko n'avait pas l'air affamé. Blessé, oui, mais les muscles habillaient ces os. Il se déplaçait avec grâce et force.

Bliss devait espérer qu'il était venu ici avec l'idée de se venger, ou au moins de défendre son propre territoire. Sinon, elle pourrait avoir à affronter trois choses aujourd'hui, et ça... ce serait peut-être risquer trop.

Elle se désigna, puis pointa la faille. Elle espérait que le chat comprendrait. Ces fentes topaze l'observaient simplement, mais le grognement cessa. Pas de sifflement, pas de tension pour bondir. Un papillon voleta entre eux et pendant un instant Bliss pensa qu'il pourrait se poser sur l'oreille du chat, une image parfaite, mais le vent emporta la petite chose.

Avec un dernier hochement de tête, Bliss fit un pas de côté, gardant son bâton à portée de main. Le chat resta immobile, et elle continua, un pied après l'autre jusqu'à ce qu'elle ait franchi la crête de la colline et commencé à descendre de l'autre côté dans les herbes couvertes de fleurs. Les fleurs se dispersaient à son passage, et Bliss reprit sa démarche accroupie, bien que cette fois les regards en arrière n'étaient pas pour admirer son parcours, mais pour s'assurer que le hanoko n'était pas sur le point d'attaquer.

Le chat, cependant, ne la poursuivit pas au-delà de la colline.

Peut-être que le hanoko jouait avec elle, espérant qu'elle le débarrasserait des intrus maléfiques. Une ruse intelligente. Bliss sourit. Elle serait heureuse de rendre son territoire au chat.

De l'autre côté de la vallée, la faille était ombragée, surplombée par une dalle de roche gris-rouge, qui avait été fouettée par la foudre et la pluie pendant plus d'années que Bliss ne pouvait le savoir. Ses creux s'enfonçaient profondément, disparaissant à la limite de l'ombre, comme si quelqu'un avait enlevé un coin à la base de la falaise.

Et là, endormi, sa poitrine massive se soulevant et s'abaissant avec un calme régulier, gisait un démon. Bliss se figea, regarda de plus près, plissa les yeux, espéra, et paniqua.

Un seul démon se trouvait dans la crevasse. L'autre, s'il avait jamais été là, n'y était plus. Bliss fit volte-face, veillant à garder ses pas silencieux, et scruta la petite vallée. Aucun démon en vue, rien qui ne s'approche pour une embuscade.

Elle prit une lente inspiration, ordonna à son cœur de ralentir. Ces monstres n'étaient pas vraiment amicaux. Peut-être s'étaient-ils séparés. Peut-être que l'autre était simplement parti, laissant son partenaire derrière. Elle trouverait ses traces après s'être occupée de celui-ci.

Un sourire retrouva le chemin de ses lèvres. Peut-être, juste peut-être, qu'elle aurait un peu de chance après tout.

Marchant sur les mauvaises herbes — enchevêtrées, filandreuses, molles —, Bliss fit peu de bruit en approchant. Elle tenait son bâton à deux mains, près de sa taille, prête à asséner un coup vif. Le ventre mou du démon était juste là, et un bon coup pourrait estropier le monstre, le jeter dans la confusion, permettant à Bliss d'en finir avec un coup sur sa tête.

Sa vision semblait se brouiller tandis qu'elle se faufilait vers la crevasse. Les sons s'estompèrent, sauf les pulsations dans ses oreilles dues aux battements de son cœur. La bouche sèche, Bliss retint son souffle. Les griffes du démon semblaient acérées, bien que certaines se soient brisées, leurs ongles coupés par le grattage. Sa crinière bordeaux s'enroulait autour de sa tête, son unique croc dépassant. Comme les autres, de longues entailles sanglantes quadrillaient sa peau, un cadeau de l'Aegis.

Le démon était sur le point de recevoir un cadeau de Vis.

Bliss tendit ses jambes, serra son bâton. Le ventre, blanc et vulnérable, était juste là.

Elle pouvait entendre Deshiva : — Frappe ta vengeance.

Bliss planta son pied gauche, poussa le bâton en avant avec ses deux mains. La pointe émoussée, en bambou durci qui accompagnait Bliss depuis qu'elle savait marcher, s'enfonça dans le démon et continua, repoussant la peau et expulsant l'air, broyant les os. Bliss ne s'arrêta pas, se penchant en avant dans une course alors même que le démon se réveillait en sursaut, ses griffes raclant.

Mais le poids du monstre était immense. Le premier coup porta, mais alors que Bliss se penchait, elle sentit la masse du monstre la repousser. Le démon se redressa, grognant un sifflement douloureux et projetant terre, herbes et fleurs avec ses griffes.

Le premier coup passé, Bliss retira son bâton, le visa et le planta à nouveau, visant cette fois le croc. L'œil étroit du démon perça à travers ses mèches enroulées et vit le mouvement, sa patte avant droite balayant et déviant l'attaque de Bliss, la projetant vers le plafond de pierre.

Tel un serpent, le démon suivit son coup d'un tour sinueux, claquant des mâchoires vers Bliss avec son unique croc. Cette fois, Bliss eut la bonne réponse, faisant redescendre son bâton de sa déviation et parant l'attaque, frappant le museau du démon dans la terre.

L'initiative signifiait la vie. Bliss ne pouvait pas laisser le démon reprendre son souffle. Elle rebondit sur ses pieds, bondissant en avant et piquant à nouveau avec le bâton.

Au lieu de reculer, le démon l'affronta de front, faisant un bond haletant et sifflant. Bliss frappa l'épaule du démon, le coup brisant quelque chose, mais le choc lui fit lâcher son bâton. Bliss réalisa à peine sa perte, car le démon lui-même la percuta, projetant la jeune femme en arrière dans la vallée.

Bliss heurta le sol en premier, sentit les griffes du démon déchirer son tissu, glisser sur la boue et laisser des égratignures. Les attaques du monstre manquèrent leur cible, glissant sur les feuilles, la terre, et le démon, maladroit dans sa tentative, roula hors de Bliss et dévala la pente. Pendant un instant, Bliss resta simplement allongée dans les herbes, stupéfaite de ne pas être morte.

Puis ses mains se portèrent à sa taille, détachant la corde qui y attendait. Bliss se pencha, posa sa main gauche dans les plantes et regarda.

Au lieu de se précipiter pour une nouvelle attaque, le monstre semblait tituber, se débattant dans le feuillage. Les sifflements devinrent plus forts, plus rauques. Plus désespérés.

La réalisation la frappa. Avec cette frappe initiale, Bliss avait peut-être fait plus qu'agacer la bête. L'avait peut-être affaiblie. Ou du moins, s'était donné une vraie chance.

Elle courut, tendant la corde entre ses deux mains, et sauta. Sa position en hauteur sur la pente la porta jusqu'au monstre et elle atterrit sur ses épaules, le faisant trébucher et siffler. Les griffes de la créature grattèrent l'air, mais ses membres, comme ceux d'un hanoko, étaient conçus pour bondir, pour frapper de haut en bas, pas vers le haut sur son dos.

Bliss se pencha en arrière alors que le monstre se retournait et tentait de la mordre. Elle jeta la corde par-dessus sa tête, ignorant le croc qui passa assez près pour entailler sa tresse, pour arracher plus de feuilles. Au lieu de cela, elle serra fort, agrippa la corde de toutes ses forces.

Les fils huilés tinrent bon, et Bliss fit passer les brins d'une main à l'autre, les tirant fermement et glissant un nœud autour du cou du monstre. Il essaya un autre sifflement, un autre hurlement gargouillant tandis que Bliss serrait plus fort, gardant ses jambes fermement plaquées sur les flancs de la créature.

Le monstre tenta de courir, de désarçonner Bliss, mais la corde resta solide. La crinière de la bête gifla Bliss, les poils collants laissant des marques sur sa peau.

Elle ne serait pas jetée à terre. Pas maintenant.

La corde se resserra, le monstre se cabra une fois, deux fois, trois fois, avant que quelque chose ne change. Sa combativité sembla s'écouler, s'apaisant progressivement. Ses jambes devinrent molles, la bête s'affaissa sur l'herbe, et avec un dernier claquement de mâchoire à moitié convaincu dans sa direction, le monstre exhala son dernier souffle.

Et Bliss prit sa première inspiration, les yeux écarquillés. Elle maintint la corde serrée, resta sur le dos du monstre, attendant une feinte qui ne vint pas. Attendant un piège qui ne se referma pas.

Ce n'est que lorsqu'un papillon se posa sur le monstre, la créature ne bougeant pas d'un muscle, que Bliss lâcha la corde.

Elle descendit du dos du monstre, libéra sa corde, les yeux toujours fixés sur la créature, guettant le moindre signe.

Concentrée sur sa vengeance.

31

L'ESCALIER TOILE

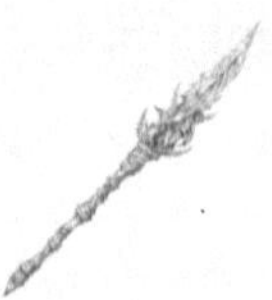

Le brute se tenait comme s'il pensait que Wax allait le plaquer. Comme s'ils allaient se rencontrer paume contre paume, front contre front, et déterminer leur supériorité par la pure force brute.

Il pouvait continuer à le croire.

Wax fit signe à Pan d'aller sur la gauche, espérant que son ami verrait l'ouverture et continuerait d'avancer. L'objectif de la brute était assez évident : ralentir ces deux-là pour que celui qu'ils avaient choisi pour le Renouvellement puisse entrer tranquillement et remporter le prix. Wax aurait parié qu'ils disperseraient leurs autres imbéciles tout au long du chemin aussi, juste pour plus de protection.

Ce qui signifiait qu'ils devraient s'occuper de ce gars, et vite.

Courir sur le filet élastique donna à Wax une idée de comment faire exactement ça.

— Cours juste devant moi, dit Wax alors qu'ils se rapprochaient. Saute quand j'atterris.

Le bon vieux coup du ressort et du rebond. Pas vraiment une manœuvre inconnue dans la jungle, où les feuilles rebondissantes servaient de tremplins pratiques. Que l'homme de Mottilan comprenne ou non... ils allaient bien voir.

Wax plia les genoux, fit un saut vers le ciel, ou du moins aussi loin que son élan le lui permettait. Dans les airs, il ramena ses genoux contre sa poitrine, sentit la chute, ferma les yeux juste avant l'impact — pas la peine de risquer qu'une épine égarée ne les égratigne — et entraîna la surface spongieuse avec lui. Pan, juste devant, devait sentir son appui glisser en arrière, il devait être —

— Hé ! Le cri de colère du gars était toute la preuve dont Wax avait besoin alors qu'il jaillissait de sa boule, atterrissant en titubant.

L'ennemi se tenait devant Wax, ne le regardant pas, suivant plutôt Pan qui atterrissait de l'autre côté de l'homme. Pan tomba avec toute la grâce d'un poisson qui se débat, son côté frappant en premier. Pourtant, malgré son manque de style, Pan se retrouva là où il devait être : plus haut sur le sentier enroulé autour du tronc.

Souriant, enivré par la victoire, Wax pressa l'avantage. Il bondit en avant, heurta le plus grand gars avec un plaquage en course. L'homme tomba, frappant et rebondissant sur la plante élastique, et Wax chevaucha la vague, roulant vers l'avant et se relevant pour suivre les pas de Pan.

L'imbécile jura, et Wax supposa que l'homme les poursuivrait, mais pour le moment, ils avaient une avance.

— Cours ! cria Pan, le rire vibrant dans sa voix.

Il arrivait toujours un moment dans chaque aventure où, eh bien, l'aventure prenait le dessus. Les journées improvisées à plonger dans la jungle avaient été amusantes, bien que sans véritable direction. Qui savait si le duo arriverait en premier à l'avant-poste de Najahn, qui savait ce qu'ils feraient une fois arrivés, mais ici, ici il y avait conflit, objectif et menace en parts égales.

Et rien que Pan et Wax ne puissent gérer.

Vers le haut, le matériau élastique laissait place à des lianes noueuses, la nouvelle végétation chevauchant l'ancienne. Les plantes desséchées se seraient effondrées sans le soutien de leurs jeunes sœurs, formant un treillis craquant qui offrait une ascension simple.

Les insectes-fléchettes continuaient d'éclairer le chemin, leurs corps magiques se posant, plus souvent qu'à leur tour, sur les mains et la tête de Wax alors qu'il progressait. Quelques minutes d'escalade les amenèrent à un tout nouveau niveau, atteint lorsque Wax rejoignit Pan, grimpant sur une plateforme rigide. Non, pas du bois : une vaste tête de champignon couleur cannelle. Le champignon était fixé au tronc intérieur du sana, ses cinq orbes en forme de bouffées s'étendant vers l'extérieur, le bas et le haut. Des vrilles vanille pendaient en touffes sur les bords, celles au-dessus de Pan et Wax frôlant presque leurs crânes. Le long des bords ondulés, des morceaux turquoise clignotaient en rythme avec les insectes-fléchettes, une sorte de danse naturelle que Wax ne comprenait pas mais appréciait tout de même.

— Je vois que Mertz n'a rien fait, comme toujours, dit une nouvelle voix, à la fois tranchante et féminine. On le garde pour ses muscles, et il n'est même pas capable de s'en servir.

Wax et Pan suivirent la surface inclinée de la bouffée jusqu'au tronc, où le champignon lui-même portait des entailles scarifiées menant plus haut. Bloquant le passage se tenait la femme, plus grande que Pan et Wax, avec rien d'autre qu'un air d'ennui sur son visage tendu. Sa tenue, cependant, ne correspondait pas à son expression : fluide et bleu clair, comme si un tourbillon avait été sculpté sur son corps, la robe ondulait avec elle tandis que la femme se baissait en position accroupie, ses deux mains devant elle en ligne diagonale.

— Que fait-elle ? demanda Pan.

— Aucune idée. Le chemin passe par elle, cependant.

— Laisse-moi gérer celle-là, d'accord ? J'ai un plan.

Tiens, Pan qui prend l'initiative ? Wax pouvait s'y faire. Son ami s'avança d'un pas lent vers la femme, qui observait, figée dans sa position. Alors que Pan n'était plus qu'à quelques pas, il s'arrêta, puis donna un coup de pied dans la surface du champignon. Le coup transperça le sommet du champignon, s'enfonçant et faisant jaillir un morceau dans l'air. Pan saisit le morceau duveteux et beige et le lança droit sur la femme.

— Vas-y ! cria Pan alors que le gros bloc de champignon fonçait.

Wax s'élança au moment où la femme déviait le champignon, le bloc ne parvenant pas tout à fait à repousser l'assaut de Pan mais le brisant en plus petits morceaux, chacun pleuvant sur elle comme une douce pluie visqueuse.

Pan avait presque réussi à la contourner par la droite avant que la femme ne reprenne le contrôle. Sa jambe droite jaillit, attrapant la cheville droite de Pan et l'envoyant rouler sur le sommet de la bouffée. Wax, suivant l'exemple de son ami, donna un coup de pied dans un autre morceau de champignon et, en pleine foulée, le lança vers le dos de la femme.

Le champignon n'était pas vraiment lourd, mais ce n'était pas non plus de l'air. La femme semblait sur le point d'enchaîner avec un coup de pied au visage de Pan, un coup qui n'arriva jamais car le lancer de Wax la frappa dans le dos et la fit trébucher en avant. En avant, droit sur le coup de pied maladroit de Pan.

Le chasseur de champignons frappa le tibia de la femme, la faisant crier et tomber. Se dégageant, Pan se traîna hors de son effondrement, projetant encore plus de morceaux de champignon alors qu'il se dirigeait vers l'échelle rainurée.

Wax ramassa un autre morceau de champignon, se mit à courir, et quand la femme se fut retournée, fusillant Pan du regard, il la bombarda à nouveau, ensevelissant ce visage qui n'était plus du tout ennuyé sous davantage de débris de vesse-de-loup. Un autre cri se joignit aux jurons étouffés de la femme : Mertz, qui avait grimpé l'échelle végétale et arrivait trop tard pour changer le cours de la bataille.

Wax atteignit les rainures à peine trois secondes après Pan, sautant et trouvant des prises dans la chair tendre du champignon. L'ascension de l'échelle dégageait une étrange odeur, un peu comme certains dîners fades que ses parents préparaient. Au-dessus, l'échelle se poursuivait jusqu'à ce que le champignon, dont les hauteurs étaient ombragées d'un blanc diaphane, disparaisse. Un trou étroit apparaissait, taillé là où l'échelle continuait.

— C'était pas génial, ça ? cria Pan en contrebas pendant qu'ils grimpaient. Personne ne s'attend à la bombe champignon !

— La bombe champignon ? Tu as un nom pour ça ?

— Bien sûr ! Il faut être prêt à sacrifier une vesse-de-loup pour se sauver.

— Vraiment ?

Le rire fou de Pan fut sa seule réponse. Tout en grimpant, Wax jeta un coup d'œil en bas et vit la femme et Mertz qui les poursuivaient lentement. Leurs voix résonnaient, semblant se disputer.

De la dissension dans les rangs : parfait.

— À ton avis, c'est quoi ce truc ? demanda Pan alors qu'ils approchaient du voile diaphane.

— Je pensais que c'était une toile d'araignée, dit Wax. Je n'en suis plus si sûr maintenant.

Le doute venait des formes épaisses blanc argenté dans le voile, apparemment enveloppées dans les fils. À peu près de la taille des doigts de Wax, les formes ne semblaient pas menaçantes, mais beaucoup bougeaient à l'approche des deux garçons, se tortillant dans leurs petites prisons.

— Ça me fiche la trouille, dit Pan.

— Alors continue de grimper et on les laissera derrière nous.

— Tu sais qu'on devra redescendre, pas vrai ? Tous ces gens, ils nous attendront.

— Ils ne pourront pas te toucher une fois qu'on aura l'étoile. Et s'ils l'obtiennent, qu'est-ce qu'ils en auront à faire de nous ?

— La vengeance ?

Bon point. Sans le Najahn ici pour jouer les arbitres, ces gens pourraient bien décider que malmener Wax et Pan pour le plaisir en valait la peine.

— Alors il faudra juste qu'on soit plus malins, Pan. Ça ne devrait pas être trop difficile.

Cette affirmation allait être mise à l'épreuve alors que l'échelle prenait fin, hissant le duo dans une forêt de filaments. Le sommet du champignon semblait se dissoudre autour d'eux, la toile se développant à partir des extrémités désintégrées du puffball. Presque comme une moisissure, mais avec un objectif secondaire. Les filaments s'étiraient au-dessus et autour d'eux, les brins s'approchant suffisamment pour qu'en tendant le bras dans presque n'importe quelle direction, on entre en contact avec cette substance collante. Wax passa son doigt le long d'un brin près de sa tête, et les fines lignes le suivirent immédiatement, s'accrochant à sa peau. Fraîches au toucher, légères, presque invisibles sans les insectes-fléchettes — Wax cligna des yeux. Les insectes-fléchettes. Ils n'étaient pas là-haut. Les fils étaient trop épais pour ces créatures. Pas trop épais, cependant, pour la lumière. Le bleu argenté s'élevait sous eux, se reflétant sur les filaments en un spectacle scintillant, auquel se mêlait une lueur plus dorée venant d'en haut.

— La lumière du soleil, dit Pan, suivant le regard de Wax. Nous approchons du sommet.

— Ouais, mais comment on va aller plus loin ?

— Là. Pan pointa du doigt un peu plus loin dans le virage. Les fils de soie s'épaississaient, ces formes tortillantes dans un amas suspendu menant vers le haut. Je suppose qu'on va devoir monter un escalier vivant.

Marcher sur les filaments donnait l'impression de marcher sur de l'herbe mouillée, des morceaux s'accrochant à eux après chaque pas. Les brins tremblaient sous les pas de Pan et Wax, mais leur force combinée suffisait à former un sol. Quant à l'escalier vivant ? Il les appelait d'un dessein frémissant, s'enroulant dans une cavité trop parfaite dans les filaments. Chaque marche tremblait, les cocons empilés si densément qu'ils en étaient presque solides. Ils absorbaient la lumière, brillant d'un éclat mat.

— Je dois dire, marmonna Wax alors que lui et Pan évaluaient la première marche, il y a des trucs vraiment bizarres ici.

— C'est vrai. J'aimerais en ramener un peu, voir si on peut en faire pousser davantage. Les échanger.

— Skar d'abord, pillage après, Pan.

— D'accord, d'accord.

Mertz et la femme escaladèrent l'échelle de champignons tandis que Wax prenait la première marche, reprenant la tête. Leur apparition donna un élan supplémentaire aux pas de Wax et Pan, les cocons élastiques servant de support peu naturel. Chaque fois que le pied nu de Wax touchait la surface suivante, il pouvait la sentir bouger sous lui, les cocons chatouillant ses orteils. Pas vraiment une sensation qu'il appréciait.

— Euh, Wax ? demanda Pan après qu'ils eurent monté cinq marches. Je crois qu'ils éclosent.

Wax fit volte-face, regardant la marche en dessous de lui, où Pan fixait ses propres pieds. Les petits cocons blancs intensifiaient leur tremblement, vibrant maintenant avec intensité. Des fissures apparurent le long de leurs surfaces argentées, des lignes noires se propageant comme une coquille d'œuf qui se brise. Wax vit aussi le désastre se dérouler sur sa propre marche.

— Continuez à bouger ! cria Wax, pivotant sur un talon et s'élançant dans l'escalier.

Pan suivit, les cocons éclatant derrière eux. Un bruit de bourdonnement et de crépitement s'éleva, amplifié par les filaments, dont les brins agissaient comme un instrument et résonnaient avec le concert vivant. Les marches ne se tortillaient plus sous le pied de Wax : elles commencèrent à piquer, des élancements perçants alors que les insectes émergents allaient chercher leur premier repas. Wax aperçut quelques-uns sur les marches devant, de petites choses ressemblant à des chenilles avec des mâchoires pointues sur leurs têtes. Elles se dressèrent et se jetèrent sur Wax et Pan à leur passage, piquant leurs pieds, leurs tibias, tout ce que ces petits monstres pouvaient attraper.

— C'est nul ! cria Pan.

— Plus que quelques marches !

Au-dessus, l'escalier vaporeux se terminait par ce qui ressemblait à un plafond plat et moisi de couleur brune. La dernière marche arrivait à portée de ce plafond, une portée que Wax atteignit lorsque ses pieds touchèrent le dernier palier.

D'une poussée, la surface brune céda, laissant filtrer un éclair doré brut. Wax trouva une prise, dure et croustillante, et se hissa, roulant sur la nouvelle surface. Il chassa les chenilles démoniaques de ses mains, les dispersant à travers les feuilles, car c'est ce qu'il y avait ici : des feuilles, de grandes feuilles festonnées avec des trous bordant leurs bords, ces trous laissant filtrer la lumière dans la vapeur en dessous. Au-dessus d'elles, une forêt épineuse s'élevait tandis que le tronc lui-même s'amenuisait en pistil du sana. La grande fleur épanouie masquait le soleil ici, créant un ciel rose et violet. En dessous, alors que Wax et Pan se relevaient, chassant les insectes, un trio maussade les attendait.

Les derniers des montagnards, et ces trois-là se tenaient devant l'épine la plus basse. Contrairement à Mertz et la femme en bas, aucun amusement, aucun ennui ne flottait sur leurs visages. — Nous ne voulions pas que vous arriviez si loin, dit l'homme au centre, une brute imposante avec une cicatrice en forme de croissant sur son torse nu. Vous n'irez pas plus loin.

32

DE LA HACHE ET DE LA FLAMME

Hésiter, c'est inviter l'attaque. Une maxime Rana parmi tant d'autres que les marins avaient inculquées à Svarde durant le voyage. La plupart étaient violentes, vulgaires, ou les deux, mais celle-ci était celle que Svarde utilisait lorsqu'il bondit vers le monstre, ses haches volant au-dessus de sa tête dans une double frappe.

La créature de goudron sinueuse, sa lame calcinée tenue écartée, n'offrit que peu de défense. Que ce soit parce qu'elle croyait que les haches de Svarde ne pouvaient lui faire aucun mal réel ou à cause d'une autre illusion, Svarde n'en savait rien et s'en moquait. Tout ce qui importait était la légère résistance lorsque ses haches mordirent la chair, le jet vert jaillissant et piquant ses joues. Le vol de Svarde le porta contre la créature, une décision nécessaire pour le coup mortel mais néanmoins dangereuse : une chaleur intense jaillit partout où les vêtements de Svarde touchèrent le démon, sa peau se cloqua là où elle effleura le noir fumant, et même les yeux de Svarde se rebellèrent à ce contact rapproché, le brûlant dans un trébuchement aveugle en arrière.

Pourtant, malgré tout cela, le démon hurla, son cri strident à fendre les ongles était un son terrifiant, provoquant des gémissements et des cris chez les captifs sur la place. Lorsque Svarde sentit la structure en ruine contre son dos, lorsque la douleur reflua, il cligna des yeux pour les ouvrir et vit une chose en train de fondre.

Une flaque émeraude grandissante, le corps du monstre semblait se dévorer lui-même, la peau s'enflammant à cause du sang à l'intérieur, explosant en une torche vert-orange tandis que sa lave liquide se répandait en dessous.

Svarde fit un pas de côté, examinant ses haches et confirmant que, bien qu'elles fussent aussi brûlantes que la peau du monstre, leurs tranchants d'acier tenaient toujours.

Les trois autres démons n'accueillirent pas la disparition de leur camarade avec bonne humeur. L'un restant près des captifs, les deux autres se séparèrent en glissant, chacun encerclant Svarde. Les bâtiments en ruine offraient une piètre couverture, le piège tendu par les démons étant visible tout du long.

Non que Svarde eût beaucoup d'options.

— C'est ce qui vous attend tous, gronda l'homme. Que les démons le comprennent ou non, Svarde pensait que le ton de ses paroles suffirait à faire passer le message. Ces créatures n'étaient pas dénuées d'intelligence si elles pouvaient manier une lame. Peut-être pouvaient-elles être manipulées, intimidées. — Qui est le suivant ?

Quelque part dans les bâtiments derrière lui, Kivi rôdait. Svarde ignorait quand le ferrite attaquerait. À ce stade, mieux valait se fier à son instinct plutôt qu'à une stratégie, et Svarde n'avait qu'une option qui se démarquait.

Alors que les deux démons se positionnaient à sa gauche et à sa droite, cherchant tous deux à l'attaquer par derrière, le guerrier Foti changea de posture et fonça droit devant, vers le dernier qui protégeait les captifs.

Contrairement à son ancien compagnon, ce démon ne fut pas pris au dépourvu. Au contraire, ses bras se transformèrent pour saisir la longue lame calcinée à deux mains, tandis que ses jambes se raccourcissaient et se multipliaient. Une araignée noire faisait face à Svarde sur la place, et son arme avait une longue portée.

D'un coup à deux mains, le démon visa directement la silhouette chargeante de Svarde. Une hache montante intercepta la lame et l'aurait déviée si ce n'était la force maudite de la créature. L'arme de Svarde heurta le dessous de l'épée, Svarde lui-même se baissant pour s'assurer que le tranchant de la lame n'effleure que ses cheveux. À la place, la hache s'accrocha à l'épée, le mouvement soulevant et projetant Svarde sur sa droite.

Il roula sur la place poussiéreuse, soulevant un nuage de cendres, des braises atterrissant dans ses cheveux. Svarde secoua la tête pour chasser la douleur, entendit un enfant crier, et pivota, croisant ses deux haches en défense devant son crâne.

L'instinct le sauva, comme il l'avait fait tant de fois auparavant.

La lame enfumée du démon s'écrasa contre ses haches, forçant Svarde à reculer sur un genou. Ses bras le brûlaient, le poids qui s'y exerçait étant trop important, trop constant. La sueur et le sang perlaient sur le front de Svarde, piquant ses yeux, bien que dans le flou, il pût distinguer ces jambes d'araignée qui avançaient, prêtes à le faucher par en dessous.

— Tu n'es qu'une pourriture, jura Svarde contre le monstre. Ce n'était guère un cri de guerre pour les légendes, mais la chaleur lui volait son souffle.

Ces jambes manquèrent leur cible. Une forme floue gris argenté percuta le démon sur son flanc droit, broyant ces frêles soutiens et brisant leurs os liquides. Un liquide vert jaillit et Svarde sentit le poids disparaître tandis que Kivi roulait, mordait et griffait dans le centre gélatineux du démon.

Le monstre ne savait que faire, sa lame s'abattant sur lui-même et manquant sa cible alors que Kivi refusait de rester immobile. Profitant de l'ouverture, Svarde se reprit, puis porta un double coup de hache pour trancher les bras tenant la lame, puis la tête qui les dirigeait.

Comme son frère, la créature se désintégra, fondant pour ne devenir rien de plus qu'une flaque bouillonnante.

Les Whent acclamèrent, leurs encouragements éraillés étant le plus beau son que Svarde ait entendu de la journée.

Un son qui changea, aussi vite qu'il était venu, en avertissements.

Les deux démons restants se jetèrent sur Svarde et Kivi de côtés opposés, leur lent encerclement n'ayant pas abouti à temps.

— C'est toi qui t'occupes du moche, dit Svarde, et Kivi renifla avec dédain.

Pivotant, Svarde examina celui qui venait vers lui. Comme la bête qu'il venait d'abattre, celle-ci tenait sa lame à deux mains. Contrairement à l'autre, cette créature gardait ses jambes au nombre de deux, les remplaçant par plus de bras qui tenaient tout ce qu'elle pouvait trouver comme débris. Des briques, des gourdins, une poignée de cendres pour aveugler Svarde.

Les démons étaient toujours affreux.

Jetant un coup d'œil à gauche, Svarde s'élança dans cette direction, se dirigeant vers une forge relativement intacte. Comme tout atelier de forgeron, le bâtiment avait de solides fondations pour résister à la chaleur, sa structure tenant encore debout. Le démon le suivit, ses cliquetis d'avertissement annonçant sans doute quelque funeste destin.

Pas que Svarde s'en souciait. Le démon aurait ce qu'il méritait, comme les autres.

Se précipitant à l'intérieur d'un cadre de porte brisé, Svarde inspecta son champ de bataille choisi. Il y avait bien une forge, le four en pierre empilée et l'enclume bien usée juste devant lui. À droite se trouvaient des tonneaux de refroidissement, noircis mais pas brûlés. Des râteliers au plafond pendaient des outils, des pinces, des marteaux et autres. Certains pendaient de travers, leurs poutres de soutien ayant été calcinées.

À gauche, tenus par des étagères, se trouvait la production principale du forgeron : des outils agricoles. Faucilles, faux et pioches pour les affaires minières. Pas vraiment les meilleurs outils pour un combat contre un démon.

Svarde sentit le monstre approcher, la chaleur monter, et il fonça droit devant, sautant par-dessus l'enclume pour atterrir de l'autre côté, dos au fourneau. L'encadrement de la porte vola en éclats lorsque le démon balança son épée, tranchant les supports affaiblis. Le toit de chaume mal fixé s'effondra sous le coup, prenant feu au contact du démon.

Avec sa nouvelle couronne de feu, le démon avança dans la forge, ses pas maintenant plus lents, plus assurés. Le bras tenant la brique se leva, repéra Svarde, et lança.

Même en sachant que cela arrivait, prêt à esquiver, Svarde ne fut pas assez rapide. Il tomba sur la droite, essayant d'utiliser l'enclume comme couverture, mais la brique effleura quand même l'épaule gauche de Svarde. La douleur fut vive, mais le cuir épais de Svarde préserva l'articulation.

Ce ne fut pas le cas du fourneau derrière lui. Le tir de la brique heurta violemment les pierres empilées dans le coin inférieur droit, cisaillant les blocs affaiblis. Le fourneau bascula vers Svarde, les pierres commençant à se détacher.

Svarde se jeta sur sa droite, rampant sur le sol couvert de paille. Il leva une hache pour dévier une attaque de la lame du démon, un coup perçant qui, bien que porté d'une seule main, eut assez de force pour transformer la course de Svarde en roulade.

Le guerrier s'écrasa dans des charrues fraîchement fabriquées, s'effondrant avec le râtelier dans un enchevêtrement. Des outils métalliques s'enfoncèrent dans les jambes et les bras de Svarde, et il sentit quelque chose percer son flanc à travers l'armure.

Le démon lança un autre cri perçant, présentant son corps enflammé, le toit de chaume maintenant entièrement embrasé au-dessus de leurs têtes, pour se dresser menaçant au-dessus de Svarde.

Avant même que le guerrier ne puisse tenter un autre mouvement, le démon lui jeta la cendre dessus, recouvrant le visage de Svarde de braises brûlantes. Il essaya de reculer, de se lever, mais se retrouva coincé.

Mais il pouvait lever ses haches, ce qu'il fit.

L'épée fendit l'air, le démon hurlant alors qu'il visait la tête de Svarde. Svarde para une fois, deux fois, et à la troisième, il se tordit pour mettre le râtelier sur le chemin de l'épée en roulant sur sa poitrine.

La lame brûla à travers la charrue, le râtelier, et frappa le dos de Svarde, faisant fondre son cuir et lui arrachant un cri qu'il ne s'était jamais entendu pousser auparavant. Sa vision vira au violet, ses poumons haletaient dans l'air brûlant.

Mais il était libre.

Svarde donna des coups de pied alors que les restes du râtelier tombaient. Le démon leva la lame, essaya d'empaler Svarde à nouveau, mais Svarde inversa sa position précédente, se retournant sur son dos blessé et ramenant encore ses haches — il ne pouvait jamais les lâcher, jamais — devant lui. L'estoc rebondit, glissant dans la terre près de l'oreille de Svarde.

Ses cheveux brûlaient, l'odeur était nauséabonde.

La forge n'offrait plus de retraite, alors avec l'épée carbonisée à côté de lui, Svarde roula en avant. Se relevant d'un bond et s'élançant devant le démon, Svarde balança une hache au-dessus de sa tête, tranchant l'un de ces bras supplémentaires. Un liquide émeraude gicla, le démon se retourna et le poursuivit.

Quand il était entré dans la forge une minute plus tôt, l'endroit avait été endommagé mais relativement épargné. Maintenant, il était exposé au ciel, sa forge décimée à l'exception de la solide enclume. Et, s'attardant sous le côté du toit fumant, ces tonneaux de pluie.

Rengainant ses haches tout en courant, Svarde saisit le premier tonneau qu'il put, se penchant, le soulevant et le lançant. Le tonneau contenait de l'eau et cela le rendait plus lourd que Svarde ne l'avait prévu, mais la peur et le désespoir sont de bons alliés au bon moment, et ils aidèrent Svarde à envoyer le tonneau s'écraser sur le démon qui approchait.

Le tonneau éclata sur le bas du corps du démon, inondant ses jambes d'eau fraîche. Le goudron collant durcit dans un éclair de vapeur, le démon s'effondrant alors que son torse continuait de bouger tandis que sa moitié inférieure restait collée au sol. L'épée carbonisée heurta le sol, s'échappant de la prise du démon.

Le monstre leva les yeux vers Svarde, sa tête sans yeux claquant de rage, de colère alors que Svarde tirait une hache et achevait le travail.

Dehors, Kivi et le dernier démon échangeaient des coups alors que les survivants de la ville regardaient. Le ferrite se révéla agile, se faufilant à l'intérieur quand le démon essayait de balancer son épée et déchaînant des griffes sanglantes ou des coups de tête dévastateurs. Ces mouvements avaient un coût, cependant, comme Svarde, émergeant de la forge, vit le démon frapper Kivi d'un coup de pied et envoyer le ferrite rouler dans la poussière, une cible facile à empaler.

— Par ici, espèce de grand salopard ! cria Svarde, brandissant ses haches.

Quand il fit un pas vers le démon, cependant, avec l'intention de se mettre à courir, la jambe droite de Svarde vacilla. Il tomba à genoux, fixant le membre, confus.

Puis il remarqua le rouge qui coulait le long de sa jambe. Lâchant une hache, il suivit du doigt la traînée rouge, remontant le long de sa cuisse et autour de sa taille, jusqu'à la ligne encore chaude et engourdie le long de son dos.

Svarde cligna des yeux. Essaya de se concentrer.

Le crissement s'intensifia, et il regarda dans sa direction. Le dernier démon approchait, son épée dans cette prise dévastatrice à deux mains. Derrière lui, allongée sur le côté dans la poussière, gisait Kivi, immobile.

Svarde dégaina sa deuxième hache, la tint dans sa main

gauche, et observa le démon approcher tandis que des ruisselets rouges coulaient devant ses yeux.

— Désolé, Catya, marmonna-t-il. Je n'ai pas réussi à tenir le coup pour toi.

Lorsque le démon se dressa au-dessus de lui, l'épée levée haut, Svarde rassembla ce qui lui restait d'énergie, gronda une malédiction, et se jeta sur la créature.

Après tout, un Gardien se devait de mourir en combattant.

33
PLONGEON

La griffe frappa Bliss plus fort que tout ce qu'elle avait jamais connu. Le coup du démon heurta son épaule gauche et la projeta hors du corps du vieux démon, l'envoyant rebondir et rouler à travers les herbes fleuries. Des feuilles et de la terre volèrent, des pierres cachées mordirent la peau de Bliss, et elle s'arrêta contre la pente retournée, la bouche remplie de gravier.

Allez, Bliss. Elle réprima sa panique, passa outre la douleur dans son épaule et se redressa.

Le nouveau démon se tenait au-dessus de l'autre, reniflant son ancien... ami ? Les démons fonctionnaient-ils ainsi ? Ceux blottis ensemble dans la grotte vivaient-ils en troupeau, en meute ?

Arrête. Bliss secoua la tête et se releva. Ces pensées étaient des distractions, et ce qui importait maintenant, c'était la survie.

Son bâton et sa corde gisaient près du corps du vieux démon, hors de portée et inutiles. Elle n'avait ni couteaux, ni pierres, ni autres outils à part ses mains nues, et celles-ci n'agaceraient même pas le monstre.

En parlant de ça, le démon avait fini de renifler. Son museau se leva vers le ciel et la bête émit un gémissement sifflant, une toux aiguë et roulante. Un appel de deuil ? Un cri de vengeance ?

Bliss devait opter pour la seconde option, car lorsque la tête du démon s'abaissa, elle se tourna vers elle, un regard menaçant émergeant de ces yeux dorés.

Sans arme et avec peu de ressources autour d'elle, Bliss prit la seule option qui s'offrait à elle, et courut.

Un rapide demi-tour sur les talons et une poussée propulsèrent Bliss par-dessus la crête de la colline. La descente se transforma en une course trébuchante alors que Bliss se précipitait vers les arbres, la protection douteuse de la jungle. Derrière elle, haletant son défi, le monstre la poursuivait.

La première strate de la jungle étalait des arbres épais entrecoupés de fougères plusieurs fois plus hautes que Bliss. Sous eux, des feuilles et des brindilles éparses formaient un sol forestier moelleux, et tout cela brillait sous le soleil de midi. Oiseaux et petites créatures se précipitaient à l'abri à l'approche de Bliss, bien qu'elle supposât que c'était surtout le monstre poursuivant qui les effrayait.

Des options défilaient dans sa tête à chaque pas, Bliss les envisageant et les rejetant tour à tour. Pourrait-elle ramasser un bâton et s'en servir comme arme ? Grimper à un arbre et essayer de se cacher ?

Aucune ne semblait viable : le monstre pourrait certainement escalader un tronc avec ces griffes, et quelle branche servirait contre une peau si épaisse, des griffes si meurtrières ?

Bliss devait changer de décor, amener le champ de bataille quelque part où sa petite taille serait un avantage.

Alors elle inclina sa course, s'orientant vers le sud le long de la pente de la colline.

Le monstre galopait derrière elle, ses griffes ne faisant aucun mystère de son approche. Bliss regarda en arrière, vit la crinière rouge du monstre flottant derrière sa forme massive, sa mâchoire à croc unique grande ouverte et avalant l'air tandis qu'il courait. La terre et les roches volaient, formant un nuage derrière le monstre. Le sol tremblait sous son poids.

Mais Bliss volait aussi, ses jambes et ses bras pompant, ses pieds frappant chaque courbe du sol et rebondissant, capturant l'élan et le transformant en vitesse supplémentaire. Ses poumons chantaient, ses yeux grands ouverts captaient tout, et elle atteignit la jungle quelques battements de cœur avant son poursuivant.

Et sauta.

Sans corde, se balancer était une entreprise insensée, mais en cet instant précis, être insensée semblait la seule façon pour Bliss de survivre.

Utilisant la hauteur de la colline, Bliss vola et atterrit sur une énorme fronde plus bas. Des branches et des feuilles lui giflèrent le visage au passage, laissant des lignes égratignées, arrachant des cheveux accrochés, mais Bliss ignora tout cela.

Petites douleurs pour petits moments.

Se penchant en avant pour accompagner la courbe descendante de la fronde, Bliss pompa des pieds le long des larges feuilles, escaladant la chose et espérant une autre option.

La fougère frissonna lorsque le monstre la percuta, déchirant le vert. La fronde de Bliss s'affaissa lorsque son lien avec la tige centrale fut rompu, et une fois de plus Bliss dut faire un bond, les bras tendus vers une liane.

Un saut sans un lancement stable n'était pas vraiment un saut du tout, cependant, et Bliss manqua son coup, atterrissant durement sur la poitrine dans la boue et les feuilles.

Le monstre rugit sa victoire et s'élança dans une terreur dévorante. Bliss se retourna, vit la bête bondir haut, ses yeux dorés écarquillés et fous de rage, et elle se recroquevilla en remontant la pente.

L'inclinaison de la colline trahit le monstre, son bond le faisant passer au-dessus de la tête de Bliss, ses griffes arrière labourant l'endroit exact où Bliss se serait trouvée si elle était restée allongée à attendre sa fin. Au lieu de cela, le monstre ne heurta que le vide, sa masse imposante s'écrasant sur les feuilles glissantes. L'élan emporta la bête tournoyante vers plusieurs arbres où elle martela l'écorce, les troncs se fendant dans un craquement sec.

Bliss entendit tout cela derrière elle, déjà debout et courant plus au sud, se baissant sous d'autres branches et sautant par-dessus de petites fougères.

Le monstre gronda et reprit la chasse.

À sa gauche, Bliss repéra un grand tronc pourri, dont la longueur s'inclinait le long de la pente, et plongea vers lui. Trop petit pour Wax, peut-être même pour Sawi, le tube était parfaitement adapté à Bliss. Elle s'écorcha les bras sur les bords en le traversant, glissant la tête la première dans le tronc rempli de mousse. L'intérieur humide grouillait d'insectes, que Bliss ignora tous en donnant des coups de pied et en rentrant ses bras pour avancer.

Elle aurait pu se déplacer plus vite à l'extérieur, en continuant à sprinter, mais survivre à cela, comme l'avait souligné Deshiva, nécessiterait autant de cervelle que de pieds agiles.

Le monstre ne semblait pas d'accord, fracassant le tronc

avec une froide fureur. Le choc écrasa l'entrée du tronc, faisant éclater le bois, et envoya le reste rouler hors de son lit de feuilles. Blottie au milieu du tronc, Bliss roula tandis que l'arbre mort dévalait la pente, grondant et craquant contre ses frères vivants.

Bliss ferma les yeux, adressant une rapide prière à Vis pour qu'il la fasse traverser cette horreur. Non pas que Vis soit un dieu à qui l'on prie beaucoup — soit on choisissait d'embrasser la vie que Vis avait créée autour de soi, soit on la recouvrait de pierre et de malveillance, comme Noctia.

Cette étreinte frappa Bliss violemment après un bref et terrifiant moment de vol. Le tronc s'envola d'une falaise plus abrupte et plus petite pour se briser dans les airs, précipitant Bliss dans un bosquet rempli de champignons. Le bois s'écrasa sur elle, autour d'elle, les éclats s'ajoutant à la litanie de blessures qu'elle avait accumulées au cours des dernières minutes de fuite.

Mais elle était vivante.

Le tronc qui roulait offrit à Bliss quelques instants, du moins à en juger par le rugissement haletant du monstre venant de plus haut sur la colline. Bliss mit ces moments à profit, se forçant à se relever et à repartir en courant. Elle marmonna des excuses à Pan alors qu'elle piétinait les précieux champignons — ils repousseraient, eux, contrairement à Bliss.

Plus profondément dans la jungle, le long du sol forestier, elle courut, faisant toujours confiance à sa boussole intérieure pour la guider vers le sud. À mesure que les arbres devenaient plus hauts et les frondes plus larges, son monde s'assombrissait, les ombres prenant le dessus tandis qu'elle courait, le monstre toujours à ses trousses.

Bliss n'allait pas y arriver. Une partie d'elle-même pensait qu'elle atteindrait le grand marécage au sud, où ses nombreux pièges et astuces pourraient égaliser les chances contre le démon. Au lieu de cela, la jungle s'étendait devant elle, un miasme noir à perte de vue. Sans sa corde, sans son bâton, elle n'avait aucun moyen de voyager plus rapidement.

Et le démon la poursuivait toujours, gagnant du terrain, même si Bliss avait tout essayé pour l'esquiver et disparaître.

Elle s'arrêta donc ici, dans un bosquet formé autour d'une énorme souche d'arbre. Au-dessus, des lianes parsemées de fleurs roses et violettes pendaient. Des mousses, fraîches sous ses pieds nus égratignés, recouvraient le sol de la forêt. L'air était lourd et chaud, à l'image de la sueur qui coulait le long de ses bras et de son dos.

Dans un bras, Bliss tenait une pierre qu'elle avait ramassée un peu plus tôt. Sa forme triangulaire se terminait en pointe émoussée, comme une dent ébréchée. Dans l'autre main reposait une branche épaisse, mais suffisamment pourrie pour sembler prête à se briser au premier coup.

C'étaient ses armes.

C'était son plan.

Bliss se tourna vers l'arbre derrière elle, laissa le bâton appuyé contre son tronc et fit un grand saut, utilisant la pierre pour mordre l'écorce et l'aider à grimper son épais tronc ambré.

Le démon se rapprochait toujours. Haletant de rage.

Bliss atteignit les premières branches, leurs corps minces à peine adaptés pour une embuscade, alors elle continua. Encore deux branches plus haut, la souche était maintenant loin en dessous.

Bliss se faufila sur la branche. Tenant la pierre dans une

main, elle mit l'autre en porte-voix et émit un appel particulier.

Le hululement pouvait être entendu la nuit et tôt le matin dans toute la jungle, et bien que celui de Bliss n'ait pas tout à fait le volume, il avait la bonne tonalité, racontait la bonne histoire à qui voudrait bien l'écouter.

Bliss espérait que certains étaient attentifs.

Le craquement des branches attira son regard vers le bas. Le démon était de nouveau entré en jeu, reniflant autour de la souche, suivant son odeur. Il n'avait pas encore levé les yeux.

La chance était encore de son côté.

Si seulement Wax et Quik pouvaient la voir maintenant.

Elle déplaça la pierre, la saisit à deux mains en se levant sur la branche, ses jambes formant une ligne soigneuse, les talons plantés. Elle fléchit les genoux, observant le démon qui tournait autour de la souche, reniflant, suivant les endroits de la mousse où ses pieds avaient marché quelques secondes plus tôt.

Sa tête se figea, se leva, se tourna vers l'arbre que Bliss avait grimpé, réfléchissant.

Maintenant.

Elle sauta, le plus léger soulèvement avec ses jambes, juste assez pour faire bouger la branche et la projeter sur le côté. Bliss aplatit son corps, dirigeant ses bras vers le bas en premier, menant avec la pierre, sa tête pas loin derrière.

L'air sifflait à ses oreilles, son estomac se noua. Le démon leva les yeux, ses yeux dorés s'écarquillant, pour une fois non pas de colère, mais de surprise.

De peur.

34
ÉPINES

Trois contre deux, et Wax aurait aimé dire qu'il était prêt. Lui et Pan se tenaient côte à côte sur le sol craquant, jonché de feuilles et de branches, regardant droit devant eux les trois groupies côtiers. Leurs adversaires, espacés et debout devant la montée épineuse menant au sommet du sana, arboraient des regards déterminés, leurs tissages épais, leurs bras et leurs jambes ornés de bandes colorées.

Wax déchiffra les couleurs — Kitaye utilisait des teintures, des encres sur la peau pour montrer la position sociale, la côte utilisait plutôt des tissus. Les trois en face de lui, les deux femmes sur les côtés, portaient les marques de leur caste de marins, un groupe dur à cuire couvert de piercings et au regard impassible. Celui du milieu arborait les bandanas bruns appartenant aux artisans, aux bâtisseurs. Larges épaules, grand dos et genoux fléchis comme un charpentier.

Pas des soldats, donc, mais qui l'était vraiment sur Vis ?

— Pourquoi ? demanda Pan, non, cria-t-il à travers la

distance. Quel est l'intérêt ? Votre personne est déjà en avance.

— Une garantie, répondit l'homme du milieu. C'est une question d'honneur, Kitaye. Vous avez eu le dernier Renouveau. C'est notre tour.

Ah, le syndrome de la deuxième ville. Du moins, c'est ainsi qu'on l'appelait à Kitaye. La plus grande ville de Vis avait l'emplacement central de l'île, son accès plus facile aux ressources et un meilleur emplacement commercial. Les côtiers avaient toutes les raisons de se sentir inférieurs, parce qu'ils l'étaient.

— Alors gagnez-le, dit Wax. Aidez votre élu à obtenir le jeton. Ne nous tabassez pas.

— L'un accomplit l'autre, non ? demanda la navigatrice sur la droite.

La main de Wax le démangeait de saisir la lame Foti. S'il pouvait dégainer cette épée, montrer à ces trois-là que lui et Pan n'étaient pas une paire d'idiots à intimider... Mais dans l'état actuel des choses, une bagarre ici ne finirait pas bien.

Ils devaient trouver une autre solution.

Les trois côtiers semblaient satisfaits de laisser Pan et Wax discuter, ce qui était compréhensible : tant que le chemin vers le haut était bloqué, leur vainqueur du Renouveau avait tout le temps du monde pour obtenir le skar et réclamer l'honneur. Quant aux deux autres en bas, leurs jurons avaient cessé il y a quelques minutes, les insectes éclos les ayant apparemment repoussés.

— Ce qui nous laisse où ? demanda Pan, jetant un coup d'œil aux épines, puis à Wax, et de nouveau aux épines. On ne peut pas les traverser, et à moins que tu n'aies caché une arme secrète dans ce tissage, nous sommes à court d'options.

Wax regarda autour de lui. Le tronc intérieur du sana se

rétrécissait à mesure qu'il approchait du sommet, se transformant en cette masse épineuse. La peau extérieure s'arrêtait simplement, se retournant et se repliant vers le milieu, se brisant sur les bords comme autant de branches mourantes. Des brins feuillus s'étendaient ici et là, de faibles brindilles n'offrant que peu d'espoir pour une combinaison d'escalade et de saut.

Seule la tige centrale, ornée de ces épines épaisses et grimpantes, offrait un espoir d'atteindre le sommet.

— Le seul moyen est de passer à travers, dit Wax, ou bien on abandonne. On s'assoit et on attend de voir ce qui se passe.

Pan recommença à dire qu'ils étaient venus assez loin. Que son père serait fier de lui pour cela, même s'il n'obtenait pas le skar. Wax ignora ces rationalisations et examina de plus près le trio.

Lui et Pan n'étaient pas des combattants, mais ces trois-là non plus. S'ils pouvaient être provoqués, s'ils pouvaient être retournés...

— Les piéger, chuchota Wax, et Pan se tut tandis que son Gardien détaillait l'idée, aussi saugrenue qu'elle puisse paraître.

La voie établie, le duo se retourna, Pan ne parvenant pas à cacher la nervosité de ses yeux écarquillés, et marcha vers les trois Gardiens. Ils se raidirent à l'approche du duo, maintenant leur formation.

— Vous avez tous l'intention de devenir Gardiens ? demanda Pan en s'approchant. Cinq, n'est-ce pas un nombre élevé ?

Les trois se regardèrent, haussant les épaules.

— Nous sommes amis, dit le bâtisseur. Nous nous arrangerons.

— Oh oh, Wax secoua la tête. Ils étaient maintenant à

cinq pas solides de la ligne adverse, à huit de la tige et de la première épine. Vous cherchez les problèmes, là. Qui va renoncer à l'honneur ?

Le bâtisseur renifla.

— Comme je l'ai dit...

— Arrête de leur parler, Korrus, aboya la navigatrice sur la droite. Ils mijotent quelque chose, je peux le sentir.

— Définitivement suspect, ajouta celle de gauche. Tu vois sa tête ? Elle ricana. Ça ne me dérangerait pas de jouer aux osselets avec celui-là.

— Il n'y a rien de suspect à poser de simples questions, dit Wax. Je me dis juste que si vous allez porter les espoirs de toute l'île avec vous, vous devriez peut-être régler les détails d'abord.

Trois pas maintenant. Wax gardait ses mains visibles. Pan aussi. Son ami avait redressé ses épaules, arborant un sourire placide. Pas exactement soumis, mais non menaçant. Doux.

Bien.

— Peut-être que vous devriez vous occuper de vos affaires, répliqua Korrus. Et retourner d'où vous venez.

— Eh bien, dit Wax en étirant le mot. Plus qu'un pas. Les deux marins se rapprochèrent, formant un demi-cercle autour de Wax et Pan. J'me disais, vu qu'vous avez pas encore tout réglé pour le Gardien, p't-être que vous nous laisseriez venir avec vous ?

La question les déstabilisa. Une demande ridicule, mais peut-être pas tant que ça. Des Gardiens de toute l'île avaient déjà été choisis auparavant, si Wax se souvenait bien des histoires.

Pas que ça importait. Dès que Wax vit les yeux de Korrus se croiser de confusion, considérant ce scénario fou, Wax poussa un cri.

Le hurlement sonore, destiné à fendre l'air, brisa le calme matinal, résonnant autour du tronc et faisant sursauter le trio côtier. Wax enchaîna en faisant ce que tout Gardien se doit de faire : se jeter droit dans le ventre de l'ennemi.

Pan, pour une fois, fit exactement ce qu'il devait faire, sprintant en avant avec juste assez d'énergie pour esquiver une tentative tardive et surprise d'attrapage du marin de gauche. Wax, heurtant Korrus d'une charge d'épaule, rebondit sur l'homme plus imposant et atterrit au sol, les fesses en premier. Korrus grogna, se retourna pour poursuivre Pan, et Wax donna un coup de pied, frappant la cheville gauche de l'homme et l'envoyant s'étaler sur le pont.

Les marins se lancèrent à la poursuite de l'ami de Wax, mais ils avaient perdu deux pas dans la surprise, des pas dont Pan profita. Le cueilleur de champignons atteignit la tige et sauta, accrochant ses bras autour de l'épine inférieure et se hissant sur le pic lisse vert-violet. Wax ressentit une certaine fierté en voyant avec quelle rapidité Pan tourna son regard vers le haut, repéra l'épine suivante et s'élança vers elle.

On ne faisait pas des mouvements aussi rapides sans savoir ce qu'on faisait.

Korrus savait aussi ce qu'il faisait, soulevant Wax par son tissage et le tenant au-dessus du sol couvert de feuilles craquantes.

— Pourquoi t'as fait ça ? grogna le bâtisseur. Maintenant ton ami va se faire mal.

— Vraiment ? Wax fit un signe de tête vers la tige.

Les marins poursuivaient, mais leurs sauts n'étaient pas aussi précis, leurs prises hésitantes, leurs pieds mal assurés sur les épines. Une vie passée sur des bateaux et des récifs rocheux ne vous préparait pas à une escalade dans la jungle.

— Ouais, regarde. Korrus jeta Wax au sol, le faisant rebondir sur la surface rigide. Le tissage de Wax bloqua les dégâts, à l'exception d'une égratignure sur ses jambes.

Korrus se dirigea à grands pas vers la tige, trouva une épine à peu près au niveau de son genou et l'écrasa. Le pic, aussi long que les bras de l'homme, se détacha, le bâtisseur le ramassant dans ses mains massives et le brisant à nouveau, transformant l'extrémité pointue en une petite pointe de flèche.

Wax réalisa, en se relevant précipitamment, que Korrus pouvait la lancer sacrément loin.

Pan, cinq épines plus haut et plusieurs en avance sur les marins, s'apprêtait à faire son prochain bond alors que Korrus se préparait, le pic prêt à être lancé. Le coup n'avait même pas besoin de toucher Pan, juste s'approcher suffisamment pour perturber son saut.

Une chute de cette hauteur serait, si ce n'est fatale, certainement la fin de la courte tentative de Renouveau de Pan.

— Non ! cria Wax en se précipitant vers Korrus.

Les marins baissèrent les yeux, mais pas Pan. Son ami plia les jambes, sauta, et le bâtisseur lança. L'épine vola, la visée suffisamment précise. Le projectile effleura les jambes de Pan alors que ses bras s'enroulaient autour de l'épine suivante, une éclaboussure rouge dansant vers le bas.

Son ami hurla.

— Tiens bon ! cria Wax en retour. Ne lâche surtout pas !

Korrus pivota à l'approche de Wax, frappant de sa main gauche. Pas différent d'une mauvaise branche à esquiver. Wax se baissa sur ses jambes, glissa sur le sol, puis se releva d'un bond alors que le poing de Korrus passait au-dessus de sa tête. Donnant un coup de sa main droite, Wax porta un coup puissant au ventre de l'homme, exactement là où il l'avait frappé avec son épaule plus tôt.

Korrus gémit, recula d'un pas, et Wax saisit l'occasion pour sauter, prenant appui sur la tige pour atteindre l'épine suivante.

Les marins se séparèrent à cette vue, l'un continuant à grimper après Pan tandis que l'autre attendait, fusillant Wax du regard. Plus haut, Pan, les jambes en sang, réussit à se hisser sur l'épine. Le pauvre gars déchirait des bandes de son tissage, essayant de bander les deux entailles.

Auparavant, toute cette affaire semblait un jeu étrange. Une course suivie d'une bagarre de bar et d'une escalade bizarre jusqu'au sommet. Les gens ne cessaient de dire qu'il y avait de sérieux risques, mais Wax n'en avait vu aucun, pas jusqu'à l'épine lancée. Que la quasi-mort de Pan ne soit pas venue d'un monstre ou d'un danger terrible, mais d'un autre Vis essayant d'être cupide... déclencha une rage montante.

Wax n'aurait pas dit qu'il était du genre à se mettre en colère, il gardait généralement son sang-froid, mais bon sang, il était le Gardien de Pan, et maintenant Pan était blessé.

Il était hors de question que Wax laisse Pan tomber.

Il recula près de la pointe de l'épine, puis sprinta en avant, sauta, et prit appui sur la tige de sana pour atteindre la suivante. Le saut-et-accrochage de Pan fonctionnait assez bien, mais c'était lent, ça vous rendait vulnérable aux crétins en embuscade comme les marins. Le rebond de Wax le mit au niveau de l'épine, l'amenant directement sur sa longueur avec un atterrissage à genoux, les pieds bien plantés.

Juste là où la marine pouvait le frapper d'un coup de pied.

Son pied, nu, fila vers la tête de Wax. Il leva une main pour bloquer, une mince défense qui ne fit qu'amortir le coup de la marine avant qu'il ne frappe la tempe de Wax. Il vacilla, écartant ses jambes pour les accrocher autour du corps de l'épine, le maintenant en place.

La marine se rééquilibra après le coup, changea de pied et revint fort de l'autre côté. Wax, les oreilles bourdonnant du premier coup, pivota, attrapa le pied à deux mains, encaissant tout de même un coup au menton dans le processus. Ses dents claquèrent sur sa lèvre, un goût métallique frais emplissant sa bouche.

Mais il tint bon et tira.

La marine jura, son pied restant glissant sur la surface arrondie de l'épine et dérapant. Wax lâcha prise et la marine dégringola, heurtant durement le sol en gémissant. Korrus, qui n'essayait même pas de grimper, alla vérifier l'état de sa coéquipière.

Comme c'est gentil. Pas de problème pour tuer Pan, mais il veut s'assurer que sa copine ne s'est pas trop cogné le crâne.

— Wax ! appela Pan, toujours accroché à l'épine. Ce n'est pas bon !

La deuxième navigatrice se tenait maintenant une épine en dessous de Pan, et deux au-dessus de Wax. Elle semblait réfléchir à la meilleure façon d'atteindre le niveau de Pan, l'homme, dont les jambes étaient maintenant partiellement enroulées, prêt à repousser toute attaque d'un coup de pied.

Crachant du sang, Wax se remit sur ses jambes tremblantes, repéra l'épine suivante et sauta vers elle. Il enroula ses mains autour, se hissa, et entendit Pan crier à nouveau.

La navigatrice trouva une autre route, sautant vers la gauche, trouvant une autre épine à peu près à la hauteur de Pan. S'il y avait d'autres épines autour de la tige, la navigatrice pourrait se placer au-dessus de Pan, et ensuite soit garder l'avantage du terrain, soit sauter vers le bas, essayant de faire tomber Pan au passage.

Les deux options étaient inacceptables.

— Tiens bon, lança Wax, évaluant son prochain saut.

Les épines s'alignaient devant lui, le même instinct établissant la séquence maintenant comme il l'avait toujours fait pour lui. Wax planifia les sauts, la vitesse, où il poserait ses pieds pour rebondir vers la suivante.

La navigatrice avait l'avantage pour l'instant.

Mais pas pour longtemps.

35

ALLIÉS INATTENDUS

Bliss frappa le démon et sentit instantanément ses bras craquer, son menton heurter la peau du démon, et le rocher entre ses mains s'enfoncer profondément. Son corps suivit, percutant le dos du démon avant de s'envoler dans un flop maladroit qui la laissa étalée dans la mousse, un enchevêtrement de membres haletant pour retrouver son souffle.

Sa cible suffoqua, gémit, bascula sur le côté et se tortilla, ses griffes s'approchant dangereusement de Bliss tandis que le démon tentait d'extraire le rocher de son dos.

Il n'était pas mort.

Bliss ne cessait de se répéter cette phrase, espérant que le démon ralentirait et cesserait ses ruades. Elle avait mis toutes ses forces dans ce bond, enfonçant le rocher si profondément... le démon ne devrait pas, ne pouvait pas être en vie. Pourtant, il était là, se jetant contre un arbre, frottant son corps blessé contre l'écorce.

La pierre tomba sur la mousse avec un léger bruit sourd, rosée par l'impact, mais dehors, inutile.

Bliss secoua la tête. Elle essaya de faire réagir son corps, mais ses bras refusaient de lui obéir. Ses épaules s'épanouissaient en nouvelles douleurs. Ses jambes tremblaient sur l'herbe, la rosée s'accrochant à sa peau. Fraîche. Au-dessus, le soleil scintillait à travers les branches.

Pas la pire dernière vision.

Le démon souffla, grogna. Secoua sa crinière. Ces yeux dorés ne reflétaient plus la peur, mais la colère, des fentes étroites concentrées uniquement sur Bliss.

Elle le fusilla du regard. Sa seule arme, ce regard mauvais, et le démon s'en moquait. Deux longues enjambées le mirent face à face avec Bliss. Il ouvrit la gueule, l'unique croc se dressant menaçant. L'haleine mortelle de la créature la submergea, brisant le sang-froid de Bliss qui fut prise d'une quinte de toux. Une dernière occasion pour ses côtes de lui rappeler qu'elles aussi étaient meurtries ou brisées.

Au moins, cette douleur disparaîtrait bientôt.

Mais le coup de croc ne vint pas. Le croc ne s'abattit pas. Le démon poussa un jappement surpris, sa tête se retournant brusquement tandis que le monstre trébuchait sur le côté.

Bliss avait lancé l'appel, et le hanoko avait répondu.

Le félin gris-vert à six pattes s'était agrippé au dos du démon, ses pattes et ses dents exploitant pleinement l'avantage de son attaque surprise. Le hanoko esquivait les contre-attaques désordonnées du démon, conscient de son avantage et l'utilisant pour mettre son adversaire en pièces.

Ce n'était pas une simple mise à mort pour la chasse. C'était un exemple, un avertissement à tout ce qui oserait défier le territoire de ce hanoko.

La bête, en moins d'une minute, gisait sur la mousse, sa menace réduite à rien de plus que des tremblements d'agonie. Le hanoko, sa prise victorieuse sur la gorge de la bête, maintint son étreinte jusqu'au dernier soubresaut de celle-ci.

Bliss sentit son corps émerger du choc. Un réveil lent et douloureux, ses muscles et ses os se trouvant meurtris, oui, mais pas tout à fait brisés. Ses jambes réagirent en premier, et Bliss ramena ses genoux contre sa poitrine, roula en avant, ses côtes protestant à nouveau.

La plus légère pression sur ses poignets la fit grimacer, la forçant à se mordre la lèvre pour détourner son attention de la douleur.

Elle ne pourrait pas manier le bâton de sitôt.

Sa mâchoire lui faisait mal, sa tête pulsait avec l'euphorie combinée de la survie et la douleur qui l'accompagnait.

La jungle sembla s'épanouir autour d'elle lorsque Bliss se leva, les oiseaux et les insectes, les petites créatures à fourrure émergeant tous avec la défaite du prédateur contre nature. Un nouveau chant s'éleva, une symphonie bruissante et gazouillante.

Sa note de basse résonna derrière elle, le grondement bas du hanoko. Bliss se retourna, gardant ses mains inutiles baissées, son corps à moitié accroupi. Paraître trop menaçante, ou trop faible, et le hanoko pourrait se lancer dans un second meurtre.

Trouver le juste milieu, rendre ses intentions claires, et le grand félin pourrait prendre son butin et la laisser tranquille.

De grands yeux rencontrèrent les siens, des fentes jaune-vert, ne portant aucune trace de la malveillance de la bête, mais toute la curiosité d'un chat. Le hanoko lâcha sa proie, jetant un coup d'œil en arrière comme pour confirmer son succès. Bliss resta immobile, respirant, se demandant comment elle pouvait encore respirer.

La relation d'un chasseur avec un hanoko devrait être dictée par des exigences. Des armes et des effectifs prêts à repousser les félins, leur faire comprendre de ne pas interférer avec ce que faisaient les humains. Bliss n'avait ni l'un ni l'autre, et le chat le savait.

Le hanoko s'approcha, se dressa sur ses six pattes à une hauteur dépassant celle de Bliss. Ses deux crocs principaux pendaient sur sa lèvre, assez près pour toucher son front. Le hanoko la renifla une fois. Bliss ferma les yeux.

Elle pouvait être heureuse de cette fin. Au moins Vis avait gagné, cette fois.

Le hanoko renifla à nouveau, son visage. Puis une troisième fois, sa poitrine.

Le coup de langue vint soudainement, une traînée rugueuse et humide le long de son bras gauche. Le poids lui fit mal, Bliss se recroquevillant, le hanoko faisant de même avant de réaliser que la femme ne prévoyait aucune attaque.

Bliss essaya de sourire, recula d'un pas. Elle se trouva instable sur la mousse, la douleur et les maux s'intensifiant à mesure que le combat s'estompait. Elle glissa, tomba, et sentit le hanoko poser sa patte sur sa poitrine, la maintenant au sol.

Elle leva les yeux vers ces yeux vert-jaune, la jungle s'estompant, son chant s'enrichissant d'une nouvelle ligne : le ronronnement grondant du hanoko.

La fraîcheur de l'outre d'eau la réveilla, son contact agréable sur son front déclenchant le lent retour à la conscience de Bliss. Son corps lui faisait encore mal, mais elle sentait de nouvelles lignes le long de ses bras et de ses jambes. D'épais bandages enveloppaient sa poitrine sous son tissage.

Et la regardant de haut ?

Le frère le plus en colère qu'elle ait jamais vu.

Quik, ses gantelets de bois pendant à sa taille, déversa un flot de questions, d'exigences, de réprimandes et plus encore. Bliss n'en entendit presque rien, les mots étouffés par le fait stupéfiant qu'elle était encore en vie.

Derrière Quik, souriant à sa diatribe, se tenaient Deshiva et plusieurs autres chasseurs. Ils semblaient avoir déjà découpé et emballé des parties du démon — son croc, ses griffes, sa crinière. Des trophées, peut-être, pour Kitaye.

— Des trophées pour toi, dit Deshiva quand Quik s'arrêta pour reprendre son souffle. C'était ta prise, Bliss. Tu les as mérités.

Bliss leva sa main droite. Son poignet bandé rendait les signes difficiles, mais Quik suivit les gestes.

— Elle dit que c'est le hanoko qui l'a tué, traduisit Quik en s'asseyant et secouant la tête. Comme si ça importait. Je n'arrive pas à croire que tu les aies poursuivis seule.

Deshiva s'accroupit, son visage devenant sérieux.

— Où est le deuxième, Bliss ? Tant qu'on est là, j'aimerais le voir détruit.

Bliss esquissa un petit sourire et fit un simple signe.

— Il est mort, traduisit Quik, clignant des yeux vers elle. C'est toi qui l'as fait ?

Bliss hocha la tête, Deshiva rit.

— Regardez-moi ça, dit la chasseresse. Deux démons, et elle est encore si jeune. Kitaye a de la chance de t'avoir, Bliss.

— De la chance que tu sois encore en vie, marmonna Quik. Il se leva. On va te ramener au camp. Il fait sombre, alors on fera attention.

« Comment ? » signa Bliss avant que Quik ne détourne le regard.

— Comment on t'a trouvée ? Le chat est venu nous

chercher. Il agissait bizarrement, alors on l'a suivi. Quik tendit la main et la posa sur l'épaule de Bliss. C'est la chance qui nous a menés à toi. Il serra, Bliss grimaça. Plus jamais, Bliss, ne me fais plus jamais ressentir ça, d'accord ? On est une équipe, une famille.

— Une famille qui parle trop, annonça Deshiva. Allons-y. Il y a beaucoup de chemin à faire, et ce ne sera pas rapide avec une fille dans nos bras.

36

UNE RUINE FUMANTE

La pierre frappa le démon à l'épaule, provoquant un jet vert feuille. Le coup du monstre dévia vers la gauche, manquant Svarde d'un cheveu, laissant le temps à la charge lâche et désordonnée du Gardien de porter.

Svarde brûla à l'impact, se fondant dans le goudron chaud, les lignes de cicatrices vertes, puis rebondissant sur la droite, traînant ses haches derrière lui. Le démon poussa un cri de colère et commença à ramener son épée alors que Svarde trébuchait pour se dégager de son attaque.

Le coup n'arriva jamais à destination : deux autres pierres frappèrent le démon, des briques brisées lancées avec empressement atteignant la tête bulbeuse du démon et ses bras maigres. La prise du monstre se relâcha, la lame s'enfonçant dans le sol et creusant une crevasse brûlante dans la terre, mais n'allant pas plus loin.

Svarde, les yeux piquants, vit la source : les habitants, libérés du regard mortel de leur ravisseur, avaient pris leur défense en main. Mères, pères, enfants se libérèrent de la statue centrale et se dispersèrent, certains ramassant les débris utilisables et les lançant sur le dernier démon.

Svarde fit volte-face, la chance de survivre lui redonnant assez d'énergie pour se tenir droit, ses haches tenues à la taille. Leurs tranchants brillaient d'une lueur orange et gouttaient du sang vert de lave chaude.

Les armes en voulaient plus.

Les pierres bombardaient le démon, forçant la créature à lâcher son épée, à replier ses jambes et à faire sortir plus de bras pour dévier les coups.

Des bras qui s'en sortaient bien contre les roches, mais qui ne faisaient pas le poids face aux haches de Svarde.

Le guerrier Foti entonna un chant grondant tout en ravageant le monstre, les paroles suivant un rythme destiné à une forge ardente, qui convenait tout aussi bien pour tailler le démon fumant en ruines.

À la fin, Svarde se tenait au-dessus d'une flaque émeraude et noire, de la fumée s'élevant autour de lui, s'élevant aussi de lui, là où les éclaboussures fondaient dans son armure, brûlant ses cheveux et sa barbe.

— Merci, dit un homme dont les vêtements en lambeaux brûlés ressemblaient à ceux d'un fermier. Il s'approcha de Svarde, examina lentement le guerrier et grimaça. Vous devez venir avec nous, maintenant. S'il vous plaît.

Svarde, dont l'exaltation du combat s'estompait, jeta un regard sombre au fermier. — Venir où ?

— Ces choses, ce ne sont pas elles qui ont causé tout ça. L'homme jeta un coup d'œil furtif plus loin dans la ville, vers le monolithe surplombant. — La chose qui les a créées pourrait revenir à tout moment.

— La chose qui les a créées ?

L'homme secoua la tête. Derrière lui, les autres villageois suivaient le plan de fuite, se précipitant vers les champs lointains. Quelques-uns trouvèrent des sacoches, la plupart se contentant de prendre leurs jambes à leur cou, entraînant amis et famille avec eux.

— Un démon comme je n'en ai jamais vu auparavant, répondit l'homme. Il a détruit nos murs. Tué notre milice. Ce n'est pas aléatoire non plus. C'est... L'homme pâlit, comme s'il n'arrivait pas tout à fait à accepter ce qu'il allait dire.

Il n'eut pas besoin de le faire. Svarde savait.

— Intelligent ? demanda Svarde, et l'homme acquiesça. Certains démons sont comme ça. Ils ne sont pas tous sans cervelle. Le guerrier se redressa, aperçut Kivi, toujours au sol. — Partez maintenant. Je m'en occupe.

L'homme le fixa, la bouche ouverte, comme s'il voulait douter de la capacité de Svarde à tenir sa promesse, puis il croisa le regard noir du guerrier et se tut. Bientôt, ses pas se joignirent à la foule qui s'éloignait.

Kivi ne fuirait nulle part, du moins pas rapidement. La lame du démon avait atteint les pattes arrière du ferrite, lui assénant un coup violent qui avait fissuré sa peau rocheuse argentée et noire. Svarde posa une main sur la tête de la créature et entendit le doux grognement de Kivi.

— Il faut te trouver de la pierre, marmonna Svarde. Il y en a au moins beaucoup par ici.

Les briques et les blocs calcinés n'étaient pas exactement le repas préféré de Kivi, mais ils feraient l'affaire en cas de besoin. Rengainant ses haches, Svarde se mit à en rassembler quelques-uns dans la place silencieuse. Son dos ensanglanté rendait chaque mouvement douloureux, un compte à rebours sur l'endurance de Svarde, mais il pouvait tenir encore un moment. Il le devait.

Le démon reviendrait vérifier ses captifs, ses soldats, et

si Svarde devait l'affronter seul, le guerrier n'aimait pas ses chances.

Le soleil déclinait, tombant dans un ciel traversé de traînées de fumée. Svarde déposa des pierres près de Kivi, la réveilla suffisamment pour que le ferrite grignote la roche. Il retrouva sa propre sacoche, lâchée avant sa première charge contre les démons, et savoura l'eau fraîche sur sa gorge brûlée, le goût du pain et de la viande entre ses dents tachées de cendres.

Bander ses blessures s'avéra difficile, la balafre le long de son dos étant impossible à atteindre, et son sang qui suintait continuait de couler constamment tandis que Svarde bougeait, s'asseyait, attendait avec ses haches le retour du démon.

Le craquement d'une planche réveilla Svarde. Le crépuscule recouvrait maintenant la ville de ses teintes violettes et noires profondes. Des ombres. Kivi ronflait et grognait, endormie à côté de lui, son repas de pierre depuis longtemps terminé. Le dos de Svarde continuait de le brûler constamment, bien que cela n'ait pas suffi à le maintenir éveillé.

Quant au bruit, sa source se tenait près de l'entrée de la clairière, observant le vide de ses yeux rouge cerise profond. Un trio, fixé sur une tête ronde au sommet d'une forme élancée, enveloppée de fumée tourbillonnante et changeante. Le démon captait la lumière du soleil couchant, sa silhouette tordant l'éclat, le transformant d'un noir pur en une forme peinte, presque belle.

Assis contre la statue centrale, Svarde observait le fiend dont les bords brumeux se détachaient, flottant vers le haut puis vers le bas pour former des flaques de fumée. Ces trous noirs, pas plus grands que les têtes de hache de Svarde, commencèrent à bouillonner, à briller d'une lueur verte, puis à mousser pour donner naissance à de plus petites versions des fiends qu'il avait déjà éliminés. Les deux minuscules créatures développèrent leurs jambes et avancèrent en titubant, leurs têtes en forme de gouttelettes scrutant les alentours à la recherche de réponses.

Ou peut-être de pièges. Le fiend lui-même, le maître de ce raid particulier, gardait ses trois rubis fixés sur Svarde. Il attendait, apparemment content de soutenir le regard du guerrier.

C'était déroutant, jusqu'à ce que Svarde goûte le fiend, le sente sur sa langue et dans son nez. Un acide de charbon, nauséabond et aussi, Svarde cligna des yeux en essayant de comprendre, interrogateur. Pas exactement des mots, mais une impression qui accompagnait le goût sur sa langue et l'odeur dans son nez.

Une simple requête, demandant à Svarde d'où il venait.

Des rumeurs circulaient depuis des années maintenant au sujet de fiends capables de parler, qui n'étaient pas les horreurs sans cervelle que Noctia et le Najahn enseignaient à tous de craindre. Ces rumeurs, cependant, s'accompagnaient des mêmes circonstances : parole ou non, intelligence ou non, les fiends avaient toujours combattu pour détruire, tuer, anéantir.

Ce qui faisait d'eux des monstres malgré tout.

— Peu importe d'où je viens, dit Svarde au fiend, sa voix un grondement scintillant. Un discours qu'il n'avait pas tenu depuis qu'il se tenait côte à côte avec Ami et Catya, lors du dernier combat avant qu'elle ne prenne le manteau de Aegis. Ce qui compte, c'est où tu vas.

Svarde leva une seule hache, la pointant vers le fiend. Ces trois yeux rubis scintillèrent. Les deux petits monstres jumeaux tressaillirent, comme tirés par une laisse, et ils arrêtèrent leur recherche pour se diriger vers Svarde.

À hauteur de cheville, sans lames. Svarde observa leur approche sans rien qui ressemble à de la peur. Seulement une détermination inébranlable.

Il dégaina sa deuxième hache et attendit.

Les deux minuscules fiends s'approchèrent, s'arrêtèrent à quelques pas et tendirent leurs membres vers Svarde.

Et Kivi se réveilla.

Ses pattes arrière blessées, la ferrite avait des muscles à l'avant. Avec un grognement de colère, elle ouvrit ses évents, bondit et déchiqueta le premier fiend d'une morsure enveloppante. Un vert brûlant bouillonna autour des lèvres de granit de la ferrite, fumant en grésillant sur le sol. Le second fiend réussit à faire une torsion, un tour curieux, avant que Kivi ne le dévore aussi, l'avalant d'un coup et rotant, satisfaite de son en-cas.

Ces yeux rubis scintillèrent à nouveau. Un goût différent monta sur la langue de Svarde, dans son nez : colère, curiosité, un défi.

La fumée le long des franges du fiend se résolut à nouveau, se coalisant non pas en d'autres petits fiends mais en deux lames jumelles. Des épées carbonisées comme les autres, sauf que celles-ci étaient aussi longues que Svarde était grand, et elles semblaient faire partie du corps du fiend, une extension tout autant que n'importe quel bras ou jambe. À travers chacune d'elles courait une ligne rouge singulière, qui s'élargit lorsque le fiend glissa vers Svarde, le feu rubis se répandant en toile d'araignée sur les armes.

— Joli tour, dit Svarde en se levant. Ça ne t'aidera pas pour autant.

Kivi grogna à ses pieds. Le fiend ne semblait pas s'en soucier. Svarde abaissa ses haches à sa taille, inversant la prise pour diriger les tranchants vers l'ennemi, les têtes pointées vers le bas. Le fiend fit le mouvement inverse, levant ses lames haut, les croisant devant son visage.

Un jeu de garde, conçu pour bloquer l'attaque de Svarde et l'anéantir avec une coupe descendante croisée.

Prévisible.

Le démon accéléra à l'approche, son glissement silencieux légèrement déconcertant. Ni terre ni herbe ne marquaient son passage. Ces lames frémissaient, ces yeux brillaient.

Svarde lança la hache dans sa main droite, la projetant en l'air, tournoyante, haut au-dessus de sa tête. Le démon leva les yeux, ses lames suivant l'arme, et manqua l'accroupissement de Svarde, sa main droite glissant derrière lui pour saisir sa gourde.

— Prends un verre, lança Svarde, projetant la gourde à moitié pleine sur le visage du démon qui regardait vers le haut.

La gourde frappa, éclata contre la peau de goudron brûlant du démon, se transformant en un désordre crépitant. Le démon se tordit, et la hache de Svarde s'abattit, un parfait coup tournoyant à travers une défense soudainement ouverte. Ses épées fouettèrent l'air, la hache mordant l'épaule du démon, et Svarde plongea à l'intérieur, balayant vers le haut avec son autre hache pour dévier une épée, pour pousser et délivrer-

Le coup brûlant plongea dans l'estomac de Svarde, une frappe bouillonnante et perçante d'une dague cachée dans la fumée. La hache dans la main gauche de Svarde termina son mouvement sans force, traçant une fine ligne à travers le milieu du démon, ne faisant rien pour empêcher le monstre de repousser Svarde contre la statue.

Le guerrier sentit la pierre heurter son dos douloureux, sentit la dague bouillonnante le transpercer et l'épingler là.

À ses pieds, Kivi renifla et gronda, mordant le démon et se faisant balayer par les épées. Le monstre semblait blessé, saignant une flamme verte là où la hache lancée avait mordu son épaule, une tache brune morte sur son corps là où la gourde avait frappé.

Ces yeux rubis se rapprochèrent et, mêlé à son propre sang, Svarde goûta la victoire, le triomphe.

Mais le guerrier entendit autre chose. Un sifflement, porté par le vent.

37
LE SKAR

Chaque tige de sana avait son propre caractère. La sensation de la tige, la peau émeraude épaisse cédant la place à des épines rougeâtres, le tout recouvert de minuscules lignes. Certaines portaient des poils fins comme un murmure tandis que d'autres arboraient des cicatrices laissées par les hanokos et autres bestioles déterminées à trouver à boire dans la sève à l'intérieur.

Le Grand Sana racontait sa propre histoire, une histoire marquée par le temps. Les mains de Wax trouvaient prise après prise alors qu'il s'agrippait et se propulsait, rebondissant de son épine inférieure vers le haut, se précipitant pour devancer la navigatrice dans son assaut plongeant sur Pan. L'ami de Wax essayait de garder son équilibre, la blessure à sa jambe ne lui rendant pas service sur la surface fragile de l'épine.

Wax atterrit, son épine légèrement plus haute que celle de la navigatrice, mais du mauvais côté du tronc. Aller vers sa droite le mènerait à l'ennemi, vers sa gauche le conduirait à Pan. Aucune des deux options n'était à portée de saut facile.

Il allait devoir faire preuve de créativité.

— Descends ! cria la navigatrice à Pan. Tu es trop blessé pour continuer. C'est un risque inutile.

— Laisse-moi tranquille, rétorqua Pan, et le cœur de Wax se serra en entendant la douleur dans ces mots.

Certes, Pan avait le don de s'attirer des ennuis lors de leurs aventures. Son manque de conscience de son environnement, ses sauts hésitants le laissaient souvent griffé, malmené ou presque dévoré, mais cela s'était toujours produit avec des amis à proximité. Une sortie facile du danger, un cercle protecteur si quelque chose de vraiment désagréable devait arriver.

Ici, il n'y avait que Wax, et en ce moment, Wax laissait tomber son ami.

En haut et à sa gauche, une autre épine au-dessus de lui. Un saut lointain, trop loin pour essayer de grimper, mais Wax n'avait pas besoin de ça. Du moins, pas encore.

La navigatrice semblait nerveuse à l'idée de sauter elle-même, criant à nouveau à Pan d'abandonner. Elle gardait les yeux baissés, ignorant Wax. Une décision judicieuse, car il faudrait quelque chose de spécial pour l'attirer vers elle sans lui laisser le temps de réagir.

Quelque chose de spécial comme ceci.

Wax prit son élan, en tout et pour tout un grand pas, car c'était tout ce que l'épine permettait. Il planta son pied gauche, le sentit glisser légèrement sur le côté incliné de l'épine, et s'élança. Il vola vers la gauche, mais aussi vers l'intérieur, en direction du tronc, ramenant ses jambes en vol et tournant ses pieds pour qu'ils rencontrent le tronc en angle, n'appuyant que légèrement la plante de ses pieds contre sa grande surface ondulée.

Wax appuya au moment du contact, cette friction instantanée lui offrant une possibilité, et avec la poussée, il s'éleva plus haut, rebondissant vers l'extérieur et vers le haut, droit vers l'épine supérieure.

Toujours pas assez haut pour grimper, mais suffisant, les bras tendus, pour obtenir une prise lâche.

Wax se balança, ses jambes glissant devant lui tandis que ses mains agrippaient la pointe effilée de l'épine. La peau vieillie offrait à ses paumes suffisamment de prise pour se rediriger, pour faire basculer son torse vers l'extérieur puis vers l'arrière, l'enroulant autour du tronc alors que Wax lâchait prise.

Lâchait prise, et espérait ne pas se tromper. Un raté ici signifierait une chute dont Wax ne se relèverait pas, une qui le mettrait aussi à portée de frappe du bâtisseur et de son amie la navigatrice.

Le balancement laissa Wax voler les pieds en avant, un mouvement fluide le mettant parfaitement sur sa cible, une cible que Wax ne voulait pas heurter sur le dos.

Retourner son corps en plein vol n'était pas quelque chose qu'il avait appris en un instant. Il avait fallu des années de vols de fronde en fronde, d'arbre en arbre, pour réaliser qu'un muscle tendu ici, une torsion d'épaule là, pouvaient mettre Wax dans la bonne position pour que son atterrissage le mène directement au saut suivant.

Ici, maintenant, il avait besoin que son atterrissage ne le tue pas.

La navigatrice cria quelque chose que Wax ne saisit pas. Un juron, peut-être, ou un cri de surprise. Wax s'en moquait, car s'il ne parvenait pas à placer son corps-

Ses pieds heurtèrent quelque chose de mou, quelque chose qui grogna, qui arrêta net l'élan de Wax tandis que le coup poussait la navigatrice hors de l'épine. Wax lui-même tomba, son estomac heurtant l'épine et expulsant l'air de ses poumons, la bile remontant de son estomac. Ses mains, cependant, firent ce que les réflexes entraînés leur avaient appris : elles agrippèrent, elles tinrent bon, et Wax resta suspendu, ses jambes pendant sur le côté de l'épine tandis que son menton reposait sur sa peau froide et ondulée.

Wax risqua un coup d'œil vers le bas, détachant sa tête de l'épine. Loin en dessous, la matelote frappée gisait inerte sur le sol, à plat dos. Il voulait trouver Pan, mais Wax se retrouva fixé sur le corps, espérant le voir bouger, donner un signe. Ses nerfs s'engourdirent lentement. Des raisons, des excuses s'immiscèrent dans son esprit, comme si Wax plaidait sa cause devant ses pairs et que la seule façon de gagner était de débiter autant de possibilités qu'il le pouvait.

Il cligna enfin des yeux, quand la brûlure devint trop intense pour les garder ouverts. Korrus et l'autre matelote s'approchèrent, s'agenouillant près de leur amie.

Wax voulait crier qu'il était désolé, voulait dire que c'était la faute de la matelote, mais il ne trouvait ni l'air, ni la volonté. Comme si crier vers le bas serait admettre qu'il avait fait cette chose, cet acte qui avait jailli d'un instinct de protéger Pan et rien d'autre.

Une main saisit le poignet de Wax, apaisant le doute et les voix pour un bref instant. Pan, ayant escaladé le sana jusqu'au niveau de Wax.

— Allez, chuchota Pan. Il faut que tu m'aides un peu.

La clarté. Un objectif simple, libre de dilemmes moraux et éthiques. Wax poussa sur ses coudes, glissa une jambe par-dessus l'épine et s'assit à côté de Pan. Son ami lui offrit un sourire tremblant, puis baissa les yeux sur les bandages épars sur sa jambe. Ils étaient déjà imbibés.

— Je vais survivre, dit Pan, je crois.

Wax tendit la main vers son propre tissage, pensant ajouter aux bandages, mais Pan l'arrêta, faisant un signe vers le haut.

— Qui que ce soit qu'ils aient là-haut a déjà assez d'avance. Allons-y, Wax. On n'a pas fait tout ça pour perdre maintenant.

— Tu es sûr ?

— Pas jusqu'à ce moment. Pan se leva, aida Wax à se mettre debout. Tous deux durent se tenir talon contre orteil sur l'épine qui se rétrécissait. Ils ont essayé de me tuer, Wax. L'ancien moi aurait fui. Aurait abandonné. Mais pas maintenant. Plus maintenant.

Wax commença à jeter un regard vers le bas, les mots de Pan lui rappelant le corps, et Pan siffla. Pas aussi net, aussi tranchant que celui de Wax, mais suffisant pour le ramener.

— J'ai besoin que tu sois avec moi, Gardien.

Un froid frissonnant traversa Wax, balayant le doute et la confusion. Gardien. Il pouvait être ça.

— Je suis avec toi.

Laissé sans harcèlement, l'escalier d'épines s'avéra plus facile à grimper. Wax prit la tête, faisant chaque saut puis se retournant pour aider Pan à faire de même. Avec sa jambe blessée, les sauts de Pan étaient hasardeux, souvent trop courts, alors Wax s'allongeait en travers de l'épine, tendait la main vers le bas et attrapait Pan alors que son ami faisait le saut. Pan tendait le bras, rejoignait Wax, et les deux planifiaient le prochain saut.

Le tronc intérieur du sana dépassait l'écorce durcie à l'extérieur, révélant une nouvelle croissance à l'intérieur de la vieille coquille morte. Alors que Wax et Pan sautaient par-dessus les dernières extrémités hérissées du tronc extérieur, Vis s'étalait sous eux. La jungle verte scintillante étincelait sous la rosée du jour, avec du brouillard accumulé dans les vallées basses et des nuages flottant au-dessus. Les oiseaux fendaient l'air, planant et croassant avec le vent.

Au-dessus, la fleur du sana attendait, les épines devenant plus épaisses et plus accessibles vers le sommet. Un petit trou, pas plus grand que les trappes de nombreuses cabanes dans les arbres, semblait découpé dans un pétale rouge rosé.

— C'est le chemin, marmonna Wax tandis que lui et Pan examinaient la route. Aucun signe de l'autre personne, cependant.

— S'ils avaient déjà le skar, ne devraient-ils pas redescendre ?

— On pourrait le penser.

Aucune réponse à cette question ne se présentait, alors les deux continuèrent, une épine après l'autre. Wax découvrit que ce processus simple parvenait à tenir la peur à distance, comme si tout ce qu'il fallait pour vivre avec le meurtre était la répétition des tâches quotidiennes.

Les pétales du sana devenaient plus resplendissants à mesure que le duo s'approchait, leur palette de couleurs s'étendant sur un large spectre, s'éclaircissant vers le milieu de chaque pétale et s'assombrissant jusqu'au noir sur les bords. La lumière du soleil brillait, révélant les lignes qui s'étalaient à l'intérieur des pétales géants.

— Je n'ai jamais rien vu d'aussi beau, dit Wax alors qu'ils se posaient sur la dernière épine.

— Même pas Sawi ? dit Pan, pâle à cause de la perte de sang, mais réussissant encore à plaisanter.

— Ce n'est pas juste.

— Un gars ne peut pas s'amuser un peu avant la fin ?

Wax secoua la tête, évaluant la distance jusqu'au trou. Un saut et une prise faciles, les pétales du sana étant largement assez épais pour supporter leur poids.

Mais où était la personne qui les précédait ? Si le Najahn avait raison, et que les skars attendaient au milieu de la fleur, alors ils avaient dû arriver jusque-là ?

— Sois prudent, dit Wax, visant son saut. Ça n'a pas de sens.

— Tu dis ça maintenant ?

— Pan, depuis quand es-tu devenu sarcastique ?

— Depuis qu'ils m'ont poignardé la jambe, Wax. Ça met tout dans une nouvelle perspective.

En riant, Wax fit le saut. Ses mains attrapèrent la surface douce, presque spongieuse du pétale. Il sentit la chaleur pure du soleil sur ses doigts. Une prise solide, et Wax se hissa à travers l'ouverture.

La lumière claire du soleil le frappa si fort que ses yeux devinrent blancs, l'ombre s'estompant lentement, comme des motifs se précisant dans un rêve. Les lignes se dessinèrent, les yeux de Wax se concentrèrent vers le milieu de la grande fleur, où un monticule indigo s'élevait du rassemblement des pétales.

Le centre du sana se gonflait, chaque fibre s'étirant, se courbant davantage vers l'extérieur, vers le soleil. Le duvet bleu sur ces fibres frémissait dans le vent chaud.

— Tu vois quelque chose ? demanda Pan.

— Je vois une grande fleur de sana, répondit Wax. Il fit un pas en avant, s'éloignant du trou. Il leva une main pour se protéger du soleil. Rien d'autre.

Le pétale trembla lorsque Pan grimpa à côté de lui.

— Pas de skars ? demanda Pan.

— Je n'en vois pas, et toi ?

— Il fait trop clair pour voir grand-chose. Pas de personne non plus ?

— Peut-être qu'ils ont pris tous les skars et ont trouvé un autre chemin pour descendre ?

Wax et Pan descendirent le pétale en direction du centre de la sana. La vue incroyable méritait quelques regards, mais tout sentiment de triomphe d'être arrivés jusqu'ici fut balayé par une simple confusion.

— Il me vient à l'esprit, médita Pan, que nous aurions dû demander aux Najahn à quoi ressemblent ces skars.

— L'Aegis les porte, non ? Sur un collier ?

Wax n'avait jamais vu d'Aegis, ni ne se souvenait d'aucun des candidats qui avaient défilé lors du dernier Renouvellement, mais il pensait que c'était là que tout finissait. Donc ils ne peuvent pas être si gros ?

— C'est à la fin. Peut-être qu'ils sont découpés ?

La question de Pan trouva sa réponse lorsque les deux atteignirent le milieu de la fleur, le bord duveteux bleu. Cachées sous les filaments, au centre exact du monticule, se trouvaient de petites pierres vertes. Ou du moins, elles ressemblaient à des pierres, et elles partageaient leur couleur avec la tige vert forêt de la sana. Chacune avait à peu près la taille du pouce de Wax, et bien qu'au début Wax ait pensé que leur éclat venait du soleil, un regard plus attentif changea cette idée : les petits jetons avaient leur propre lumière intérieure.

— On dirait qu'on les a trouvés, dit Wax en s'avançant dans le bleu. Son poids secoua les filaments, libérant du pollen dans le ciel. Wax tendit la main vers les pierres, puis s'arrêta, recula. Désolé, c'est à toi de le faire.

— Je me demandais si tu allais t'en souvenir, dit Pan en échangeant de place. Ou si tu avais changé d'avis.

— Après ça, traîner à Kitaye ne semble pas si mal.

— Tu es toujours mon Gardien, Wax.

— Zut.

Pan rit, grimaça à cause de sa jambe, puis plongea la

main dans le bleu. Il en ressortit avec un seul skar vert, reposant dans sa paume. Ils le fixèrent tous les deux.

— C'est chaud, dit Pan après quelques secondes.

— C'est tout ?

— C'est tout.

— Pas de grand éveil ? Pas de visions de pouvoir ou quoi que ce soit ?

Pan lança un regard sceptique à Wax. Tu as écouté trop d'histoires.

— C'est ton père qui en raconte la plupart.

— Exactement.

La brise souffla. Le soleil poursuivit sa lente course vers l'horizon. Et rien ne se passa. Pas de tambours qui se mirent à résonner, pas de chef Najahn apparaissant de nulle part pour déclarer Pan le légitime candidat au Renouvellement.

— C'est profondément décevant, dit Wax.

— Peut-être que c'est tout ce qu'il y a ? On a le skar, maintenant on redescend ?

— Et passer par ces gens qui nous détestent vraiment ? demanda Wax sans mentionner le corps. Il ne le mentionnerait pas. On ne peut pas trouver un autre chemin ?

— Il n'y en a pas d'autre, répondit une voix légère et fatiguée venant de l'autre côté du pollen bleu. Un visage tacheté de soleil s'éleva au-dessus du chardon après ces mots, c'était la dernière femme de l'équipage d'en bas. Elle leva les mains pour montrer qu'elles étaient vides. C'est une longue chute.

Wax et Pan échangèrent un regard, puis ce dernier brandit le skar.

— Tu n'en as pas pris un ?

Elle grimaça en voyant la pierre verte dans la main de Pan. — J'y ai pensé. Pendant longtemps. Elle serra ses bras autour de son corps, comme pour se protéger du froid, bien que le soleil rendît l'air chaud ici. On en a beaucoup parlé pendant le trajet. Qui d'entre nous prendrait le skar. Ils m'ont désignée volontaire.

— Désignée volontaire ? demanda Pan. Wax essaya de l'observer de plus près, confirmant que la femme, qui ne semblait pas beaucoup plus âgée que Bliss, n'avait pas d'armes, ni de cordes ou d'autres astuces. Ce n'est pas censé être un choix ?

— L'honneur contre le paradis, la femme haussa les épaules, regardant vers l'est au-delà du Grand Sana. La pente douce de la jungle vers cette côte lointaine s'étendait dans une splendeur brillante. C'est ça l'astuce, non ? Tout le monde enveloppe tout ça dans un manteau doré pour qu'on ne remarque pas tout ce à quoi on renonce.

— Donc tu n'en as pas pris, constata Pan en regardant l'étoile dans sa main, puis la montrant à Wax. Ça veut dire, euh...

— Ça veut dire que vous gagnez, poursuivit la femme. Ça veut dire que je dois trouver une excuse maintenant, une raison pourquoi.

— Dis-leur la vérité, dit Wax. Il n'y a pas de honte à avoir.

— Facile à dire quand ta ville n'a pas placé sa confiance en toi. La femme s'éloigna du pollen, marchant sur un pétale de fleur tandis que Pan et Wax l'observaient. On pensait que Kitaye opterait pour un chacun pour soi, alors on s'est concentrés. On a choisi notre plus rapide, on m'a choisie, et on a couru jusqu'ici. J'allais rapporter la gloire. Ensuite, on ferait le tour des îles, on récupérerait les jetons, et hourra, je deviendrais le prochain Aegis.

— Piégée sur Noctia pour toujours, marmonna Pan, mais la femme capta les mots dans la brise et lui adressa un hochement de tête vif.

— Pas encore adulte, et les voilà qui me disent que je ne vivrai que quelques années de plus, piégée dans une prison najahn, dit la femme en secouant la tête. Ça ne semblait pas réel jusqu'à ce que je me tienne là où vous êtes maintenant. Et vous savez quoi ? Je n'en veux pas. Je ne veux pas de cette obligation, je ne veux pas renoncer à tout ça. Une chance d'avoir une vraie vie.

Wax passa de l'observation de la fille à Pan, qui avait pris un air malade. Le même poids qui avait fait renoncer la femme à son objectif semblait maintenant peser sur lui.

— Ne t'inquiète pas, mon pote, dit Wax. On peut prendre notre temps. Profiter de l'aventure. Laisser quelqu'un d'autre gagner le jeu.

Pan déglutit, hocha la tête, et garda sa prise sur le skar. — Tu as intérêt à ne pas me laisser gagner, Wax.

Le sourire lui vint facilement. — Pan, tu parles à un maître des retards. Je vais trouver tellement de façons de nous faire dévier de notre route que tu ne sentiras jamais l'odeur de Noctia.

La femme rit, rejointe par Pan. La tension retomba. Pan semblait toujours peu enthousiaste, mais il aurait le temps de s'y faire. Pour l'instant, eh bien, ils avaient gagné, et-

La fleur trembla. Le pétale derrière Wax frémit, et il se retourna, Pan avec lui, pour voir le bâtisseur, suivi des deux premiers plaisantins qu'ils avaient esquivés, grimper sur la fleur.

Ils n'avaient pas l'air particulièrement amical.

Korrus fit un premier pas vers le groupe, ses yeux se posant sur la femme. — Tu as pris le skar ?

Elle hésita. Pas Wax.

— Elle a choisi sa propre liberté, mon grand. Pan est des nôtres, maintenant. Wax posa une main sur l'épaule de Pan, puis adoucit son regard. — Elle va bien ?

— Elle est en vie, dit Korrus, regardant toujours la femme. — Est-ce qu'il dit que tu n'en as pas pris ? Dis-moi qu'il ment.

Wax tergiversa. La navigatrice n'était pas morte. Incroyable. Et pourtant, le bonheur qu'il ressentait de ne pas être devenu un meurtrier vacilla devant les regards sombres de Korrus et de ses deux acolytes.

— Il ne ment pas, répondit la femme choisie, reculant d'un pas. Elle se tenait à mi-chemin autour du monticule central, l'air prête à s'enfuir, bien que Wax n'eût aucune idée d'où elle pourrait aller. — Je vous avais dit que je n'étais pas sûre, et quand je suis montée ici, j'ai pris ma décision.

— Tu t'es retournée contre ta ville, gronda Korrus, la suivant dans ce pas. Wax et Pan, près du côté gauche du monticule, se tenaient juste en dehors du chemin de l'homme. — Nous avions mis notre confiance en toi.

— Un choix que vous avez fait sans moi.

— Nous devons tous vivre avec ça. C'est ce que signifie faire partie de notre monde.

— Devrions-nous partir ? chuchota Pan, tapotant l'épaule de Wax.

Comment pourraient-ils même s'échapper ? Les amis de Korrus se tenaient devant la seule issue, et leurs regards disaient qu'ils ne s'écarteraient pas.

Wax secoua la tête, observant Korrus et la femme poursuivre leur dispute. Les tempéraments qui s'échauffent n'étaient pas chose rare à Kitaye. Des bagarres éclataient. Des excuses seraient présentées, les gens retourneraient à leurs vies.

Cette fois-ci, c'était différent. Korrus n'avait pas l'air en colère, pas comme un homme insulté ou frustré. Il semblait déterminé, résigné, comme s'il acceptait son destin.

Un regard, réalisa Wax, qu'il avait vu sur le visage de Svarde quand l'homme plus âgé avait achevé le démon dans la grotte.

— C'est fini. Wax ne réalisa pas tout de suite qu'il avait prononcé ces mots. Il les avait crachés quand Korrus avait tendu la main vers la femme, qui manquait d'espace sur le pétale de la fleur. — Pan a le skar. Il a gagné ce droit. Il n'y a plus rien à débattre.

Korrus s'arrêta, leva les yeux vers le soleil, les paupières closes. Comme s'il accomplissait un rituel.

— Wax, pourquoi as-tu dit ça ? demanda Pan. — Je ne pense pas que ça va arranger les choses.

— Il allait lui faire du mal.

— Ouais, maintenant c'est à nous qu'il va en faire.

Korrus soupira, assez fort pour être entendu par-dessus la fleur.

— Combien de temps s'est-il écoulé depuis que nous avons gagné le droit ? demanda Korrus. Une question dont tout le monde connaissait la réponse. Un siècle ou plus, au moins. Personne de vivant n'avait vu un Renouveau de Mottilan. Cette fois, nous avons tout fait correctement. Kitaye n'a pas le droit de nous insulter à nouveau.

— Insulter ? demanda Pan.

— Insulter, répondit Korrus, crachant une fois en direction de la femme avant de s'avancer vers eux. Tout ce que votre ville fait nous est imposé. Nous essayons, nous luttons, et vous accaparez vos ressources, prenez tout le commerce et en demandez encore plus. Les traits de l'homme s'adoucirent, la brique devenant, pour un instant, de l'argile. Un seul honneur nous donnerait une chance, donnerait aux îles une raison de nous voir, de nous visiter, de commercer, d'aider.

— Je ne comprends pas, dit Pan, mais je suis sûr qu'on peut en parler. Les anciens…

— Les anciens nous ont confié cette tâche, et nous ne les décevrons pas. Korrus tendit la main. Si elle ne veut pas prendre le skar, alors un autre le fera.

Korrus lui-même semblait trop vieux pour que le Najahn l'autorise. Wax regarda les deux autres, près de la porte menant en bas. Assez jeunes, tout juste.

— Pas question. Pan serra la pierre contre sa poitrine. De droit, j'ai pris le skar.

Korrus regarda au-delà de Pan, par-dessus son épaule vers les autres. Un regard laid, là. L'estomac de Wax frémit. L'autre femme s'était assise sur son pétale, loin, et regardait la jungle sans expression. Des larmes, quelques-unes, scintillaient au soleil sur ses joues.

— Le skar, et le droit, appartiennent à celui qui le rapporte au Najahn, dit Korrus, sa voix devenant dure comme l'ardoise. Donne-le.

— Non.

Un Pan défiant aurait dû être inspirant, aurait dû rendre Wax fier, mais pas ici. Pas quand le résultat vain laisserait quelqu'un, peut-être eux deux, du mauvais côté de tant de poings.

— Laisse tomber, Pan, dit Wax. Ça ne vaut pas la peine de mourir pour ça.

— Mourir ? Pan haussa les sourcils, regardant Wax comme si son ami avait perdu la tête. Qui parle de mourir ?

— Je suivrais son conseil, dit Korrus. Comme le Najahn l'a averti, des blessures, même mortelles, arrivent ici tout le temps.

Wax fixa Pan, inclinant la tête en espérant que son ami comprendrait. Il y avait un temps pour les héros, et un temps pour la survie.

Quand Pan trouva la réponse, il ne regarda pas Wax avec la reconnaissance résignée que Wax attendait. Au lieu de cela, la douleur rétrécit ces yeux, serra ces lèvres.

— Quel gardien tu fais, marmonna Pan, avant de se retourner vers le bâtisseur. Tu penses que c'est un honneur de voler ça ? De le prendre par la force ?

— Ce n'était pas mon plan initial, mais j'aurai ce skar, répondit Korrus, tendant sa main robuste.

— Fais-le, Pan, encouragea Wax en poussant son ami en avant. On rentre chez nous avec une histoire à raconter, et nos vies.

Pan lança un autre regard noir à Wax, mais même lui pouvait voir que les probabilités n'étaient pas en sa faveur. Avec une réticence frissonnante, l'homme plaça la pierre dans la main de Korrus.

Pan pivota d'un seul mouvement, s'éloigna de Korrus, frôla Wax et se dirigea vers la sortie.

— Ne me traite plus jamais de lâche, Wax, dit-il en marchant. Tu m'as abandonné.

Wax ouvrit la bouche, mais ne trouva rien à dire. Korrus regarda le skar, les deux autres quittant leur poste pour rejoindre leur ami plus costaud.

Wax se tenait toujours au bord du pollen, observant Pan alors que celui-ci atteignait la porte, le chemin vers le bas. Comment aurait-il pu agir différemment ? Il n'y avait nulle part où fuir. Korrus les surpassait en force, et un combat ici signifierait que l'un d'eux tomberait, dégringolant beaucoup trop loin vers une fin brutale.

Il n'y avait pas eu d'autre choix.

— Lequel d'entre vous deux le veut ? demanda Korrus. Vous devrez porter le skar en descendant.

Porter le skar en descendant. Pan avait maintenant une jambe par-dessus le trou, évaluant la chute. Wax jeta un coup d'œil et vit le trio examiner attentivement le skar. Il regarda un peu plus loin les huit ou neuf autres pierres scintillantes, juste là. À un demi-pas et un bras de distance.

— Pan ! Attrape ! Wax tendit le bras en arrière et saisit un deuxième skar. À son contact, une chaleur piquante inonda sa main, comme s'il avait attrapé un bâton directement sorti du feu. Raison de plus pour le lancer rapidement.

Wax fit un mouvement du poignet, lançant la petite pierre avec précision. Pan, pour ce qui était peut-être la première fois de sa vie, leva la main et attrapa le skar en plein vol.

— Cours ! cria Wax, s'élançant lui-même vers le trou.

Le trio qui parlait de destinées à sa gauche réagit lentement, mais le cri de Korrus indiqua clairement que l'homme avait compris ce qui se passait.

— Arrêtez-les ! Ils ne peuvent pas être les premiers à descendre ! Le cri rocailleux de Korrus sonnait comme s'il avait reçu un coup dans les reins.

Pan disparut en dessous, et Wax se laissa glisser en approchant du trou, menant avec sa jambe gauche et laissant la surface douce du pétale lui offrir une bonne échappatoire.

Des jurons le poursuivirent, mots inoffensifs rebondissant sur un sourire ardent.

Prends ça, probabilités impossibles.

Wax rattrapa Pan sur les épines, tous deux faisant des sauts prudents de l'une à l'autre. Descendre signifiait de l'élan, signifiait un risque accru de glisser, mais leur avance grandit : le trio poursuivant n'avait pas la confiance balançante de Wax et Pan, leur esprit de tout risquer pour tout gagner.

Les deux atteignirent le niveau des feuilles croûtées,

s'agenouillant tous deux pour absorber le saut. Pan adressa un sourire éclatant à Wax.

— D'où t'est venue cette idée ? demanda Pan alors qu'ils se relevaient, filant vers la section toile d'araignée qui les attendait.

— Le grand gars a dit être le premier de retour, j'ai pensé que ça n'avait pas d'importance quel skar on avait.

— Tu as de la chance que je l'aie attrapée.

— Je savais que tu ne la manquerais pas.

D'en haut, Korrus rugit à nouveau, ordonnant à Wax et Pan de s'arrêter. La voix de l'homme résonna à travers le tronc, prouvant qu'il pouvait vraiment crier quand il le voulait.

Pas que cela importait. Il pouvait hurler autant qu'il le souhaitait.

Pan atteignit les escaliers de toile en premier, les marches étant un désordre flasque comparé à ce qu'elles étaient auparavant. Les cocons éclatés gisaient ouverts, leur contenu se répandant le long des filaments blancs.

— C'est vraiment dégoûtant, dit Pan en glissant. Il gardait la pierre dans sa main gauche, serrée contre sa poitrine. J'espère que les autres îles ne seront pas aussi terribles.

— Si on gagne, qu'est-ce que ça peut faire ?

Wax balaya les insectes qui l'envahissaient tandis qu'il descendait derrière Pan. Les petits monstres mordillaient et se faufilaient, mais ils s'envolaient assez vite quand on les repoussait. Devant, Pan trébucha, roula, la toile collant à son corps. Trop fine pour l'arrêter, Pan se démena jusqu'à l'échelle.

— Dépêche-toi ! cria Pan, tandis que Wax essayait d'être moins maladroit dans sa démarche.

Pan disparut dans l'échelle. Wax, secouant la tête,

rebondit sur la toile. Une fois de plus, Korrus rugit une menace, trop loin pour que cela ait de l'importance.

Continue de parler, grand gars. Personne n'écoute.

Wax atteignit l'échelle, jeta un coup d'œil en arrière vers le chemin de toile et ne vit pas un seul pied. Trop loin derrière.

Agrippant les barreaux incrustés dans l'écorce, Wax descendit, ses mains et ses pieds dansant d'un barreau à l'autre.

Jusqu'à ce qu'un grognement choqué, un halètement brutal arrête Wax, le forçant à regarder en bas.

Pan se tenait sur la toile végétale lâche, la dernière descente en spirale avant la sortie, les bras écartés, les jambes en pleine foulée. Dépassant de son côté, comme une excroissance anormale, se trouvait la longue épine brisée que le bâtisseur avait utilisée pour entailler Pan plus tôt.

La maniant ? Semblant aussi choquée par son geste que Pan l'était de le recevoir, se tenait la navigatrice. Pas celle que Wax avait assommée — celle-là, Wax le remarqua, était appuyée contre la base de l'échelle — mais sa partenaire.

Pan s'effondra en avant, s'écrasant face contre terre dans la masse végétale. La navigatrice qui l'avait poignardé recula d'un pas tandis que Wax surmontait son choc, descendait les derniers barreaux pour atterrir près de son ami.

— Qu'est-ce que tu as fait ? cria Wax à la navigatrice, bien que ce fût diablement évident ce qu'elle avait fait.

— Je ne pensais pas que ça irait si profond, dit la navigatrice, se perdant en excuses désespérées. Wax l'ignora, s'agenouillant près de Pan. Il sentit l'humidité collante près de la blessure, la sentit s'étendre.

— Pan, dit Wax, tâtant autour de l'épine, essayant de

décider s'il fallait la retirer ou non. Les griffes de Hanoko pouvaient se coincer dans les gens, et les retirer était un jeu dangereux. Cela pourrait être la même chose. Pan, reste avec moi.

Il tira Pan vers lui, faisant pivoter l'épine perçante vers le haut et autour. Wax regarda son ami, le visage relâché, les yeux grands ouverts cherchant, trouvant les siens.

— Je vais te soulever, dit Wax. Accroche-toi.

Pan poussa sa main gauche contre la poitrine de Wax. La chaleur traversa les doigts fermés de Pan, la lueur verte.

— Prends-le, chuchota Pan.

— Pas question...

— Dis à mon père que j'étais le premier, murmura Pan au-dessus de Wax, ses lèvres articulant le son.

— Tu le lui diras toi-même.

Les lèvres de Pan tremblèrent, la couleur se vida, le plus léger des sourires. — Il te croira.

Wax sentit les doigts de Pan commencer à se relâcher, leurs bouts traçant des cercles plus larges contre le tissage de Wax. Par instinct, Wax leva sa propre main, saisissant le jeton alors qu'il tombait.

Le bras de Pan suivit, s'étendant à plat sur le sol.

— Non, dit Wax, s'accroupissant, plaçant son épaule contre la poitrine de Pan et enroulant sa main gauche libre autour de son ami. D'un coup, Wax se leva, chancelant sur le sol instable. — On va s'en sortir, ensemble.

Il fit un seul pas.

— Arrête, dit la navigatrice, la voix étranglée. Tu ne peux pas prendre le skar. Tu ne peux pas.

Wax fit un autre pas, lança le seul regard noir qu'il put rassembler à travers le choc. — Essaie de m'arrêter.

Au-dessus, plus proche maintenant, la voix de Korrus rugit à nouveau. La navigatrice répondit cette fois, criant qu'elle avait ralenti Wax, mais elle ne le suivit pas quand il s'élança dans une marche trébuchante le long du tronc.

La mousse tournoyante, les feuilles, peu importe ce qui avait semblé si libre et élastique à la montée, devenaient maintenant une danse morte. Engourdi de partout, sauf pour la chaleur dans sa main droite, Wax se concentra sur ses pieds, sur le placement correct de ses semelles. Continuer à bouger, c'était tout ce qu'il avait à faire. Continuer à bouger, et Pan irait bien.

À chaque pas, l'épine rebondissait sur le dos de Wax. À chaque pas, le sang de Pan imbibait ses jambières.

38
Vieux guerriers

Le carreau passa en sifflant près de la tête de Svarde alors qu'il fonçait vers l'imposant démon. Le petit trait, à peine plus long que le doigt de Svarde, effleura ses cheveux et s'enfonça dans la peau fumante du démon. Des lignes vertes s'étendirent à partir du point d'impact, telle une lave émeraude qui suintait.

Le démon géant, s'il s'en souciait, n'en laissa rien paraître. Au contraire, il balaya l'air de ses longues lames en direction de Svarde, qui leva sa hache, prêt à charger comme un berserk.

Mais il se retrouva à rouler dans la poussière, sa hache rebondissant au loin, et un ferrite rocheux le plaquant au sol. La blessure dans le dos de Svarde le faisait hurler de douleur, mais les lames tranchantes du démon manquèrent leur cible.

Kivi, appuyant sa queue de pierre trapue sur la poitrine de Svarde, le maintenait au sol tout en lançant un défi au monstre dans un grognement.

Un défi accompagné de plusieurs autres carreaux, qui tous filèrent et frappèrent le démon dans la poitrine et ses longs bras massifs. L'un d'eux cloua le front du démon, lui arrachant enfin un sifflement de colère. Une fumée verte gouttait en flaques sur le sol. Les épées s'agitaient, tentant de dévier les tirs.

— Laisse-moi me relever, espèce de lézard, grogna Svarde en essayant de se redresser, mais une autre main sur son épaule le repoussa au sol.

— Je crois que tu as fini de jouer à ce combat, dit Maena, son sabre dans l'autre main. Elle fit un clin d'œil à Svarde, siffla à nouveau, et une autre volée de carreaux passa en trombe.

Cette fois, Kivi suivit la salve, chargeant et se heurtant à la base du démon. Les raiders de Maena emboîtèrent le pas au ferrite, entourant Svarde avec leurs épées dégainées et leurs arbalètes tirant.

Le démon encaissait des coups sur tout son corps, mais le monstre avait encore de la vie en lui, et de la colère avec. Ces épées gigantesques envoyaient valser les marins, balayant leurs faibles parades et traversant leurs armures comme du beurre. Un coup de pied frappa Kivi et propulsa le ferrite à travers les restes cendreux de la forge.

Les humains avaient l'avantage du nombre, mais ils n'avaient ni les armes, ni la force nécessaires.

Jusqu'à ce que Maena passe à l'action.

Courant vers le démon, elle sortit sa petite arbalète de son étui à la taille, la leva d'un geste vif et appuya sur la détente. Son carreau se planta directement dans un bras armé qui se balançait dans sa direction, entaillant le poignet et faisant lâcher la lame au démon. L'épée brumeuse plongea et frappa le sol, se dressant bien droite comme un monument diabolique.

Son ouverture assurée, Maena lâcha l'arbalète et tendit sa main gauche, appelant une autre arme. Une requête ridicule dans le feu de la bataille, mais à laquelle son équipage rana répondit en lui lançant un second sabre qu'elle attrapa au vol.

À toute vitesse, Maena bondit contre la forme tourbillonnante du démon. Ses bottes trouvèrent appui sur la taille du monstre, des flammes jaunes s'allumant à son contact. Si Maena ressentait la chaleur, elle n'en montra rien, enfonçant ses deux sabres dans la poitrine du démon, l'un après l'autre, encore et encore, même alors que les flammes se propageaient sur ses bandages.

Le démon, frénétique, prit son épée restante et la ramena vers lui-même. Svarde lança un avertissement, repris par les marins de Maena, et au dernier moment, Maena abandonna ses sabres, se laissant tomber au sol et roulant tandis que le coup du démon s'enfonçait dans son propre ventre.

Un feu vert jaillit, la forme changeante du démon se dissolvant en une masse de lave brûlante, s'enfonçant dans le sol avec un dernier cri sifflant.

Des deux sabres, seules les poignées restaient, brillant d'un éclat doré dans la chaleur.

— Difficile d'ignorer autant d'âmes en fuite, dit Maena, réenveloppée et couverte de cataplasmes pour soigner les brûlures le long de ses jambes. Surtout quand elles prétendaient qu'un guerrier incroyable se battait encore pour leur ville.

Svarde, penché sur une soupe farineuse alors que la nuit tombait, grogna.

— "Incroyable ?" leur ai-je demandé, sûrement ils doivent se tromper, poursuivit Maena, car le seul guerrier dans les parages est un vieil homme, qui a passé son prime.

—J'ai à peine dépassé la trentaine.

— Un vieil homme, comme je l'ai dit.

— Tu dois être aussi vieille que…

— Qui raconte cette histoire ? Maena sourit, et seules les rides au coin de ses yeux trahissaient la douleur qu'elle devait ressentir.

Autour d'eux, les marins rana s'étaient dispersés, formant un campement disparate sur la place en ruine de la ville. La plupart avaient des bandages frais pour leurs brûlures. Des sacs de couchage étaient étalés, prêts pour ce qui promettait d'être une nuit fraîche. Ils avaient laissé leurs tentes derrière eux, inutiles pour la descente prévue dans l'obscurité. Les feux crépitaient, les conversations flottaient, et derrière tout cela, fouillant dans leurs ruines, revenaient les habitants de la ville.

— Alors j'ai dit à mon équipage, eh bien, nous devons trouver ce guerrier incroyable, continua Maena, entre deux gorgées de vin de glace de Whent récupéré. Parce que nous pourrions avoir besoin de ses talents pour notre voyage, et bien sûr, ils étaient d'accord.

— Vraiment.

— Et voilà, nous sommes ici, t'ayant sauvé d'une mort certaine, te plongeant ainsi dans notre dette.

— J'ai pas demandé à être sauvé.

Maena rit. — Si, tu l'as fait. Il y a longtemps sur Noctia, quand tu as révélé tes espoirs. Si tu cherches vraiment à arrêter ce Renouveau, ce terrible cycle, alors tu as bien demandé à être sauvé. Juste avec des mots différents.

Et Svarde pensait qu'Ami avait été agaçante. Maena semblait avoir la même capacité à retourner ses mots et ses actions contre lui.

Pourtant, Svarde se surprit à sourire malgré tout. Du moins jusqu'à ce qu'il essaie une autre gorgée de soupe. Fade, avec des cendres flottant dedans. Les vivres, apparemment, seraient maigres dans cette aventure.

— Ne t'inquiète pas, Svarde, dit Maena. Tout ne tourne pas autour de toi. Nous avons sauvé la ville. Ses habitants nous en seront reconnaissants. Nous nous reposerons ici quelques jours. Nous récupérerons, nous réapprovisionnerons, nous nous réarmerons, puisque tes démons avaient la fâcheuse habitude de faire fondre nos lames. Ensuite, nous commencerons la véritable quête.

Svarde acquiesça. Son regard dériva vers Kivi, recroquevillée près du feu, un rocher à moitié mangé près de sa gueule. Le ferrite portait de nouvelles cicatrices sur sa peau écailleuse de roche.

— Ces démons étaient intelligents, dit Svarde. Ils deviennent de plus en plus redoutables.

— Toujours, répondit Maena, son air suffisant ayant disparu. Chaque Renouveau apporte désormais de nouvelles menaces, pires que les précédentes. Ils ne sont pas dépourvus d'intelligence, ceux-là.

— Ce ne sont pas non plus de simples bêtes. Svarde tapota la hache posée contre sa cuisse. Si nous en affrontons beaucoup d'autres comme celui-là, il sera difficile de remporter la victoire.

— Si c'était facile, mon ami, quelqu'un l'aurait déjà fait.

39
LA BOÎTE

Pan n'a plus jamais prononcé un mot. Le Najahn à l'extérieur du Grand Sana a soulevé Pan des épaules de Wax, l'a déposé sur le sol et, après un regard prolongé, l'a déclaré mort. Dans la foulée, ils ont donné à Wax son nouveau titre.

Couvert de sueur, les jambes comme des troncs d'arbres après avoir porté Pan tout le long de la descente, Wax n'a pas entendu les mots. Il voulait s'asseoir à côté de son ami, essayer de panser la blessure, trouver un cataplasme, une herbe ou une boisson pour ramener Pan à la vie.

Au lieu de cela, le Najahn l'a emmené. Un garde a porté à ses lèvres un cor noir doré et a soufflé, un son cristallin retentissant sur le camp. L'autre s'est placé entre Wax et le corps de Pan. Quand Wax a protesté, le Najahn a secoué la tête et l'a guidé sur le chemin.

— Vous pourrez faire votre deuil plus tard, a dit le Najahn, avec une pointe de sympathie dans la voix. Il vous attendra.

Cette attente serait longue. Après avoir soufflé dans le cor, le Najahn vêtu de cuir, tout de pourpre, de noir et d'or, a guidé Wax le long du chemin. Plusieurs autres, ceux-ci dans des robes pourpres plus amples, les ont dépassés, s'arrêtant comme un seul homme pour féliciter Wax.

— Vous vous y habituerez, a dit son escorte Najahn devant l'expression perplexe de Wax.

Les mots, si souvent prêts à jaillir à l'intuition de Wax, ne se manifestaient pas. Sa vie, qui un instant auparavant défilait d'une rencontre délirante à une autre, semblait maintenant fixée sur un rail doré.

— J'étais là pour le dernier, a continué le Najahn tandis qu'ils descendaient le chemin. Il était comme vous. Abasourdi. Vous vous en remettrez assez vite. Le Najahn a tapé dans le dos de Wax, le faisant légèrement trébucher. Souvenez-vous, il y en a six autres comme vous. Le concours ne fait que commencer.

— Le concours ? La bouche de Wax semblait remplie de pain, mais il s'est accroché à la question, un moyen d'échapper à l'image du corps ensanglanté de Pan qui dansait devant ses yeux.

— Vous êtes le premier à être descendu. Cela fait de vous le Renouveau pour Vis, a soupiré le Najahn. Maintenant, il vous faut trouver des Gardiens, et puis ce sera direction les autres îles. Un petit rire. Aucune aussi bonne que celle-ci, bien sûr. C'est pour ça que j'ai choisi de rester ici. Même pas Noctia...

Le Najahn a continué à bavarder pendant toute la descente, ses paroles enveloppant Wax d'un réconfort inconscient. Wax ne les entendait pas vraiment, ne se souciait pas vraiment de ce que l'homme disait, leur simple existence suffisait.

La coquille se brisa au milieu de l'avant-poste, après un arrêt aux baraquements pour manger, boire et se laver. Wax ne s'attarda sur rien — la nourriture avait un goût de poussière, l'eau était croupie et le bain devint rose quand le sang de Pan s'y déversa. Son tissage et ses bandages, déchirés, furent jetés. Une nouvelle robe de Najahn l'attendait à sa sortie de la baignoire moulée dans la pierre, trop grande pour lui, mais suffisamment confortable.

Ce confort s'évanouit lorsque Wax quitta sa chambre pour trouver un nouveau Najahn qui l'attendait, le même impérieux que celui de la nuit du combat, qui les avait mis en garde contre les dangers qu'ils allaient affronter.

Le couloir étroit était étouffant avec cet homme là, son armure formelle — complète avec la vouge et le chakram sur son dos — remplissant l'espace devant la porte de Wax.

— Tu as le skar ? demanda le Najahn, examinant Wax d'un œil critique, un froncement de sourcils acéré.

— Le voici, répondit Wax en le sortant des plis de sa robe, de petites poches tissées dans la poitrine. La pierre verte était toujours chaude, des aiguilles piquant sa main lorsqu'il la saisit. Pourquoi ?

— Ils voudront le voir. C'est toujours le cas.

— Ils ?

Un léger rictus. — Tous ceux qui voulaient être à ta place, mais qui ont échoué. Ils sont dehors, et ils voudront une preuve.

Wax regarda le skar. Au sommet du sana, il avait semblé presque beau, étrange. Maintenant, il paraissait maudit. Pan était mort pour ça ?

— Pas de second choix, dit le Najahn, et Wax leva les yeux, se demandant s'il détectait la plus légère trace de bonté. Tu as été marqué. Si tu abandonnes le skar maintenant, alors Vis se passera de Renouvellement.

— Ne peut-on pas...

Le Najahn secoua la tête une fois, brusquement. Il tendit la main et referma celle de Wax autour du skar.

— Quand nous sortirons, on te donnera un collier pour le skar. Tu le mettras à l'intérieur, et tu ne l'enlèveras jamais jusqu'à ce que le voyage soit terminé.

Le Najahn fit un geste vers le couloir, en direction des escaliers. — Vas-y.

Wax regarda à nouveau la pierre dans sa main, puis croisa le regard du Najahn. — Ce n'est pas ce que je voulais.

Le Najahn inclina la tête en signe d'interrogation.

— Mon ami. C'était censé être lui. J'allais être son Gardien.

La compréhension illumina les traits du Najahn. — Le corps. Regrettable, mais c'est la réalité. Les Renouvellements sont une entreprise sinistre. Quelque chose à endurer, pas à célébrer. Ça peut être difficile maintenant, mais tu apprendras à passer outre ces moments pour le bien de tous. De nouveau ce léger sourire, comme si le Najahn lui-même avait été à la place de Wax à un moment donné. Finalement, les vies perdues dans ton sillage ne seront rien de plus que des fantômes. Hantant tes pas, peut-être, mais ignorés tant que tu garderas les yeux fixés devant toi.

Une fois de plus, le Najahn fit un signe vers les escaliers. Un soutien émotionnel, une longue session à démêler le cœur déchiré de Wax ne semblait pas à l'ordre du jour. La prédiction menaçante du Najahn sur l'avenir de Wax n'aidait pas non plus, alors plutôt que de risquer davantage, Wax remit le skar dans sa poche et avança.

L'avant-poste délabré se transforma. Ce qui avait été un casernement endormi et ses structures de soutien brillait maintenant dans les oranges et les violets du soir. Des nuages s'épaississant au-dessus annonçaient un orage nocturne, mais pour l'instant leur seul cadeau était la lumière du soleil réfléchie et un répit face à la chaleur diurne de la jungle. Cette pause semblait appréciée par la foule qui attendait Wax, la plupart couverts de sueur, de saleté et d'agacement.

La reconnaissance balaya Wax et la majeure partie de l'assistance, plusieurs dizaines d'autochtones de Vis dans leurs tissages et leurs bandages, leurs sacocheset leurs grimaces. Comme lui et Pan, ils avaient été sur la route pour tenter leur chance de devenir le Renouvellement. Comme Pan, ils avaient échoué.

Contrairement à Pan, ils avaient encore leur vie.

Aucun d'entre eux ne le méritait plus que lui.

L'impérieux Najahn se tenait à côté de Wax et, d'un simple geste de la main, fit taire les conversations qui avaient commencé dès l'apparition de Wax. Pendant un instant, les seuls sons provenaient de la jungle, des battements de cœur de Wax et du bruissement des toits. Wax aurait voulu prolonger cet instant, le dernier entre son passé et son avenir.

Le discours de Najahn fut bref. Il ne contenait guère plus que le nom de Wax, une demande pour que Wax présente le skar — ce qu'il fit — puis une proclamation selon laquelle il portait désormais les espoirs de Vis pour devenir le prochain Aegis.

Pendant chaque mot, Wax sentait les regards de la foule, sentait les coups d'œil venant d'un côté en particulier, là où l'équipage qui avait tué Pan, les caboteurs qui avaient usé de violence et échoué, bouillonnaient. Wax se demanda pourquoi il ne ressentait ni colère, ni rage, ni désir désespéré de traverser le terrain en courant pour les étrangler.

La réponse vint après le discours, lorsque Najahn invita Wax à partager un repas, un verre avec les forces de Noctia. Une invitation que Wax déclina, prétextant l'épuisement.

C'était Wax qui avait lancé le skar. Il avait offert une

échappatoire à Pan, une chance de poursuivre ce destin, et il avait été celui qui avait provoqué l'attaque. S'il avait laissé cette maudite pierre parmi ces vrilles bleues, Pan serait encore en vie.

Wax prit son dîner dans sa chambre. But d'abord un verre, puis deux, puis trois. L'ale effaça la soirée, là, dans cette petite boîte en bois.

40

GARDIENS

Les jours s'écoulaient lentement lors du retour à Kitaye. Deshiva poussait les chasseurs en bonne santé à marcher plus vite, espérant atteindre la ville et trouver d'autres démons à pourchasser. Bliss, Quik et les autres blessés avançaient d'un pas régulier et prudent.

Quik demandait sans cesse à Bliss de rejouer son combat contre les démons, d'abord comme un récit, puis, au fil des répétitions, comme un exercice.

— Si tu veux devenir chasseuse, dit Quik, alors faisons de toi une chasseuse.

Ils débattaient de tactiques avec les treize autres membres de leur groupe mal en point, profitant des nuits au coin du feu pour parler stratégie. Comment attirer, comment se camoufler, comment détruire.

Bliss savait manier son bâton, mais en dehors de l'entraînement limité de Lira, elle n'avait jamais appris les ruses des chasseurs. Poser des pièges, tremper des fléchettes de fortune dans des plantes vénéneuses. Se peindre pour se camoufler, mais plus encore, choisir les bonnes boues, les bonnes teintures qui la garderaient à la fois dissimulée et fraîche, en bonne santé, protégée.

Et plus encore : les caches. Partout sur Vis, les chasseurs entreposaient des provisions pour ceux qui partaient en longues expéditions avec des besoins urgents. L'une d'elles n'était pas loin du lieu où Bliss avait combattu les démons, et aurait fourni de nouvelles armes, de l'eau fraîche, de meilleures chances.

Meurtrie, malmenée, mais en voie de guérison, Bliss arriva à Kitaye la tête haute. Un retour victorieux interrompu par les banderoles, les fleurs suspendues entre les maisons et les étals encore en réparation.

« Qu'est-ce que c'est ? » signa Bliss à Quik qui, comme elle et les autres chasseurs, s'arrêta à l'orée de Kitaye pour contempler le changement.

En fin de matinée, de la musique résonnait. Des épices réservées aux célébrations flottaient dans l'air. Des sourires empreints d'espoir illuminaient les visages des passants, et les étreintes données aux chasseurs de retour contenaient peu de peur, mais beaucoup d'amour.

— Aucune idée, dit Quik. Allons chez nous. Papa et maman sauront.

Sauf que leurs parents n'étaient pas là. La cabane dans l'arbre était vide, semblant réparée et prête. De plus, des fleurs bordaient leur échelle. Des fruits dans des paniers tressés attendaient à la base du tronc. Des cadeaux ?

— Wax, marmonna Quik tandis que le frère et la sœur regardaient le trésor. Qu'est-ce qu'il a encore fait ?

'Lui et Pan allaient essayer le Renouveau. Tu crois qu'ils l'ont fait ?'

La cabane de Pan se trouvait à proximité, et bien qu'elle ait également échappé aux dégâts causés par le démon — être en retrait de la côte avait ses avantages — les fleurs ici, les paniers, avaient une couleur différente. Plus de violets et de noirs, mais toujours une maison vide.

Quik commença alors à poser des questions. Les réponses dirigèrent le duo vers le long quai, où ils trouvèrent une foule compacte. Si nombreuse qu'elle devait comprendre tous ceux qui n'étaient pas chargés de la nourriture ou des tâches vitales.

Suivant Quik, Bliss et son frère atteignirent le bord de l'eau, des vagues calmes par une journée tranquille, bien qu'il ait plu pendant la nuit. Le sable séchant collait à ses pieds, un changement agréable par rapport au sol rocailleux, feuillu et jonché de bâtons de la forêt. Des mouettes tournoyaient au-dessus, attendant des collations. Et elles avaient de bonnes raisons de rester dans les parages : la célébration de ce soir serait immense.

— Il l'a fait, dit Quik alors qu'ils prenaient conscience de la scène au bout du quai.

Wax se tenait à côté de la dirigeante de Kitaye, une femme ornée d'un tissu arc-en-ciel aveuglant. Les parents de Wax l'encadraient, chacun avec une main sur son épaule, l'autre tenant un brassard tressé. Les divers dirigeants de Kitaye bordaient aussi le quai, tous s'élevant et s'abaissant en chantant des prières à Vis.

'Où est Pan ?' signa Bliss, tirant sur la manche de son frère. 'Wax est là-haut comme s'il était le Renouveau.'

— Je ne sais pas. Le froncement de sourcils de Quik, cependant, laissait entendre qu'il avait une idée.

Wax leva le skar alors que le dernier chant touchait à sa fin, la petite pierre captant la lumière du soleil et scintillant, même à cette distance. La dirigeante de Kitaye prit quelque chose d'un Najahn à l'air sinistre à côté d'elle. Wax plaça le skar dans le collier, le passa autour de son cou, et la dirigeante l'attacha. Il tendit ses deux poignets, et sur chacun d'eux, les parents de Wax attachèrent un brassard. Ainsi marqué, la dirigeante poussa doucement Wax au milieu du quai.

— Bliss, marmonna Quik, je crois que notre frère a des ennuis.

Elle n'avait jamais entendu d'acclamation plus forte.

La feuille reposait sur l'eau, un doux carrosse avec sa cargaison enveloppée en son centre. Les bords vert tendre, commençant déjà à montrer le plus léger flétrissement, s'enroulaient autour de Pan. Une foule bien plus petite se tenait sur un quai plus éloigné, le principal ayant été cédé après la cérémonie de Wax pour l'amarrage d'un navire Kance. Les voiles en filament brillant de ce vaisseau scintillaient dans la lumière des étoiles, dans le reflet des flammes des torches du bord de plage.

Bliss se surprit à fixer ces voiles, à fixer n'importe quoi d'autre, en réalité, sauf la feuille et l'adieu qu'elle représentait.

La dernière fois qu'elle avait vu Pan, il était un champion nerveux. Se hissant pour la première fois à la hauteur des attentes de son père, tout comme Bliss elle-même relevait son propre défi avec les chasseurs.

Ils avaient si souvent fait équipe sous les feuillages, pendant que Sawi et Wax se balançaient dans les hauteurs. Pan semblait connaître les noms et les caractéristiques de chaque plante de la jungle, et il les expliquait tous à Bliss, qui se retrouvait à repenser à chaque roulement d'yeux, à chaque soupir ennuyé qu'elle avait émis en réponse.

C'étaient des dettes qu'elle avait envers Pan, des dettes qu'elle ne pouvait pas rembourser. Du moins, pas à lui, pas directement.

Les parents de Pan se dirigèrent vers le bord du ponton, tenant entre eux une longue perche destinée à pousser les bateaux dans les eaux peu profondes. Des fleurs violettes et noires couronnaient leurs tresses. Un regard perçant aurait pu déceler des larmes dans leurs yeux, mais Bliss refusa de le faire.

À la place, elle trouva son frère et se tint près de Wax. Comme elle, il semblait être dans un état second toute la journée. Quik tira un bref résumé des lèvres de Wax, un récit sec avec peu de détails, se terminant simplement par une escorte de Najahn de retour à Kitaye.

Comment Pan était mort, comment Wax s'était retrouvé avec le skar... cela pouvait attendre.

Une conque s'éleva, une note douce résonnant au-dessus des vagues. Quelqu'un entonna un appel à Vis pour guider Pan dans son prochain voyage, et ses parents poussèrent la feuille. Les bords recourbés captèrent le vent tourbillonnant, le courant tournoyant dans la crique, et la feuille entama son lent voyage vers la mer ouverte. Des ondulations dans l'eau signalaient la présence de nageurs prêts à aider à guider la feuille si la nature échouait, mais Vis devait tenir Pan en haute estime, car pas une seule fois sa feuille ne vacilla, pas une seule fois elle ne fit demi-tour.

Sawi les rejoignit plus tard, la nuit animée par les festivités alors que Kitaye célébrait une fois de plus l'accueil du Renouveau de l'île. Le quatuor était assis dans leur cabane familiale dans les arbres, Bliss, Quik et Wax. Leurs jambes pendaient dans le vide, tandis que Quik remplissait des coupes en bois de vin de pêche sucré.

Ils venaient de terminer un autre toast à Pan, le troisième de la soirée, et les yeux de Wax avaient un regard vitreux. Bliss, le visage rougi, lança néanmoins une question à Quik : quand Wax vacillait ainsi, des déclarations audacieuses et stupides avaient tendance à sortir.

Le frère aîné ne fit rien, ne dit rien, se contentant de

hausser les épaules avec un triste sourire. Le chagrin et la gloire allaient de pair ce soir.

— Le Najahn, dit Wax, son discours aussi pétillant que sa boisson, m'a dit de partir. La course, ont-ils dit, est lancée. Je ne suis peut-être même pas le premier Renouveau. D'autres îles sont peut-être déjà parties.

— Est-ce que ça t'importe ? demanda Bliss.

— Bien sûr que oui, répondit Quik tandis que Wax, regardant sa sœur, buvait une longue gorgée. Pourquoi se donner la peine de prendre le skar s'il ne va pas gagner, pas vrai Wax ?

— C'est ça. Wax fixait sa coupe en l'abaissant de ses lèvres. Ce ne serait pas honorer Pan si je ne le faisais pas, tu comprends ?

— Pan s'en ficherait, tenta Sawi.

— Il me l'a donné, Sawi. Pendant qu'il mourait, il me l'a tendu. Wax posa une main sur le collier. Il ne portait pas de tresse, le bijou Noctia reposant à nu sur sa poitrine. Alors qu'il n'aurait dû se soucier de rien, il se souciait de ça. J'y vais. Je dois le faire.

L'opportunité était là, juste sous son nez. Le navire kance partirait dans un jour, en direction de Foti. Wax pourrait monter à bord et partir chercher son deuxième skar.

Du moins, c'est ce qu'il disait.

— Alors tu n'iras pas seul, déclara Quik en tendant l'outre de vin pour remplir la coupe de Wax. Les frères ne laissent pas leurs frères partir à l'aventure sans eux.

Wax adressa un sourire en coin à Quik. — Les chasseurs ne remarqueront même pas ton absence.

— C'est comme ça que tu parles à ton Gardien ?

Ce mot plongea Wax dans une humeur différente, dont il se secoua en tournant son regard vers la mer.

— Tu es sûr que c'est ce que tu veux être ? lui demanda Wax. Être mon Gardien ne sera pas facile.

— Ça ne peut pas être plus dur que d'être ton frère.

Wax se tourna vers Sawi. — Et toi, Sawi ? Le Najahn a dit que je pouvais avoir autant de Gardiens que je voulais. Envie d'une aventure ?

Sawi esquissa un sourire et secoua la tête. — Quik est un chasseur à part entière. Il peut faire ce qu'il veut. Moi, je suis débordée.

— Et alors ? C'est le Renouveau, non ?

Sawi pencha la tête et recula légèrement. — C'est ton choix de partir, Wax. Ce n'est pas ma faute si je ne peux pas venir avec toi. J'ai mes propres promesses à tenir.

Wax renifla, semblant sur le point de lancer une réplique cinglante. Quelque chose qu'il regretterait. Alors Bliss tendit la main et saisit le poignet de Wax.

« Si tu veux un autre Gardien, tu en as un », signa-t-elle.

— Et les Lira ? demanda Quik pendant que Wax plissait les yeux vers Bliss, comme s'il essayait de déterminer si elle plaisantait. Tu ne...

« Les Lira sont là pour protéger Vis, pour nous protéger. Un Gardien, c'est la même chose. » Bliss afficha un sourire flou. « Et puis, vous aurez besoin de quelqu'un qui sait comment tuer un démon. »

Wax éclata de rire. — C'est vrai ! Une vraie tueuse, ma sœur. Il secoua la tête. — D'accord, papa et maman vont perdre la tête, mais c'est nous. Comme ça l'a toujours été.

— En route pour sauver le monde, ajouta Quik en levant sa coupe. À Vis, son Renouveau et ses Gardiens !

Cette fois, Bliss but profondément, laissant le vin l'emporter.

41

DESCENTE

Les points de suture le long de son dos le démangeaient. Svarde devrait les faire retirer sous terre, dans l'obscurité. Ses bras, ses jambes et sa tête s'en sortaient mieux grâce aux bandages imbibés d'onguents pour aider à guérir ces brûlures. Une vue commune parmi l'équipage de Maena alors qu'ils se tenaient rassemblés au petit matin devant une colline qui s'élevait. Les feux mourants fumaient tout comme l'haleine glacée de Svarde. Kivi renifla à ses pieds, sa peau rocailleuse luisante là où les égratignures avaient guéri.

Devant eux, comme si quelqu'un avait enfoncé un pieu dans la terre et l'avait arraché, se trouvait l'ouverture d'une grotte aussi large que le navire Rana était long. Derrière les marins de Maena se dressait un mur hérissé de pointes surplombé de tours de guet, un mur actuellement couvert d'échafaudages, en cours de réparation après que les démons de goudron et de cendres l'aient déchiré.

Les soldats de Whent qui gardaient les murs auraient pu poser des obstacles à la mission de Maena, mais des habitants reconnaissants avaient servi d'émissaires, un bonus inattendu. Autrement, le plan avait été d'escalader le mur dans la nuit la plus profonde, d'espérer avoir de la chance et de disparaître sous la pierre avant que la lumière du jour ne les découvre.

Maintenant, les aventuriers se tenaient là, réapprovisionnés, reposés et prêts. Svarde percevait la confiance parmi les plusieurs dizaines de marins. Les sacoches pendaient serrées, débordant de provisions. Suffisamment pour plusieurs semaines.

— Et si ce n'est pas assez, dit Maena, debout à côté de Svarde et, comme lui, regardant l'équipage, alors nous reviendrons en chercher davantage.

— Jusqu'à ce que nous trouvions la source et que nous la massacrions, dit Svarde.

— Exactement. Maena soupira, hocha une fois la tête. Prêt, Gardien ?

—J'ai attendu dix ans pour ça, Maena. Allons-y.

La capitaine Rana siffla, son appel clair déclenchant le martèlement synchronisé des pieds, les groupes de combat s'établissant alors que l'ordre de marche s'assurait que personne ne serait sans torches, sans couverture d'arbalètes et de sabres.

Les soldats Whent et les ouvriers leur souhaitaient bonne chance, leurs cris portant dans l'air raréfié. Sous chacun d'eux, Svarde percevait le soulagement que les Rana partent et que les Whent restent.

Bien. Pas besoin de lâches ici.

— Allez, Kivi, dit Svarde en faisant un grand pas pour se placer à la tête de l'expédition.

Le ferrite renifla, courut juste à côté de Svarde, et ensemble, ils échangèrent un soleil levant contre une obscurité tombante, la roche se refermant autour d'eux à chaque pas.

LE RENOUVEAU A COMMENCÉ, et avec lui le voyage de Wax à travers Les Sept Îles. La première étape est Foti, un rocher dévasté par la lave connu pour sa bière et son fer. La traversée de ses côtes jusqu'à la Grande Forge est une aventure remplie de regards vigilants, de créatures scintillantes et de couteaux invisibles.

Continuez l'aventure de Wax avec *La Piste de Flamme*:

REMERCIEMENTS

Le Prix de la Paix ouvre la voie à une grande nouvelle aventure, une aventure qui ne serait tout simplement pas possible sans tous ceux qui m'entourent et qui me donnent le temps et, eh bien, la paix nécessaire pour transformer des mots en histoires. Ma femme, mes enfants, mes chats : vous êtes tous aimés et appréciés pour tout ce que vous faites. Mes amis et ma famille aussi : votre énergie me donne l'envie d'écrire, ne serait-ce que pour vous offrir quelque chose de divertissant à lire.

Et, bien sûr, les lecteurs, qui accordent leur précieuse attention à ces récits et me donnent à la fois l'inspiration et un but. Merci de me permettre d'avoir le meilleur métier du monde, et j'espère que vous continuerez à apprécier ces histoires.

~Adam

À PROPOS DE L'AUTEUR

A.R. Knight tisse des histoires dans une maison glaciale à Madison, dans le Wisconsin, principalement occupée par deux chats. Après s'être fait happer par le tourbillon du travail lors de la crise économique de 2008, il s'est retrouvé à s'évader lors de réunions ennuyeuses en voyageant dans l'espace et en vivant de grandes aventures.

Finalement, après s'être consacré aux podcasts, aux scénarios, aux nouvelles et à d'autres romans, il a trouvé une histoire dans laquelle il pouvait se plonger et des personnages à la fois divertissants et pleins de cœur.

Merci, comme toujours, de nous lire !

www.blackkeybooks.com

arknight@blackkeybooks.com

Pour Sonja

www.ingramcontent.com/pod-product-compliance
Lightning Source LLC
Chambersburg PA
CBHW031515010826
48973CB00013B/1301